KB070489

키스와 바나나

— 테마 소설집 —

# 키스와 바나나

하성란 강영숙 박정애 조두진 강병융
윤고은 조영아 안보윤 서진 이영훈
손보미 주원규 황현진

**한겨레출판**

# 차례

# 젤다와 나

하성란

하성란

1967년 서울에서 태어났다. 1996년 〈서울신문〉 신춘문예에 단편소설 〈풀〉이 당선되었다. 소설집 《루빈의 술잔》, 《옆집 여자》, 《웨하스》, 《여름의 맛》, 장편소설 《삿뽀로 여인숙》, 《A》, 산문집 《왈왈》, 《아직 설레는 일은 많다》 등이 있다. 동인문학상, 한국일보문학상, 이수문학상, 오영수문학상, 현대문학상, 황순원문학상을 수상했다.

나는 수취대의 레일을 따라 돌고 있는 짐 가방들 사이에서 붉은색 내 트렁크와 김 선생의 검은색 트렁크를 찾고 있었다. 김 선생은 눈에 띄기 쉽게 트렁크의 손잡이에 빨간색 손수건을 돌돌 말아 동여매두었다. 시애틀을 시작으로 다섯 도시의 대학을 순회했다. 한 도시에서 길어야 이틀 머물렀다. 일정이 바듯했다. 예산이 바듯하다는 걸 뜻하기도 했다. 애틀랜타는 일정에 있는 마지막 도시였다.

도시를 거치는 동안 일행의 트렁크는 조금씩 불룩해졌다. 도시의 상징이 그려진 냉장고 자석이나 컵 같은 기념품들을 하나둘 구입했는데 나중에는 수취대의 레일에서 트렁크를 끌어 내리는 것도 힘에 부칠 지경이 되고 말았다. 게다가 나는 자꾸 내 트렁크를 알아보지 못하고 흘려보내기 일쑤였다. 기념품들 때문에 조금씩 부피가 커지면서 형태가 바뀌는 가방을 몰라봐서가 아니었다. 곰곰 생각해봤는데 어쩌면 그건 일종의 거리감 같은 건지도 몰랐다.

나와 트렁크 사이의 거리. 나는 한 번도 트렁크를 그 거리만큼 떼어놓고 본 적이 없었다. 끌고 다니거나 눕혀놓고 짐을 챙기거나 하는 식으로 트렁크는 언제나 내 몸 가까운 곳에 있었다. 수취대의 레일과 내가 선 자리까지의 거리는 기껏해야 2, 3미터였지만 그 정도의 거리만으로도 트렁크가 낯설게 보이곤 했던 것이다.

그렇다면 내가 생각하는 나도 내가 아닐는지 모른다. 김은 가끔 내게 소리쳤다. "너란 여자는 말야, 정말 알다가도 모르겠어!"

가방을 늦게 찾는 바람에 일행을 기다리게 했다. 한두 번 그런 일이 있자 최는 아예 나와 서너 걸음 떨어져 서 있다가 내가 놓친 내 트렁크는 물론이고 김 선생의 트렁크까지 총 세 개의 트렁크를 챙겼다. 덕분에 여행 중간에서부터 나는 최에게 미안하다는 말을 자주 하게 되었다. 서울에서는 할 필요가 없던 말이었다.

이런 사소한 것에 신경을 쓰느라 나는 공항까지 우리를 마중하러 나온 청년이 "〈바람과 함께 사라지다〉의 고장에 오신 것을 환영합니다"라는 인사말을 건네기 전까지 이곳이 스칼릿 오하라의 고향이라는 것을 까맣게 잊고 있었다. 이곳은 애틀랜타였다. 〈바람과 함께 사라지다〉는 물론이고 앨라배마가 지척에 있었다. 250킬로미터 밖에. 물론 광대한 미국에서나 해당되는 말일 테지만.

청년의 말에 "내일은 내일의 태양이 뜬다!"라고 최가 맞장구를 쳤다. 최는 내 또래였다. 역시 남학생들의 관심사는 여학생들과는 달랐던 모양이다. 내가 그 영화를 본 건 중학교 때였다. 여학생들에게 가장 인상적으로 남았던 장면은 침대 기둥을 붙잡고 선 스칼릿과 그녀의 코르셋을 사정없이 조이던 흑인 하녀 마미의 모습이었다. 그때 스칼릿의 허리는 16인치였다. 다음 날 교실은 한바탕 난리가 났다. 단체 관람을 하고 온 여학생들의 화젯거리는 단연 잘록한 스칼릿의 허리였다. 그 뒤로 수십 년이 흘렀는데도 그때 받았던 강력한 인상은 좀처럼 뛰어넘기 어려웠다. 젤다 세이어에 관한 인상도 그렇게 내게 박혀 있다. 불꽃처럼 살다간 천재.

스칼릿 오하라와 젤다 세이어. 이 두 남부 여성 사이에는 50년 정도의 시간이 있었다. 그 시간 동안 여자들의 머리 길이는 짧아지고 과장되게 부풀린 치마로부터 해방되었다. 하지만 두 여성 모두 소문으로부터 자유롭지는 못했다.

청년이 몰고 온 자동차의 짐칸은 넓지 않았다. 트렁크들을 포개고 끼워 간신히 실을 수 있었다. 만약 이 도시에서 도시를 기념할 무언가를 구입하게 된다면 청년의 소형차로는 이 트렁크들을 다 싣지 못하는 불상사가 일어날 수도 있을 것이다.

공항을 벗어나 시내로 접어들었다. 애틀랜타. 내가 이 도시에 대해 알고 있는 것 중 하나는 인구의 40퍼센트가 흑인이라는 거였다. 우리가 거쳐온 어느 도시에서보다 흔하게 흑인이 눈에 띄었다. 그러고 보니 다른 도시에서는 단 한 명의 흑인도 만나지 못했던 것 같았다. 설마 그럴 리는 없었을 텐데. 내 기억으로는 그렇다. 코카콜라 마크가 달린 건물을 지나쳤다. 내가 이곳에 대해 알고 있는 또 한 가지, 이곳은 코카콜라의 본고장이었다.

청년이 차로 한 시간쯤 달려 우리 일행을 데리고 간 곳은 한국 상점이 밀집한 곳이었다. 상가의 간판들 속에는 1970~80년대 유행했던 단어들이 많았다. 아마 그 무렵에 이민을 온 이들일 것이다. 앞으로도 오랫동안 이 간판 속 이름들은 바뀌지 않을 것이다. 변화에 발 빠르게 대처하는 한국에서는 있을 수 없는 일이다. 시간이 고여 흐르지 않는 곳. 앨라배마의 젤다는 한시라도 빨리 그곳에서 벗어나고 싶어 했다. 시간이 흘렀지만 지금이라고 크게 바뀐 것은 없었다. 많은 사람들이 그곳에서 나고 자라 그곳에서 죽음을 맞이한다. 앨라배마의 많은 사람들은 그것을 자연스럽게 받아들인다고 했다.

한인 식당과 한식 재료를 파는 마켓을 중심으로 한인 상권이 형성된 것은 기아자동차 공장이 자리 잡은 뒤부터라고 청년이 말해주었다. 현대자동차가 앨라배마에 공장을 세우면서 그곳도 많이 달라졌다고 했다. 기아와 현대 공장에서 생산되는 부품의 교차 공급이 이루어지면서 이곳의 한국 자동차 점유율 또한 높아지고 있다는 기사를 읽은 기억이 났다.

앨라배마. 내게 앨라배마란 멀고 먼 곳이었다. 초등학교 음악 시간에 배운 포스터의 노래 때문이기도 했다. 멀고 먼 앨라배마 나의 고향은 그곳……. 노래를 부르면서 멀고 멀다는 것이 대체 얼마나 먼 것인지 늘 궁금했다. 어쩌면 물리적인 거리감이 아닐지도 모른다는 생각이 들었다. 심증적으로 먼 곳도 있는 법이다. 너무 멀어 갈 수 없는 곳. 이를테면 내겐 김과 살던 그곳인지도 모른다. 아흔 가구가 모여 있던, 한 동뿐이던 낡은 아파트. 전철을 타면 한 시간 반 거리에 있는 그곳을 나는 한 번도 찾아가지 않았다.

하일랜드 병원에서 잠깐 나온 젤다는 앨라배마의 어머니 집에 머물렀다. 그녀는 한때 그녀가 그토록 벗어나고 싶어 하던 촌구석으로 돌아왔다. 그사이 '미스 앨라배마'는 '동네의 미친 여자'가 되어 있었다. 하긴 젤다에게 지구 그 자체가 잠시 머무는 대합실일 뿐이었을 것이다.

나는 청년에게 앨라배마의 스콧과 젤다의 집에 대해 묻고 싶었다. 앨라배마 주 몽고메리 시 펠더 애비뉴 919번지. 젤다의 삶을 재조명한 소설가 질 르루아에 의하면 기념관이 된 젤다의 집 앞에는 큰 목련 나무가 서 있다고 했다. 하지만 청년은 쏟아지는 최의 질문에 대답하느라 정신이 없었다. 최는 청년이 〈바람과 함께 사라지다〉라는 말을 한 순간, 같은 코드라는 걸 알아채고는 그를 놔주려 하지 않았다. 주문한 순두부찌개가 나오기도 전에 최는 청년의 신상을 다 꿰었다. 청년으로 보이던 청년이 사실은 서른을 넘긴, 아이 둘의 아빠라는 것, 행사를 주관하는 대학의 강사라는 것, 이곳에 온 지 이제 3년째라는 것 등등. 이럴 때 최에게서는 처음 만난 자리에서 상대방의 사생활을 꼬치꼬치 물어보는 중년 여자들의 호기심과 무신경함이 보이곤 한다.

순두부찌개 맛은 기대했던 그 맛이 아니었다. 맵기 조절용으로 따로 넣은 고추가 청양고추가 아닌 다진 할라피뇨라서 그런 것일까. 숟가락 끝으로 국물을 조금 떠서 맛을 본 김 선생이 고개를 갸우뚱하더니 그럴 줄 알았다는 듯 고개를 끄덕였다.

"귤화위지. 회수를 건너는 순간 탱자가 되는 이치…… . 요즘은 운송 수단일랑 좋아서 고춧가루랑 마늘 같은 걸 죄다 한국에서 공수할 텐데 왠지 모르게 제맛이 나질 않는 게 참 요상하지."

최가 뜬금없이 김 선생에게 물었다.

"선생님, 왜 탱자나무 우물가에로 시작하는 노래 있잖습니까?"

"탱자나무?"

김 선생의 표정이 순두부찌개를 입에 떠 넣던 때처럼 묘하게 바뀌었다.

나는 도시에서 나고 자라 한 번도 탱자나무를 본 적이 없었다. 오래전 김과 함께 낯선 동네를 거닌 적이 있었다. 그곳에 왜 갔는지 기억이 나지 않는다. 그가 걸음을 멈추고 담장 낮은 집의 마당을 손가락으로 가리켰다. 흰 꽃이 피어 있었다. 어떻게 알았는지 그가 그 나무를 보고 탱자나무라고 했다.

자동차 안에서도 김 선생과 최는 탱자나무에 관한 이야기를 나누었다.

"선생님, 잉크병에 꽂은 꽃처럼 시들어버린 누나야, 기억하십니까?"

"음, 알지, 알아."

둘의 대화는 이오덕 선생의 《탱자나무 울타리》라는 시집 이야기로 이어졌다가 요즘 농촌에서 탱자나무로 울타리를 두르는 이들이 생기고 있다는 이야기로 이어졌다. 청년은 운전을 하면서 두 사람의 이야기를 조용히 듣고만 있었다. 앨라배마에 대해 물어봐야 하는데 나는 그 이야기를 꺼내지도 못하고 있었다. 왜 저 두 사람은 아까부터 아무 상관도 없는 탱자나무 이야기를 하고 있는 걸까, 이러다 앨라배마엔 가보지 못할지도 모른다는 예감이 들었다. 애

틀랜타 공항에서 앨라배마까지는 250킬로미터 남짓. 기념관이 있
는 몽고메리 시까지도 그렇게 멀지 않을 것이다. 하지만 물리적인
거리가 문제가 아니었다. 그렇다고 행사를 마친 뒤 잠깐 들를 만한
거리도 아니었다. 밭은 일정에 김 선생은 지쳐 있었다. 일행을 숙
소에 남겨둔 채 혼자 앨라배마에 다녀올 수는 없었다. 최에게 말을
꺼냈다간 괜한 지청구만 돌아올 게 뻔했다. "여긴 미국이야, 미국.
옆 동네, 앞 동네 쉽게 오가는 한국이 아니라고."

대학가 안에 자리 잡은 숙소 역시 '홀리데이 인'이었다. 로비까
지 트렁크를 가져다준 청년이 교정 안 깊숙한 곳에 남부의 전형적
인 주택이 남아 있다고 귀띔해주었다. 〈바람과 함께 사라지다〉에
서 본 긴 중앙 계단과 계단 좌우로 펼쳐진 회랑이 떠올랐다.

"모셔다드릴까요?" 청년이 물었다. 가보고 싶었다. 가볼까? 좋
다고 말하려는데 최가 끼어들었다. 그도 피곤해 보였다. "내일……
내일은 내일의 태양이 뜨니까, 내일."

앞선 도시들과 달리 프런트를 비롯해 호텔 곳곳에서 흑인 직원
들과 마주쳤다. 도시를 돌며 나는 새삼 놀랐다. 영화에서 대하던
그 미국이 아니었다. 우리가 머물렀던 도시들은 고요하고 평화로
웠다. 사이렌 소리로 시끄러운, 불안한 도시가 아니었다. 하루에도
수십 건의 총기 사고가 일어난다는 곳도 아니었다. 조용한 도시 속
에 조용하게 '홀리데이 인' 호텔들이 끼어 있었다. 서울의 '홀리데
이 인'과는 달리 규모가 작았다. 중저가의 숙소에 걸맞은 아담한
크기의 로비와 로비를 장식한 소박한 장식물들. 우리가 들른 숙소
들은 거기가 거기인 듯 엇비슷했다.

프런트의 흑인 여직원은 남부 특유의 사투리를 썼다. 커다란 입을 벌리고 웃을 때마다 치열이 고른 흰 이가 드러났다. 그동안 의사소통에 별 어려움이 없던 최도 바짝 긴장한 눈치였다. 한국과는 비교할 수 없는 넓은 땅덩어리라는 걸 그도 잠시 잊었던 모양이다.

객실 내부도 엇비슷했다. 희디흰 시트는 주름 하나 없이 반듯하게 펼쳐져 있었다. 풀을 먹인 듯 시트가 좀 뻣뻣한 느낌이었다. 흰 시트에서 문득 젤다가 입원해 있었을 병실의 침상이 떠올랐다. 이 도시로 오기 전에 묵은 호텔의 침대 시트에서는 독한 락스 향이 났다. 냄새가 너무 독해서 눈을 뜨고 있을 수 없었다. 청결해 보이기 위해 적량보다 독한 락스 물에 시트들을 빤 모양이었다. 누군가 시트에 지워지지 않는 얼룩을 묻혀두었는지도 모른다. 그걸 지우느라 락스의 양을 늘렸을지도.

창문을 열고 남부의 하늘을 올려다보았다. 젤다가 보고 자랐을 앨라배마의 하늘이 보고 싶었다. 비가 내릴 듯 초원 위로 낮게 깔리는 구름, 집들을 날려버릴 기세로 일어나 휘몰아치는 회오리바람, 하지만 언제 그랬냐는 듯 목화밭 위로 쏟아지는 뜨거운 햇볕. 그 모든 것이 다 앨라배마의 하늘이다. 나는 때때로 그녀가 맞이했을 그날 자정 무렵을 떠올렸다.

2층으로 올라가는 계단을 타고 불이 올라갈 즈음 뒤늦게 화재경보기가 울렸다. 요란한 사이렌 소리를 앞세우고 소방차들이 도착했을 때 이미 불은 그녀의 병실이 있는 꼭대기 층까지 집어삼킨 뒤였다. 노스캐롤라이나 애슈빌의 하일랜드 병원. 그 시간 모든 병실의 문은 밖에서 자물쇠로 잠겨 있었다. 병실의 유일한 창문 역시 잠겨 있었다. 그녀는 그 층에 있던 다른 여덟 명의 환자들과 마찬가지로 그곳을 빠져나오지 못했다.

여기까지는 1948년 3월 11일 자 신문 기사에 나와 있는 내용이다. 마지막 기사들에서까지 그녀의 이름은 그녀의 남편 이름 뒤에 따라붙는다. '작가 스콧 피츠제럴드의 미망인 젤다 세이어가…….' '유명 작가인 남편 스콧에 뒤이어 젤다 피츠제럴드가…….' 그리고 젤다가 살아 있었다면 분명 언짢아했을 기사의 한 토막. '나이 스무 살에 남편과 더불어 절정의 명성을 누렸지만, 1930년대 중반을 지나면서부터 두 사람 모두 사람들의 기억에서 잊혔다'라는 구절. 짧고 뜨거웠다는 점에서 그들은 불꽃같은 삶을 살았다.

그날 자정을 떠올리면 떠올릴수록 이야기는 조금씩 살이 붙어 어느 순간 그 현장이 마치 눈앞의 일처럼 펼쳐지곤 했다. 그렇지만 어느 때건 나는 관찰자에 불과하다. 짐 가방을 찾기 위해 수취대 레일 위를 지켜보지만 무심코 내 가방을 흘려보내버린 듯한 기분이다. 나는 그 광경을 보고만 있다. 병원이 화염에 휩싸여 검푸른 하늘을 환하게 밝힐 때까지 속수무책 서 있기만 했다. 그녀가 있을지 모를 병원 꼭대기 층의 창들을 눈으로 훑으면서 말이다.

그녀의 고통을 나는 상상하지 못한다. 상상만으로도 고통스러워서 나는 내 두 주먹을 꼭 쥐곤 했다. 다만 나는 그 시간 그녀의 의식이 다른 어느 때보다 명료하지 않았기를 바랄 뿐이다. 그녀가 그어떤 충격에도 깨지 않을 깊은 잠에 빠져 있었기를 바란다. 신경증을 고치기 위해 주사한 약물에 취해 아무런 고통도 느끼지 못했다고 믿고 싶다. 불보다 먼저 유독 연기가 그녀의 의식을 빼앗아갔기를 바란다. 그래서 죽음만큼은 편안했기를.

자정 무렵이면 나는 깨어 있었다. 그 시간이면 나는 시금치 소테로 간단한 요기를 하곤 했다. 병원의 규칙적인 생활 탓에 공복감은 사라졌지만 정신만은 명징했다. 물론 신경 이완제를 맞지 않은 날을 말하는 것이다. 그런 날은 온몸이 축 늘어졌다. 미지근하고 끈적이는 물속에 반쯤 몸이 잠긴 듯한 느낌이 들었다.

나는 구포가 죽었다고 믿지 않는다. 이 모든 것이 구포의 장난이라고 생각할 때가 있다. 내가 힘들어하는 모습을 보기 위해서라면 그는 그런 장난도 서슴없이 할 사람이니까. 하지만 난 아무에게도 그 사실을 말하지 않았다.

취침 시간이 되면 간호사들은 환자들이 침대에 눕는 것을 확인한 뒤 밖에서 문을 걸어 잠갔다. 언제 어떤 일을 저지를지 모른다고 생각하기 때문이다. 내 속에 꺼지지 않는 불꽃이 있는 것처럼 다른 방의 사람들 속에도 불꽃이 있다.

두터운 완충재를 댄 벽 밖으로 웬만한 소음은 새어나가지 않는다. 어느 방에서 어느 환자가 발작을 일으킨다 해도 아무도 알 수 없다. 만약 소음이 새어나간다면 환자들이 금방 동요할 것이고 병원은 삽시간에 환자들의 발작으로 시끄러워질 것이다.

불을 끄고 나면 나는 침대에 누운 채로 벽 위에 너울대는 문양을 본다. 희디흰 벽은 커다란 영사막처럼 수많은 영상들을 흘려보낸다. 가끔 달빛에 창살 그림자가 길게 드리워질 때도 있다. 창살과 창살 사이의 틈이 내가 빠져나갈 수 있을 만큼 넓어진다. 마음만 먹으면 나는 그 틈새로 이곳을 나갈 수 있다. 하지만 나는 이곳을 제 발로 다시 찾아왔다. 나의 구포가 죽은 뒤에.

달빛과 가로등, 문틈으로 새어 들어오는 복도의 불빛이 벽에 만들어내는 오묘한 문양들 아래로 밑그림처럼 가려져 있던 풍경들이 떠오를 때도 있다.

몇 해 전 나는 내가 그린 그림 스무 점을 앨라배마에 주둔하는 부대의 예술가들에게 나누어주었다. 그들에게는 물감은 물론이고 그림을 그릴 캔버스를 살 돈조차 없었다. 그림을 나누어주면서 대신 나는 조건을 걸었다. 내가 그린 그림들을 전시하거나 팔지 않기. 그림을 한 점씩 받아 든 병사들이 자신의 그림으로 내 그림을 덮어주길. 혹시라도 밑그림처럼 내 그림이 드러나는 게 꺼림칙하다면 내 그림은 다 벗겨내고 빈 캔버스 위에 그림을 그려도 좋다고 말했다.

그 많은 캔버스 위에 내가 무얼 그렸는지 기억이 가물가물하다. 아마 구포와 내가 다닌 곳들의 풍경일 것이다. 바다. 내 맨살에 달라붙던 모래알들의 감각을 아직 기억하고 있다. 대체 내게 무슨 일들이 있었나. 나는 내가 그렸던 그림을 찾으려는 듯 그림자의 문양 아래를 뚫어지게 바라본다.

가끔 문양들 위로 밑그림이 떠오른다. 열 살 무렵이다. 소방서에 전화를 건 뒤 나는 지붕 꼭대기로 올라갔다. 저 아래로 우리 집 마당이 내려다보였다. 그때부터 나는 위험을 좋아했다. 올라갈 수는 있었지만 혼자 내려올 수는 없었다. 지붕에서 나를 구출한 건 내 전화를 받고 달려온 소방대원이었다⋯⋯.

김과 함께 살던 무렵 우리는 종종 미국의 한 천재적인 작가 부부와 비교되곤 했다. 천재성이나 시대의 아이콘과는 전혀 상관없었다. 단지 둘 다 같은 장르의 글을 쓴다는 게 이유였다. 우리는 동갑이었다. 같이 소설을 쓴다고 하면 사람들의 반응은 비슷했다. 서로의 글을 읽어주느냐고, 아무래도 같은 일을 하다 보면 비평까지는 아니더라도 조언 정도는 하게 되지 않느냐고. 상대방의 책상에 갔다가 모니터에 뜬 글을 우연히 읽게 된 적은 없느냐고도 물었다. 책상에 펼쳐놓은 노트 속에서 재미있는 발상을 본 적은 없느냐고, 몰래 가져다 쓰고 싶은 충동이 인 적은 없었느냐고.

어느 모임에서나 비슷한 상황이 연출되곤 했다. 동료들은 나를 알아보고 반색하며 다가오면서도 눈으로는 다른 누군가를 찾고 있었다. 김이었다. 김을 먼저 발견하고 나면 그의 언저리에 있을 나를 찾았다. 그럴 때면 쌍둥이라도 된 듯한 기분이 들었다.

우리 둘 다 한자리에 있는 것을 확인하고 꼭 짓궂은 질문을 던지는 동료가 있었다. 많은 이들이 궁금해하는 바로 그 질문들이었다. "기막힌 이야깃거리를 훔쳐오고 싶었던 적은 없었어?" 끼리끼리 모여 앉아 수다를 떨고 있는데 어떻게 그 말을 알아듣는 건지 삽시간에 좌중이 조용해지곤 했다. 안 그러는 척하지만 우리는 서로서로를 의식하고 있었던 거다. 팔짱을 끼고 등을 곧추세운 채로 앉아 있던 김은 대수롭지 않은 질문이라는 듯 천천히 좌중을 둘러보다가 툭 한마디 던졌다. "너희라면 어떻게 하겠냐?"

우, 탄성이 터지고 술에 취해 기분이 고양된 누군가는 손뼉까지 쳤다. 언제 그랬냐는 듯 술자리는 금방 제 분위기를 되찾았다. 느닷없이 웃음이 터지고 가끔 언성이 높아지기도 했다. 누군가 술잔을 놓쳐 깨고 그 주변 사람들이 술 세례를 피해 황급히 흩어졌다. 이런저런 경황 중에 문득 고개를 들면 언제부터 보고 있었는지 김과 눈이 마주치곤 했다. 여전히 그는 팔짱을 끼고 등을 편 채로 꼿꼿하게 앉아 있었다. 술에 취했는지 아닌지 가늠이 되지 않았다. 언젠가 그 밤 김이 내 뺨을 때렸을 때 그는 자신이 술에 취해 한 짓이었노라고 말했다. 하지만 나는 그의 말을 믿을 수가 없었다.

술을 마셔도 김의 그 독특한 자세는 쉽게 흐트러지지 않았다. 그 자제력이 감탄스러우면서도 한편 나는 살금살금 그의 뒤로 가서 손가락으로 가만히 그를 밀쳐보고 싶은 충동이 일곤 했다. 어쩌면 생각보다 쉽게 무너질지도 몰랐다.

동료들이 눈치채지 못하도록 김은 눈빛으로 내 안부를 챙기곤 했다. 술 너무 마시지 마, 누군가 널 귀찮게 하지는 않아? 일어나고 싶어? 그런데 언제부턴가 김의 눈빛을 읽을 수 없었다. 잠깐 허공에서 우리의 시선이 엉켰다. 김이 빤히 나를 바라보았다. 무슨 말을 하고 싶은 거니? 나도 그의 시선을 피하지 않았다.

"뭐야? 이거 사랑싸움이야, 뭐야?" 앞에 앉아 있던 동료가 우리 둘을 번갈아 바라보고 있던 모양이었다. 그의 말에 우, 다시 한 번 탄성이 터져 나왔다. 동료들의 눈에 띄었을 뿐 아니라 감정까지도 들키고 말았다. 아니라고, 당황해서 얼버무리는데 문득 보니 김은 아무런 일도 없었다는 듯 그 자세 그대로 앉아 있었다.

하나둘 자리를 뜨고 새벽이 되어서야 모임은 끝났다. 엎지른 술이 말라 발짝을 뗄 때마다 신발 밑창이 바닥에 들러붙었다. 남은 우리는 삼삼오오 짝을 지어 인적이 끊긴 인사동 밤거리를 걸었다. 어깨동무를 하고 비틀비틀 인도의 양쪽을 갈지자걸음으로 왔다 갔다 하던 그들의 뒷모습이 지금까지도 눈에 보이는 듯 선명하다. 그리고 김의 가라앉은 듯 쉰 목소리와 사마귀처럼 꼿꼿하던 그 자세도.

나는 아직도 꿈속에서 오래전 김과 살던 집을 본다. 15평이 될까 말까 한 그 집은 세로로 길쯤했다. 거실이라는 것은 아예 없었고 길쯤한 그 양 끝에 큰 방과 작은 방이 마주 보고 있었다.

김은 큰 방을, 나는 작은 방을 썼다. 해는 큰 방 쪽으로 졌다. 늦은 오후, 김이 있는 방 쪽이 눈부시게 빛나곤 했다. 눈을 제대로 뜰 수도 없었다. 그 순간은 길지 않았다. 빛이 사라지고 나면 그 방에는 더욱 짙은 어둠이 찾아왔다. 언젠가 노크도 없이 큰 방의 문을 열었는데 어둠 속에서 김이 웅크리고 앉아 있었다. 그가 켜놓은 노트북의 푸른 불빛이 고개를 묻고 있는 김의 머리와 어깨를 동그랗게 비추었다. ……그때 무슨 생각을 했던 거니, 김?

김이 내 방으로 건너오는 일은 거의 없었다. 내 방에는 둘이 나란히 누울 만한 공간이 없었다. 가끔 김의 방으로 내가 건너갔다. 큰 방의 책상 위는 그가 메모해놓은 노트와 스크랩한 기사 조각들, 여기저기 붙여놓은 포스트잇으로 지저분했다. 풀기가 다한 포스트잇이 바닥에 떨어져 있곤 했다. 그 포스트잇 중 하나가 가끔 내 추리닝의 궁둥이에 붙어오기도 했다.

세상에, 스콧은 자신이 새로 발표할 장편소설의 제목을 '쓰레기

더미와 백만장자들'로 가자고 고집했다. 나는 웃음이 터지려는 걸 겨우 참았다. 그건 정말이지 상상력이라고는 찾으려야 눈곱만큼도 찾을 수 없는 제목이었다. '트리말키오'라는 제목은 또 어떤가. 고대 로마의 작가가 쓴 소설 속 인물이라는데, 노예에서 벼락부자가 된다는 설정이 이번 소설의 주인공인 개츠비를 연상하게 했다. 하지만 1920년대였다. 우리는 가뜩이나 기성세대의 이념이라면 질색이었다. 그런데 고대 로마라니. 트리말키오라는 이름은 너무도 낡아빠졌다.

출판일은 다가오는데 스콧은 그때까지도 딱 떨어지는 제목을 생각해내지 못했다. 나는 스콧에게 말했다. "뭘 고민하는 거야? 개츠비. 어떤 사람인지 종잡을 수 없도록 개츠비라고 해." 스콧은 내 말에 귀를 기울이지 않는 척했다. 결국은 내 말대로 할 거면서. 나는 그동안 스콧이 쓴 소설들을 읽어주었다. 나는 그의 첫 독자였다.

내가 카우치에 비스듬히 앉아 그가 쓴 초고를 읽는 동안 그는 내 주변에서 멀리 벗어나지 못했다. 손톱을 물어뜯고 바지를 추켜올리면서 내 표정을 살피기에 바빴다.

결국 소설의 제목은 나의 조언대로 《위대한 개츠비》가 되었다. 스콧이 이렇게 시간을 끈 건 그 제목이 결코 내 영감에서 나온 게 아니라는 걸 믿게 하려는 거였다. 누구에게? 바로 자기 자신에게.

이 세상에는 수많은 작가들이 있다. 그리고 그 작가들을 몇 가지 부류로 나눌 수가 있다면, 스콧은 자신이 경험하지 않은 이야기는 절대로 쓸 수 없는 부류에 낄 것이다.

《위대한 개츠비》만 해도 그렇다. 내가 알지 못하는 이름들로 바뀌어 있었지만 소설을 읽는 동안 나는 그 인물들이 누구인지 금방 알아챘다. 스콧과 내가 만나 알았던 사람들이었으니까. 그리고 소설에 등장하는 데이지. 두말할 나위 없이 그녀는 바로 나였다.

남편이 병원에 도착하지 않은 상태에서 출산을 하는데 의사에게 딸이라는 이야기를 듣자 데이지는 이렇게 말한다. "좋아요, 딸이라서 기뻐요. 바보 같은 여자로 자라주면 좋겠어요. 그게 제일이죠. 예쁘고 머리 나쁜 여자가 되는 게."

그게 스콧이 바라는 여자였는지도 모른다. 데이지가 말한 것처럼 예쁘고 머리 나쁜 여자애였다면 내 인생은 달라졌을까.

스콧이 아니었다면 나는 내 고향에서 마음에도 없는 고리타분한 남자와 결혼했을 것이다. 스콧이 나를 내가 꿈꾸던 뉴욕으로 데려와주었다. 파티와 춤이 끊이지 않던 곳. 우리는 어디에서나 주목을 받았다.

스콧이 장편에 몰두하고 있을 무렵, 내게 사랑이 찾아왔다. 그 사랑은 기껏 한 달여 이어졌을 뿐이지만 이후로 내 삶은 송두리째 바뀌고 말았다. 그를 잃은 뒤에야 나는 깨달았다. 스콧과 나. 우리는 결혼한 게 아니었다. 우리는 서로를 이용했을 뿐이다. 스콧이 나를 고향에서 데리고 도망쳐준 대가로 나는 그에게 끊임없는 영감을 주었다. 그가 혼자서는 결코 경험할 수 없는 세계를 보여주었다.

내 사랑을 스콧은 내게 아무런 언질도 주지 않고 자신의 소설에 썼다. 그다운 일이었다. 데이지와 개츠비의 사랑. 그렇다면 소설 속에서 스콧은 잠시 데이지의 남편인 톰 뷰캐넌이 된 것일까? 스콧은 때때로 여러 사람에게 자신의 모습을 투사했다. 이야기를 풀어가고 있는 닉 캐러웨이, 그리고 개츠비. 잘난 척하고 속물근성이 있는 면은 정말 개츠비와 똑 닮았다. 다 좋아, 그렇지만 스콧. 난 당신이 소설에 썼던 것처럼 내 미모를 이용하는 여자가 아니야. 남자에게 소곤거리며 이야기해서 상대가 자기 쪽으로 몸을 기울이게 하는 수법이나 쓰는 그런 여자가 아니라고.

김 선생은 느릿느릿 시를 읽었다. 중학교 때 서울로 진학하며 고향을 떠났다는데 고향 사투리를 완전히 버리지 못해 억양이 아직도 남아 있었다. 시를 읽을 때면 그 억양이 더욱 도드라졌다. 대체 고향이란 무엇일까. 그 뒤로 선생은 서울에서 60년 가까이 살았다.

낭독회가 열린 대학의 홀은 천장이 매우 높았다. 거대한 울림통 같은 홀 안에 학생들의 웃음소리와 말소리가 부유해 웅웅거렸다. 장식은 물론이고 학생들이 사용하는 책상까지 오래된 듯했다. 어디에서 나는지 서랍 깊숙한 곳에서 나는 냄새가 배어 있었다. 우리가 앉은 자리 앞에서 부채꼴처럼 펼쳐진 책상들은 계단처럼 조금씩 높아져서 홀 맨 윗자리에 앉은 학생들의 얼굴도 또렷하게 보였다.

지금까지 거쳐온 다른 도시의 대학들에서보다 한국 유학생이 눈에 많이 띄었다. 김 선생이 홀로 들어설 때 손뼉을 치고 환호성을 지른 것도 그들이었다. 김 선생의 시가 고등학교 교과서에 실려 있어서 그들 중 대부분이 선생의 시에 밑줄을 그어가며 시를 공부했을 것이다.

학교 측 진행자는 선생을 한국의 계관시인이라고 소개했다. 한국 유학생들이 다시 한 번 환호했다.

학생들은 진지해 보였다. 여기 모인 학생들 중 김 선생의 시를 이해할 수 있는 이가 몇이나 될까. 언젠가 김 선생은 시라는 것은 오해가 빚어질 때 이상하게 더 아름다워지더라고 말한 적이 있었다. "선생님, 너무 시적이에요!" 선생의 말에 한참 후배가 감탄해 말했던 것도 기억난다. 다들 웃고 넘겼는데 무슨 일인지 김만 뾰족했다. "시인에게 그런 찬사는 다소 무례한 감이 있지." 자칫 썰렁해질 분위기를 바꾼 게 최였던가? "자자, 오늘같이 기쁜 자리에서 제가 노래 하나 하겠습니다." 그런데 그날이 무슨 날이었는지는 기억나지 않는다. 최의 말처럼 기쁜 자리였을 텐데.

김 선생과의 이런 긴 여행은 어쩌면 이번이 마지막일는지 모른다. 어떤 감흥이라도 있었던 걸까. 마지막 몇 행에서 김 선생의 목소리가 조금 떨렸다.

학생들의 질의응답과 기념촬영 등 행사의 모든 일정이 끝났다. 김 선생은 물론이고 최의 얼굴도 다소 상기되어 있었다. "선생님, 아까 울컥하시는데 저도 덩달아 울컥했습니다." 그냥 모르는 척하면 좋을 텐데. 최에게 살짝 눈을 흘겼지만 그는 알아채지 못했다.

"선생님, 이 도시가 좀 이상합니다. 마틴 루서 킹의 고향이라서 그럴까요? 아까 보셨죠? 흑인 여학생이요. 우리말을 떠듬떠듬하던."

그 홀에 유일하게 한 명의 흑인 여학생이 있었다. 그 학생은 낭독회가 끝난 뒤 우리에게 와서 서툰 한국말로 "좋아요, 나는 아주 좋아요"라고 말했다. 가지런한 흰 이가 매력적이었다. 거리에서 수많은 흑인들을 보았던 것과는 달리 대학 안의 흑인 학생은 생각처럼 많지 않은 듯했다.

김 선생이 부끄러워했다.

"나도 나이가 드는 모양이에요."

최가 연극배우처럼 과장되게 손을 내저었다.

"누가요? 선생님이요? 아까 보셨잖아요, 학생들 반응이요. 선생님 젊으십니다."

예의상 하는 말이라는 걸 모르지 않으면서도 김 선생은 소년처럼 배시시 웃었다. 그러다 뭔가 생각난 듯 최에게 물었다.

"아, 최 선생. 내 어제부터 계속 걸리는 게 있었는데 말예요."

혹시 무슨 결례라도 한 건 아닐까. 잠깐 최의 표정이 복잡해졌다. 나를 흘낏 쳐다보고는 '내가 뭐 잘못했어?'라고 눈으로 물었다. 최는 다 좋은데 말이 너무 많은 게 흠이었다. 하지만 내가 김과 헤어졌을 때 최는 나중까지 아무것도 모르는 척했다.

공항까지 우리를 마중 나왔던 청년이 다가오는 바람에 둘 사이의 말이 잠깐 끊겼다. 최가 과장되게 청년을 알은체했다. "어이! 내일은 내일의 태양이 뜬다!"


학교는 1785년에 지어졌다. 최는 캠퍼스를 안내하는 청년 곁에 딱 붙어 걸었다. 가급적 김 선생으로부터 떨어지려는 속셈이다. 영락없는 어린아이다. 김 선생이 눈치챌까 봐 내가 다 조마조마했다. 그 바람에 내가 김 선생과 나란히 걷게 되었다.

"이 선생, 여기 어때요?" 김 선생은 한참 아래의 후배들에게도 늘 존대했다. 만날 때마다 "말씀 편하게 하세요"라고 부탁을 했지만 늘 "다음에, 다음에"라고 미루었다.

"난 말예요. 서른 살 전에 죽고 싶었어요. 물론 문청 시절일 때지. 요절 시인이랄까. 그런데 마흔이 넘고 쉰이 지난 거야. 내 요새 바람이 뭔 줄 알아요? 아흔까지 살고 싶어졌어. 그럼 혹시 알아지는 게 있을까 싶어서. 정말 예전에 몰랐던 게 알아질까? 마흔이 다르고 쉰이 달랐거든. 그럼 아흔에는 뭐가 보일까……."

딱히 내 대답을 기다리는 것이 아니었다. 김 선생의 시선은 남부 저택의 기둥 꼭대기에 가 있었다. 어제 청년이 말했던 남부의 전형적인 가옥인 듯했다. 지금이라도 문 밖으로 폭 넓은 치마를 입은 스칼릿이 뛰어나올 것 같았다. 가옥의 꼭대기는 생각보다 훨씬 높아 한참 올려다보아야 했다. 어린 젤다는 지붕 꼭대기 위로 올라갔다. 어린애가 올라갈 높이가 아니었다. 물론 그 이후로도 젤다는 자신을 수없이 위험천만인 꼭대기에 올려 세웠다.

소방대가 출동할 때까지 그곳에서 젤다는 무엇을 보았을까. 그 전부터 많은 이들이 목화 농사를 접었다. 목화밭이었던 광대한 땅에 무엇이 들어서 있었을까. 앨라배마의 지형은 높낮이 없이 평평해서 젤다는 아주 먼 곳까지 볼 수 있었을 것이다. 높고 낮은 건물들로 잘린, 저 먼 곳의 지평선까지도. 그 먼 곳에서 자신을 기다리고 있을 미래까지도.

피츠제럴드는 자신의 소설 곳곳에 젤다의 일기는 물론이고 편지와 그녀의 말을 그대로 옮겨 넣었다.《위대한 개츠비》의 데이지의 말을 빌려오자면, 젤다는 앨라배마를 벗어난 뒤 모든 곳에 가보았고 모든 것을 보았고 모든 것을 해보았다. 자신이 닳고 닳았다고 느낄 때까지.

최가 청년에게 뭔가 얻었는지 호들갑을 떨며 다가왔다.

"선생님, 선생님. 이것 좀 보세요."

최의 손바닥에 얹힌 것은 견과류의 일종으로 보였다. 다른 것보다 훨씬 크고 검은, 조금 뒤둥그러진 듯한 모양이었다. 최가 주위를 둘러보며 목소리를 낮췄다.

"여기선 이걸 검둥이의 발가락이라고 부른답니다."

나도 모르게 인상을 찡그린 모양이었다. 김 선생이 혼잣말처럼 중얼거렸다.

"평화롭게 보이는 이곳에 무슨 일들이 있었는지 짐작이 가요? 아무 일도 없다는 듯 건물과 나무와 꽃이 있지요. 아무 일도 없었던 것처럼. ……봐요, 나도 아무렇지 않은 듯 이렇게 서 있지요. 용서할 수 있을까요? 나는 나를?"

열 발짝 정도 떨어진 거리에 청년이 서 있었다. 그가 들고 있는 천가방에 든 것이 바로 이 너트인 듯했다. 이곳의 기념품. 예전 백인들이 검둥이의 발가락이라고 부르던 것. 혐오스럽게 생겼다 해서 붙여진 이름.

"아, 선생님. 왜 이러세요. 참."

눈물이라도 흘릴 듯 최가 말했다. 잠깐 하늘을 보고 있던 김 선생이 뭔가 생각난 듯 자신의 허벅지를 쳤다. 앙상하게 뼈만 남은 허벅지. 통 넓은 바지가 풀썩 가라앉았다가 부풀었다.

"아, 최 선생. 아까 하려던 말."

최가 우물쭈물 꽁무니를 빼려는데 김 선생이 지금까지 봐온 선생답지 않은 조금 앙칼진 목소리로 최를 붙잡았다.

"이봐 이봐, 최 선생!"

최의 몸이 얼음땡 놀이의 동작처럼 굳었다.

"내가 지난밤 잠을 다 못 잤어. 뭔가 이상한데 말이지. 생각이 나야 말이지. 날 듯 말 듯 입술은 달싹이는데. 그러다 생각이 난 거야. ……탱자나무."

뭔 생뚱맞은 소리냐는 듯 최가 고개를 갸우뚱했다.

"탱자나무요? 무슨?"

"그게 탱자나무가 아니야. 최 선생. 탱자나무 우물가가 아니라 앵두나무야, 앵두나무."

뭔가 벼락이라도 떨어질 줄 알고 서 있던 최가 그제야 상황 판단이 된 듯 실실 웃기 시작했다. 나도 웃었다. 지난밤 떠오를 듯 떠오르지 않는 그 단어의 끝을 잡고 얼마나 골똘히 생각했는지 김 선생은 웃지 않았다.

"정말, 최 선생! 얄미운 사람이야."

무슨 일인가 궁금했는지 청년이 우리를 바라보고 서 있었다.

먼 곳을 보듯 김 선생이 눈을 가늘게 떴다.

"중학교에 진학한다고 그 겨울 어머니와 서울에 올라왔습니다. 눈 감으면 코 베어간다던 서울이었지요. 명동을 지나다 그 노래를 들었을 겁니다. 최 선생, 아시려나? 지글거리는 축음기. 잡음에 섞여 나이를 가늠할 수 없는 여가수의 목소리가 흘러나왔지요. 촌구석에 살다 서울에 왔으니 신기한 게 얼마나 많았겠어요? 사방을 두리번대며 혼이 반쯤 빠졌는데 어머니 눈에도 정말 한심해 보였던 모양이에요. 성정이 대쪽 같기로 유명하신 분이었는데 아무 말씀도 없이 제 팔뚝을 꼬집었지요. 너무 아파 눈물이 핑 돌았는데, 눈물에 맺힌 명동 거리가 얼마나 아름답던지요. ……정말 손맛이 매웠는데, 세월이 이렇게 흘렀군요, 세월이…….”

숙소 쪽으로 걸었다. 오해가 풀린 뒤부터 김 선생 곁에 최가 있었다. 앨라배마 이야기는 언제 꺼내야 할까. 내일모레는 새벽같이 공항으로 가야 할 것이다. 이곳에서 얼마나 먼 곳일까, 앨라배마는. 내가 아는 정보라고는 애틀랜타 공항에서 세 시간 거리에 있다는 것뿐이다. 우리가 차를 타고 반대 방향으로 달려왔다면 그만큼 거리가 또 멀어졌을 것이다. 두 사람이 도란도란 주고받는 이야기가 건너왔다.

“그런데 최 선생. 내가 궁금한 건 그거예요. 왜 최 선생이 다른 나무 다 놔두고 하필 탱자나무로 기억하고 있느냐는 것.”

“그렇죠. 선생님. 하필 탱자나무지요. 그게 좀 오래전 이야긴데요. 고등학교 3학년 전국 백일장이 끝난 자리였을 거예요. 서로를 의식하다 보니 전국의 유명하다는 선수들은 얼굴을 몰라도 이름 정도는 꿰고 있었죠. 어쩌다가 몇이 종로 쪽으로 몰려와 낮부터 술을 마시게 되었는데요. 그때 한 녀석이 일어나 이 노래를 불렀죠. 뭐, 어린 게 저딴 노래를 부르나 싶었는데 말이죠. 선생님, 솔직히 그 애가 좀 부럽더라고요. 아니, 좀 두려웠죠. 한참 전부터 이름은 알고 있었는데 키가 크고 목이 긴, 저랑은 비교도 안 되었던

데다가요."

"옳거니."

김 선생이 추임새를 넣었다.

"노래 제목도 몰랐어요. 제가 서울 변두리 출신이라 탱자나무니 앵두나무니 그런 분별력도 없었고요. 맨 본 게 가로수인 플라타너스뿐인지라. 어떤 나무면 어떠냐 싶은 마음도 있었을 테고. 제가 그래요, 선생님. 그런데 그게 한 번 그렇게 굳어지니까 다른 나무면 안 되겠는 거예요. 본 적도 없는데 말이죠. 사달이 나도 탱자나무 아래여야 하는 거죠."

"옳거니. 그런데 그 학생이 그 노래를 어떻게 알았을까? ……누굽니까, 그 선수?"

"예? 아, 그게, 그게……."

최가 우물거리더니 뒤를 돌아 흘깃 나를 보았다. 앵두나무를 탱자나무라고 잘못 알았던 학생, ……혹 김인가? 조금 간격을 벌리려는데 최의 말소리가 들렸다.

"그게 너무 오래전이라서요. 너무 오래전……." 말끝을 흐리던 최가 정색하듯 말했다.

"아이고 선생님, 죄송합니다. 자꾸 오래전 오래전, 선생님 앞에서 할 말은 아닌데."

김 선생이 웃었다. 웃음의 끝이 잔기침으로 이어졌다.

최도 김을 만나지 않은 지 오래되었다. 김 쪽에서 연락을 끊었다고 했다. 그런데도 최는 물론이고 나도 아직 그의 영향 아래 있다. 그가 잘못 심은 탱자나무 그늘 아래.

어느 집 마당에 심겨 있던 나무를 탱자나무라고 김은 내게 알려주었다. 나는 한 번도 최가 들었다던 김의 그 노래를 들은 적이 없다. 김은 왜 앵두나무를 탱자나무로 잘못 알았을까. 그날 나는 왜 그에게 어떻게 탱자나무를 아느냐고 물어보지 않았던 걸까.

내 궁둥이에 붙어온 포스트잇이 주방과 내 방문 앞에서 발견되곤 했다. 단어 혹은 한 줄의 문장은 빤한 문장이었다. 김도 그렇게 생각했는지 없어진 메모를 찾지는 않았다. 그렇다면 그날 일은 어떻게 설명해야 할까. 그날 이후로 종종 김과 나 사이에 벌어졌던 일들은.

점퍼 차림의 한 남자가 자전거를 타고 와 공원의 비둘기들에게 모이를 주었다. 남자가 자전거를 몰고 떠난 얼마 뒤에 공원의 모든 비둘기들이 죽었다. 이것이 그때 내가 쓴 이야기이다.

이 이야기는 김의 단편에서 훨씬 풍성해졌다. 내가 삼인칭 관찰자 시점으로 남자의 뒤를 쫓아가고 있었다면 김은 일인칭 시점으로 그 사내가 되었다. 김은 자전거를 타고 공원으로 가서 비둘기들에게 모이를 주었다. 하나둘 비둘기들이 쓰러지는 것을 다 지켜보았다. 광장 가득 널브러진 비둘기의 사체와 간신히 목숨이 붙어 절룩이며 걷는 비둘기, 날아오르려다가 하늘에서 그대로 낙하하는 비둘기까지, 생동감 있게 살려냈다.

김은 내가 자신의 이야기를 훔쳐갔다고 비난했다. 그는 사마귀처럼 꼿꼿하게 머리를 쳐들었다. 그가 너무 자신만만해서 나는 혹시 내가 그랬을 줄 모른다고 생각한 적도 있었다. 하지만 결코 그런 일은 없었다. 내 궁둥이에 붙어온 이야기 중에 나의 관심을 끌

젤다와 나

만한 이야기는 하나도 없었으니까.

저 앞으로 '홀리데이 인'의 현관이 보였다. 그 위로 펼쳐진 하늘이 낮게 가라앉았다. 검은 새털처럼 구름이 넓게 깔렸다. 저 하늘 끝은 앨라배마의 하늘과 맞닿아 있을 것이다. 어쩌면 그곳은 벌써 비가 내리고 있는지도 모른다.

눈을 감으면 고향의 하늘이 보인다. 코발트색이었다가 금방 검은 물감을 푼 듯 어두운색으로 변하는 하늘. 아니, 그런 과정 없이 바로 폭우가 내린다 해도 하나도 이상할 것 없는 하늘이다. 천지를 진동하며 거센 바람이 불다가도 언제 그랬냐는 듯 아무렇지도 않게 변하는 하늘. 나는 앨라배마의 하늘을 그대로 닮았다. 평온한 듯 보이지만 언제 그랬냐 싶게 마음속에서 회오리바람이 불었다. 그럴 때면 나는 소리를 지르고 길거리 여자처럼 웃어댔다. 그때 나는 가장 예뻤다. 그 하늘 아래를 벗어난 뒤부터 나는 늙기 시작했다. 나는 스스로를 늘 벼랑 끝으로 몰아붙였다. 스콧과 나, 우리는 너무 빨리 정상에 올랐다. 그때부터 우리에겐 내리막길이 있을 뿐이었다. 문제는 얼마나 빨리 그 길을 내려가느냐였다.

스콧은 내 삶을 훔쳐 글을 썼다. 내 소설을 자신의 이름으로 발표하기도 했다. 늘 우리의 화려한 삶을 유지해줄 돈 때문이라고 나를 달랬지만, 스콧. 내게 필요한 것은 그런 삶이 아니었어. 내가 가지고 싶었던 건 작은 책상이 있는 나만의 방이었어.

자정 무렵, 사방이 환하게 밝아졌다. 달이 지구와 가까워진 것처

럼. 달빛으로 창살과 창살 사이의 그림자가 훨씬 더 넓어졌다. 새장
에 갇힌 새들이 펄럭이는 것처럼 소란스러워졌다. 밖에 무슨 일이라
도 있는 걸까. 누가 눈치채지 못하도록 조용히 일어나 그 틈에 한쪽
팔을 넣어보았다. 팔이 거뜬히 그 틈을 통과했다. 나는 조심스럽게
내 몸의 반쪽을 넣는다. 침대 위에 한 여자가 죽은 듯 누워 있다. 아
무것도 들리지 않는 모양이다. 나는 그녀에게 살짝 손을 흔들어주었
다. 내 머리와 함께 남은 한쪽 팔을 마저 통과시킨다. 창살 밖으로.
이제 나는 자유다.

청년이 나를 앞지르며 말했다.
"선생님, 저녁엔 학교 측에서 식사 자리를 마련했습니다."
저녁 식사 자리라면 넌지시 물어볼 수도 있을 것이다. "앨라배
마요? 바로 요 옆이에요. 차로 20분 거리죠." 어쩌면 청년에게서
이런 행복한 대답을 듣게 될지도 모른다. 저 앞에서 빨리 오라며
최가 손짓을 했다. 이번에도 또 김 선생과 최를 기다리게 했다.
앨라배마. 이렇게 멀어서 '멀고 먼 앨라배마'였던 모양이다. 내
게도 너무 먼 앨라배마다.

# 폴록

———

## 강영숙

강영숙

1967년 춘천에서 태어났다. 1998년 〈서울신문〉 신춘문예에 단편소설 〈8월의 식사〉가 당선되었다. 소설집 《흔들리다》, 《날마다 축제》, 《빨강 속의 검정에 대하여》, 《아령 하는 밤》, 장편소설 《리나》, 《라이팅 클럽》, 《슬프고 유쾌한 텔레토비 소녀》가 있다. 한국일보문학상, 백신애문학상, 김유정문학상을 수상했다.

K 이사는 J가 최근에 만난 사람 중에 나이가 가장 많은 사람이었고, 어쩌면 비교적 성공한 여자 중 한 명이었다. 인터넷 검색창에 이름을 치면 동명이인 셋 중 가장 큰 얼굴 사진이 나왔다. J는 나중에 그 사진을 K 이사의 장례식 영정사진으로 쓰면 좋겠다는 생각을 했다.

J는 성공한 여자들이 싫었다. 그래서 처음에는 K 이사를 만나는 게 불편했다. 성공한 여자들의 냄새도, 말투도 싫었다. 시간이든 공간이든 모두 다 자기 편리한 쪽으로 끌어가고, 그렇게 하는 걸 아주 당연하게 생각하며, 사과도 보상도 안 하는 당당함이 무서웠다. J는 가능하면 그런 여자들은 만나지 않고 살고 싶었다.

J는 환경운동 단체에서 인턴으로 일했다. K 이사를 포함해 비교적 일찍 환경운동을 시작한 여성들의 활동을 구술과 영상으로 남기는 일을 돕게 됐다. J는 그 일이 자신에게 적합한지 어떤지 잘

알지 못했다. 그룹으로, 개인으로 사람들을 만났는데, 그들은 식어가는 용암처럼 늙어가고 있었다. 누군가 그들이 한 일을 나열하고, 부풀리고, 의미 부여를 하면 언젠가 다시 용암처럼 끓어오를 수도 있다고 J는 믿었다. 그들이 무슨 일을 했는지, 어떤 일이 일어났는지를 정리하는 건 어쩌면 쉬웠다. 그런데 K 이사의 경우는 무슨 일이 일어났는가를 말하는 차원의 진술과는 다른, 말로 하기 어려운 층위의 일들이 존재했다.

그래서 J는 아무런 소용도 없는 글을 쓰기 시작했다. 그리고 장르를 정할 수 없어 고민하다가 전공한 도서관학에서 들은 한 가지 개념을 빌려왔다. 최종 단행본이 되기 이전의 자료, 공식자료 이전의 자료, 과정을 보여주는 회의자료, 최종 결과물이 나오면 결국 폐기하게 될 자료를 통칭해서 부르는 이름 Grey Literature, 회색문헌.


1.


택시 기사가 K 이사의 집 주소를 내비게이션에 찍고 난 뒤 30분쯤 지나 택시는 은평구의 낮은 연립주택이 있는 골목길에 섰다. 번지수를 들고 찾은 집 대문에서 고개를 돌렸을 때 이쪽의 연립주택들보다는 훨씬 높아 보이는 고층 빌딩의 한쪽 모서리와 북한산의 일부가 빌라와 빌라 사이의 허공에 길쭉하게 잘렸다. J는 집에 들어가고 싶지 않아 대문 앞에서 왔다 갔다 했다. 왜 그런지 별로 들어가고 싶지 않았다.

이사님은 혼자 살아.

같이 일하는 선배한테 들은 바로 쉰 살이 넘은 K 이사는 싱글이었다. 싱글이라는 의미가 평생 결혼을 하지 않았다는 것인지, 최근에 싱글이 되었다는 것인지 J는 알 수도 없었고 관심도 없었다. 그렇게 나이 많은 여자의 가족이나 애정 문제에 대해서는 궁금해한 적이 별로 없었다. 그러나 대문에는 한글로 된 문패 두 개가 나란히 붙어 있어서 잘못된 정보일 수 있다는 생각도 했다.

잭슨 폴록의 그림을 본 건 딱 두 번뿐이었어요. 한 번은 뉴욕에서, 또 한 번은 일본에서. 자기는 본 적 있어?

신입 인턴에게 자기라는 호칭은 부담스러웠다. 그리고 한가하게 잭슨 폴록 얘기나 할 수 있는 분위기가 아닌 집 안 상태가 훨씬 부담스러웠다. 뭐든 보관하지 않으면 안 되는 저장 강박증에 걸린, 호딩(Hoarding) 장애를 겪고 있는 사람이 분명하다는 확신이 들 정도로 집 안은 난장판이었다. 그런데 K 이사가 아무렇지도 않은 척, 멀쩡한 척 다시 잭슨 폴록 얘기를 하기 시작했다. J는 지루해서 휴대전화 시계를 내려다봤다.

내가 잭슨 폴록에 대해 알고 있는 건 사실 별로 없어요. 잭슨 폴록 그 자체보다는 내가 그 사람의 그림을 본 두 번의 횟수 앞과 뒤, 그때 있었던 일들에 대해 얘기를 하려는 것이니까.

그때 J는 자신의 번호를 수신인으로 문자를 보냈다.

저기요, 제가 왜 그 얘기를 들어야 하죠.

J는 거실에 걸린 유화 한 점 아래로는 절대로 시선을 두고 싶지

않았다. 바닥을 따라서 늘어놓은 물건이며 가재도구들은 바닷가의 자갈들처럼, 유적지의 유적처럼 차곡차곡 쌓여 있었다. 집의 상태와 관계없이, 그럼에도 그 집에서 가장 상태가 괜찮은 것은 K 이사뿐인 것 같다고 J는 생각했다. 살집이 없는 몸매에 자잘한 줄무늬가 그려진 파자마를 입고 미색 스웨터를 걸친 채 화집을 들고 있는 모습은 나쁘지 않았다. 나쁘지 않은 정도가 아니라 차분하고 아름다워 보였다. 노회한 느낌은 전혀 들지 않았고 무섭거나 딱딱한 인상도 아니었다. J는 그렇게까지 나이 든 자신의 모습을 상상해 본 적이 없어서 나이 든다는 것에 대해 잠깐이나마 긍정적인 생각마저 할 정도였다.

간단하게 자기소개를 하고 찾아온 용건을 말하는 동안 K 이사는 무릎 위 화집 표지에 손을 올린 채 한 손으로 턱을 문질렀다. 그러면서 전공은 뭘 했고, 장래 희망은 뭐고, 왜 환경운동 단체에 들어왔으며, 일은 재미있느냐는 등 누구나 할 수 있는 질문을 했다. K 이사는 가끔 머리를 쓸어 올리기도 하고 한 손으로 턱도 문질렀다. J는 성의껏 대답하려고 노력했다.

인터뷰 녹취 테이프 속에서 K 이사가 한 얘기.

1987년이 지나고 1988년 초반이었어요. 나는 공해추방 단체에서 일하게 됐어요. 일하게 된 곳과 상관없이 여성이라는 자의식에 한창 붙들려 있을 때였어요. 여자가 뭘 하려면 먼저 집안의 천사를 살해해야 한다는 버지니아 울프의 말을 아무 데서나, 아무런 맥락도 없이 하고 다녔죠. 그때 막 그런 단체들이 생겨났죠. 시대가 요구한 거나 다름없어요. 세 명이 같이 일을 시작했는데 우린 정말

친자매들보다도 더 친했어. 매일 같이 다니고 주말도 없이 어울렸지. 공사 구분도 없이 내 것 네 것도 없이 어울렸어요.

한 소년이 있었어요. 소년은 충청남도 서산 출신인데 열다섯 살이었어요. 영등포에 있는 무슨 계공, 이름이 잘 떠오르지 않지만, 거기 취직했는데 겨우 삼 개월을 일하고 수은중독으로 죽어버렸어. 우리가 조사하러 갔을 때 작업장 바닥에 수은이 굴러다니고 있었어. 공부를 잘했지만, 학교에 갈 수 없어서 야간학교에 다닐 수 있게 해준다는 말에 속아 거기까지 간 건데 죽어버렸어. 우리가 그 회사 사장과 싸웠어. 나는 지금도 그 애가 영등포의 그 공장 작업장 바닥에 깔린 수은 위를 재미있다는 듯 미끄러져 다니는 꿈을 꿔. 그 애의 아버지는 아들이 죽은 줄도 모르고 빨리 일어나 학교에 가라는 개그 같은 말을 했대요. 겨우 열다섯 살, 지금까지 살았어도 마흔 살 정도밖에 안 된, 그런 어린애가 수은중독에. 사실 수은중독만이 아니었어. 온산병, 이타이이타이병, 그런 거 들어봤어요?[1]

우린 그 애를 보면서 이상적인 공동체 얘기를 했어요. 아무도 아프지 않고 아무도 죽지 않는 공동체. 그런 공동체를 세우는 일.

대화를 나누는 중에 유선전화가 한두 차례 걸려왔고 J가 전화를 받으려고 했지만, K 이사가 길고 흰 손을 내저었다. J는 잭슨 폴록 얘기도 귀찮고 단지 쓰레기 더미에서 빨리 벗어나고 싶다는 생각만 했다. 그러면서도 J는 용감하게 입을 열어 말하기 시작했다.

이사님 저는요. 그러니까 저는요. 면접할 때, 떨어질 줄 알았어요.

---

1) 수은중독에 걸린 한 소년 이야기의 출처는 《한국공해리포트-원전에서 산재까지》(니시나 겐이치 · 노다 교우미 지음, 육혜영 옮김, 개마고원, 1991)이다.

이상한 얘기만 했거든요. 어떻게 하면 환경문제를 해결할 수 있느냐는 질문을 받았을 때 저는 아무도 해결할 수 없다고 대답했어요.

해결 따위는 없습니다. 적응하는 법을 배워야죠.

허리케인에 대비하기 위해서는 창문에 엑스 자로 테이프를 붙여야 하고, 지구온난화 때문에 그늘로 피해 들어간 남반구 사람들처럼 우리도 할 수만 있다면 자기 집 지하에 벙커를 만들어야 한다고 J는 말했다. 고비사막에서 매년 100만 톤씩의 모래가 베이징으로 날아가는데, 우리가 먼지 봉지나 마스크를 만들어서 수출하자는 제안도 했다.

크크크크.

K 이사는 입꼬리를 올리고 웃었다. J는 그 웃음을 이해할 수 없었다. 뭔가 기분이 좋지 않고, 얼굴이 붉게 달아오르는 것 같아 멈추지 않고 얘기를 계속했다.

농촌에 사는 사람들도 자연재해가 나 혼자 남겨질 때를 대비해서 동물의 껍질을 본떠 만든 자루 속으로 들어가 몸을 숨기거나 나뭇잎을 온몸에 덮어 사람이 아닌 것처럼 위장하는 법도 배워야 한다. 재앙이 닥치면 처음엔 다른 사람을 배려하는 척하지만, 먹을 게 떨어지고 시간이 지나면 다들 서로 공격하기 시작한다. 산짐승들, 동물들이 제일 위험하다.

하하, 아하, 크크크. 역시 자기들은 신인류야.

J는 또 자기 자신에게 문자를 보냈다.

신인류라니. 이건 뭐지.

액체를 많이 흘려 색이 검게 변한 발밑의 카펫과 K 이사 등 뒤에서 썩고 있는 화분을 쳐다보기도 했지만, J는 이만 가봐야겠다고 말하지 못했다. 늘 울려대던 휴대전화조차도 그 순간엔 울리지 않았다.

인터뷰 녹취 테이프에서 K 이사가 한 얘기.

그때 우리는 환경운동은 열심히 했지만 다 불행했어요. 아니, 일은 정말 열심히 했는데, 순탄치 않았어요. 건강도 좋지 않았고. 우리 중 한 사람은 암에 걸렸고 한 사람은 건강하지 않은 아이를 낳았어. 우리가 세상을 걱정한답시고 담배를 오랫동안 피우고 술을 자주 마셨기 때문일까? 정말, 생각하면 마음이 아파요. 그런데 그게 다 왜 그런지 알아요?

암은 환경운동을 하지 않은 사람도 걸린답니다.

나는 그게 다 최루탄 때문이라고 생각해. 우린 그때 모두 신촌에 살면서 신촌과 신촌 인근에 있는 대학에 다니고 있었어. 온통 하얀 하늘을 한번 생각해봐. 봄도 없었고 가을도 없었어. 상징적인 의미의 봄 얘기가 아니고 실제의 봄, 계절의 여왕 봄, 그런 게 없었어. 새가 없었다고. 날아다니는 새가 없었어.

그대여, 그대여, 버스커 버스커, 벚꽃이여.

얼마 전에 우리 셋이 아현동에 갔어요. 세상에! 우리가 데모할 때마다 숨었던 그 북아현동 시장 골목부터 이대 언덕바지 위까지 깨끗이 다 갈아엎은 걸 봤어. 허탈했어. 도시는 그렇게 새로 지어지면서 끝까지 죽지 않는구나. 그런 생각을 하니 서글퍼지기도 하고. 데모하다가 그 시장 골목골목으로 몸을 숨겼던 사람들이 다 죽어버리면 누가 그 길을 기억하겠어. 그러나 다 죽겠지. 우린 그런 투어를 하길 좋아해. 최루탄 격전지 투어.

폴록

미세먼지 차단하는 호흡기 파는 사이트 많은데…….

돈이 없어서 그렇지, 최루탄 정도는 쉽게 차단해주는 기구를 파는 곳을 J는 여러 군데 알고 있었다. K 이사는 혼자서 잭슨 폴록에 관한 것인지, 잭슨 폴록과 관계된 자신의 얘기인지 모를 소리를 하고 있었다. 그러다 한순간 아, 하는 소리를 뱉고는 고개를 떨어뜨린 채 더는 머리를 들지 않았다.

자는 거야? 뭐야, 자는 거잖아.

J는 당황했다. 믿을 수 없지만, 그녀는 자고 있었다. 한 15분쯤을 기다렸는데 정수리 부근이 점점 툭툭 떨어지며 고개를 쳐들지 않았다. J는 소파로 다가가 K 이사의 몸을 한 손으로 눌러 소파 위에 눕혔고 등받이에 걸려 있던 담요를 덮어주었다.

그리고 한동안 가만히 앉아 있었다. 사무실에 전화를 걸어 선배들한테 물어봐야 하나. 메모를 남겨두고 가야 할 것 같은데 어쩌나. 무엇보다 이 집 안 꼴을 어째야 하나 고민했다. 그러다 J는 그 자리에서 벌떡 일어났다.

집 안은 쓰레기 천지였고 K 이사 외에 살아 있는 것은 흔한 고양이 한 마리, 개 한 마리, 어디서나 잘 크는 서양란 하나 없었다. K 이사 이름 옆에 나란히 붙은 문패에 적힌 또 다른 사람은 죽었거나 이 집에 살지 않는 것 같았다. 가끔이라도 누군가 와서 살림을 도와주거나 한다는 느낌은 전혀 들지 않았다. J는 겨우 난 틈을 이용해 집 안을 돌아다녔다. 손을 대는 곳마다 먼지 무덤에, 썩고 상한 것들 천지였다.

처음엔 그냥 사람이 지나다닐 통로만 마련하자는 생각이었다.

쌓아둔 신문지와 쓰레기가 분명한 것들만 치울 생각이었던 것인
데 방이 네 개나 되는 큰 집이고 방마다 빈틈이라고는 없어서, 뭔
가를 치운다고 해봐야 그냥 손으로 집어서 옆자리로 다시 옮겨놓
는 정도였다. 문제는 냉장고 옆 조리대 부근과 이어진 부엌 뒤 베
란다였다. 양동이와 또 다른 양동이, 상자와 또 다른 상자들이 창
을 꽉 막고 있었다. 처음에 한숨을 쉬던 J는 어느새 재킷을 벗고 식
탁 위에 빈틈을 내느라 애를 썼다. 신문지에 나자빠지거나 의자 모
서리에 걸려 바지가 찢어지지는 않았지만, 천벌이라도 받는 기분
이었다. J는 책장을 점령한 미세먼지 덩어리들을 보고 경악했다.
책들은 형체가 희미해져 다시 종이로 돌아갈 것처럼 뿌옇게 색이
바랜 상태였다.

〈라이프〉였던 거 같아요. 잭슨 폴록이 셔츠 소매를 걷고 접시를
닦는 사진이 실린 적이 있어요. 그의 파트너 리 크리스너가 담배를
입에 문 채 접시를 닦는 폴록을 바라보고 있었어요. 리도 화가였
어. 정말 못생긴 여자였지. 생각해봐요. 리 크리스너는 폴록의 붓
질을 봤을 거야. 그런 붓질을 봤으면 좋겠어. 나도 말이야.

〈라이프〉고 뭐고, 집 안은 인테리어 업자가 한번 다녀가든지, 청
소 용역이 와 다 싣고 가지 않으면 안 될 지경이었고, 소파에 붙은
듯 자고 있는 K 이사는 잠에서 깨어날 생각을 안 했다.

제가 지금 가야 하는데요.

K 이사는 계속 잤다. J는 두 손과 발가락을 비비며 천장이 곧 무
너져버릴 것 같은 집을 지탱한 채 가만히 서 있었다.

이봐요 아줌마, 제가 가야 한다니까요.

K 이사의 자세는 아주 편안해 보였다. J는 휴대전화 카메라로
자고 있는 K 이사의 얼굴을 찍었다. 그것도 여러 번. 그런 말이 딱
적당했다.

맛이 갔군. 이 아줌마 맛이 갔어.


2.


이탈리아의 에트나 화산을 취재한 다큐멘터리를 보던 J는 스피
커 음량을 최대로 높였다. 이탈리아의 지진학자들이 출연해 화산
활동의 움직임을 음악으로 표현하는 기술을 개발했다고 말했다.
화산활동이 활발해지는 순간의 움직임, 지진 파동이 기록되면 그
것을 음악으로 표현해, 그 음악이 울리는 순간, 사람들은 지진을
감지하면서 지진 속에 파묻혀 죽게 될지도 몰랐다. 실제로 지진이
나면 피할 수 있는 시간이 있을까. 지진 파동과 비슷한 현대음악
스타일은 뭘까. J는 거듭, 거듭 상상했다.

아현역에서 내리자마자 K 이사가 말한 풍경을 볼 수 있었다. 천
막으로 가린 언덕이 모두 붉은색 흙이었다. 인근에 온전히 남아 있
는 건 남자학교 하나뿐이었다. J는 천막을 따라 인도를 걷다가 틈
이 벌어진 가드 안쪽을 들여다봤다. 붉고 진한 흙만 보였다.

꼭 가봐야 하는 전시가 있으니 미술관에서 만나자고 한 건 K 이
사였다. 그런데 5시가 넘어서도 K 이사는 미술관에 나타나지 않았
다. 휴대전화도 받지 않았고 전화가 걸려오지도 않았다. J는 가방

에서 포스트잇을 꺼내 들었다. 미술관 담벼락에 기다리다 간다고 써 붙여놓아야 하나 망설였지만, 그냥 돌아섰다. 성공한 여자들은 결국 다 이렇다는 걸 또 확인하는 순간이었다. J는 〈미국 미술 3백 년〉이 란 타이틀이 붙은 전시 브로슈어만 안내 데스크에서 받아 들고 나 왔다. 도대체 남의 나라 미술 3백 년 전시를 왜 봐야 한다는 것인 지, J는 아무것도 알 수 없는 기분이 되었다.

그나마 가 앉아 있지 않으면 아무것도 안 하는 거 같아 불안해 다니기 시작한 영어 학원 수업 시간이 가까워져 더 기다릴 수도 없 었다. 날씨 얘기를 포함한 잡담까지 총 50분 강의를 듣고 나온 J는 인근 카페로 들어갔다. 그리고 무심코 전시 브로슈어를 들여다봤 다. 필라델피아 미술관이 소장하고 있다는 잭슨 폴록의 그림 〈No. 22〉가 인쇄되어 있었지만, 그저 그런, 흔한 추상화의 하나일 뿐이 라고 느꼈다.

지하철을 타고 가면서 차창 아래로 흐르는 한강을 내려다봤다. J는 혼자 웃었다. K 이사가 집에서 자고 있을지도 모른다는 생각을 하자 저절로 웃음이 나왔다. 후후후.

그때 K 이사의 전화가 걸려왔다.

자기 지금 어디야?

J는 순간 화가 나서 입술을 물었다.

아직도 이렇게 이상한 말투이신가. 미안하다는 말도 없이.


어쨌든 버스는 이상한 곳으로 가고 있었다. 버스를 탔을 때는 그 나마 불빛들이 있었는데, 시간은 온통 깊은 밤의 와중으로 떨어졌다. 비닐 천막을 켜켜이 덮어놓은 상가 건물 옆을 지나고 하천 위를 지났다. 편의점의 흔한 삼색 줄무늬 불빛 하나도 보이지 않고, 가로등 하나 켜고 있지 않은 어둡고 후진 동네였다. 종점까지 가는 거 맞죠? 버스가 덜컹거리는 노면 위를 막 통과할 때 J가 운전기사에게 물었다. 뒷자리를 돌아봐도 아무도 없었다. 버스가 심하게 흔들렸다. 너무 흔들려 기분 나쁜 말들이 마구 떠올랐다.

난 너한테 많은 기대를 했는데, 네가 지금 그러고 있는 게 만족스럽지 못한데, 그래도 어쩌겠니. 인턴이라도 해야지. 설마 후쿠시마 같은 데 가는 건 아니겠지? 원자력발전소 근처에는 가지도 마. 방사능에 오염되면 우리한테도 퍼지니까. 만일 우릴 속이고 그런 데에 갔다면 우리한테 돌아오지 마. 돌아오지 마.

한 손으로 앞 의자 손잡이를 잡고 들뜬 듯한 머리를 만지며 운전기사에게 물었다. 아저씨 혹시 이 차 미술관 가나요? 종점에 미술관이 있나요? 내가 운전을 오래 했는데 이 차는 한 번도 미술관에 간 적 없는데, 차를 잘못 타셨어요. 버스는 더욱더 속력을 냈다.

버스는 종점 정류장 앞에서 형식적으로 한 번 선 뒤, 이내 차고지로 들어가버렸다. 그나마 남아 있던 불빛들마저도 버스가 도착한 시점을 기해 일시에 꺼졌다. J는 버스 정류장 앞에 서서 표지판을 올려다봤다. 생전 처음 보는 지명들이 암호처럼 띄엄띄엄 적혀 있었다. 버스 정류장 뒤편의 담벼락 안에서 개 짖는 소리가 터져나왔고, 이내 다른 버스 한 대가 정류장으로 들어가기 위해 막 커브 길을 돌았다. 주변은 푸른 기운이 사라지고 금세 어두워졌다.

가게는 버스 정류장을 지나 교차로 쪽으로 가는 길 오른편 모퉁

50

이에 있었다. 가게 앞 파라솔 밑에 젖은 박스처럼 짜부라진 채 K 이사가 앉아 있었다. K 이사와 같이 앉아 있는 사람들은 모두 외국인들이었다. 한 명은 흑인 남자, 또 한 명은 머리에 수건을 쓴 아랍 여자, 또 한 명은 키가 큰 백인 남자였다. 그들은 아무 말도 없이 파라솔 아래 앉아 각자 눈앞의 좁은 영역만 보고 있었고, 가게 안쪽에서부터 텔레비전 소리가 들려왔다.

ㄱ자 철판 두 개 뒤의 미색 조명이 켜진 방에서 할머니가 고개를 떨어뜨린 채 졸고 있었다. J는 가게로 들어가 무심코 작은 초콜릿 하나를 주머니에 넣었다. 그리고 껌도 하나 넣었다. 할머니가 뭐라고 하면 돈을 내버리면 그만이라고, 뭔가 좀 장난스러운 기분이 되었다. 뭘 원하세요? 그때 파라솔 아래에 앉아 있던, 머리에 수건을 쓴 아랍 여자가 유창한 한국말로 J한테 물었다. 여자는 할머니가 졸고 있는 방 입구에 붙어 있는 냉장고 문을 열고 팩에 든 초콜릿 우유를 꺼냈다. 여자의 눈동자가 너무 커서 굴러떨어질 것 같았다. 난 얼마인지 모르니까 그냥 마음대로 돈을 내세요. 여자가 검은 눈을 동그랗게 뜨고 말했다. J는 1000원짜리 두 장을 꺼내 여자에게 주었고, 여자는 그 돈을 초록색 알루미늄 돈 통에 넣은 뒤 소리 나게 닫았다. 그게 다였다. 여자는 다시 파라솔 아래로 가 앉았고, 네 사람 모두 말없이 각자 앞만 쳐다봤다. J는 사각의 우유갑을 열었다. 그리고 K 이사에게 다가가 어깨를 한 손으로 잡고 입을 벌리게 한 후 초콜릿 우유갑 모서리를 입속으로 넣었다.

정말 미안해. 내가 왜 여기 와 있는지 모르겠어. 나는 분명 미술관으로 가는 길이었어. 잭슨 폴록을 보러. 〈미국 미술 3백 년〉이라고 적힌 팸플릿이 분명 내 손에 들려 있었는데. 핸드백 안에도 코트 주머니에도 없어. 버스는 미술관 앞에 나를 내려놓아야 했다니까. 그런데 그러지 않았어. 난 입술이 아파. 버스에 있는 내내 입술이 아팠어. 다들 나한테 왜 이러지. 난 미술관으로 가는 길이었어.

이건 또 무슨 모드야. 차라리 주무시는 게 낫네요.

난 요즘 툭하면 아무 데서나 잠이 들어버려. 분명 피피티 액정을 올려다보며 회의 진행자의 말을 경청하고 있었는데 어느 순간부터 잠이 들었나 봐. 지하철이나 버스에서 잠이 드는 건 아무 문제도 아니었어. 문제는 아주 중요한 순간에 잠이 든다는 사실이야. 절대 잠이 들어서는 안 되는 자리에서 잠이 드는 거야. 수저에 뜬 밥이 채 입속으로 들어가기 직전이라든가, 은행에서 대기번호를 기다리다 다음 차례라는 걸 확인하는 바로 그 순간이라든가. 문제는 깨고 나면 더 잠이 온다는 거야. 조금 전까지 빠져 있던 잠에서 벗어나질 못하고 옆 사람에게 말하곤 했지. 여기 뭐 깔개 같은 게 없을까. 그리고 회의실 바닥에 모로 누워 자버려. 마치 심한 멀미를 느껴 배 난간의 기둥 아래 길게 누운 사람처럼 말이야.

악몽 같은 걸 꾸었을 거라는 건 잘못된 생각이야. 내 친구 중에 국민더잠자기운동본부를 만든 애가 말하길, 내가 더 잠을 자면 세상에 평화가 온다는 거야. 나는 단체 회원도 아닌데 자고 또 잔다! 난 와해되어버렸어. 다 깨져버렸다고. 폴록을 봐야 했는데. 내가 그때 도망치듯 미국으로 가서 온종일 폴록의 그림을 들여다봤거든. 그런 에너지, 그런 충동, 그런 구도가 아니면 해결이 안 되는 지경이었던 나. 그때 생각을 하고 싶은데.

와해됐다는 말! 멘붕일 때 쓰는 말인 듯.

사람들은 나를 금치산자 취급했어. 그런데 나는 금치산자가 될 수 없는 사람이야. 나는 그 얘기를 하고 싶어. 나는 이렇게 무기력하게 잠만 잘 수는 없는 사람이야. 내가 지금까지 어떻게 살아왔는데.

아무래도 나는 와해된 것 같아.

택시는 올 것 같지 않았다. J는 조금 앞서 길을 내려가 버스 정류장 쪽 모퉁이를 돌았다. 어둠 속에서, 시멘트 바닥을 툭툭 때리며 튕겨 오르는 농구공 소리가 들렸다. 흰 모자가 내뱉는 숨소리가 농구공 소리와 함께 어둠 속에서 흔들렸다. K 이사는 결국 비닐 장판을 깐 평상에 걸터앉아버렸다. J는 훔친 초콜릿을 까 입에 넣어주었다. 보따리를 양손에 잔뜩 든 여성 노숙자가 평상 앞을 지나가며 한마디 했다. 꽃이 이쁘네. 꽃이 이뻐. 그러고 보니 버스 정류장 담벼락은 꽃나무로 둘러싸여 있었다. 농구공 소리에 꽃잎들이 흔들려 떨어졌다. 노숙자는 버스 뒤편으로 자취를 감추고, 버스 종점의 허공에는 언제 흔들렸느냐는 듯이 바람 한 점 불지 않았다.

지나가는 택시를 만나면 탈 생각이었다. 어두운 거리를 좀 달리면 곧 도시가 나오고 익숙한 불빛에 몸을 섞으면 또 그간의 일은 다 그만인 것이 된다고 J는 생각했다. 그리고 한참을 걸었다. 발바닥에 감촉이 느껴지지 않을 때까지 걸었다. 주홍색 택시를 잡아탔을 때 K 이사는 머리를 떨구고 곧 잠들어버렸다. J는 가방 속에 든 전시 팸플릿을 꺼내 그녀의 가방 속에 넣었다.

택시가 은평구로 진입하기까지 K 이사는 내내 잤다. 말로는 혼자서 들어갈 수 있다고 했지만, 다리가 툭툭 꺾여서 부축하지 않을 수가 없었다. 낮은 주택 담벼락 위에 검은 고양이 한 마리가 앉아 있었다. 11시가 조금 지난 시각이었는데 인기척이라고는 없었다.

집은 더 어지러웠다. 이 집은 버려둔 채 다른 집에 가서 살다 잠깐씩 오는 건 아닐까 의심스러울 정도였다. K 이사는 침실로 들어갔고, J는 택시를 타고 돌아갈까 망설이다가 소파에 앉았다. 눈을 뜨면 소파 주변에 있는 책들이며 화분들이 쓰러질 것 같아 불을 끄고 누웠다. 거실이 추웠다. 코끝이 시려 잠을 잘 수가 없었다. 그때 K 이사가 미색 스웨터를 걸친 채 방에서 나왔다. 핏기 없는 얼굴로 부엌 쪽으로 가 어지럽게 쌓인 상자들 틈에서 생수병 두 개를 들고 왔다. 집에 갔을 줄 알았는데 안 갔네. 그녀가 약간은 환해진 얼굴로 말했고 J도 조금은 편안하게 말을 할 수 있었다. 엄마가 새벽에 다니는 걸 안 좋아해요. 새벽에 들어올 거면 아예 자고 오라고 해요.

내가 요즘에 곰곰이 생각을 해봤는데. 그러니까 내가 왜 자꾸 아무 데서나 자는지, 그런 거 말인데. 아무래도 2009년에 앓은 신종플루 때문인 것 같아. 그때 백신을 맞았는데, 그 백신을 맞은 이후로 자꾸만 잠이 쏟아져. 그때 내 딸년은 날 버리고 미국으로 도망가버렸어. 너무 아파서 돌아오라고 전화를 했는데, 자기도 아프다며, 울며 난리를 쳤어. 그 애는 늘 몸보다 마음이 아픈 애였어.

J는 생수병을 든 채 가만히 손에 힘을 주며 K 이사의 얼굴을 쳐다봤다. 뭔가 말하고 싶었다.

이사님. 그런데 백신 때문에 잠을 많이 잔다는 걸 어떻게 증명하나요. 저도 좀 생각해봤는데요. 아까 거기 가게 앞에 앉아 계실 때,

외국 사람들과 거기 앉아 계실 때요. 이사님이 그렇게 아무 데서나 잔다고 해서 누가 뭐라고 할까요. 전쟁을 하는 것도 아니고 총을 쏘는 것도 아니잖아요. 그냥 잠 좀 잔다고 해서 누가 뭐라고 할까요. 그리고 그게 꼭 신종 플루 때문이라는 증거도 없잖아요. 이사님은 그냥 나이가 들어서, 전반적으로 갱년기 증상에, 이제 그냥 지친 게 아닐까요.

화를 내면 어쩌지.

그날 밤, J는 K 이사가 늦도록 잠이 들지 못하는 것을 알고 있었다. 안방에서 들리는 신음 때문에 할 수 없이 방으로 들어가봤다. 그녀는 한쪽 다리를 작은 베개 위에 얹은 채 벽 쪽을 향해 모로 누워 있었다. 자꾸만, 계속해서 중얼거렸다. 한숨을 쉬기도 하고 입밖으로 거품을 내뿜기도 하면서, 계속 쏟아내는 소리를 J는 이해할 수 없었다.

저기, 이사님. 제가 어떻게 해드릴까요? 어딘가 좀 만져드릴까요? 너무 힘들어 보여요. 그 소리 정말 듣기 싫어요. 그런 말밖에는 할 수 없었다. J는 누렇게 말라빠진 저온 냉장고 안의 치즈 케이크 같은 얼굴로 몸을 움직여 자신을 쳐다보는 K 이사를 물끄러미 쳐다봤다. 발바닥이 아파. 난 발바닥이 아프고 넌 눈썹이 예쁘구나. 난 낙타처럼 긴 속눈썹이 좋아. 너희가 눈썹이 긴 건 그만큼 대기 오염이 심해졌기 때문이야. 이중, 삼중으로 긴 눈썹이 아니면 먼지를 막을 수 없어. 발바닥이 아파, 발바닥이, 발바닥이, 아파…….

낙타가 되어야 한다면 몸에 새길 무늬는 내가 직접 고르게 해주면 좋겠다.

## 3.

봄이 무르익어갔다. J는 낮이면 녹취 테이프를 들었다. 어떤 때는 밤에도 들었다. 듣다가 K 이사의 목소리가 들리지 않으면 또 잠든 게 아닐까 생각하며 자리에서 일어나 왔다 갔다 했다. 지하철에서도 휴대전화로 녹취 파일을 계속해서 들었다. 집에 돌아가면 낙타처럼 긴 속눈썹을 붙이는 연습을 했다. K 이사의 말처럼 도시가 사막화되면 결국 모래바람을 피해야 하고, 그러려면 눈썹이 길어야 하니까. 낙타처럼 이중, 삼중이어야 하니까. J는 이산화탄소를 걸러주는 호흡기의 중고 거래자가 나섰다는 이메일을 받았다. 100만 원이나 하는 고가의 가격 때문에 구매하기는 어려웠다. 그 대신 사이트에 들어가 새로 나온 장비들을 구경했다. 이 정도면 환경운동단체에서 일하는 인턴 스태프로서의 자질은 충분한 게 아닌가 위로하며.


## 4.

그러거나 말거나 K 이사는 또 이상한 곳에 가 있었다. 햇살이 등과 머리에 내리꽂혔다. J는 다리 이쪽으로 걸어오고 있는 여자를 알아보지 못했다. 여자의 등은 큰 새우처럼 휘어져 있고, 두 팔은 수직으로 늘어진 채 대책 없이 흔들렸다.

J는 다리 이쪽에서 맹렬하게 담배를 피워대는 남자들과 일렬로

서서 여자를 쳐다보고 있었다. 여자는 잠깐 멈춰 난간을 잡은 채 다리 아래 하천을 내려다봤다. 곧 쓰러질 것 같았다. 노숙자네! 남자들이 피우던 담배를 바닥에 버리고 커다란 건물 입구 쪽으로 걸어가며 말했다.

가까이 다가가서 보니 K 이사였다. J는 자신의 엄마가 아파서 괴로워하는 할머니에게 늘 했던 말이 떠올랐다. 엄마, 이제 편안히 가요. 아무 걱정하지 말고 편안히 가도 돼, 차라리 가는 게 나아. 자신의 두 팔을 덥석 잡는 K 이사의 얼굴을 본 순간 J도 엄마 같은 말을 하고 싶었다.

이사님, 차라리 주무세요.

그들은 흰 외벽의 커다란 건물을 등지고 작은 구멍가게 앞에 놓인 파라솔 아래 앉았다. 그럴 수밖에 없었다. 의자 두 개를 나란히 붙여놓고 J의 몸에 머리를 기댄 채 K 이사는 죽은 듯이 잤다. 다리 위로 커다란 덤프트럭이 굉음을 내며 지나갔고, 공장 쓰레기들을 주워 모으는 리어카가 한 대 지나갔다. 뿌연 대기를 뚫고 마스크를 쓴 사람들이 하나둘 다리 이쪽으로 넘어왔다. 새들은 보이지 않았고 비닐봉지도 날지 않았다.

J는 휴대전화를 꺼내 택시를 부르는 택시 앱을 열고 지피에스를 켰다. 알 수 없는 지명들이 계속 올라왔다. 정확한 위치를 찾기까지 시간이 꽤 걸렸다. 그리고 택시 호출 버튼을 눌렀다.

주홍색 택시는 한 시간이 지나고 나서 왔다. 택시 앞자리에 누군가 타고 있었다. 머리에 수건을 쓴 아랍 여자가 얼굴을 돌려 뒷자리를 쳐다봤다. 흰 수건 속에 파묻힌 머리카락과 눈동자가 지나치게 크고 검어서 J는 자꾸만 뒤통수를 처다봤다. 물 있어요? 아랍 여자는 물 한 병을 꺼내주고는 손바닥을 편 채 치켜들었다. J는 1000원짜리 지폐 한 장을 올려놓고 물을 마셨다. J는 그 물에서 왠지 오줌 맛이 난다고 생각했다. 그러나 불이 나 어떤 건물에 갇히거나 하면 결국 오줌을 받아 마셔야 한다는 생각을 하며 참았다.

가까이에 바다는 없어요. 바다 비슷한 곳은 있지. 그러면서 아랍 여자는 왼쪽에 앉은 기사를 처다보며 키득키득 웃었다. 남자의 마스크에는 검은색 글자가 새겨져 있었는데 잘 보이지는 않았다. 택시는 커다란 건물을 몇 개 지나고 난 뒤, 우주선처럼 흰 캡슐 안에 넣어놓은 도로 양쪽의 볏단들을 지나 좁은 흙길을 달렸다. 아랍 여자는 휴대전화로 짧게 울리는 전화를 여러 번 받았고, K 이사는 계속해서 잤다.

택시 기사가 차를 세웠다. 그의 마스크에는 'Google'이라는 글자가 선명하게 새겨져 있었다. 비쩍 마른 나무들이 강인지 바다인지 모를 곳을 대충 가리고 있었다. 아랍 여자와 택시 기사는 나무들을 헤치고 탁 트인 쪽으로 쉽게 내려갔지만, J는 K 이사를 거의 업고 어쩌지 못한 채 서 있었다. 그때 아랍 여자가 다가와 K 이사의 뺨을 여러 차례 때렸고, 그제야 K 이사는 눈을 뜨고 앞을 봤다. 드디어 자기 힘으로 허리를 편 채 서 있게 된 늙은 여자는 새로운 세상을 본 것 같은 얼굴로 두 눈을 휘둥그레 떴다. J는 그때 그곳을 소개하는 표지판을 보았다. 그곳은 U만(灣)이었다.

바다다!

아랍 여자가 소리를 치며 가방에서 선글라스를 꺼내 얼굴에 걸

치고 택시 기사의 팔짱을 긴 채 흰 거품이 가득한 바다 쪽으로 걸어갔다. 바다 이쪽에는 흰 시멘트 건물 하나가 있었는데, 양복을 입은 남자 세 명이 건물 앞 자판기 근처에 서서 맥주를 마셨다. 근무시간에 땡땡이친 회사원들 같았다. 두 사람이 남자들 앞을 지날 때 그들이 갑자기 현란한 지그재그 스텝으로 춤을 추기 시작했다.

아, 개운해.

K 이사는 두 팔을 벌리고 입꼬리를 찢으며 웃었다. 흰 거품이 자꾸만 비좁은 모래사장 쪽으로 기어오르고 있었고, 바닷물이 밀릴 때마다 흰 거품은 점점 더 커졌다. 무거워 보이는 회색 거품은 모래에 파묻히고, 흰 거품은 점점 더 면적을 넓혀갔다.

젤리피시다!

끈적해 보이는 흰색 덩어리가 미지근한 물 위로 부유물처럼 떠올랐다. J는 발끝으로 덩어리를 건드려봤지만 어떤 움직임도 없어 몹시 기분이 나빴다.

그들은 차 소리도 들리지 않는 모래 위에 앉았다. 아랍 여자와 택시 기사는 손을 잡고 점점 멀리 걸어갔다. J는 배낭 속에 든 물을 꺼내 병뚜껑을 열어주었고, K 이사는 물을 마셨다. 아무 소리도 들리지 않자 늙은 여자는 J의 무릎을 베고 다시 누웠다. 태양이 뜨거웠고 저만치 걸어간 아랍 여자와 구글 마스크를 쓴 남자는 약간은 경사져 보이는 모래밭 위에서 섹스를 했다. J는 규칙적으로 허공을 향해 뻗어 올라가는 구글 택시 기사의 흰 엉덩이를 보면서 무릎 위에 잠들어 있는 늙은 여자의 흰 머리카락을 만지작거렸다. 흰 머리카락들이 두피를 뚫고, 무서운 기세로 마구 뻗어 나오는 중이었다. 머리카락들은 너무 강하고 억세서 잡아당겨도 빠지지 않았다. 그때 확성기 소리가 들리기 시작했다.

삶은 모험입니다.

녹취 테이프 속에서 늙어가는 여자 중 한 사람이 한 말이, 인명 구조를 알리는 스피커 주둥이를 통해 천천히 반복되었다. 삶은 모험입니다. 만 저쪽에서 섹스를 하던 아랍 여자와 구글 택시 기사는 비명을 지르며 한 덩어리가 되어 모래 위를 뒹굴었다. 누구에게나 삶은 모험일까. J는 비명을 지르는 남녀를 보며 그들에게 삶은 오르가슴인 것 같다고 생각했다. J는 한 손으로 자꾸만 K 이사의 볼을 꾹꾹 눌렀다.

잭슨 폴록의 그림을 본 건 딱 두 번뿐이었어. 한 번은 뉴욕에서, 또 한 번은 일본의 어느 시골 미술관에서였어. 미술에 대단한 조예가 있는 것도 아니고 특별히 폴록을 좋아할 만한 이유가 있는 것도 아닌데, 나는 폴록이라는 이름의 어감과 함께 그의 그림을 좋아했던 것 같아. 순서로 보면 일본에서 본 게 먼저였고, 뉴욕에서 본 건 그로부터 4년 뒤였어. 폴록을 두 번 본 그 10년간, 내 삶에서 많은 것들이 떨어져나가갔어. 미국에서 폴록을 봤을 때, 그 전시실에 들어갔을 때 폴록의 경쟁자였던 빌럼 데 쿠닝과 마르크 로스코, 그리고 폴록의 그림이 한공간에 있었어. 나는 그냥 그걸로 됐다고 생각했어. 그걸 본 것으로 모든 것들을 덮자고. 아주 좋아하는 그림들이었어. 그제야 나는 알았던 것 같아. 그냥 잠깐 흘러간다는 걸.

제가 봐도 정말 빨리 흘러가요.

이사님, 그리고 잠은 기필코 밤에 자야 해요.

이렇게 낮에 자면 안 된다고요.

J는 얼굴을 숙인 채 늙은 여자의 귀에 입을 대고 말했다.


## 5.

사람들이 얼굴에 붉은 양파 자루를 쓰고 지나다녔다. 이산화탄소 농도는 매일매일 조금씩 높아졌다. 언젠가 프랑스에서 혼자 사는 노인들이 더위 때문에 많이 죽었던 여름이 있었는데 올여름 더위가 40도 이상일 거라고 했다. J는 늘 머리 한쪽이 무거웠다. 병원에 자주 들락거리기 시작한 엄마가 수시로 전화를 걸어왔다. 검사료는 왜 이렇게 비싸니. 자꾸만 목이 마르다. 아버지는 나한테 관심도 없다. J는 인터넷을 뒤져 잭슨 폴록의 영상을 구하느라 엄마 얘기는 듣지도 않았다.

온실처럼 더운 집 안으로 들어갔을 때, 세 개의 체인에 의해 연결되어 있던 기다란 액자가 벽에서 떨어져 내려 깨졌다. 초록색 소파 위에 모로 누워 등받이 쪽으로 몸을 돌린 채 잠든 K 이사의 뒷모습이 보였다. J는 가져간 노트북 전원을 켜고 어렵게 구한 영상을 작동시켰다. 그건 잭슨 폴록이 담배를 입에 물고 캔버스 주변을 돌아다니면서 붓으로 물감을 흩뿌리는 장면이었다. 영화에서는 캔버스를 벽에 세워놓고 그렸지만 실제로는 바닥에 놓고 그렸다. 아무런 배경음악도 없는 그 장면을 K 이사가 보게 해야 했다.

J는 집 안을 둘러봤다. 그 방에서는 왠지 이상한 냄새가 났다. J는

소파 끝으로 가 옆으로 포개진 두 발을 만져보았다. 물기라고는 없는, 실금 천지인 발바닥이었다. J는 손가락에 힘을 주어 K 이사의 발바닥을 누르기 시작했다. 어깨에 힘이 들어갈 만큼 센 압력으로 발바닥을 눌렀지만, K 이사는 깨어나지 않았다.

이봐요. 나는 아무것도 하기 싫다고요. 이사님처럼 살 수 없어요. 재미도 없고 진지하기만 하고 늘 지겨운 얘기만 하잖아요. 세상은 당신들이 지켜요. 우리한테 떠넘기지 마요.

J는 손을 점점 더 위로 뻗어 흰 광택이 나는 K 이사의 다리 쪽으로 올라갔다. 촉감은 점점 더 건조해졌지만 냄새는 점점 더 심해졌다.

이봐요. 이사님. 이제 환경문제는 제품이 해결해요. 전처럼 당신들이 고생하지 않아도 된다고요. 일어나요.

J는 손을 더 뻗어 올라갔다. K의 파자마 자락에서 희고 통통한 무엇인가가 꿈틀거리며 떨어져 내렸다. 그것은 이 집 안의 어떤 것보다도 끔찍한 냄새를 풍기며 K 이사의 허벅지 위에서 꼬물거렸다. J는 고개를 돌려 노트북 화면을 보았다. 폴록이 막 벽에 있던 캔버스를 바닥으로 끌어내는 장면이었다. 그는 그답게 여전히 그림을 그리고 있었다. 장면은 이제 녹색의 전원으로 바뀌었고 한동안 폴록의 구두와 공업용 페인트 통, 툭툭 떨어지는 붓 끝만 보였다. 고개를 돌리면 K 이사가 잠에서 깨어나 그 장면을 보고 있을 것이다. J는 그렇게 믿고 싶었지만 고개를 돌리지 못했다. 돌릴 수 없었다.

# 미인

박정애

박정애

\

1970년 경북 청도에서 태어났다. 1998년 〈문학사상〉 신인상에 중편소설 〈에덴의 서쪽〉이 당선되었다. 2001년 장편소설 《물의 말》로 제6회 한겨레문학상을 수상했다. 소설집 《춤에 부치는 노래》, 《죽죽선녀를 만나다》, 장편소설 《에덴의 서쪽》, 《덴동어미전》, 《강빈》, 청소년 소설 《환절기》, 《다섯 장의 다이어리》, 《괴물 선이》, 《첫날밤 이야기》 등이 있다. 강원대학교 스토리텔링학과 교수로 재직 중이다.

## 을사년(현종 6년, 1665), 이천 도드람산, 돼지굴

인조의 손자, 인평대군의 둘째 아들, 금상(今上)의 사촌인 복선군
(福善君) 이남(李楠)이 돼지굴 앞 반석에 마련된 수달피 방석에 앉
아 있다. 흰 피부와 선이 고운 콧날, 붉은 입술을 풀솜에 싸여 자란
뭇 귀인들의 범상한 관상이다. 그러나 범의 눈썹, 길게 찢어져 살
짝 치켜 올라간 눈초리, 뚜렷이 긴 인중은 이 사람만의 범상치 않
은 관상이다. 남의 왼쪽 뺨 가운데가 제풀에 경련하다 가라앉는다.

암벽으로 둘러싸여 바람이 없는데다 암벽 너머 희끄무레한 하
늘이 천막처럼 낮게 드리워 있는 이곳 돼지굴은 심지어 아득하기
까지 하다. 세속과 이곳은 이승과 저승만치나 아득히 단절되어 있
는 듯하다.

허견(許堅)이 방금 숨이 끊어진 멧돼지의 생피를 뽑아 소주에 섞

는다. 처남인 이천 둔감(屯監) 강만송(姜萬松)이 견을 돕는다. 견의 이마와 콧등에 땀방울이 송골송골 맺힌다.

저 순결한 땀방울. 핥아 먹은들 냄새가 날까 보냐.

복선군은 이팔청춘 귀동자 견을 새삼스러운 눈빛으로 이윽히 바라본다. 남인의 영수, 우의정 허적을 닮기는 했으되 그보다 훨씬 날렵하고 우아한 골격이 흰 눈 위에 잿빛 그림자로 서성거린다.

일을 마친 견과 만송이 남의 발치 눈밭에 무릎을 꿇고 고개를 조아린다. 남은, 핏물이 소주에 고루 섞이기를 기다린다. 백자 술잔에 담긴 액체의 고운 붉은빛이 세 사내의 눈동자에 어린다.

남이 먼저 한 모금 마시고 견에게 잔을 돌린다. 견이 두 손을 정수리 위로 올려 잔을 받들어서는 고개를 외로 꼬고 한 모금을 마신다. 금귀고리를 단 견의 귀는, 아름답기로 소문난 어미를 탁하여 사내의 귀답지 않게 예쁘장하다. 견의 길고 숱진 속눈썹이 바르르 떨린다.

견이 되돌린 잔을, 남이 다시 만송에게 내린다. 만송이 단숨에 잔을 비운다. 남이 입을 연다.

"이로써 우리 세 사람의 의리를 뭇 생명의 근원인 피에 부치노니, 목숨 다하는 날까지 굳건할지라."

남의 뺨이 또 경련을 일으킨다. 만송이 입꼬리에서 흐르는 술을 소맷자락으로 훔쳐낸다.

천하를 다스리는 꿈을 꾸면서, 제 뺨 한쪽을 다스리지 못하는군.

행여 속생각이 입 밖으로 튀어나올까, 만송이 이를 앙다문다.

"오래 사모해온 미인(美人)께서 천하고 외로운 자를 꺼리지 않으시니 은혜에 감읍하옵니다. 소인들은 서얼을 천대하는 이 세상이 두렵고 싫사와, 그저 하늘땅이 들러붙어 인간이란 종자가 결딴나는 날만을 기다렸사온데, 이제 의탁할 미인이 있고 보니 마치 새로운 세상을 만난 듯하옵니다."

견이 굵은 눈물방울을 뚝뚝, 흘린다.

남은, 지나치게 감격하는 소년이 사랑스럽다. 인정에 굶주린 소년은 젖배 곯은 유아와 같으니, 유아가 젖 냄새에 환장하듯, 젊은 견은 자기를 인정하는 이에게 진심을 바친다. 소년의 눈물방울이 첫새벽의 이슬이라면, 이해득실을 따지기 바쁜 늙은이의 노회한 눈동자는 잠들기 전에 뱉어내는 타액이다.

남이 사슴포 한 조각을 뜯어 입에 넣는다.

"아마도 내년 병오년에는 외가에 경사가 여러 번 있을 걸세. 때를 보아 노직(魯直, 허견의 자), 자네를 부를 터이니 그리 알게. 우리 남인 중에서 재주 있고 창창하다는 말 듣는 젊은 축은 그날 다 모일 걸세. 그들과 안면 틀 기회로는 맞춤한 자리지."

"승지 영감이 영전하실 모양이옵니다? 아니면, 병신년에 중시(重試)가 있었고 내년이 꼭 10년 되는 해이니 수촌(水邨, 오시수의 호) 나리께서 중시를 보시옵니까?"

"외숙들 중에서는 승지 영감이 제일 심약해. 크게 쓰이지는 못할 걸세. 허나 수촌은 인물이지. 재주를 타고난데다 위인이 담대하거든. 부전자전이라고들 하지만 승지 영감과 수촌을 보면 아들이 어느 모로 봐도 걸출하지. 병신년 별시로 급제한 무리 중에서 군계일학 격으로 커왔으니 이번 중시에는 장원을 할 걸세. 단번에 당상관으로 뛰어오르는 거지."

당상관? 그렇지, 당상관. 그야말로 떼어놓은 당상이렷다.

견은 아랫입술을 지그시 깨문다. 생살을 도려내는 듯이 날카로운 통증이 견의 몸통을 훑어 내리고는 발가락 마디마다 고인다.

문장 다루는 재주라면, 담대하고 활달한 기상이라면, 견도 시수에 뒤지지 않을 자신이 있다. 그러나 천얼(賤孽)인 견에게는 그런 재주와 기상을 발산할 통로가 없다. 오히려 그 재주와 기상이 가문의 걱정거리다. 서인들은, 종종 나라의 걱정거리라고까지 입방아를 찧어댄다. 천첩인 어미는 어릴 때부터 견이 무엇을 특출하게 잘하면 칭찬해주기는커녕 그 자리에 퍼더버리고 앉아 방성통곡하기 일쑤였다. 재상인 아비는 견에게 재주와 기상을 억누르고 색욕과 물욕을 추구하라 길을 터주었다. 아들이 글을 읽으면 근심했고, 무예를 닦으면 꾸짖었다. 기방을 드나들면 안심했고, 귀한 물건을 탐내면 반드시 구해다 주었다.

아비를 만나러 온 길에 견과 마주친 남은 처음부터 견을 각별히 대하였고, 견은 그것이 뼈에 사무치도록 고마웠다. 아비의 권세 때문에 집 주위를 얼쩡거리는 양반가 적자들이 견에게도 알랑방귀를 뀌어댔지만, 그들의 눈빛에 배어 있는 경멸을 눈치 못 챌 견이 아니었다. 그것을 잘 알기에 견은 부러 그들의 아첨을 받아주는 체하다가는 심한 모욕을 주었다. 장안에 퍼져 있는 견의 악명은 실로 그들의 입에서 입으로 전해진 것이다. 사람이 하류(下流)에 처하면 온갖 악명이 모인다더니 한번 욕을 얻기 시작하자 짓지도 않은 죄까지 장안의 죄란 죄는 죄다 견에게로 몰리는 형국이다.

견의 마음을 읽은 듯 연민이 가득한 낯빛으로 남이 말한다.

"피에 부친 의리가 아닌가. 심중에 있는 말을 내어놓게. 내 다 들어줄 터이니."

견이 고개를 조아린다. 뜨거운 눈물이 견의 무릎을 적신다.

"헤아려주시는 은혜에 감읍하옵니다. 외람되오나 은혜에 기대어 소인의 한 맺힌 심중소회를 말씀 올리겠나이다.

사람으로 나서 성장한다는 것은 물이 흐르는 이치와 다를 바 없다 생각되옵니다. 흐르는 물을 막으면 고여 썩을 수밖에 없사옵지요. 지금 소인의 처지가 바로 고여 썩어 들어가는 물과 같사옵니다. 소인은 썩어 들어가는 물에서 소리도 못 내고 울부짖는 물짐승과 다름없사옵니다. 어미만 알고 아비는 모르는 것은 짐승이라고 저《의례(儀禮)》의 전(傳)에도 나와 있는 줄로 아옵니다. 그런데, 소인과 만송 같은 얼자(孽子)는 오로지 어미만 알고 골육을 물려주신 아비는 남처럼 여기어야 하오니 과시 짐승이 아니고 무엇이라 하리까?

불행히도 집안에 적자가 없어 소인이 가친의 한 점 혈육임은 대감께서도 이미 잘 아시는 사실이옵니다. 하오나 혈육이면서 또한 혈육이 아닌 듯 처신해야 하는 얼자인 소인은 감히 조상을 잇지 못하고 아비를 잇지 못하옵지요. 또한 서얼 금고법으로 하여 아무리 힘써 재주를 연마하여도 필경 그 뜻을 펼칠 수가 없사오니, 이것이 소인의 대로 끝난다면 다행이려니와 한번 얼자는 영구한 얼자로서 대대로 막히고 버림받사옵니다. 사람이면서 사람대우를 받지 못하고 죄인이 아니면서 죄인처럼 움츠리고 살아야 하옵지요.

사정이 이러한지라 얼자가 철이 든다는 것은 곧 스스로 세상에서 버림받은 자임을 깨닫고 죄인처럼 숨어 사는 일이 되옵니다. 하오나 소인은 철이 들지 못하여 늘 잠든 채로 죽어 아무것도 모르게 되는 날을 꿈꿔왔사옵고, 또한 이러한 모순을 바로잡아주실 성인을 꿈꿔…….”

“이 사람, 노직.”

남이 손을 들어 견의 말을 가로막는다. 견이 영문을 모르고 고개를 든다. 남의 얼굴이 일그러져 있다. 견은 곧바로 이마를 땅에 찧을 듯이 엎드린다.

남은 잠시 말을 잇지 못한다. 얼결에 깨물린 혓바닥에서 비어져 나온 제 핏물이 사슴포의 질긴 육질에 스며든다. 몹시 불안해진 견이 선수를 뗀다.

“천얼이 감히 방정맞은 입을 놀렸사옵니다. 죽여주소서.”

덜 씹은 사슴포를 꿀꺽 삼킨 남이 말한다.

“그게 무슨 말인가? 자네들의 가긍한 정상을 내 어찌 공감하지 못하리? 현철하오신 우리 금상이야말로 만고에 없는 성인이시니 머지않아 서류(庶流)의 억울함을 풀어주실 터. 그날을 기다리시게.”

말은 그렇게 하면서도 남의 회갈색 눈동자는 암벽 너머를 뚫어져라 바라본다. 견의 등에서 식은땀이 흐른다. 남이 눈 더미 위에 손가락으로 무언가 쓴다. 견이 입속으로 그것을 읽는다.

鳥聽(조청). 새가 듣는다.

무슨 글자인가 싶어, 만송이 무릎걸음으로 다가간다. 그때, 칼날이 바람을 가르는 소리가 나고, 굳은 눈덩이가 떨어지며 부서진다. 세 사람은 그 자리에 얼어붙는다. 연이어 무언가가 눈 위에 부딪는 둔중한 소리가 난다. 흰 눈 위에 선홍빛 길을 내며 핏물이 만송의 발치까지 흘러온다.

견은 몸서리를 친다. 두려움과 역겨움을 이기지 못한 그가 방금 호기롭게 마신 멧돼지 피를 게워낸다.

눈구멍이 동굴처럼 쑥 들어간 탓에 눈빛이 섬뜩한 더벅머리가 그들 앞에 무릎을 꿇는다. 복선군을 그림자처럼 쫓으며 경호하는 오목눈이다.

"웬 쥐새끼가 엿듣고 있기에 후환을 없애고자 목을 베었사옵니다. 돝 울음소리가 그치지 않는 악산이옵니다. 성난 멧돼지들이 뒤처리는 알아서 해줄 터이니 과히 심려 마시옵소서."

남이 짐짓 평정을 가장한 음성으로 나직이 말한다.

"지나가다 궁금증을 참지 못하고 엿들은 일개 사냥꾼일 수도 있으나, 만에 하나, 부원군의 간자(間者)일 수도 있지. 노직, 조심하게. 도처에 저들의 간자가 있다는 사실을 명심하게. 금상은 옥후 미령하시고 세자는 겨우 다섯 살이네. 장성한 종실(宗室) 중에서 나, 복선군은 부원군의 눈엣가시일 수밖에 없네. 형님과 아우는 여색에 빠져 늘 몽롱한 모양새라 저들의 멸시를 받을 뿐이지만, 여색을 기피하고 여러 벗들과 사귀기를 좋아하는 나에게는 어디를 가든 감시의 눈이 따라붙지. 철저히 겉과 속을 달리하는 처세만이 우리 목숨을 보전해줄 걸세. 노직 자네는 그 울컥 토해내곤 하는 격정이 큰 병통일세. 때가 이를 때까지는 누르고 또 눌러야 하리."

"대감의 말씀, 소인의 뼈에 아로새기겠나이다."

견은 어리고 미거한 자신을 깍듯이 한 동아리로 대우해주는 남이 고맙다. 견의 뺨은 다시금 뜨거운 눈물로 흥건하다.


## 경술년(현종 11년, 1670), 평산 멸악산, 허견의 산채

견은 목검을 짚고 바위 위에 올라선다. 구슬땀을 흘리며 검술 훈련에 열중하는 만송의 무리가 내려다보인다. 견의 입꼬리가 올라간다. 사병들 모두가 그의 지체이거나 적어도 형제인 것 같다. 사랑스럽고 자랑스럽다.

만송이 해서(海西)에서 끌어모은 스무 살 안팎의 이 젊은이들은 모두 지독히 가난하고 차별받는 천민 출신이다. 무당이나 광대나 갖바치나 갈보나 땡추 소생인 그들은, 자기네를 사람대접하는 견을 가슴에 품은 미인처럼 우러러 받든다. 견은 그들 각자의 집에다 해포쯤 놀고먹어도 끄떡없을 분량의 쌀과 피륙을 나눠주었다.

속눈썹 그늘진 견의 눈동자에는 뿌듯한 기운이 운무처럼 서려 있다. 견은 사흘째 이 험한 멸악산 산채에서 사병들과 숙식을 함께하면서도 피곤한 줄을 모른다. 첫날 접질리고는 퉁퉁 부어올라 움직이지 못하는 발목도 아픈 줄을 모른다. 밤마다 말술을 부어라 마셔라 하는데도 숙취가 없다. 여자 생각도 나지 않는다.

마음 같아서는 저 울울창창한 나무들 위를 성큼성큼 걸어 단숨에 도성 문을 넘어설 것 같다. 세상을 뒤엎고 임금을 바꿀 수 있을 것 같다. 새 임금에게서 병조판서를 제수받고도 정중히 사양하고, 율도국을 세우러 떠나는 당당한 영웅의 모습이 가슴 벅차게 떠오른다.

유년 시절 내내 그를 사로잡았던 축지법과 둔갑술, 분신술이 다시금 뜨거운 갈망으로 되살아난다. 그의 경전은 고금에 다시없을 역도 허균이 지은 《홍길동전》이다. 나라와 아비가 엄금하는 불온 서적이지만, 나라와 아비를 증오하는 그에게는 성스러운 책이다. 그는 허균이 양천 허씨 한성바지로 하늘 아래 가장 서러운 얼자인 견, 바로 저를 위하여 《홍길동전》을 썼다고 믿는다.

첫 아내 강씨와 사별한 그가 수많은 명문가의 서녀들을 마다하고 무관 아비마저 죽고 없는 홍예형을 재취한 것도 다만 그녀가 홍씨라는 까닭에서였다. 허씨로서 홍길동의 현신인 자기에게 홍씨 성의 아내는 그야말로 하늘이 정해준 배필이라 여겨졌다. 물론 지금은 후회막급이다. 여인치고는 드물게 억세고 괄괄한 성정의 예형은 시부모를 이겨먹는 것은 물론이요, 견에게도 눈만 마주치면 암상을 부린다. 그 아비 전(前) 병마절도사(兵馬節度使) 홍순민이 천적(賤籍)에서 지워주지 않은 첩의 소생으로 그녀 또한 종의 명부에 등재되어 있다는 사실을, 처숙(妻叔) 홍양민은 감쪽같이 속였더랬다. 영의정 집 떡고물이나 얻어먹을까 기웃거리는 처숙이야 일찌감치 사람 취급을 하지 않는다. 그러나 천한 몸으로 교서관 정자(正字)의 재취 자리를 꿰차고도 쥐 죽은 듯 엎드리기는커녕 견이 소리를 지르면 더 큰 소리를 내고 견이 때리면 살쾡이처럼 변하여 마구잡이로 할퀴고 물어뜯는 계집을 어이할 것인가. 시집온 지 햇수로 4년이 흘렀는데도 포태(胞胎) 한 번을 못 한 돌계집 주제에 감히 서방 오입질을 나무라는 배짱은 어디에서 나왔는가. 딸 하나 낳고 아들 못 낳은 죄로 지레 굽죄던 전처의 행신과는 과시 천양지차다. 물건이라야 내버리기도 쉬울 텐데, 어찌 됐건 육례를 갖춰 맞아들인 계집을 내쫓으려니 걸리는 게 많다. 안 그래도 재상집 서자에 대하여 이러쿵저러쿵 말 많은 세간에 찧고 까불 건수를 손수 만들어 던져주는 꼴이 될 게 뻔하다. 집안에서도 그래서들 빼도 박도 못하고 쉬쉬하니, 계집은 날이 갈수록 더 기가 살아 설쳐댄다. 온 세상이 굽실거리는 재상 시아버지 앞에서도 겁 없이 나대는 꼬락서니라니. 견이 미간을 찡그린다.

에이, 칠푼이 같은 년.

만송의 구령에 맞추어 사병들이 일제히 목검을 내려놓는다. 제법 소슬한 바람이 부는 초가을 산중이나, 사병들의 몸은 땀으로 흠뻑 젖어 있다.

만송이 실실거리며 견이 서 있는 바위 밑으로 온다. 그는 전처의 막내아우로 혼인날부터 견을 따르더니 지금껏 견을 친형처럼 붙좇는다.

"형님. 사내가 밥과 술만 먹고 어찌 사오?"

괜스레 실실거린 연유가 이것이렸다.

"허허. 그야 아랫도리도 먹여야 하네만, 험하기로 소문난 멸악산 첩첩산중에서 계집을 구할 방도가 있을까 본가?"

만송이 왼손으로 가재수염을 배배 꼬며 너털거린다.

"눈치만 빠르면 절에서도 새우젓을 얻어먹는답니다."

"준치젓도 물리는데, 새우젓 따위야?"

"형님도 참, 말귀를 못 알아들으시오, 어떻게?"

"허허, 무슨 말을 하려고 이리 뜸을 들이나?"

"저 봉우리를 넘으면 작은 절 한 채가 있다오."

"그런데?"

"그런데라니? 총명하고 인물 좋으신 우리 형님이 눈치는 어째 곰 발바닥이시오?"

"아, 이 사람아. 말을 해야 알지. 뜸 그만 들이고 어서 말을 하게."

"거기는 암중들만 오글오글 모여 있다 하지 않소?"

견이 목검을 다른 손으로 옮겨 잡는다.

"암중이라면 비구니?"

견의 눈동자에서 운무가 싹 걷힌다. 아연 활기를 띤 눈동자는 쌀 가마니를 발견한 생쥐의 그것처럼 반들거린다.

"아, 기생년, 백정년, 무당년, 종년, 물리도록 먹어보았지만 암중 맛은 못 보았지 않소? 이런 산속에서 풀만 먹으면서 불도를 닦는 계집이라니 그 맛이 특별할 듯하오."

"고기 물린 입에는 나물 반찬이 산뜻하지. 그네들 입장에선 사내의 가운뎃다리 고기 맛이 그리울 게야. 달리 생각하면 그네들이 장땡을 잡은 셈일세. 사내치고는 우리보다 나은 인물이 어디 흔한가? 이왕 당하는 거, 쭈글쭈글 냄새나는 늙정이들보다는 우리처럼 훤한 젊은이들한테 당하는 게 낫고말고. 말이야 바른 말이지, 계집이 불도를 닦아 무엇에 쓴단 말이냐? 제가 아무리 중입네 해도 계집은 계집이 아닌가. 하늘이 사람을 낼 때 계집의 도는 사내를 섬기는 것이라 지어놓았거늘."

"눈치는 곰 발바닥이신 분이 말은 기름 바른 찰떡같이 번드르르하구려."

"나야 괜찮으나 다들 몸을 많이 놀려 배가 고플 텐데, 밥은 먹고 가야지?"

"사내들이 대충 끓인 밥은 이제 지겹소. 오늘부터 저녁밥은 대어놓고 저 절에서 먹읍시다. 꿩 먹고 알 먹고, 임도 보고 뽕도 따고, 좋지 않소?"

"그러세. 쌀 몇 섬 시주하면 그네들도 좋아할 거네. 하는 김에 돼지도 몇 마리 시주할까?"

견과 만송을 둘러싼 무리가 킬킬거리며 한마디씩 거든다.

"돼지는 질렸소이다. 사슴이나 노루는 어떻소이까?"

"네발 달린 짐승만 가하리까? 닭이나 꿩도 좋을 것 같소마는?"

"물고기는 안 하고?"

"아, 고기는 그만하오. 사내 고기가 떼거리로 가거늘 무슨 놈의 고기 타령이 그리 기오?"

갈바람이 소슬하다. 땀이 식으면서 한기가 든 사내들이 접어 올렸던 소매들을 풀어 내린다. 멸악산 나무들이 제 긴 그림자와 함께 흔들린다. 단풍이 막 들기 시작하여 나뭇잎들이 누르락푸르락하다. 새 떼가 날자, 마른 잎들이 우수수 우수수 떨어진다.

## 계축년(현종 14년, 1673), 양주 소요산, 문수사

문수사 사미 처경이 집게손가락을 세 번 튕기고, 나지막이 게송을 읊는다.

"버리고 또 버리니 사는 동안 기약일세. 탐, 진, 치 다 버리니 목숨마저 있고 없고. 옴 하로다야 사바하. 옴 하로다야 사바하. 옴 하로다야 사바하."

끄응. 이를 악물고 힘을 주자, 며칠째 창자에 눌어붙어 있던 대변이 그제야 덩어리져 나온다. 시원한 변통(便通)을 위하여 처경은 몇 번이나 더 이를 악문다. 변비로 적년신고(積年辛苦)하던 어미 생각이 처경의 잇새에 물려 신음은 사뭇 커진다.

풀로 뒤를 닦고 물통의 물을 따라 손을 씻는다.

"비워서 가벼우니 채울 것이 가득하다. 꿈같은 이 세상, 바로 보기를 원합니다. 옴 하나마리제 사바하. 옴 하나마리제 사바하. 옴 하나마리제 사바하."

허리끈 매고 해우소 문을 열며 더듬더듬 신을 갈아 신자니, 문득 인기척이 느껴진다. 법랍 15년의 비구 원정이 바싹 다가서며 눈인사를 한다. 해우소 근방에서는 인사하지 말고 스리슬쩍 비켜 다녀야 한다고 배운 처경은 당황해서 어찌할 바를 모른다. 원정이 처경의 귀에 입술을 갖다 대다시피 하고 속삭인다.

"샘에서 잠시 기다리게."

원정은 키가 훌쩍하고 낯빛이 해맑고 썩 듣기 좋은 목소리를 가진 젊은 비구다. 말본새도 여느 비구보다 부드럽고 점잖다. 모든 이에게 친절한 그는, 이제 겨우 행자를 면하고 사미계를 받은 처경에게도 한결같이 다정스럽다.

처경은 사하촌(寺下村)이 한눈에 내려다보이는 미나리꽝 옆 옹달샘에서 손을 씻는다. 어미 생각과 원정의 음성이 겹쳐 마음이 적이 소란스럽다. 처경은 세수진언을 외운다.

"활활 타는 저 불길 끄는 것은 물이러니. 타는 눈 타는 경계 타는 이 마음, 맑고도 시원한 부처님 감로. 화택(火宅)을 여의는 오직 한 방편. 옴 주가라야 사바하. 옴 주가라야 사바하. 옴 주가라야 사바하."

목탁을 치는 듯 고른 발소리에 처경이 일어서 합장한다. 원정이 앉아 손을 씻는다.

"더러움 씻어내듯 번뇌도 씻어야 할 텐데? 이 마음 맑아지니 평화로움뿐인가? 한 티끌 더러움도 없는 극락정토가 이생을 살아가는 내 단 한 가지 소원인가? 진정으로?"

원정이 거예진언의 구절구절을 의문형으로 바꾸며 활짝 웃는다.

"문밖에서 듣자 하니 버리려 힘쓰는 소리가 가히 장하더군."

"송구스럽습니다. 저도 모르게 그만……."

"그뿐인가? 똥 덩어리 떨어지는 소리 또한 실로 장하다 아니할 수 없더군."

처경의 흰 뺨이 백일홍꽃 빛으로 물든다. 원정이 처경의 어깨에 손을 얹으며 말한다.

"보라. 이 육체를 보라. 온갖 오물로 가득 찬 이 가죽 주머니를 보라. 이 병의 온상을, 온갖 번뇌 망상의 이 쓰레기 더미를, 그리고 이제 머지않아 썩어버릴 이 살덩어리를 보라. 이 육체는 마침내 부서지고야 만다. 병의 보금자리여, 타락의 뭉치여, 아아, 이 삶은 결국 죽음으로 이렇게 끝나고야 마는가."

처경의 숨결이 거칠어진다. 원정이 읊은 《법구경》의 구절들은 육체의 참혹한 진실을 말하고 있으나, 그의 음성은 음악 같다. 처경은 견디지 못하고 가느다랗게 한숨을 내쉰다. 원정이 처경의 눈을 빤히 바라본다.

"그렇다 하더라도 자네의 육체가 참으로 아름다워 보이는 것은 나에게 혜안이 열리지 않았기 때문이겠지?"

처경으로선 긍정도 부정도 할 수 없는 물음이다. 처경의 귓불까지가 빨갛게 물든다.

"갓 피어난 한 송이 연꽃이런가. 해 뜨는 푸른 바다의 숨결이런가. 내 몸을 씻고 씻은 이 물마저도 유리계를 흐르는 푸른 물결 될지라. 옴 바아라 뇌가닥 사바하."

처경이 원정을 따라 세 번 염송한다.

옴 바아라 뇌가닥 사바하. 옴 바아라 뇌가닥 사바하. 옴 바아라 뇌가닥 사바하.

"하하. 말이 너무 많았구먼. 지웅(智膺) 스님께서는 8년째 묵언수행 중이신데."

"정말 8년 동안 한 말씀도 하지 않으셨습니까?"

처경의 물음에 원정이 고개를 끄덕인다.

"내가 목격한 바로는 그러네. 그래도 해우소에서 힘쓰는 소리는 더러 내셨겠지?"

처경의 볼이 또 화끈 달아오른다. 원정이 입술을 처경의 귓볼에 갖다 댄다.

"오늘 저녁 샛별이 뜨고 한 식경쯤 지난 다음, 지웅 스님 수도하시는 암굴로 가게나. 달이 없는 밤이니 요령껏 더듬어 찾아가게. 웬 미인이 기다릴 게야."

처경은 숨을 쉴 수 없다.

"허 대감댁 자부께서 처경, 자네를 점찍었다네. 부처님 은덕일세. 이번 기회에 대지와 화합하는 기쁨이 어떤 것인지 누려보시게."

처경이 놀란 토끼 벼랑바위 쳐다보듯 눈만 껌벅거리자, 원정이 웃으며 한쪽 눈을 찡긋한다.

"부인이 포태를 못 하여 쫓겨나게 생겼다니 그 아니 가여운가. 여태껏은 내가 육보시를 했네만, 부인께서 말씀하시기를……."

처경이 고개를 저으며 귀를 막는다.

"사형, 처경은 지금부터 귀먹은 것으로 하겠습니다."

원정은 처경의 태도에 아랑곳하지 않고 말을 잇는다.

"부인의 권세면 우리 절 같은 말사(末寺) 하나쯤 내일 당장 박살을 낼 수도 있거니. 부인께서 말씀하시길 부처님 가피로 혹 자식을 얻더라도 마음속으로 어떤 한 승려의 얼굴을 떠올리게 되면 심히 괴로울 터이니 차라리 누가 누구인지 모르는 편이 좋을 거라 하시더군. 그럴 법한 말씀이 아닌가? 중생의 괴로움을 덜어주는 것이 우리 사문(沙門)의 도리임을 명심하게. 무엇이 진정한 자비심인지도."

처경의 무릎이 꺾인다. 가슴 아래쪽이 격렬히 아파온다. 무엇이 진정한 자비심인가? 처경은 상체를 수그리고 손바닥으로 명치끝을 누른다.

"왜 하필 지웅 큰스님 계신 암굴이오?"

"도력(道力)이 뻗친 곳이라 밤말 듣는 쥐가 없거든. 스님께서는 끝내 묵언이시고. 너무 오래 말을 금하셔서 이제는 말하는 법을 잊어버리신 것 같아. 달리 생각하면, 자네의 자비행이 우리 큰스님의 수행에 새로운 경지를 더해드릴 수도 있는 것일세. 나는 무엇이든 늘 좋은 쪽으로 생각하지. 나무아미타불 관세음보살."

원정의 음성과 발소리가 함께 멀어져간다. 처경은 오랫동안 일어서지 못한다.

동그마니 솟구쳤다 골짜기를 향해 내리 뻗치는 샘물. 저 물은 언제부터 흘렀으며 언제까지 흐를 것인가.

허 대감댁 자부. 콧대가 날렵하고 인중이 유달리 오목하며 입술이 꽈리처럼 도톰한 미인.

그끄저께 법당에서 그녀의 광채 도는 눈동자와 마주쳤을 때 처경은 얼른 고개를 숙였다. 명치끝을 있는 힘껏 눌렀는데도 아랫도리는 눈치 없이 성을 냈더랬다.

어쩌면 그 미인, 그 꿰뚫어보는 듯한 눈빛으로 승복 아래 곤두선 이놈의 양물을 봤을지 몰라.

## 기미년(숙종 5년, 1679), 한양 사직동, 허적의 집 별당

"개 같은 년, 네년이 감히 누구에게 훈계를 하느냐?"

견이 예형의 뺨을 쥐어박는다. 꽈리 네 개를 붙여놓은 듯한 예형의 입술 한쪽이 실그러지며 핏방울이 튄다. 예형이 소맷자락으로 입술을 훔치며 견을 쏘아본다.

개 같은 년? 다행이네. 홍순민 절도사께서는 나를 개 취급도 안 해줬거든. 개는 사냥터마다 데리고 다니고 고깃점 붙은 뼈다귀도 던져주고 털도 쓸어주면서, 당신 딸인 나는 알은체도 하지 않았지.

"뭘 노려봐? 눈깔을 확 뽑아버릴까 보다."

예형이 한 걸음 다가서자, 견이 주먹을 흔들며 제풀에 한 걸음 물러선다.

겁나느냐? 마누라 겁내는 놈이 집구석에 남의 유부녀는 왜 끌어들였느냐? 소가 웃을 노릇이로고. 네 야비한 낯바닥에 내 피 섞인 침을 열두 번 뱉어주어도 모자랄 터이나 이차옥이 불쌍해서 일단 참는다.

"성내지 마시고 제 말씀을 들어보세요. 시방 차옥이 이 집에 있는 줄 아는 사람이 없지 않습니까? 친정에서는 시집에 가 있는 줄 알 테고 시집에선 친정에 있는 줄 알 테니, 아직은 사달을 막을 시간이 있습니다. 때를 놓치지 마시고 두 집에 사람을 보내 통기하세요. 차옥이 문수사에서 발복(發福) 기도를 올리고 있으니 조금도 염려 말라고요. 그럼 제가 차옥과 함께 문수사에 가서 며칠 정양을 시키며 마음을 안정시킨 연후에 시가에 데려다 주겠다지 않습니까?"

견이 콧방귀를 뀐다. 예형의 말이 솔깃하지 않은 것은 아니지만, 믿음이 가지 않는다.

"고양이 쥐 생각을 한다고 해라. 네년이 언제부터 서방 생각을 그리했다더냐? 필시 네년이 차옥을 빼돌렸다가 내 뒤통수를 치려는 수작이 아니냐?"

고양이? 뒤통수?

예형의 열 손가락이 고양이처럼 잽싸게 견의 얼굴을 긁어내린다.

"에라 이 육시랄 놈아. 이 홍예형이 네놈 같은 줄 아느냐?"

견이 막느라고 막았지만, 흰 얼굴에 붉은 생채기가 대여섯 줄은 났다. 살이 찢어져 피가 배어 나오는 곳도 있다.

"더지러운 놈, 오입질을 하더라도 곱게 하거라. 기생년, 종년, 두름으로 해 처먹고 쾌로 해 처먹더니 하다 하다 이제는 남의 유부녀를 집구석에까지 납치해 데려오느냐? 하늘이 무섭지 않으냐?"

예형이 사설을 늘어놓는 틈을 타, 견이 오른손으로 예형의 머리채를 휘어잡고 꺼두른다.

"하늘?"

예형의 머리채에서 비녀가 떨어져 날아간다. 견이 왼손으로 예형의 정수리며 어깨며 귀뺨이며 쫘리 입술을 마구 때린다.

"내가 네 하늘이다, 이년아. 계집붙이한테는 서방이 하늘인 줄을 몰랐다더냐? 네년이야말로 하늘이 무섭지 않으냐?"

그래, 빌어먹을 하늘 한번 치받아보마.

예형이 어깨를 낮춘다.

더, 더. 더 낮춰야 해. 열네 살 때, 호시탐탐 나를 노리던 숙부 홍양민, 그놈의 부자지를, 이렇게 몸을 낮추고 장딴지를 한껏 당겨선……. 더는 안 돼. 머리 가죽이 벗겨질 것 같아.

예형의 머리통이 솟구치며 견의 턱을 올려붙인다. 동시에 예형의 무릎이 앞으로 나간다. 둥그런 종지뼈가 견의 부자지를 타격한다.

"네놈만 역천(逆天)하고 싶은 줄 아느냐? 나도 네놈 밑에서는 못 살겠으니 역천 좀 해보련다."

예형이 그예 견의 얼굴에 침을 뱉고야 만다.

견은 아랫도리를 붙들고 허청허청 뒷걸음질하다가 바람벽에 부딪친다. 다릿심이 풀렸는지라, 그대로 주저앉는다.

"가, 가, 강……."

문밖에서 안절부절못하고 이름 불리기만 기다리고 섰던 시노(侍奴), 강이가 지게문을 부술 듯 밀어붙이며 달려든다.

"아이고, 나리, 나리. 이게 어인 일이십니까요."

강이의 곁부축을 받고 일어선 견이, 입안의 것을 뱉어낸다. 팥알 같은 피 찌끼. 그리고 부러진 앞니.

견이 강이를 떠밀어낸다.

"저년을 잡아야지 왜 나를 잡고 있느냐. 저년을 붙들어라. 내, 단매에 요절을 내고 말리라."

강이에게는 홍예형이 상전이다. 더구나 여인이라 감히 손을 댈 수 없다. 강이가 우물쭈물하는 사이, 홍예형이 열린 문으로 뛰쳐나간다. 너더댓 비복들이 물러서며 길을 내준다.

"뭣들 하느냐? 저년을 붙들어 결박하라. 내, 저년을……."

견이 눈을 희번덕거린다.

"내, 저년을 결단코 물고를 내리라. 몽둥이를 가져오너라. 아니, 도끼, 도끼를 다오."

툇마루를 내려오다 비틀 쓰러지는 그를 누군가 붙들어 세운다.

"도끼 가져오라니까?"

견이 눈을 끔벅거린다.

이게 누구야?

"이보게, 노직, 나를 몰라보겠나? 날세, 나. 자네 사촌."

몰라보긴.

"남의 내실에 어인 행차시오니까?"

견이 미간을 찌푸린다.

"섭섭한 말씀 마시게. 사촌이 남인가? 하하하."

키 큰 사내가 눈치 없이 파안대소한다. 눈치가 없어도 너무 없어 일찌감치 사류에서 배척당한 인사답다. 유철. 허적이 소박 놓은 재취부인 여흥 민씨의 조카이니, 피 한 방울 섞이지는 않았으나, 구태여 촌수를 따지면 견과 사촌지간이기는 하다.

여하튼, 너, 잘 왔다. 마침 잘 왔다.

견이 입아귀를 실룩거리는 모양이 얼핏 웃는 듯도 하다.

"이 사람 노직. 조강지처를 죽였다가 그 뒷감당을 어이하려 하나? 좀 모자라고 좀 패악스럽더라도 기왕 내 집안사람이 된 여인인데 너그러이 다스려야지. 안 그런가? 하하하. 하하하."

유철이 또 웃는다. 웃으며 견의 겨드랑이를 붙든 손에 힘을 준다. 눈도장을 확실히 찍겠다는 심산으로 눈에도 힘을 준다.

"내가 자네 한번 만나려고 이 집을 얼마나 들락거렸는지 아는가? 미인을 연모하는 사내인들 나만큼 지극정성을 바치진 못할 걸세. 하하하."

"번듯한 반갓집 자제께옵서 천하디 천한 이놈을 만나려고 그리 애를 쓰셨다니 그저 감읍, 감읍할 따름이외다."

견이 주변 비복들 들으라는 듯 또박또박 끊어 말한다.

등신, 축구(畜狗) 같은 놈. 능참봉 자리라도 하나 떨어질까 싶어 왔겠지만, 모가지 떨어질 날만 남았으렷다.


### 같은 해, 한양 의금부 옥

"형님, 그새 얼굴이 어찌 그리 변했소?"

예형이 목을 빼고 동복(同腹) 자매 홍진웅을 살핀다.

"네 꼴은 어떻고?"

진웅이 고개를 외로 꼬며 손으로 입을 가린다.

"나야 거지반 귀신 형용이지. 근 한 달, 물 구경 못 하고 형신(刑訊) 받아보오. 양귀비인들 귀신 꼴 안 날 수가 있나. 그런데 늙은 영감마저 사별하고 만고에 심간 편한 우리 형님이 왜 그 모양이우?"

진웅이 한 손으로 보자기를 끄른다.

"에그, 조선 땅에 심간 편한 사람 다 죽었나 보다. 헛소리 말고 얼른 이거나 먹어라. 약병아리 한 마리랑 찹쌀이랑 푹 고았다."

"말소리까지 이상한데? 바람 빠지는 소리가 나."

진웅을 뜯어보는 예형의 눈은, 움쑥 들어간 탓에 더욱 형형하다.

"에그, 내가 누굴 속이겠니?"

진웅이 입을 가린 손을 내리고 계면쩍은 표정으로 웃는다. 앞니한 개가 빠졌고 한 개는 반 토막 났다.

"그놈 짓이구나?"

진웅이 눈길을 피하자, 예형이 이를 빠드득 간다.

"야비한 놈. 내, 그놈 자지를 아예 못 쓰도록 만들었어야 하는 건데. 그때 그만 힘이 달려서 도망쳐 나온 것이 천추의 한이로다."

진웅을 따라온 나졸이 말마디를 거들며 옥문을 연다.

"말도 마오. 아직 쓸 만한가 봅디다. 이 판국에도 오입질하러 돌아다니는 거 보면."

나졸이 죽 단지를 넣어준다.

"그거, 따뜻할 때 얼른 먹어라. 먹어야 견디지."

칼을 쓴 채여서, 예형은 팔을 길게 뻗었다가 조심스레 접으며 숟가락질을 한다. 대여섯 수저를 뜬 다음에 예형이 말을 한다.

"그 미친놈이 찾거들랑 부원군 댁으로라도 피신을 할 노릇이지, 무엇하러 그 미친놈을 만났소?"

"그놈이 날 찾아온 게 아니고 내가 그놈을 찾아갔다. 너 좀 살려달라고. 왜 하필 유철이냐? 친속 상간으로 엮어 사람을 기어코 죽일 작정이냐? 정 살기 싫으면 내쫓아라, 말도 안 되는 누명을 씌워 죽일 필요까지는 없지 않으냐고 했지."

"그랬더니?"

"수굿이 듣고 있기에 말발이 서려나 보다 했어. 결김에 명토를 박자 싶어, 하늘이 무섭지 않으냐고……."

"흥, 그 말에 발광했구먼. 하늘이 무섭긴 무서운가 봐. 하늘 말만 하면 지랄을 하게?"

진웅의 눈이 휘둥그레진다.

"허구한 날 죽기 살기로 싸운 부부라도 부부는 부부로다. 척하면 삼천리일세그려."

나졸이 끼어들며 울근불근한다.

"원, 나라가 어찌 되려고 이 모양인지. 마마님으로 말할 것 같으면 돌아가신 부원군 대감의 소실이셨으니 대비마마의 서모가 아니시오. 허견, 그 꼴같잖은 얼자가 무슨 권세를 믿고 감히 대비마마의 서모를 때린단 말이오?"

예형과 진웅이 나졸의 말에 반은 수긍하면서도 대꾸를 하지 않는다. '꼴같잖은 얼자'가 걸려서다. 자매는, 얼자도 못 되는 얼녀인 것이다.

"그놈이 형님 치는 걸 누가 봤소?"

"그 집서 벌어진 일이니 그 집 비복 여럿이 봤지."

예형이 길게 한숨을 쉰다. 터졌다 아물었다 터지기를 되풀이한 꽈리 입술이 부르르 떨린다.

"그럼 틀렸소. 다 그 집 비복들인데 누가 증인을 서줄까. 난들 유철과 상간을 했겠소. 하도 뻔질나게 찾아오기에 다과를 대접한 적은 서너 번 있지마는 아무 일도 없었다는 건 비복들이 더 잘 알지요. 그런데도 누구 하나, 날 위해 증인을 서주지 않는다오."

진웅이 눈물을 참는 듯, 낯꼴을 기괴하게 일그러뜨린다.

"천하에 가여운 것."

나졸이 또 참견한다.

"기다려보오. 시방 병조판서께서 사방팔방 알아보시는 모양입니다. 설마 없는 일을 가지고 죽이기야 하겠소?"

나졸은 병조판서 김석주의 심복이다. 석주는, 진웅이 섬긴 청풍부원군 김우명의 조카로 서인의 책사다. 그는 백부의 천첩에 불과한 진웅을 남달리 살갑게 챙겨주었다. 진웅은 그것이 고마워 예형에게 얻어들은 허적 집안의 속내를 곶감 꼬치에서 곶감 빼먹듯 일러바치곤 했다. 그제 밤에도 석주는 진웅이 허견에게 맞았다는 소식을 들었다며 들이댓바람에 달려와 꼬치꼬치 내막을 캐묻고 갔더랬다.

예형이 숟가락을 내려놓으며 혀끝으로 입가를 닦는다.

"요즘 우리 자매를 두고 장안이 떠들썩하겠구먼."

나졸이 손사래를 친다.

"에이, 그럴 리가. 어딜 가나 이차옥 얘기하느라 정신이 없습디다. 그 이상 가는 술안주가 없어요. 이차옥이가 불쌍타, 허견을 때려죽여야 한다는 게 장안의 공론이지요."

진웅과 예형이 말없이 눈빛을 교환한다. 나졸도 어쩔 수 없는 사내붙이로다. 두 얼녀가 억울하게 맞든지 죽든지 세상은 크게 관심이 없다. 다만 한 반가의 미인이 피랍됐다 닷새 만에 돌아온 사건이 더 중요한 것이다.

"하도 이차옥이, 이차옥이, 해쌓기에 얼마나 고운지 내가 포도청에 가서 직접 구경을 다 했다오."

"의금부 나장이 할 일도 없구려."

진웅이 은근히 흉보는 말을 해도, 나졸은 제 얘기에 빠졌다.

"미인은 미인입디다. 설부화용(雪膚花容)에 단순호치(丹脣皓齒)라더니. 허리는 또 어찌나 가느다란지. 도화서 화원들도 여남은이나 와 있습디다. 미인도를 그리겠다고."

"피랍된 일이 없다고 딱 잡아뗀다면서요?"

"포도대장이 서인이니 어떻게든 구슬려서 자백을 받아낼 거요. 이차옥이네 친정집 비복들은 이미 어느 정도 인정을 한 모양이더라고. 안장 없은 말도 그 비복들한테서 나온 단서라오. 그 말을 몰고 와서 이차옥이를 납치한 종놈만 구인(拘引)하면 결판이 날 텐데, 허적의 집에서 그놈을 내놓지 않으니 문제지. 영의정 집엘 불문곡직 쳐들어갈 수도 없는 노릇이라. 포도대장이 집 앞에 군관을 붙여놓고 그놈 나오기만 기다린다는데……."

"벌써 빼돌렸을 거요."

나졸과 진웅이 예형에게 눈길을 돌린다.

"허적이 영의정 자리에 있는 한, 이차옥은 끝까지 잡아떼는 수밖에 없소. 그러나 귀히 자란 양갓집 여자가 얼마나 버틸까. 사실을 말하지 않으면 서인 포도대장이 심히 괴롭힐 테고 사실을 말하면 남인 정권이 무고죄로 유형을 보낼 테니, 절세미인의 팔자도 더럽게 꼬이는구먼."

나졸이 죽 단지를 꺼내고는 옥문을 잠근다.

"시간이 많이 지체됐구려. 서두르시오."

진웅이 다급히 묻는다.

"아우야, 네가 살려면 어떻게 해야 하느냐?"

"나는, 살길이 없소."

"왜? 내가 서인들을 찾아다니며 손발이 닳도록 구명 운동을 하마."

예형이 거의 웃다시피 입꼬리를 올린다.

"형님, 그럴 필요 없소. 서인들은 남인을 치는 돌멩이로 형님을 이용할 뿐인걸. 일은 잘못될 게 뻔하고 형님만 무고죄로 귀양을 갈 거야. 우리한테는 친정도 시집도 없어. 당파도 없고 나라도 없어. 이번 참에 가산 정리하고 어디 조용한 절에나 가서 숨어 살구려. 그저, 어찌 됐거나, 목숨을 부지하오."

옷고름으로 눈물을 찍으며 돌아서는 진웅의 귀에 예형의 목소리가 들린다.

"이 못난 아우한테 무얼 더 해주고 싶거들랑…… 소요산 문수사 처경 스님…… 그 스님, 한번 불러주오."

# 첫사랑*

조두진

조두진

\

1967년 경남 합천에서 태어났다. 2001년 단편소설 〈게임〉으로 근로자문학제 대통령상을 수상했다. 2005년 장편소설 《도모유키》로 제10회 한겨레문학상을 수상했다. 소설집 《마라토너의 흡연》, 《진실한 고백》, 장편소설 《능소화》, 《유이화》, 《아버지의 오토바이》, 《몽혼》, 《북성로의 밤》, 《결혼면허》 등이 있다.

---

* 이 소설은 고바야시 마사루(小林勝)가 1957년 〈문학계(文學界)〉에 발표한 단편소설 〈일본인 중학교〉를 다시 쓴 것이다.

여름방학을 이틀 앞둔 7월의 교정은 열기로 뜨거웠다. 어깨를 짓누르던 기말고사의 긴장감은 사라졌고, 다소 만족스럽지 못한 성적표를 받아 든 학생들도 방학을 기다리는 설레는 마음이 되었다. 게다가 오늘은 한 학기 동안 수고한 선생님들을 위로하기 위해 교직원 체육대회가 열려 분위기를 더했다. 배구 경기가 한창이었고, 아이들은 저마다 담임 선생님이나 자신이 좋아하는 선생님이 속한 팀을 응원했다.

사사키 료마의 응원은 압권이었다. 군인이 되고 싶어 하는 사사키는 복도에서도 절도 있게 걸었고, 우렁차게 대답했다. 보통 때라면, 혹은 다른 학교에서라면 사사키의 그런 태도는 놀림감이 되었을지도 모른다. 그러나 태평양전쟁이 한창이었고, 보병 제80연대와 인접한 대구중학교의 분위기는 반도의 다른 어떤 학교보다 군대와 닮아 있었다. 백군 응원단을 이끄는 사사키의 구호는 흡사 '돌격 앞으로!'를 외치는 전장의 소대장 같았다.

"보라! 저 용맹한 자태를! 외쳐라! 승리를!"

사사키는 큰 소리로 백군 응원단을 질타했다.

"못난 놈들, 대체 어디까지 못난 모습을 보여줄 작정인가! 더 크게, 더 크게! 대일본 제국의 학생답게 더 크게!"

사사키의 질타에 주눅 든 후배들은 목이 터져라 고함을 질렀다. 목젖이 보일 정도로 입을 크게 벌리고 고함을 질렀지만 사사키의 마음을 채울 수는 없었다. 선창하는 사사키의 목소리가 여든 명이 넘는 2학년들의 목소리를 압도했다.

"여학생은 일본인이 아닌가? 모깃소리는 집어치워! 대일본 제국의 여자답게 굴란 말이다!"

사사키의 질타에 백군 여학생들은 울상을 지으면서도 어쩔 수 없이 빽빽 고함을 질러댈 수밖에 없었다.

사사키는 1학년 때부터 4학년 때까지 줄곧 장래 희망을 항공병이라고 학생생활부에 적었다. 빨리 중학교를 졸업하고 육군항공사관학교에 진학해서 항공병이 될 것이라고 했다. 반드시 항공병이 되어 원수 아메리카와 영국을 격멸하겠다고 다짐했다. 적 함대를 향해 돌진해서 장렬하게 전사하겠다고 했다. 죽어서 영원히 일본의 남아로 살 것이라고 했다.

하긴 군인이 되고 싶은 남학생이 사사키뿐만은 아니었다. 80연대가 주둔하고 있는 대구부는 조선 반도 내에서 이름난 군사도시였다. 80연대 병사들이 한 달에 한 번씩 도심을 행군할 때 대구부 주민들이 모두 나와 구경했다. 오 만의 일본인뿐만 아니라 십이 만에 이르는 조선인들도 그 늠름한 모습에 감동하기 일쑤였다. 도심을 행군하며 땅바닥을 힘차게 구르는 병사들의 군홧발 소리에 남학생들은 자기도 모르게 두 주먹을 불끈 쥐곤 했다.

대구중학교는 80연대와 철조망 하나를 사이에 두고 붙어 있었다. 철조망 너머로 들려오는 군가와 훈련 소리, 사이렌 소리는 태평양의 전세가 불리하다는 엄중한 상황과 어울려 묘한 긴장감을 전하는 동시에 전의를 불태우게 했다. 군인들이 우르르 지축을 울리며 달려가는 군홧발 소리는 천지를 울리는 북소리가 되어 교실에 앉은 남학생들의 영혼에 도착했다. 교과목을 가르치는 선생님의 작은 목소리는 둥둥둥둥둥둥 귓전을 울리는 북소리에 묻혀 소멸했다.

매년 4월 18일은 80연대의 '군기배수기념일'이었다. 연병장에서는 군인들은 물론이고 시민들과 학생들이 참가한 '군기제'가 열렸다. 바람에 나부끼는 찬란한 군기, 하늘을 찢어놓을 듯 울려 퍼지는 군인들의 함성, 지축을 울리는 군홧발 소리, 시민들의 응원은 온 세상 끝까지 대일본의 전진을 알렸다.

그 모습을 바라보고, 그 소리를 듣고, 그 함성 속에 있노라면 비록 장병이 아닐지라도 터질 듯이 끓어오르는 군인 정신에 휩싸이게 마련이었다. 장병들은 물론이고 학생들까지 일체가 하나가 되어 위무도 당당하게 분열식을 행할 때, 일본인이라면 누구나 가슴에서 솟아나는 눈물을 흘렸다. 나 자신이 대일본 제국의 신민이라는 사실, 기세 좋게 도심을 행군하는 병사들과 함께 천황 폐하를 우르르 모시고 있다는 사실, 귀신 같은 아메리카와 짐승 같은 영국을 몰아내기 위해 우리는 하나가 되어 목숨을 바치기로 맹세했다는 사실은 거대한 자부심이 되어 가슴을 묵직하게 채웠다. 뒷골목에서 쪼그리고 앉아 놀던 아이들도 병사들의 군가 소리를 들으면 어깨를 활짝 펴고 보무도 당당하게 걸었다.

올해 4월에 열린 군기제에서 사사키는 학생 대표로 연대장이 되어 봉고문(奉告文)을 낭독했다. 군기제 봉고문 낭독자로 결정된 후 사사키는 하루에 백 번도 더 봉고문 낭독 연습을 했다.

"우리 대구중학교 남녀 학생들은 자신을 엄격히 훈련하고, 상하가 일체로 단결하여 군인 정신을 단련하고, 위무 당당하게 계림 땅을 수호하고, 밤낮으로 노력과 전진을 즐거이 여기고, 명예로운 군기의 영예를 빛나게 하고, 천황 폐하와 대일본 제국의 영광을 받들어 모심에 한 치의 오차나 게으름이 없도록 할 것을 맹세합니다. 80연대 만세! 대구중학교 만세! 대일본 제국 만세! 천황 폐하 만세!"

연대장인 사사키가 백군 응원단을 독려하며 열렬히 응원했지만 백군은 열세를 면치 못했다. 첫 경기로 치러진 축구에서도 백군은 청군에 3 대 1로 패했고, 두 번째 경기인 배구에서도 첫 세트를 내주었고, 두 번째 세트도 9 대 3으로 청군에 뒤지고 있었다. 우메하라 게이이치 선생님은 그야말로 수말처럼 뛰어다녔다. 축구에서도 그는 혼자 두 골을 넣었고, 그가 속한 청군이 넣은 세 번째 골 역시 그가 결정적으로 도움을 준 골이었다.

배구 역시 마찬가지였다. 우메하라는 큰 키와 늘씬한 몸으로 코트를 누볐다. 빈 곳을 향해 백군 선수가 강스파이크를 기막히게 찔러 넣었다 싶었는데, 어느새 우메하라 선생님이 늘씬한 몸을 날려 공을 걷어 올렸다. 우메하라가 있는 한 빈 곳을 찾기는 어려워 보였다. 그의 거미줄 망은 어떤 공도 놓치지 않았다. 두 달 전, 그가 우리 학교에 오기 전까지, 그러니까 지난해 교직원 체육대회까지만 해도 청군과 백군 어느 한 쪽이 일방적으로 경기를 주도하는 경우는 없었다.


"하필 우메하라 선생님이 청군이 될 게 뭐람."

백군 응원단 쪽에서 누군가 불만을 터뜨렸다.

리에는 자신의 학반이 우메하라 선생님이 속한 청군 응원단에 속했을 때 뛸 듯이 기뻤다. 우메하라 게이이치 선생님이 얼마나 운동을 잘하는지는 오늘 아침까지도 알지 못했다. 다만 그를 응원하고 싶었다. 청군이 아니라 우메하라를 응원하고 싶었다. 그러나 만일 자신이 백군에 속했더라면 이겨도 불만이고, 져도 불만일 것 같았다. 운 좋게 청군에 속하고 보니 백군 여학생들을 골려주고 싶었다. 응원하고 싶지도 않은 편을 응원해야 하는 아이들 마음은 얼마나 아플까. 크크.

연대장 사사키가 목이 터져라 백군 응원단을 독려했지만 학생
들은 좀처럼 힘을 내지 못했다. 자신들이 응원하는 편이 축구에서
진데다, 배구까지 끌려가는 형국이었다. 무엇보다 자신들이 좋아
하는 우메하라 게이이치 선생님이 상대 팀이었던 것이다.

　우메하라 게이이치.
　아카시아 꽃향기가 황홀하게 교정으로 내려앉던 날 그는 학교
로 왔다. 5월의 두 번째 월요일이었다. 교장 선생님의 훈화 말씀에
앞서 새로 전근 오신 선생님이 소개되었다.
　"우메하라 선생님, 앞으로."
　학생주임 선생님의 지시에 따라 앞으로 나선 우메하라 선생님
은 젊은 남자였다. 겨울 하늘보다 더 선명한 푸른색 양복에 빨간
넥타이를 매고 있었다. 키는 180센티미터쯤 될까. 양복 속에 숨어
있을 굳건한 어깨와 단단한 다리를 상상하며 리에는 살짝 얼굴을
붉혔다. 어림잡아도 다른 선생님들보다 머리 하나 정도는 더 컸다.
　"새로 4학년의 영어 지도를 맡으실 우메하라 게이이치 선생님입
니다. 일동 차렷! 우메하라 선생님께 절!"
　학생들이 절을 하느라 고개를 숙였지만 리에는 우두커니 서서
우메하라 게이이치 선생님을 바라보았다. 학생주임 선생님의 목소
리가 들리지 않았던 것이다. 들었지만 들리지 않았다고 해야 옳을
것이다. 학생들이 모두 고개를 숙였고, 담임인 우에요기 나쓰미 선
생님과 눈이 마주치자 리에는 당황하며 고개를 숙였다.
　"저는 올봄에 동경고등사범학교 영어과를 졸업한 우메하라 게

이이치입니다. 여러분들, 잘 부탁합니다."

그가 자기소개를 했을 때, 리에는 전율했다. 마키지타[1]였다. 내지의, 그것도 도쿄 사람들이 쓰는 표준어. 리에가 밤마다 이불을 뒤집어쓰고 부모님 몰래 라디오 방송에서나 듣던 아름다운 도쿄 억양이었다. 혀끝을 말듯이 굴리는 소리, 리에의 후쿠오카 억양을 단번에 촌스럽게 만들어버리는 소리였다. 이제 막 사범학교를 졸업했으니 스무 살쯤 되었으리라. 리에보다 겨우 네 살이 많았다. 선생님의 도쿄 말씨와 나이를 생각하는 리에의 얼굴이 붉어졌다.

우메하라 선생님이 부임하기 전까지, 리에는 재잘거리기 좋아하는 학생이었다. 자신의 말에 친구들이 귀 기울이기를 바라며 종일 재잘거렸다. 우메하라 선생님이 온 뒤로도 여전히 재잘거렸다. 그러나 영어 시간만 되면 리에는 입을 다물었다. 단 한 마디도 하지 않았다.

우메하라 선생님이 그 아름다운 도쿄 말씨로 "누가 한번 읽어볼까?"라고 물어도 리에는 결코 손을 들지 않았다. 반 학생들 중 누구보다 영어 읽기에 자신이 있었고, 이전까지는 누구보다 먼저 손을 들던 리에였다.

영어 시간만 되면 리에는 침묵했을 뿐만 아니라, 학생들 중 누군가가 책을 읽겠다고 손을 들면 원망의 눈초리를 보냈다. 동급생들 중에는 도쿄를 부모님의 고향으로 둔 사람이 없었고, 그래서 그들

---

1) まきじた. 혀끝을 말듯이 힘차게 발음하는 어조를 말한다.

의 발음은 모두 촌스러웠다. 리에 아버지의 고향인 후쿠오카는 물론이고, 나고야, 난부, 사쓰마, 심지어 오사카의 발음 역시 상스럽기는 마찬가지였다. 뭐랄까, 후쿠오카 발음은 촌스럽기 짝이 없을 만큼 투박했고, 오사카의 발음은 장사치 같은 느낌을 주었다. 아무렇지도 않았던 동급생들의 발음이 우메하라 선생님이 오신 뒤로는 참고 들어주기 힘들 만큼 불쾌한 발음이 되고 말았다.

리에는 모든 아이들이 책 읽기를 거부하고, 그래서 우메하라 선생님이 어쩔 수 없다는 표정을 지으며 그 아름다운 도쿄 말씨로 영어 문장을 읽어주기를 바랐다. 일본어가 아닌 영어를 읽을 때도 도쿄 발음은 여전히 아름다웠다. 후쿠오카 사투리를 쓰는 아이는 일본어로 말할 때뿐만 아니라 영어를 읽을 때도 여전히 후쿠오카 사투리가 배어 나왔다.

리에는 침묵함으로써 자신의 촌스러운 후쿠오카 발음이 세상 밖으로 나와 우메하라 선생님의 아름다운 귀에 들리는 것을 경계했고, 침묵함으로써 우메하라 선생님의 아름다운 도쿄 말씨를 듣고 싶어 했다. 그의 굴러가는 듯한, 어딘가 말리는 듯한 말씨를 듣고 있노라면 야릇한 몽상에 빠져들곤 했다. 그리고 그런 날에는 집으로 돌아가 짜증을 내곤 했다.

"엄마는 왜 도쿄에서 태어나지 않았어?"

"리에, 어쩜 그런 말을 하니?"

"이게 뭐야? 이 촌스러운 말씨를 어떡하라고?"

"어머, 별소리를 다 하는구나. 리에짱의 목소리가 얼마나 예쁜데?"

"목소리가 예쁘면 뭐해? 말씨가 촌스럽잖아!"

"왜? 누가 무슨 가슴 아픈 말이라도 했니?"

"아~ 몰라 몰라. 짜증 나."

리에는 방문을 꽉 닫고 안으로 들어가버리기 일쑤였다. 어머니와 아버지가 후쿠오카에서 태어난 것은 그들의 잘못이 아니다. 우메하라 선생님이 도쿄에서 태어나 도쿄에서 학교에 다닌 것 역시 그의 공로가 아니다. 리에 자신이 내지가 아니라 조선 반도에서 태어나 완전한 후쿠오카 말씨도 아닌 정체를 알 수 없는 말씨, 그러니까 이 지방, 저 지방 억양이 다 섞인 반도인 특유의 말씨를 쓰는 것 역시 자신의 잘못이 아니었다. 그럼에도 화가 나는 것은 어쩔 수 없었다.

3학년 때는 태어나서 처음으로 도쿄로 수학여행을 다녀왔다. 3박 4일의 수학여행 동안 리에는 도쿄 말씨를 배우려고 부지런히 애를 썼다. 수학여행에서 돌아온 뒤, 마쓰모리 가나에와 사이키 소노코까지 세 사람이 이제는 도쿄 말씨를 쓰자고 굳게 약속도 했다. 그러나 보름도 가지 않아 말씨는 어느새 후쿠오카 출신의 부모를 둔, 반도에서 태어난 일본인의 촌스럽고 우매한 말씨로 돌아가 있었다. 가나에나 소노코 역시 마찬가지였다.

자기소개를 마친 우메하라 선생님은 선생님들이 서 있는 줄 사이로 들어갔지만, 그는 단연 눈에 띄는 존재였다. 머리 하나가 컸기 때문만은 아니었다. 대부분의 선생님들이 입고 있는 카키색 국민복과 다른 푸른 양복 때문만도 아니었다.

처음 부임하던 날 이후 우메하라 선생님도 다른 선생님들과 마찬가지로 카키색 국민복을 입었지만 그는 어디에서나 눈에 띄었다. 저 멀리서 한 무리의 선생님들이 함께 걸어오고 있어도 그는 홀로 걷는 사람처럼 우뚝했다.

씻기 편하게 머리카락을 짧게 자른 다른 남자 선생님들과 달리 우메하라 선생님은 젊음을 발산하는 숱 많고 검은 머리카락을 기름을 발라 붙였다. 작고 마른 다른 선생님들과 달리 큰 키에 곧고 늘씬하게 뻗은 허리. 어릴 때부터 오랫동안 게다를 신는 바람에 안짱다리처럼 되어버려 깐죽깐죽 걷는 대부분의 선생님들과 다르게 우메하라 선생님은 시원시원하고 힘차게 다리를 뻗었다. 그는 말 그대로 청춘의 상징이며, 아름다운 도쿄의 상징이었다. 그러나 그 때문만은 아니었다. 흰 얼굴과 당당한 덩치 때문만도 아니었다. 우메하라 선생님은 그 모든 것이 집적된 존재, 세상에서 가장 생기 넘치고 가치 있는 남자, 싱그럽게 넘실대는 강물이었다. 그 부푼 강물에 발을 담그면 리에 자신도 금세 푸른 물빛으로 물들 것만 같았다.

대구중학교의 선생님들은 지쳐 있었다. 선생님들만 지친 게 아니라, 대구 부민, 아니 모든 일본 신민들이 지쳐 있었다. 1941년 시작한 전쟁이 4년째 이어지는데다, 패색이 짙다는 소문이 파다하게 퍼졌다. 진주만 공습을 시작으로 선전을 펼쳐온 태평양 연합함대가 괴멸됐으며, 태평양의 제공권을 상실했다는 소문까지 나돌았다.

학교는 끝없는 공출과 노역, 군사훈련에 시달렸고, 선생님들은 자주 짜증을 내거나 한숨을 쉬었다. 학생들에게는 전시임을 명심해야 한다고, 군인 정신으로 단련해야 한다고, 전선의 신군과 신민은 일체가 되어야 한다고 입버릇처럼 말하면서도 그들의 어깨는 늘어졌고, 주름마다 피로가 깊게 배어 있었다.

우메하라 게이이치 선생님은 달랐다. 젊은 그는 늘 활기찼으며, 어떤 경우에도 미소를 잃지 않았다. 그가 싱긋 미소 지을 때는 어디선가 봄바람이 일어나 살랑거렸고, 큰 소리로 활짝 웃을 때는 유난히 흰 이가 햇빛을 받아 빛났다. 담배를 피우지 않았기에 그의 흰 이는 조약돌처럼 빛났다.

얼마 전 점심시간에는 우메하라 선생님과 부딪힐 뻔한 사건이 있었다. 그때 리에는 국어 시간에 외울 시를 암송하면서 걷는 중이었다. 목조로 지은 교사 창문 밖으로 남학생들이 고개를 내밀고 운동장에 나와 있는 남학생들을 향해 무엇이라고 고함을 질러대고 있었다.

아름드리 느티나무가 서 있는 2학년 2반 교실 앞을 지나, 리에는 교사의 서쪽에 있는 수돗가로 천천히 걸어가는 중이었다. 물을 마실 생각은 없었다. 그저 이쪽에서 저쪽으로 걸으며 점심시간이 끝나기 전에 시를 다 외우고 싶었다. 그때 머리 위에서 어떤 학생이 드르륵 창문을 올리고 총채를 터는 게 보였다. 아침에 감은 머리 위로 행여 먼지라도 앉을까 싶어 서둘러 걷는다는 것이 그만 동서로 이어붙인 교사의 중간 통로에서 나오던 우메하라 선생님과 부딪힐 뻔했다. 우메하라 선생님은 "어이쿠!" 하면서 살짝 몸을 돌려 피했다. 그가 피하지 않았다면 두 사람은 틀림없이 부딪혔을 것이다.

어쩌다가 그런 일이 발생했을까. 저 멀리서 우메하라 선생님이 다른 여러 선생님들과 함께 걷고 있을 때도 단번에 알아보는 리에였다. 보이지 않는 곳에서 우메하라 선생님이 불쑥 나타나도 금방 알아차릴 수 있었다. 그런데 그날은 왜 그랬을까. 리에는 자신이 미쳤다고 생각했다. 그러나 그날의 어처구니없는 실수는 리에에게 형언할 수 없는 행복감을 안겨다 주었다.

"스미마셍! 스미마셍!"

리에는 연방 허리를 숙였다. 자신의 후쿠오카 말씨가 어떻게 들릴지 걱정할 겨를도 없었다. 선생님과 부딪힐 뻔했던 것이다. 호통이 떨어질 것이라고 예상했지만 우메하라 선생님은 하얀 이를 살짝 드러내며 웃었다.

"리에짱, 괜찮아?"

"스미마셍."

리에는 고개를 들지도 못한 채 허리만 연방 숙였다.

"너무 그렇게 미안해하지 않아도 돼. 우리 둘이 부딪힐 뻔한 건데, 리에짱이 그렇게 미안해하면 나도 무척 미안해지잖아."

"선생님 정말 죄송해요."

"아, 참. 그러지 말래도. 그럼 나도 스미마셍."

우메하라 선생님이 고개를 살짝 숙였을 때 리에는 심장이 멈추는 것 같았다. 그 순간 세상에서 가장 행복한 여자가 되고 말았다. 어쩜 선생님이 나한테 이렇게 하실까.

빡빡머리에 언제나 참나무로 만든 지휘봉을 들고 다니며 잔소리를 하시는 혼조 선생님이었다면 대뜸 "그렇게 정신을 다른 데 팔고 다니는 것은 위험하지 않나!"라고 소리쳤을 것이다. 어쩌면 교무실로 불러 반성문을 쓰라고 했을지도 모른다. 그러나 우메하라 선생님은 달랐다. 국민학교 때부터 중학교 4학년이 될 때까지 다른 선생님들에게서 그런 모습을 발견한 적은 없었다.

우메하라 선생님이 배구공을 따라 하늘로 날아올랐다.

"강 스파이크!"

리에는 자기도 모르게 소리쳤다. 선생님이 또 한 번 강 스파이크로 백군 코트에 멋지게 공을 꽂아 넣기를 바랐다. 저도 모르게 소리를 지르고 나서는 혹시 자신의 마음을 들킨 건 아닐까 싶어 입술에 힘을 주어 입을 꾹 다물었다. 리에의 목소리에는 확실히 우리 편이 이기기를 원하는 응원 이상의 감정이 묻어 있었다. 리에는 옆에 앉아 응원하는 마쓰모리 가나에를 슬쩍 훔쳐보았다. 다행히 가나에는 리에의 다소 흥분이 감돌던 목소리를 눈치채지 못했다.

리에의 바람대로 우메하라 선생님은 하늘로 솟구쳐 올라 스파이크를 날렸고, 공은 그대로 빈 곳에 꽂혔다. 첫 번째 세트를 가볍게 이긴 청군은 두 번째 세트에서도 17 대 6으로 앞서가는 중이었다. 이대로 간다면 세 번째 세트 없이 두 번째 세트에서 결판이 날 것 같았다.

"리에도 이상한 소문 들었어?"

왼쪽에 앉아 있는 사이키 소노코였다.

"무슨……."

무심한 듯 대답하면서도 리에는 불길한 무엇을 느꼈다. 그럴 리 없는, 그래서는 안 되는 잔인한 소문이었다. 우메하라 선생님이 조선인일지도 모른다는 소문이었다. 저처럼 아름다운 도쿄 말씨를 쓰는 사람, 누구보다 싱그러운 남성을 조선인으로 생각하다니! 리에는 말도 안 되는 상상이라고 생각했다. 조심스러운 생각이기는 하지만 누군가가 우메하라 선생님을 심하게 질투하는 것인지도 몰랐다.

"글쎄, 이런 말을 해도 되는지……."

소노코는 망설였다. 여학생들의 사랑을 한 몸에 받고 있는 우메하라 선생님이 어쩌면 조선인일지도 모른다는 말은 차마 입에 담기 어려운 말이었다. 헛소문을 냈다가 급우들의 핀잔을 받거나 따돌림을 당할 수도 있다는 차원이 아니었다. 저처럼 아름다운 인격체를 두고 조선인 운운한다는 것은 죄악이라고 해도 과언이 아니었다.

아버지는 입버릇처럼 말씀하셨다. 가장 신뢰할 수 없는 인간이 조선인이라고, 앞에서 허리를 숙이며 비굴하게 웃고는 돌아서서 칼을 들이댄다고, 그래서 어떤 중요한 일도 맡길 수 없다고, 일본인의 원수는 두말할 것도 없이 조선인이라고 말이다. 저처럼 싱그럽고 아름다운 우메하라 선생님 곁에 그런 조선인을 세운다는 것은 말이 될 수 없었다.

어쩜 그런 무서운 말을……

리에는 원망하는 낯빛으로 소노코를 쳐다보았다. 그러나 그녀는 금세 명랑한 표정을 지으며 말했다.

"저렇게 멋진 선생님이 조선인일 수 있을까? 저처럼 아름다운 도쿄 말씨를 쓰는 선생님이 말이야."

"리에짱 말이 맞아. 하지만 우메하라 선생님의 숱 많은 검은 머리카락은 어쩐지 일본 남자들의 짧은 머리와 다르지 않아?"

소노코는 여전히 확신 없는 말투였지만 의심을 거두지는 못하는 모양이었다.

"그거야 선생님이 대학교를 갓 졸업한 청년이고, 여자들한테 잘 보이고 싶어서 일부러 머리를 기르는 것이겠지."

"하얀 이는 또 어때? 조선인들은 모두 이가 희잖아?"

"참 나, 소노코! 이가 흰 것도 죄니? 괜히 자기 이가 하얗지 못하니까 시기하는 거야."

그렇게 말을 하면서도 의심이 가는 것은 사실이었다. 조선인들은 일본인보다 확실히 이가 희다. 그네들은 어릴 때부터 단것을 먹지 못했기에 이가 튼튼하고, 이도 잘 닦기 때문에 이가 희다. 하지만 일본인 중에도 이가 흰 사람은 얼마든지 있다. 가령, 교장 선생님도 이가 흰 편이지 않은가. 비록 머리가 벗겨져서 볼품이 없는 노인이지만 말이다.

설령 우메하라 선생님이 몇 가지 조선인의 특징을 갖고 있다고 하더라도 그 아름다운 말씨는 도쿄 토박이임을 증명하는 명백한 증거가 아닌가. 굴러가는 듯한, 혀를 살짝 마는 듯한 세련된 도쿄 말씨는 다른 지방 출신의 일본인들조차 쓰기 힘들다. 그것은 작년 도쿄 수학여행 때 소노코도 경험한 일이지 않은가.

"사사키는 우메하라 선생님이 도쿄 말씨를 쓰는 것도 조선인이기 때문일지도 모른대…….”

“학생 연대장이 어째서 그런 못된 말을!”

“조선말에 어려운 발음이 많아서 조선인들은 굴러가는 듯한 도쿄 말씨를 쉽게 배운다는 거야.”

“말도 안 돼.”

리에는 한숨을 내쉬었다. 그때 마침 배구 경기 두 번째 세트가 끝이 났다. 21 대 9. 청군의 압도적인 승리였다. 청군 응원단 쪽에서 군가가 터져 나왔다. 남학생이나 여학생이나 할 것 없이 모두 군가에 익숙했다. 더구나 대구중학교 학생들은 80연대와 인접한 덕분에 군가에 더욱 익숙했고, 군사훈련에도 능했다. 경성의 한 신문은 전국의 중학교 중에 대구중학교가 군사훈련이 가장 잘되어 있는 학교라고 보도한 적도 있었다. 그 보도가 나왔을 때 교장 선생님은 ‘군사훈련 최우수 학교’라고 쓴 큰 플래카드를 교문에 한참 동안 걸어두었다.


점심시간에 청군에 속한 학생들은 저마다 싸온 도시락을 들고 숲 그늘로 흩어져 자리를 잡았다. 초밥을 먹는 아이들의 표정이 맑았다. 청군 학생들이 숲 그늘에 앉아 느긋하게 식사를 하는 동안 연대장 사사키는 백군 아이들을 재촉해 서둘러 밥을 먹게 한 뒤 모두 운동장 한자리에 모았다. 오전에 축구와 배구에서 연거푸 백군이 패한 것은 응원이 부족하기 때문이라고 사사키는 열을 올렸다. 이글이글 타는 태양 아래 백군 아이들은 풀이 완전히 죽어 있었다. 자신들이 응원하는 백군이 지는 것도 안타까운데, 점심시간

마저 뜨거운 햇볕에 빼앗기고 보니 괴로워 미치겠다는 얼굴들이었다.

오후에 남은 경기는 스모였다. 청군과 백군에서 각각 열 명의 선생님들이 나와서 단체전을 펼치게 되어 있었다. 양쪽에서 열 명이 차례로 출전해 한쪽 편 선수들이 모두 쓰러질 때까지 연속해서 겨루는 경기였다. 마지막까지 살아남는 선수가 있는 쪽이 이기는 것으로, 전체 선수들이 차례차례 겨루는 경기였다.

사사키는 스모는 꼭 이길 수 있다고, 이겨야 한다고 핏대를 올렸다. 하긴 스모라면 백군이 승리할 수 있을 것이다. 백군의 구로사와 야스히로 선생님은 스모 선수까지는 아니지만 실력자였다. 군인 정신이 투철한 선생님으로 관동군에서 5년이나 복무한 경력도 갖고 있었다. 선생님은 관동군 시절 스모대회에 나가 준우승하면서 포상 휴가도 받았다고 했다.

지난해까지 스모에서는 구로사와 선생님이 속한 편이 늘 승리를 거뒀다. 구로사와 선생님이 몇 번째 선수로 출전하느냐에 따라 몇 명이나 살아남는지가 결정될 정도로 선생님의 실력은 월등했다.

청군과 백군 양쪽에서 각각 열 명씩 마와시[2]를 맨 스무 명의 역사들이 앞으로 나와 인사를 나누고 자리로 돌아갔다. 청군에서 맨 먼저 출전한 역사(力士)는 사이토 다카시로 국어 선생님이었다. 우

---

2) まわし. 우리나라 씨름의 샅바와 같은 것으로 스모 선수의 계급에 따라 토리마와시(とりまわし)와 케이코마와시(けいこまわし)의 두 종류가 있다.

메하라 선생님은 여섯 번째 출전자로 대기했고, 백군의 강자 구로사와 야스히로 선생님은 아홉 번째 선수로 대기하고 있었다. 백군으로서는 가장 적절한 대진 순서를 짠 것처럼 보였다. 구로자와 선생님이 너무 앞에 출전해서 일방적으로 이기면 재미가 없을 것이고, 또 초반부터 청군 역사들을 상대하다가 힘이 빠지면 최종적인 승리를 놓칠 위험도 있었다.

청군의 첫 번째 역사 사이토 다카시로 선생님과 백군의 첫 번째 역사 이와세 히카루 선생님이 치카라미즈[3]로 입안을 헹구었다. 전문적인 선수들은 아니라지만 전통 스모 경기라면 역시 절차가 중요했다. 백군의 이와세 선생님은 정말 역수(力水)가 힘을 주기라도 한다는 듯이 벌컥벌컥 물을 마셨다. 역수를 전해준 나카에 유토 선생님이 그만 마시라고 말하고 나서야 이와세 선생님은 겸연쩍은 듯 웃으며 물그릇을 넘겼다.

두 역사가 씨름판에 올라와 차례로 소금을 뿌리자 양쪽 응원석이 번갈아 환호성을 올렸다. 스모장에서 소금은 부정을 막고, 씨름판을 맑은 기로 채운다는 의미를 담고 있었다. 역사들이 시합 도중에 상처를 입더라도 소금의 살균력 덕분에 큰 상처로 덧나지 않는 효과도 있었다.

심판을 보는 체육 선생님이 두 역사의 마와시가 단단히 매어졌는지 점검했다. 두 선수는 심호흡을 하며 양쪽에 대기했다. 체격으로 보아 사이토 선생님의 우세가 점쳐졌다. 옷을 입었을 때도

---

3) ちからみず. 스모 선수가 입에 머금어 힘을 내는 물을 말한다.

몸이 좋아 보였던 그는 막상 옷을 벗고 스모 복장이 되자 훨씬 단단해 보였다. 스모마게[4]까지 했더라면 진짜 스모 선수처럼 보였을 것이다.

이와세 선생님은 역수로 한껏 기운을 받고, 양쪽 다리를 번갈아 올리며 그럴듯하게 등장했지만 사이토 선생님의 상대가 되지 않았다. 두 판을 연속으로 패한 이와세 선생님은 부끄러운 듯 고개를 숙이며 황급히 자기편 대열 뒤로 숨어버렸다. 청군의 사이토 선생님은 백군의 이와세 선생님과 또 한 명의 선수를 물리쳤지만 힘이 빠졌는지 세 번째 상대인 나카에 유토 선생님에게 패해 물러났다.

백군의 나카에 유토 선생님은 몸이 민첩했다. 발꿈치를 들고 상대편과 마주 쪼그리고 앉아 있다가 용수철처럼 벌떡 일어나며 미처 완전히 일어나지도 못한 상대를 밀어 넘어뜨렸다. 두 번째는 당하지 않으리라고 애를 썼지만 상대편 선수들은 속수무책으로 당하는 중이었다. 나카에 선생님은 거의 힘을 쓰지도 않고 청군 역사들을 다섯 명이나 쓰러뜨렸다. 백군 응원단의 기세가 하늘을 찔렀다.

청군의 남은 역사는 다섯 명. 백군은 아직 여덟 명이나 남아 있었다. 게다가 스모의 강자 구로사와 야스히로 선생님이 아홉 번째 역사로 버티고 있었다.

아무래도 스모만큼은 백군이 승리할 모양이지.

리에는 어느 편이 이기든 상관없다고 생각했다. 다만 자신이 응

---

4) すもうまげ. 역사(力士)의 특이한 머리 모양을 가리키는 말로 시대에 따라 명칭과 모양이
조금씩 바뀌었다.

원하는 우메하라 게이이치 선생님이 백군 역사 한두 명쯤은 꺾어
주기를 바랐다.

드디어 우메하라 게이이치 선생님 차례였다. 백군 응원단들은
여전히 기세를 올리며, 목이 터져라 군가를 불렀다.
"그 무엇이 막을소냐! 나아가라 일본 남아!"
백군의 나카에 선생님이 먼저 씨름판으로 올라와 기다렸다. 뒤
이어 우메하라 선생님이 사이토 다카시로 선생님이 전해주는 역
수로 입을 헹구고 씨름판으로 올라와 소금을 뿌렸다. 우메하라 선
생님의 큰 키와 건장한 체격에 힘을 얻었는지 청군도 연속 패배의
아픔을 잊고 응원에 열을 올리기 시작했다.
나카에 유토 선생님은 지금까지와 마찬가지로 용수철처럼 벌떡
뛰어오르며 두 팔로 우메하라 선생님의 가슴을 밀었다.
우메하라 선생님 역시 당한 건가? 나카에 선생님은 너무 빨라.
나카에 선생님이 벌떡 일어나며 두 팔을 앞으로 쫙 폈을 때 리
에는 그렇게 생각했다.
그러나 모랫바닥에 엉덩방아를 찧은 쪽은 우메하라가 아니라
나카에 선생님이었다. 먼저 밀친 쪽은 나카에였으나 우메하라 선
생님의 몸집과 힘을 당하지 못하고 자신이 되레 뒤로 넘어진 것이
다. 일순간 청군 응원석에서 웃음소리가 터져 나왔다. 다시 두 선
수가 마주 쪼그리고 앉았을 때 청군 응원단은 기세가 완전히 살아
나 있었다.
두 번째 판에서 나카에 선생님은 전술을 바꿔 직접 부딪치기보

114

다는 뒤로 물러나면서 기회를 노렸다. 그는 빠르게 회전하면서 우메하라 선생님의 허점을 노렸다. 그러나 원숭이가 자기 재주를 너무 믿으면 나무에서 떨어지는 법. 나카에 선생님은 모래밭을 빙글빙글 돌다가 실수로 발이 씨름판 밖으로 나가는 바람에 패하고 말았다.

"우메하라! 우메하라! 우메하라!"

청군이 기세를 올렸다.

청군의 다섯 번째 역사인 우메하라 선생님은 나카에 선생님을 시작으로 백군의 네 번째, 다섯 번째, 여섯 번째, 일곱 번째, 여덟 번째 역사까지 모두 물리쳤다. 심판의 부채는 잇따라 우메하라 선생님을 가리켰다. 단 한 판도 내주지 않았다. 우메하라 선생님은 체격이 크고 힘도 좋았지만 스모 기술 역시 대단했다. 그냥 단순히 힘으로 미는 수준이 아니었다. 힘으로 상대를 떠밀어 쓰러뜨리기도 했고, 엄지와 검지로 상대의 옆구리를 밀어 씨름판 밖으로 밀어내기도 했다. 어깨를 눌러 상대를 주저앉혀버리기도 했다. 몸 전체로 덤비는 덩치 큰 선수를 살짝 피하면서 허리를 감아 달려드는 상대방의 힘을 이용해 씨름판 밖으로 걸어 나가게 만들어버리기도 했다.

이쯤 되면 아무리 구로사와 선생님이라고 해도 승리를 장담하기는 어려울 것 같았다. 어쩌면 스모 경기마저 청군이 이길지도 몰랐다. 자신이 응원하는 청군의 승리, 사랑하는 우메하라 선생님의 선전이 리에는 어쩐지 께름칙했다.

이 불안한 마음의 정체는 무엇일까…….

우메하라 선생님이 연전연승으로 나아갔지만, 어쩐 일인지 청군의 응원 소리는 점점 기운을 잃어가는 중이었다. 그것은 리에도 마찬가지였다. 오히려 연패를 거듭하는 백군의 응원 소리에 훨씬 기운이 차 있었다. 비장미까지 묻어났다.

다시 씨름판으로 나서는 우메하라 선생님에게 역수를 건네는 청군 선생님은 없었다. 우메하라는 저 스스로 물그릇을 찾아 입안을 행구었다. 어찌 된 일인지 소금을 건네는 사람도 없었다. 우메하라가 너무 잘 이겼기 때문에 마음을 놓은 것일까. 역수도 소금도 더 이상 필요하지 않다고 생각하는 것일까.

개의치 않는다는 듯 땀을 닦으며 씨름판으로 올라온 우메하라 선생님은 청군 응원단을 향해 두 팔을 들며 씩 웃었다. 눈부시게 하얀 이가 햇빛을 받아 반짝 빛났다.

하지만 구로사와 선생님은 역시 대단했다. 관동군에서 준우승까지 했다는 말은 빈말이 아니었다. 그는 우메하라 선생님의 겨드랑이 파기 공격을 받으면서도 물러나지 않고 두 손바닥으로 힘껏 우메하라 선생님의 턱을 밀어 쓰러뜨렸다. 고개가 꺾인 우메하라 선생님은 제대로 힘을 쓰지 못하고 엉덩방아를 찧었다.

"우아아아아아아!"

백군 응원단이 망아지처럼 날뛰기 시작했다. 모든 아이들이 자리에서 일어나 구로사와 선생님을 응원했다. 우메하라를 좋아하는 여학생들, 청군이 아니라 백군을 응원하게 되어서 아쉽다고 투덜대던 게이코도 깡충깡충 뛰며 환호하고 있었다.

백군 응원단의 우렁찬 함성에 눌려 청군 응원단은 소리조차 내지 못했다. 왜 아무도 응원을 하지 않는 것일까. 이럴 때일수록 더 큰 소리로 응원을 해야 우리 편 역사들이 힘을 내지 않을까.

리에는 우메하라를 바라보았다. 모래를 털며 일어난 우메하라는 약간 놀란 듯한 표정을 지었다. 구로사와 선생님의 공격이 예상 밖으로 강했던 것이리라. 구로사와 선생님과 마주 앉은 우메하라 선생님의 얼굴에서 핏기가 사라지고 있었다. 그는 무슨 생각을 하는 것일까. 이번 판에도 질까 두려운 것일까.

심판의 시작 소리와 함께 재빨리 일어선 우메하라 선생님은 고개를 숙이며, 두 팔로 구로사와 선생님의 허리를 감았다. 그리고 자신의 몸을 강하게 밀착시키며 구로사와 선생님을 밀어붙였다. 엄청난 힘이었다. 구로사와 선생님이 안간힘을 다해 버텼지만 결국 모래판 밖으로 밀려나고 말았다. 밀려난 구로자와 선생님의 표정이 기괴했다. 마치 큰 나무를 붙들고 스모 경기를 펼친다는 듯 난감한 표정이었다.

"에~."

"어쩜."

백군 응원석에서 가늘게 탄식이 흘러나왔다. 두 사람이 힘과 힘으로 부딪치면 우메하라 선생님이 구로사와 선생님을 이길 것이라는 불안감이 백군 응원단 사이에서 빠르게 번지는 것을 리에는 느꼈다.

백군 응원단의 기세가 꺾인다면, 반대로 청군 응원단의 기세가 올라가야 한다. 그러나 청군 응원단은 좀처럼 기세를 올리지 못했다. 응원단으로 이 자리에 참석한 것이 아니라 관람객으로 참석한 사람들 같았다. 양쪽 옆에 앉은 가나에와 소노코 역시 입을 꾹 다물고 앞을 응시할 뿐이었다.

두 역사는 다시 스모장 가장자리, 각자의 자리에 섰다. 삼판양승제. 이제 마지막 한 판을 이기는 사람이 승리하는 것이다.

"우메하라 선생님을 응원해야 하지 않아? 우리 편인데?"

리에의 말에 가나에가 이쪽으로 고개를 돌려 멀뚱한 눈으로 바라보고는 고개를 제자리로 돌려버렸다.

무엇인가 잘못되어가고 있어. 이건 아니야. 왜 아무도 우메하라 선생님을 응원하지 않는 거야.

리에는 두렵고 혼란스러웠다.


바로 그 순간 백군 응원단 쪽에서 연대장 사사키가 소리쳤다.

"긴쭈형! 조센징!"

순간 좌중은 얼어붙은 듯 침묵에 휩싸였다. 기세를 올리며 목이 터져라 군가를 불러대던 백군 응원단들이 일순간 입을 다물어버렸다.

그 순간은 아마 1초나 2초쯤 되었으리라.

사사키가 두 팔을 활짝 펴 들었다. 그의 양손을 따라 남자의 가죽 허리띠가 뱀처럼 길게 펴졌다.

"조센징 긴쭈형의 이름이 적힌 허리띠다."

그때 백군 응원단 속에서 한 남학생이 소리쳤다.

"우메하라 게이이치는 가짜다. 조센징 긴쭈형!"

"구로사와 선생님, 조센징을 꼬라박아!"

"조센징을 꼬라박아!"

화산 같은 열기가 먼저 터져 나온 곳은 백군 응원단이었다.

"긴쭈형! 조센징! 긴쭈형! 조센징! 긴쭈형! 조센징!"

백군의 함성이 스모장을 덮고, 운동장을 덮고, 온 세상을 덮고 있었다. 그때까지 상황을 몰라서, 혹은 대체 어떻게 해야 할지 몰라 웅성대던 청군 응원단에서도 고함이 터져 나왔다.

"조센징 꼬라박아버려라!"

"긴쭈형을 꼬라박아라!"

"긴쭈형 사기꾼! 도둑놈!"

"조센징은 사기꾼, 거짓말쟁이!"


뜨거운 여름 햇볕 아래에서 청군과 백군은 하나가 되어 '긴쭈형'과 '조센징 꼬라박아'를 외쳤다.

리에는 목이 터져라 고함을 질러대는 학생들 속에서 양쪽에 앉아 있는 친구들을 돌아보았다. 가나에와 소노코 역시 목청껏 '긴쭈형 조센징'을 외쳐대는 중이었다.

당황해서 어찌할 바를 모르던 리에는 머리를 세차게 흔들었다. 이러고 있을 때가 아니었다. 리에는 학생들의 원색적인 욕설과 증오로 가득한 악다구니가 난무하는 가운데, 제 몫의 욕설과 고함을 찾아내기 위해 안간힘을 썼다.

나는 무슨 말을 해야 하지?

무엇이라도 한마디 지독한 욕을 퍼부어주지 못한다면 괜히 억울할 것만 같았다.

백군 아이들은 진작부터 일어서 있었고, 이제 청군의 아이들도 하나둘 자리에서 일어나 긴쭈형과 조센징을 외치기 시작했다. 리에는 뱀에 놀라기라도 한 사람처럼 자리에서 벌떡 일어나며 외쳤다.

"거짓말쟁이! 배신자! 더러워!"

응원단의 함성과 광기에 가려 보이지 않았던 우메하라 게이이치 선생님의 검붉은 얼굴이 비로소 리에의 눈에 들어왔다. 이마에서 흘러내린 땀이 우메하라의 검고 붉게 상기된 얼굴을 타고 떨어졌다. 그는 더 이상 생기 넘치는 희고 아름다운 남자가 아니었다. 그의 얼굴은 죽은 사람의 얼굴처럼 검은색으로 변해 있었다.

우메하라는 갑자기 딴 세상에 떨어진 사람처럼 기괴한 표정을 짓는가 싶더니 짐승이 울부짖는 듯한 소리를 토하며 자신의 반대편에 서 있는 구로사와 선생님을 향해 달려들었다.

으아아아아.

놀란 구로사와 선생님은 재빨리 몸을 피했고, 우메하라는 구로사와 선생님이 서 있던 곳까지 달려와 제풀에 엎어지더니 모래밭 밖으로 나뒹굴었다. 마치 통나무가 넘어져 구르는 것 같았다. 그의 큰 덩치가 모랫바닥에 처박히고, 두 번이나 굴러 모래밭 밖으로 내동댕이쳐졌을 때 리에는 눈을 질끈 감았다. 순간 양쪽 응원석은 침묵에 휩싸였다.

우메하라는 땅바닥에 얼굴을 처박은 채 꿈쩍도 하지 않았다. 청군 역사도, 백군 역사도, 교장 선생님도, 심판도, 누구도 엎드린 우메하라를 일으켜 세우지 않았다. 침묵은 길고 끔찍했다. 우메하라의 젖은 등에서 땀이 번들거렸다.

우메하라는 한참이 지나 천천히 몸을 일으켰다. 얼굴에는 모래가 잔뜩 묻어 있었다.

"잘 어울려. 모래를 잔뜩 처바르고 있으니."

소노코가 속삭였다.

"그러게, 조센징다워."

가나에가 받았다.

무릎을 꿇고 앉은 우메하라는 누구에게도 시선을 두지 않고 허공을 향해 중얼거렸다.

"내가 너희에게 무슨 잘못이라도 했니?"

여전히 도쿄 말씨였지만 그 목소리는 더 이상 아름답지 않았다. 우메하라는 천천히 일어나 널브러진 자신의 옷가지를 챙겨 들고 교사를 향해 걸어갔다. 운동장에 떨어진 우메하라의 허리띠를 흙바람이 쓸었다.


패전 후 일본으로 간 나쓰메 리에는 평생 독신으로 지냈다. 도쿄의 낡고 좁은 아파트에 살면서 강이 있는 풍경을 그렸다. 강 그림을 그렸지만 그녀의 그림에는 강물이 흐르지 않았다. 허연 강바닥을 드러낸 풍경이었다. 때로는 강바닥에 간힌 나무둥치 같은 것들이 그녀의 그림 소재였다. 가끔이기는 하지만 깨진 병이나 유리 조각 같은 것들이 등장하기도 했다.

강 그림의 왼쪽이나 오른쪽 하단에는 언제나 야윈 여자가 서 있었다. 머리가 길고 몸이 호리해서 여자임을 알 수 있었지만, 여성성은 드러나지 않았다. 여자는 강물이 흐르지 않는 강, 먼지가 날리는 강바닥을 바라보며 서 있었다. 그림에 보이는 여자의 모습은 언제나 뒷모습이었다.

엔에이치케이 방송 기자가 리에와의 인터뷰에서 "선생님의 그림에는 늘 야윈 여자의 뒷모습이 등장합니다. 혹시 무슨 까닭이라도 있습니까?"라고 물었지만, 리에는 쥐어짜듯 얼굴을 찌푸렸을 뿐 대답하지 않았다. 리에는 1989년 도쿄에서 연 전시회 팸플릿에서 자신의 작품을 이렇게 설명하고 있다.

내게도 한때는 좋아하는 일이 있었고, 미칠 듯 몰두했던 사람이 있었다. 넘실대는 강물 위로 물고기들이 하얀 비늘을 반짝이며 뛰어오르던 시절이 있었다. 부푼 강물에 발을 담그면 발가락부터 머리끝까지 물빛으로 물들 것 같던 날들이었다.

우메하라 게이이치.

내가 그에게 그토록 몰두했던 까닭은 무엇일까. 아마도 그 이유는 평범했을 것이다.

우리는 그때 열여섯 살 소녀였다. 그러니까, 나 혼자만 그처럼 우메하라 게이이치에게 몰두했던 것은 아니었다. 우리 학교의 많은 여학생들이 우메하라 선생님을 좋아했다. 개중에는 나처럼 남몰래 사랑을 키워가던 아이들도 있었을 것이다. 마쓰모리 가나에, 사이키 소노코는 틀림없이 그랬을 것이다. 그 아이들이 선생님을 바라보며 한숨짓는 표정에서, 혹은 애써 외면하는 얼굴에서 나는 알 수 있었다. 선머슴처럼 구는 우에다 마유코 역시 속으로는 우메하라 선생님을 사랑하고 있었는지도 모른다. 어쩌면 조선인인 이와미야 게이코까지도 밤마다 사랑의 꿈을 꾸었을지도 모른다.

어떡하겠는가, 비록 마유코가 선머슴 같은 외모와 우렁찬 목소리를 가졌다고 해도, 게이코가 조선인이라고 해도 그 나이 때의 여중생이라면 그럴 수도 있지 않겠는가. 우리는 열여섯 살 소녀답게 우메하라 게이이치를 사랑했다. 그러나 나는 열여섯 살 소녀답게 그와 이별하지는 못했다.

그를 버린 후에도 밋밋한 사랑은 있었다. 내게 사랑을 고백해온 사람도 있었고, 한동안 어정쩡한 관계를 이어간 사람도 있었다. 이별도 있었다. 그러나 그때처럼 미칠 듯한 사랑의 열병이나 견딜 수 없는 이별은 없었다. 나는 우메하라 게이이치와 헤어진 것이 아니라, 그를 버렸다.

사랑에 빠진 여자에게 어쩔 수 없는 이유 따위는 없다고 생각했다. 사랑을 잃는다는 것은 사랑이 부족하기 때문이지, 다른 이유는 없다고 믿었다. 그를 더 이상 사랑하지 않는다는 것은 사랑이 부족하기 때문이지, 다른 이유가 끼어들 여지는 없다고 믿었다. 그런 확신은 나이가 드는 동안에도 변하지 않았고, 지금 역시 변함이 없다. 그러나 내가 첫사랑을 잃어버린 것은 사랑이 부족하기 때문이 아니었다.

우메하라 게이이치.

그를 버림으로써 나는 사랑을 잃었고, 두 번 다시 찾을 수 없었다. 물고기가 살 수 없는, 허연 강바닥을 바라보며 나는 매일매일 야위어갔다. 부풀어 터질 것 같았던 내 몸은 볼품없이 말라 형체를 알 수 없게 되었다. 푸른 물빛으로 물들 것 같았던 내 몸은 버석거리는 소리를 내며 부서졌다. 나는 평생 흙먼지 날리는 강바닥을 바라보며 야윈 몸으로 서 있었다.

나쓰메 리에는 그해 가을 예순한 살의 나이로 세상을 떠났다. 그녀가 남긴 마지막 일기에는 이렇게 씌어 있었다.

그날 죽은 사람은 우메하라 선생님이 아니라 나였다.

# 여러분,
# 이거 다 거짓말인 거
# 아시죠?*

강병융

강병융

\

1975년 서울에서 태어났다. 2002년 〈정신과표현〉 신인작품 공모에 단편소설 〈낙
찰〉이 당선되었다. 소설집 《무진장》, 장편소설 《상상 인간 이야기》, 《Y씨의 거세에
관한 잡스러운 기록지》, 《알루미늄 오이》가 있다. 현재 슬로베니아 류블랴나대학
교 아시아아프리카학과 한국문학 교수로 재직 중이다.

---

⊙ 독자의 기호에 따라 주석에 밝힌 신문 기사들과 곁들여 읽으셔도 재미있습니다.

* 〈MBC〉 뉴스데스크 2007년 8월 7일 자 〈이명박-박근혜, 여론조사 중재안 거부〉.

## 쥐[1]

미니마우스 유리병은 인간의 생각대로 어디론가 흘러가기 시작했습니다. 흘러, 흘러, 흘러 멀리, 멀리로 갔습니다. 강을 지나 바다로, 작은 바다에서 더 큰 바다로, 천천히 하지만 꾸준히 계속 움직였습니다.

결국, 미니마우스는 밝게 웃으며 오랫동안 전 세계의 바다를 싹 다 구경하고 아프리카 대륙의 북쪽 섬나라 스카리니아(Skarinia)[2]에 도착했습니다. 미니마우스가 얼마나 기나긴 여행을 했는지 아무도 모를 겁니다.

---

1) 〈한겨레〉 2008년 6월 7일 자 〈'촌철살인' 구호 · 풍자 놀이…'유쾌한 민주주의' 활짝 피다〉.
2) 〈한국일보〉 2005년 6월 17일 자 〈상상 인간 이야기〉.

유리병 안에 고이 들어 있던 쥐포도 썩었는지 먹을 만한지 아무도 알 수 없었습니다. 아무튼 미니마우스 병은 여전히 방긋 생쥐 미소를 짓고 있었습니다. 그 안의 쥐포도 본연의 형체를 그럭저럭 유지하고 있었습니다.

해안은 무인도라고 부르면 딱 좋을 법한 풍경이었습니다. 바다와 바위 언덕과 야자수가 어우러져 있었습니다. 오염과는 너무 거리가 먼, 태초의 모습을 그대로 잘 간직한 곳이었습니다. 원숭이를 닮은 종족들이 아무것도 걸치지 않은 채 모래사장으로 갑자기 괴성을 마구마구 지르며 뛰어나온다 해도 전혀 어색할 것 같지 않았습니다. 그들이 인간이 구사하는 말을 전혀 못 한다고 하여도 역시 놀랍지 않을 것 같았습니다.

미니마우스는 모래사장 위에 평화롭게 누워 있었습니다. 파도가 밀려올 때마다 바닷물이 슬쩍슬쩍 유리병을 쳤습니다. 아무도 없는, 참으로 고요한 바닷가였습니다.

밤이 되자, 차갑고 날카로운 바닷바람이 씽씽 불기 시작했습니다. 유리병은 물이 닿지 않는 뭍까지 올라왔고, 찬바람이 횡횡 불어와 병이 데굴데굴 뭍으로 굴러갔습니다. 그렇게 칠흑 같은 밤이 지나갔습니다. 병은 찬바람을 맞고 또 맞았습니다. 바다의 노래가 쉬지 않고 들려왔습니다. 서서히 아침이 밀려왔습니다.

기나긴 밤 지새우고 풀잎마다 맺힌 진주보다 더욱더 고운 아침 이슬이 생겼을 무렵, 어디선가 쥐 떼가 나타났습니다.

병을 발견한 쥐 떼들은 무지하게 시끄럽게 찍찍거렸습니다. 몇몇 쥐들은 병뚜껑에 코까지 박고 킁킁거리면서 냄새를 맡았습니다. 무슨 중요한 토론이라도 하는 듯 한참을 시끄럽게 찍찍거리더니, 병을 바위 언덕까지 굴렸습니다. 그러더니 그 바위 위에서 유리병을 밑으로 떨어뜨렸습니다. 떨어진 미니마우스 병이 산산조각 났습니다. 박제처럼 굳어 있던 귀여운 미니마우스의 생쥐 미소도 와장창 작살났습니다. 쥐들은 일사불란하게 바위 언덕을 내려가 병 안에 있던 내용물에 코를 박고 킁킁거렸습니다.

잠시 뒤, 쥐들은 그것을 냠냠 쩝쩝 먹기 시작했습니다. 마치 우리가 먹지 않으면 누가 먹겠느냐는 표정으로, 그야말로 맛있게, 침까지 질질 흘려가며, 유리병 속에 들어 있던 내용물을 싹 다 먹었습니다.

그렇습니다. 쥐는 잡식성이었습니다.


### 광화문

아침 7시에 아주버니에게 전화가 옴. 딸은 옆에서 자고 있고, 남편이 밤새 들어오지 않아 비몽사몽으로 밤을 새운 상태임. 전화기 너머로 들려오는 아주버니의 목소리는 평소와 달리 무척 어색함. 무언가 상당히 잘못되었다는 느낌이 듦. 아주버니는 남편과 함께 병원에 있다고 함. 옷을 대충 걸치고, 딸을 깨워 옆집에 맡기고, 택시를 탐.

출근 시간이라 병원까지 생각보다 시간이 많이 걸림. 가는 동안 택시 안에서 안절부절못하자 기사가 괜찮으냐고 물음. 대답 안 함.

응급실로 뜀. 남편이 응급실 구석 침대에 누워 있음. 양쪽 눈에 커다란 안대를 함. 다가가는 것을 모름. 괜찮으냐고 묻자, 남편은 웃으면서 미안하고 말함. 곧 괜찮아질 거니까 걱정 말라고 함. 딸 학교는 어떻게 하고 여기 왔느냐고 물음. 미안하다는 남편의 말에 아무런 대꾸를 못 하고, 괜찮아질 것 같지 않아 걱정이 계속됨. 눈물도 조금 남. 딸은 옆집에 맡겼으니 걱정 말라는 대답만 간신히 함. 억지로 웃는 남편의 입술이 심하게 부풀어 있는 것이 보임. 피도 많이 났던 것 같아 보임. 발음이 어눌함. 아주버니는 옆에서 아무 말도 못 하고 고개를 푹 숙인 채 서 있음. 아주버니가 계속 자기 탓이라고 함.

전날, 남편은 퇴근하자마자 아주버니와 함께 광화문에 좀 나가 봐야겠다고 했음. 같이 가고 싶었지만, 딸 때문에 그럴 수 없었음. 남편은 절대 우리 딸이 그런 소고기를 먹게 내버려두지 않겠다고 큰소리를 치고 나갔음. 위험하다는 생각도 조금 했지만, 많은 사람들이 함께 있을 테니 별일은 없을 거라고 나름 자위했음. 올바른 일이라고 믿었기 때문에 남편을 말리지 않았음.

자정이 넘었는데도 연락이 되지 않아 텔레비전을 틀어봤음. 뉴스에서 시내에 대규모 폭력 사태가 발생했다는 소식을 접하고, 걱정을 많이 했음. 촛불집회 참여자들과 경찰 간의 무력 충돌이 보도됨. 남편도, 아주버니도 전화를 받지 않았음. 하지만 손쓸 방법이 전혀 없었음. 자는 딸을 두고, 직접 나가볼까, 생각도 함. 그리고 아침에 아주버니의 전화를 받음.

이웃에게 딸은 학교에 잘 갔으니 걱정 말라는 문자메시지가 옴.

문자를 읽으며 냉정함을 잃고, 순간 울 뻔함. 뭔가 복잡해지고 있다는 느낌이 듦. 출근을 못 할 것 같아 점장에게 전화를 함. 점장은 갑자기 안 온다고 하면, 누가 배달을 하느냐고 소리를 지름. 오후에라도 나오라고 함. 남편이 많이 아파서 병원에 왔다고 했으나, 점장은 대꾸도 안 함. 미안하다고 했는데, 대답도 없이 전화를 끊어버림. 남편이 통화 내용을 다 들음. 팀장에게 미안하다는 내용의 문자메시지를 보냄. 다 보내지 않았는데, 남편이 말없이 손을 꼭 잡음. 아주버니가 남편 회사에 전화를 해 자초지종을 설명함.

남편은 시위 현장에서 눈에 물대포를 맞았다고 함. 경찰들이 갑자기 가까운 거리에서 물대포를 쐈고, 원래 여고생을 향해 쏘던 물대포를 남편이 막아주려고 하자, 여러 대가 동시에 남편을 집중적으로 쐈다고 함. 경찰들이 직사가 안 되는 원칙을 지키지 않았다고 함. 그중 한 대가 남편의 얼굴을 향했고, 남편이 고통을 호소했음에도 물대포는 남편을 계속적으로 공격했다고 함. 물대포가 눈을 강타했고, 남편이 의식을 잃고 나서야 발사가 멈췄다고 함. 믿을 수가 없음. 설명을 다 듣고, 다리의 힘이 빠짐. 누군가가 삶을 위한 공기를 삽시간에 모두 앗아간 기분이 듦.

한 시간쯤 뒤 의사가 옴. 의사는 남편의 안대를 풀고, 몇 가지 검사를 함. 진지한 얼굴로 망막의 출혈이 몹시 심하다고 함. 실명의 가능성을 언급함. 수술에 동의를 하고, 한 시간 뒤에 수술받기로 함.

수술 이야기를 들은 남편은 미안하다는 말을 계속함. 괜찮다는 말이 도저히 입에서 나오지 않음. 수술실로 들어가는 남편의 손을 꼭 잡음. 남편이 수술실로 들어감. 앞으로 딸을 보지 못할지도 모르는 남편을 보니 눈물이 멈추지 않음.

수술이 끝날 무렵, 기자 세 명이 찾아옴. 기자들이 무언가를 계속 물어봤지만, 대답하기 두려워 화장실로 도망침. 화장실에 앉아 많은 생각을 함. 도대체 뭘 잘못했기에 남편이 저렇게 되었나 생각해봄. 도무지 답을 찾지 못함. 숨이 막힘. 인생의 가장 밑바닥에 털썩 주저앉은 기분이 듦.

수술을 끝낸 의사가 며칠 더 입원해야 한다고 말함. 수술 결과에 대해선 별말이 없음. 아주버니에게 집에 잠시 다녀오겠다고 말함. 버스를 타고 집으로 감. 병원에서 며칠 지내며 필요할 것 같은 물건들을 챙김. 기운이 없으면 안 될 것 같아 냉수에 밥을 맒. 억지로 먹어보려고 해도 잘 넘어가지 않음. 물에 말은 밥 위로 자꾸 눈물이 떨어짐. 그래도 숟가락을 들어 계속 먹음. 딸을 생각하니 앞이 깜깜함. 남편과 함께 시력을 잃어가는 느낌이 듦. 앞이 뿌옇게 보임.

그때, 어디선가 쥐가 찍찍거리는 소리가 들림. 마치 세상의 착한 이들을 모두 비웃는 것 같은 소리가 남. 갑자기 너무 화가 치밂. 모든 것이 쥐 때문인 것 같은 생각이 듦. 숨이 막힘. 쥐를 잡고 싶은 생각이 간절함. 잡아서 가죽을 싹 벗기면 속이 후련할 것 같음.


교회[3]


쥐는 너무너무 무서웠는지 찍소리도 못하고 인간의 등 뒤에 딱 붙어 있었습니다. 얼마 전까지 저 멀리 중동의 아랍에미리트[4]까지

가서 큰소리를 뻥뻥 치던 쥐의 의기양양함은 찾아볼 수 없었습니다. 인간의 등에서 떨어질까 봐 꼬옥 안은 채, 덜덜 떨고 있는 모습이 어색하고 이상하기까지 했습니다.

인간은 등 뒤에 쥐를 매달고 전속력으로 달렸습니다. 오토바이가 부붕 소리를 내며, 한강을 건넜습니다. 이상하게도 경찰들이 차선을 위반하며 과속까지 하는 오토바이를 보고도 잡지 않았습니다. 인간은 아름답고 유연하게 곡선을 만들며 차선을 넘나들었습니다. 차선을 바꿀 때마다 오토바이가 넘어질 정도로 심하게 기울어졌습니다. 그때마다 쥐는 숨을 멈추고, 인간의 등을 더욱 강하게 꼬옥 끌어안았습니다.

인간과 쥐를 태운 오토바이는 한강을 건너, 약수역을 지나, 종로 5가를 지나 대학로를 향해 내달렸습니다. 오토바이가 좁은 골목으로 꺾어 들어갔습니다. 하지만 인간은 속도를 줄이지 않았습니다. 잠시 중심을 잃은 오토바이가 뒤뚱거렸습니다. 길을 걷던 행인들은 놀라 소리를 질렀습니다. 고래고래 욕을 하는 사람들도 있었습니다. 쥐에게 하는 욕인지, 인간에게 하는 욕인지, 오토바이에 하는 욕인지 잘 구분이 되지 않았습니다. 인간의 표정은 변하지 않았습니다. 그저 아무 일도 없다는 듯 다소 무심한 표정으로 속도도 줄이지 않고 골목 사이를 내달렸습니다. 인간의 등 뒤에 붙어 있던 쥐는 여전히 겁에 질린 표정이었습니다. 쥐는 꽁꽁 얼어붙은 것

---

3) 〈서울경제〉 2013년 8월 9일 자 〈"이명박 전 대통령, 소망교회 안 다닌다"〉.
4) 〈뉴데일리〉 2012년 12월 6일 자 〈이명박 대통령 5년 출장 기록 살펴보니…〉.

처럼 하얗게 질려 미동도 하지 않았습니다. 정신을 잃은 것 같기도 했습니다.

불과 몇 시간 전까지만 해도 쥐는 꽤 의기양양했습니다. 삼 개월 만에 교회[5]를 찾은 쥐는 다시 세상을 얻은 양 환하게 웃었으며, 심지어 사람들에게 여유롭게 꼬리까지 살랑살랑 흔들어주었습니다. 수많은 사람들이 쥐를 환영했습니다. 어떤 사람들은 쥐를 연호하며, 짝짝짝 손뼉을 치기도 했습니다. 교회가 하나님을 찬양하는 곳인지, 쥐'님'을 찬양하는 곳인지 알 수 없을 지경이었습니다. 쥐를 환영한다는 현수막[6]도 보였습니다. 쥐에게 감사를 표한다는 글귀도 있었습니다. 그 광경을 지켜보던 인간은 의아했습니다. 사람들이 왜 쥐를 환영하는 것인지 알 수 없었습니다. 무엇 때문에 인간들이 쥐를 찬양하는지 이해할 수 없었습니다. 쥐는 씨익 웃었습니다. 웃는 순간, 작디작은 쥐의 눈이 양옆으로 쪽 찢어졌습니다. 그 모습이 쥐를 한결 못나 보이게 했습니다. 사인을 부탁하며 성경책을 내미는 사람들도 있었습니다. 쥐는 아주 익숙한 듯 성경책에 사인을 쓱쓱 해줬습니다. 사진 찍는 신도들을 위해 승리의 브이 자를 그리며 포즈도 취했습니다.

그것이 몇 시간 전의 일이었습니다. 그때까지만 해도 쥐의 얼굴에는 생기가 뱅뱅 돌았습니다. 쥐는 방금 사우나를 마치고 나온 것처럼 뽀송뽀송한 얼굴로 사람들에게 인사를 했습니다. 맛있는 음

---

5) 〈뉴시스〉 2013년 3월 3일 자 〈소망교회 예배 마친 이명박 전 대통령 내외〉.
6) 〈이데일리〉 2013년 3월 3일 자 〈이명박 前 대통령, 퇴임 후 첫 소망교회 예배 참석〉.

식을 먹을 때[7]처럼 행복한 표정을 지었습니다.

쥐는 예배를 마친 후 평화롭게 자신의 소굴로 돌아갈 수 있을 것이라 생각했을 겁니다. 교회에서 소굴[8]까지는 불과 2.26킬로미터밖에 되지 않으니 그사이에 무슨 일이 일어날 거라고 생각하지 못했을 것입니다. 더군다나 교회에서 나와 한강을 건너 서울의 북쪽으로 넘어오게 될 것이라고는 상상도 못했을 것입니다. 쥐는 원래 한강뿐만 아니라 모든 강들을 참 사랑했습니다.[9] 하지만 이상하게도 한강의 북쪽보다는 남쪽을 좋아했습니다.[10] 그랬기에 쥐는 낯모르는 인간의 등에 껌딱지처럼 딱 달라붙어 오토바이까지 타고 강북에 가게 될 줄은 정말정말 몰랐을 것입니다. 그렇습니다. 쥐는 원래 상상력이 형편없습니다.

인간은 쥐를 등에 매단 채, 오토바이에서 폴짝 뛰어내렸습니다. 오토바이가 균형을 잃고 넘어져 주차장 바닥에서 빙그르 돌았지만 인간은 전혀 아랑곳하지 않았습니다. 인간은 이리저리 주위를 둘러보았습니다. 뒤따라온 사람이 아무도 없다는 것을 확인하고, 건물의 지하로 후다닥 내려갔습니다. 쥐는 인간의 등에서 뛰어내릴까, 말까, 고민하는 것 같았습니다. 쥐가 망설이고 있는 사이 인간은 빠르게 계단을 후다닥 뛰어 내려갔습니다.

건물 지하에는 벙커가 있었습니다. 76.2밀리미터 평사포, 122밀

---

7) 〈중앙일보〉 2013년 8월 5일 자 〈먹방 3대천왕은? "강호동 · 하정우 · 이명박 전 대통령"… 왜?〉.
8) 〈민중의소리〉 2013년 7월 11일 자 〈전두환 자택 앞을 닮아가는 이명박 자택 앞〉.
9) 〈프레시안〉 2013년 7월 17일 자 〈MB의 끝없는 '운하 사랑'… 그 악취 나는 말말말!〉.
10) 〈경향신문〉 2008년 6월 6일 자 〈이명박 정부 부동산 정책… '강부자'만 있고 '서민'은 없다〉.

리미터 대구경포, 130밀리미터 대구경포의 연속 공격[11]에도 끄떡없을 것 같이 튼튼한 벙커였습니다. 쥐에게 벙커는 익숙한 장소였습니다. 쥐는 무서울 때마다 벙커에 꼭꼭 숨는 습관이 있습니다.[12] 몇 년 사이 여러 차례 벙커에 숨었던 기억도 있습니다. 그렇습니다. 쥐는 겁이 참 많았습니다.

인간이 지하 벙커의 문을 열었습니다. 안이 깜깜했습니다. 너무 어두워서 아무것도 보이지 않았습니다. 인간은 쥐를 바닥에 내동댕이쳤습니다. 쥐는 바닥에 한 번 통 하고 튕기더니 구석으로 데굴데굴 굴러갔습니다.

그리고 문이 스르르 닫혔습니다. 그 안에는 쥐와 인간 단둘뿐이었습니다.


## 용산

아빠가 하늘에서 내려옴. 분명히 순식간에 일어난 일인데, 슬로비디오를 보는 착각이 듦. 여명을 배경으로 아빠가 천천히 떨어짐. 바닥으로 떨어진 아빠는 고통을 호소했지만, 아무도 들어주지 않음. 달려가 아빠를 부축하려 시도함. 불가능함을 깨달음. 표정에서, 목소리에서 상상할 수 없을 정도의 고통이 느껴짐. 도움을 요청하

---

11) 〈공감코리아〉 2010년 12월 8일 자 〈북한의 연평도 포격 도발과 남북 관계〉.
12) 〈아시아경제〉 2012년 12월 27일 자 〈'지하벙커' 비상경제회의, MB 임기와 함께 종료〉.

기 위해 응급차로 뛰어감. 응급대원들이 들것에 아빠를 실어 구급차에 태움. 아빠는 괜찮다고 말함. 전혀 괜찮아 보이진 않음. 그을음 가득한 아빠의 얼굴 사이로 엷은 미소가 보임.

아빠는 그렇게 불과 경찰로부터 자신의 목숨을 지키기 위해 용산의 남일당 건물에서 뛰어내림.

옥상 위 망루에서는 불과 연기가 여전함. 여기저기서 비명이 쏟아지고, 거리엔 아침의 생동이 조금씩 느껴짐. 건물 앞에서 토하는 경찰관이 보이고, 구급대원들의 숫자도 점점 많아짐. 구경하는 행인도 보이고, 불만을 토로하는 행인도 보임. 어둠과 밝음이 뒤섞여 생경한 모습이 눈앞에 펼쳐짐. 이것이 지옥일지도 모른다는 기시감마저 생김.

천천히 하늘에서 떨어지던 아빠의 모습, 구급차에 실리면서 괜찮다고 말하던 그 모습을 잊을 수 없음. 아빠를 따라 병원으로 감.

처음에는 아빠가 전국철거민연합회에 왜 가입했는지 이해할 수 없었음. 당시 아빠가 살던 남양주 지금동은 재개발 논의가 활발했음. 동네에서 정육점을 하던 아빠는 재개발에 큰 관심이 없어 보였음. 하지만 재개발 설명회를 한 차례 다녀온 후 투사로 변했음.

나중에 엄마에게 들은 바에 의하면, 설명회에서 말한 보상금은 생각보다 컸고, 그 정도 돈이면 사위의 개안수술 비용도 마련할 수 있을 것 같다고 말했다고 함. 결국, 아빠는 정육점은 엄마에게 맡기고, 자신은 남양주시 지금동 철거대책위원장을 맡음. 전국철거민연합회는 말 그대로 전국을 돌아다니며, 철거민들을 위해 일하는 단체이므로 아빠는 정육점을 할 때보다 훨씬 바빠짐. 주말이면,

정육점에서 혼자 일하는 엄마를 도우러 남양주에 갔음. 그 전까지 이름도 들어보지 못했던 고기 자르는 기계들과 씨름함. 아빠는 밤낮, 주일, 주말도 없이 전국의 재개발 지역을 돌아다니며 활동함. 가끔 신문에서 아빠의 얼굴을 보기도 함. 그렇게 전국을 돌아다니며 많은 사람들과 시위를 하게 되면서, 사위의 고통을 이해하고, 더욱 가슴 아파함. 평생 여당만 정당이라고 믿었던 아빠의 입에서 여당에 관한 욕이 나오기 시작함.

병원에 도착한 아빠의 얼굴엔 여전히 그을음이 잔뜩 묻어 있음. 의사는 고개를 절레절레 흔듦. 발목과 손목 뼈가 가루가 되었으며, 척추에도 문제가 있고, 얼굴과 손에는 심한 화상을 입었다고 함.

남편의 실명을 통보받은 날, 인생의 바닥이 오늘이라는 생각을 했던 기억이 남. 인생의 내리막에는 끝도, 브레이크도 없다는 생각을 함. 수술이 잘되어도 평생 고생할 수 있다는 의사의 말이 무척 야속함.

기자 두 명이 병원으로 찾아옴. 기자들이 인터뷰를 요청함. 아무 말도 없이 병원 밖으로 나왔더니 따라 나옴. 도망치고 싶지만, 그럴 힘조차 없음. 벤치에 앉아 길게 한숨을 내뱉음. 기자 둘은 나무처럼 옆에 서서 아무 말도 하지 못함.

그 순간, 눈앞으로 지나가는 쥐를 봄. 쥐는 빠르게 도망가며 웃음. 입을 히죽거리는 것이 무언가를 맛있게 먹고 있는 것 같음. 입에도 무언가를 물고 있는 것처럼 보임. 쥐를 잡고 싶어짐. 하지만 쥐는 이미 사라짐. 불행의 원인이 쥐일지도 모른다고 생각함. 하지만 이미 오래전에 불행은 시작된 것일지도 모른다는 생각이 듦.

쥐가 눈앞에서 계속 아른거림. 남편이 실명한 날 들었던 쥐 울음소리가 귓가를 맴돎. 다시는 쥐가 눈앞에 나타나지 않길 바람. 다시 쥐를 보지 않는다면, 조금 숨통이 트일 것도 같음. 혹시 다시 쥐가 나타나면, 반드시 잡아야겠다고 결심함. 갑자기 쥐를 잡아 목을 확 비틀고 몸뚱이를 토막 내고 싶은 욕구가 치밂.

## 벙커

인간은 주머니에서 성냥을 꺼내 불을 붙였습니다. 쥐는 구석에 누워 낑낑 신음을 내며 뒹굴고 있었습니다. 하지만 그건 누가 들어도 가짜 신음이라는 것이 너무 티가 났습니다.

인간은 성냥불을 양초에 옮겼습니다. 촛불은 고작 하나였지만, 생각보다 꽤나 밝은 빛을 냈습니다. 양초 위에서 불꽃이 활활 타올랐습니다. 초라하게 구석에 찌그러진 채 신음하고 있는 쥐의 모습도 낱낱이 드러났습니다. 벙커 안이 밝아지자, 쥐를 기다리고 있던 몇 가지 기계들이 보였습니다. 싱크대도 보였습니다. 인간은 싱크대로 가 물을 틀었습니다. 콸콸콸 물소리가 시원하게 났습니다. 쥐는 촛불 때문에 눈이 부시다는 시늉을 하며, 고개를 휙 돌렸습니다. 물소리도 듣기 싫다는 듯 앞다리로 귀를 막았습니다. 쥐는 양초가 어디서 난 것일까, 궁금했습니다.[13] 또 물소리가 왜 그렇게

---

13) 〈세계일보〉 2008년 5월 27일 자 〈'촛불시위 배후수사' 칼은 뽑았지만… 물증확보 "글쎄"〉.

크고 차갑게 느껴지는지도 의문스러웠습니다.

쥐는 인간이 무슨 말을 하길 기다리고 있는 것 같았습니다. 그러나 인간은 아무 말도 하지 않았습니다. 본래 입이 없는 존재처럼 입을 꽉 다물고 있었습니다. 벙커 안이 서늘한 분위기로 꽉 찼습니다. 물소리만 대포 소리처럼 들렸습니다.

스르르 불길한 기운이 벙커 바닥에 깔리자, 쥐는 슬슬 인간의 눈치를 보기 시작했습니다. 세상 모든 일을 다 해봤다던 쥐[14]도 이런 상황은 처음 겪는 듯했습니다. 쥐는 눈을 최대한 크게 뜨고, 애처롭게 보이려고 몹시 노력했습니다. 아주 귀여운 고양이에게나 어울릴 법한 표정을 지으며 인간을 빤히 쳐다보았습니다. 두 발을 교대로 얼굴에 삭삭 비비며 살려달라는 시늉을 하고 있었습니다. 꼬리도 살랑살랑 흔들어보았습니다. 하지만 인간은 눈길 한 번 주지 않았습니다. 눈길 대신 발길을 선사했습니다. 힘차게 쥐의 배를 걷어찼습니다. 쥐는 찍소리 할 틈도 없이 벽으로 휙 날아가버렸습니다. 벽에 머리를 콩 박은 쥐의 콧구멍에서 새빨간 피가 쪼르륵 귀엽게 흘러내렸습니다.

인간이 주머니에서 휴대전화를 꺼내, 잠시 만지작거리자, 벙커 안에 음악이 흐르기 시작했습니다. 쥐가 예전에 꽤 즐겨 불렀던 노래[15]였습니다. 쥐는 익숙한 노랫가락 덕분에 정신을 차렸습니다. 백악산에서 그 노래를 듣던 추억[16]을 떠올렸습니다. 쥐는 본능

---

적으로 몸을 웅크렸습니다. 무언가로부터 자신을 보호해야겠다는 생각이 들었기 때문입니다.

인간은 스테인리스 그물망 안전 장갑을 끼고, 기계들을 하나씩 하나씩 살폈습니다.

노란색 안전 열쇠를 오른쪽으로 돌리고, 빨간 손잡이를 당긴 뒤, 녹색 버튼을 누르자, 고기 박피기가 움직이기 시작했습니다. 박피기는 우렁찬 소리를 내며 고깃덩어리를 기다렸습니다. 고슴도치의 가죽이라도 벗겨낼 기세였습니다. 거북이의 등껍질도 남아날 것 같지 않았습니다. 박피기가 제대로 작동하는 것을 확인한 인간은 전원을 끄고, 골절기로 시선을 옮겼습니다.

기계 하단의 녹색 버튼을 누르자, 가는 톱이 진동하기 시작했습니다. 박피기의 소음보다는 가늘고 날카로운 소리를 내며 골절기가 움직였습니다. 절로 소름이 돋는 지독한 소리였습니다. 빨간 버튼을 누름과 동시에 골절기의 실톱이 움직임을 멈췄습니다. 기계가 멈출 때마다 노래가 크게 들렸습니다. 물소리, 기계음과 함께 뒤섞인 음악이 원곡의 장엄함과 더불어 으스스한 분위기까지 뿜어냈습니다. 쥐는 그야말로 쥐 죽은 듯이 숨죽이고 앉아 그 광경을 지켜보고 있었습니다. 쥐의 의지와는 상관없이 네 다리가 덜덜덜 떨렸습니다.

인간은 마지막으로 슬라이서를 점검했습니다. 전원을 켜고, 손잡이를 좌우로 서너 차례 움직였습니다. 인간의 팔 동작에 따라 손

---

16) 〈이데일리〉 2008년 6월 19일 자 〈청와대 뒷산서 아침이슬 듣는 대통령 기분은〉.

잡이가 부드럽게 좌우로 움직였습니다. 슬라이서 점검을 마친 인간은 전원을 끄고 고기 두께를 조절하는 레버를 만졌습니다. 눈금은 1밀리미터를 가리켰습니다. 슬라이서는 어떤 고깃덩어리도 샤부샤부용으로 만들 수 있다는 자신감 있는 표정을 짓고 있는 것 같았습니다.

간단히 기계 점검을 마친 인간은 연육 망치를 들고 쥐에게 다가 갔습니다. 쥐에겐 연육 망치도, 인간도, 기계들도, 음악 소리도, 물소리도, 심지어 인간이 끼고 있던 스테인리스 그물망 안전 장갑까지도 위협적이었습니다. 쥐구멍도 없는 벙커에서 쥐가 갈 곳은 아무 데도 없었습니다. 공포의 상황을 피할 길이 전혀 없었습니다. 쥐도 궁지에 몰리면 고양이를 무는 법이라고 했건만, 도무지 쥐는 물 용기가 나지 않았습니다. 움직일 용기도 나지 않았습니다.

인간은 무심하게 쥐를 향해 연육 망치를 휙 집어 던졌습니다. 망치가 횡횡횡 허공을 몇 차례 천천히 돌며, 쥐의 머리를 향해 날아 갔습니다. 놀란 쥐는 간신히 망치를 피했습니다. 망치는 쥐 대신 쿵 하고 벽을 때렸습니다. 인간은 바닥에 떨어진 망치를 주워 또다시 쥐를 향해 휙 던졌습니다. 쥐는 또 가까스로 피했습니다. 하지만 공포까지 피할 순 없었습니다. 벙커의 벽에 망치 자국이 하나둘 생기기 시작했습니다. 바닥에도 망치 자국이 생겼습니다. 쥐는 벽에 난 망치 자국들과 움푹 팬 바닥을 보며, 극한의 공포에 휩싸였습니다. 그저 살기 위해 망치를 피하며 정신없이 이리저리 벙커 바닥을 기어 다닐 수밖에 없었습니다. 인간의 표정은 망치처럼 차갑고 딱딱했습니다. 사방이 망치 자국으로 가득할 무렵, 쥐는 완전히 지쳤습니다. 축 처진 눈을 하고, 헐떡거리면서 더 이상 참을 수 없다는 표정을 지었습니다. 꼬리까지 축 처져 죽음을 기다리고 있는 표정이었습니다. 인간은 쥐의 표정을 잘 읽고 있었습니다. 쥐는 차라리 망치에 맞아 죽는 편이 나을지도 모르겠다는 생각을 했습니다. 정확히 그 순간, 인간은 망치를 더 이상 던지지 않았습니다. 그리고 저벅저벅 쥐에게 다가갔습니다. 쥐는 무서웠습니다. 하지만 움직일 수 없었습니다. 인간이 다가올수록, 인간이 크게 느껴질수록, 몸은 더욱 굳는 것 같았습니다.

인간은 쥐를 잡았습니다. 한 손으로는 쥐를 들고, 다른 한 손으로는 박피기의 노란색 안전 열쇠를 오른쪽으로 비틀어 돌렸습니다. 그리고 빨간 손잡이를 힘껏 잡아당긴 후, 녹색 버튼을 살며시 눌렀습니다. 소음을 토하며 박피기가 작동하기 시작했습니다. 기계 돌아가는 소리를 들은 쥐는 바로 기절했습니다. 인간은 쥐를 흔들어 깨웠습니다. 쥐는 일어나지 않았습니다. 인간은 쥐를 싱크대로 들고 가 콸콸콸 물이 쏟아지는 수도꼭지 밑에 머리를 밀어 넣었습니다. 물대포[17]를 맞은 쥐는 놀라 눈을 떴습니다. 정신이 번쩍 든 모양이었습니다.

인간은 다시 박피기로 쥐를 들고 갔습니다. 고기 껍질을 제거하기 위해 날카로운 칼날이 정신없이 돌고 있었습니다. 여전히 쥐가 즐겨 들었다던 노래가 들렸습니다. 인간은 온몸이 물에 홀딱 젖은

---

17) 〈노컷뉴스〉 2008년 5월 18일 자 〈미 쇠고기 반대시위 대비 5·18 기념식장에 '물대포' 등장〉.

쥐를 껍질 제거대 위에 올렸습니다.

3월이었지만, 봄이라고 말하기엔 꽤 쌀쌀한 날씨였습니다. 벙커 안은 더더욱 추웠습니다. 추위와 공포에 떨고 있던 쥐의 몸에 날카로운 칼날이 박혔습니다. 박힌 칼날들이 빠르게 돌며 가죽을 벗겨냈습니다. 가장 먼저 칼날이 만난 곳은 쥐의 배였습니다. 기계는 시끄러운 소리를 쏟아내며, 쥐의 뱃가죽을 사정없이 벗겨냈습니다. 쥐가 소리를 질렀지만, 기계 소리에 묻혀, 음악 소리에 묻혀, 물소리에 묻혀 들리지 않았습니다. 피가 사방으로 찍찍 터져나갔습니다. 뱃가죽이 반도 벗겨지기 전에 쥐는 정신을 잃었습니다. 인간은 무덤덤하게 박피 작업을 계속 이어갔습니다. 쥐의 배 껍질이 홀랑 다 벗겨졌습니다. 깔끔하다고는 할 수 없었지만, 나쁘지 않았습니다. 인간은 쥐를 뒤로 돌려 다시 제거대에 올렸습니다. 순식간에 등가죽도 홀라당 벗겨졌습니다. 인간은 벗겨진 쥐의 뱃가죽과 등가죽을 싱크대에 휙 던져버렸습니다. 그리고 쥐를 흔들어 깨웠습니다. 쥐는 아주 가늘게 눈을 떴습니다. 가죽 대신 피가 온몸을 덮고 있는 것을 보고 다시 기절했습니다.

인간은 껍질이 싹 벗겨진 쥐를 물로 한번 씻었습니다. 처음에는 깨끗해지는 듯했지만, 피가 완전히 씻겨나가진 않았습니다. 몇 번을 반복하다 인간은 포기하고, 피가 뚝뚝 떨어지는 쥐를 탈탈 털어낸 후, 골절기로 발걸음을 옮겼습니다.

골절기의 날카롭고 가는 톱에 살이 닿자, 의식을 잃었던 쥐가 몸을 부르르 떨었습니다. 하지만 제대로 한번 떨기도 전에 다리 하나가 쑥 잘려나갔습니다. 다리 하나가 몸에서 떨어져 나가는 데는 1초도 채 걸리지 않았습니다. 인간은 쥐의 몸에서 떨어진 첫 번째 다리를 싱크대에 집어 던졌습니다. 작고 가늘고 볼품없었습니다. 인간은 아무리 생각해도 그 과정이 너무 싱겁게 느껴졌습니다. 그래서 나머지 세 다리는 천천히 자르기로 결심했습니다. 인간은 쥐의 몸에서 가장 먼 부분부터 순차적으로 잘라나갔습니다. 다리 전체를 대략 7등분하여 차근차근 잘라버렸습니다. 한 번 자르고, 정신 잃은 쥐를 깨우고, 두 번 자르고, 정신 잃은 쥐를 또 깨우고, 이런 식으로 이어갔습니다. 쥐는 지옥과 더 잔인한 지옥을 오가는 기분이었습니다. 결국 골절기를 통해 네 다리가 다 잘려나갔습니다. 쥐에게도, 인간에게도 불쾌한 시간이었습니다.

몸통만 남은 쥐는 운동회 때나 볼 수 있는 콩주머니와 같았습니다. 인간은 쥐의 꼬리를 잡아 빙글빙글 돌리다가 콩주머니 모양의 쥐를 싱크대로 던졌습니다. 콩주머니가 박 대신 벽에 부딪혔고, 원 바운드로 싱크대에 골인했습니다. 인간은 콩주머니를 물로 한번 대충 씻었습니다. 콩주머니를 한번 꽉 짜자, 피와 물이 섞인 선홍빛 물이 뚝뚝 떨어졌습니다. 인간은 알고 있었습니다. 아직도 쥐는 죽지 않았습니다. 그렇습니다. 쥐는 참 대단한 생명력의 존재였던 것입니다.

인간은 쥐를 바로 슬라이서에 올리려다 말고, 다시 연육 망치를 들었습니다. 왼손으로 쥐의 몸통을 단단히 잡고, 흔들어 깨웠습니다. 쥐는 일어나지 않았습니다. 인간이 쥐의 귀에 대고 무지막지하게 큰 소리[18]를 질렀습니다. 그제야 쥐는 몸을 부르르 떨며, 눈을 떴습니다. 인간이 다시 한 번 쥐의 귀에 소리를 질렀습니다. 하지만 쥐는 아무것도 못 알아들은 듯 몇 차례 눈을 깜빡거렸습니다.

인간이 쥐의 꼬리를 연육 망치로 내려치자, 쥐가 다시 살짝 정신을 차렸습니다. 인간은 쥐의 몸통에서 꼬리를 뜯어냈습니다. 고통에 정신을 잃었던 쥐가 잠시 눈을 떴을 때, 연육 망치로 머리를 사정없이 내려쳤습니다. 망치가 쥐의 머리에 비껴 맞았습니다. 픽 하는 소리와 함께 쥐의 머리 반이 날아갔습니다. 머리에서 피가 주르륵 흘러내렸습니다. 마치 쥐의 뚜껑이 열린 것 같았습니다. 뇌가 두피 바깥으로 애벌레처럼 스멀스멀 흘러나왔습니다. 뇌에 작은 구멍들이 보였습니다. 마치 뇌가 스펀지 같았습니다.[19] 인간은 스펀지 모양의 구멍 난 뇌를 보고, 다시 연육 망치를 들었습니다. 그리고 다시 한 번 힘차게 내려쳤습니다. 바둑판 모양의 망치 자국이 선명하게 쥐의 머리에 새겨졌습니다. 물론, 머리는 쥐포처럼 납작해졌습니다.

머리가 터져 뇌수와 피가 줄줄 흐르는 쥐를 슬라이서에 살포시 올렸습니다. 작동 버튼과 함께 기계가 움직였습니다. 인간은 규칙적으로 손잡이를 좌우로 움직였습니다. 쓱싹쓱싹 기계에서 대패질 소리가 날 줄 알았는데, 기계는 굉음을 토해냈습니다. 슬라이서의 칼날이 쥐를 얇게 썰어내지 못했습니다. 생각보다 단단한 쥐의 뼈 때문이었습니다. 쥐의 뼈 안은 무언가 딱딱한 것들이 가득 차[20] 있

18) 〈프레시안〉 2010년 10월 4일 자 〈'지옥의 소리' 음향 대포, 시민의 귀가 위험하다!〉.
19) 〈노컷뉴스〉 2011년 11월 29일 자 〈우희종 교수 "CJD 사망자나 광우병소 뇌조직 사용했을 수도"〉.
20) 〈미디어오늘〉 2012년 6월 28일 자 〈"뼛속까지 친일 · 친미"는 사실이었다〉.

었습니다.

인간은 골절기를 다시 켜고, 쥐의 몸통을 세워 실톱에 통과시켰습니다. 위쪽 옆구리로 들어갔던 톱이 오른쪽 옆구리로 나왔습니다. 쥐는 그렇게 댕강 두 토막 났습니다. 피가 제법 많이 흘러나왔습니다. 인간은 장갑을 낀 손으로 쥐의 몸속 장기들을 마구 뜯어냈습니다. 툭툭 소리를 내며 장기들이 힘없이 몸에서 분리되었습니다. 뼈도 발라냈습니다. 발라냈다기보다 뼈도 몸에서 뜯어냈습니다.

뜯어낸 장기와 뼛조각들을 싱크대에 던지고, 다시 슬라이서로 갔습니다. 속이 비고, 뼈가 없는 쥐 몸통을 슬라이서에 올리고, 전원을 켰습니다. 기계가 움직이자 인간이 손잡이를 좌우로 움직였습니다. 드디어 1밀리미터 두께로 얇게 잘린 첫 번째 쥐고기 슬라이스가 나왔습니다. 기계가 이상 없이 잘 돌아갔습니다. 인간이 손잡이를 좌에서 우로 움직일 때마다 쓱싹쓱싹 쥐 슬라이스 미트가 나왔습니다. 슬라이스는 차곡차곡 기계 하단에 쌓이기 시작했습니다. 대패 삼겹살, 샤부샤부라는 단어가 절로 떠오를 만했습니다.

껍질을 벗기고 몇 차례 씻은 뒤 머리를 터뜨린 후, 속과 뼈를 발라서 얇게 자른 쥐 슬라이스 미트는 놀랍게도 전혀 쥐라는 느낌이 들지 않았습니다. 쥐의 형체는 온데간데없어졌습니다. 대신 슬라이스 치즈처럼 두께가 일정한 얇은 미트 슬라이스 여러 장이 생겼습니다.

인간은 벙커 바닥에 쥐고기 슬라이스를 잘 펴서 널었습니다. 그리고 주변을 정리했습니다. 문을 열어둔 채, 나왔습니다. 어디선가 시원한 바람이 솔솔 불었습니다.

며칠 뒤, 인간이 벙커에 다시 들어왔을 때, 안은 퀴퀴한 냄새가 가득했습니다. 하지만 쥐고기 슬라이스들은 잘 말라 있었습니다. 인간은 그것들을 유리병에 담았습니다. 대충 담은 것이 아니라, 한 장, 한 장 정성스럽게 펴서 차곡차곡 잘 담았습니다. 마치 거래처 사장님께 드릴 명절 선물을 포장하듯 정성을 담뿍 실어 미니마우스 모양의 유리병에 차곡차곡 넣었습니다. 미니마우스는 뭐가 그리도 좋은지 환하게 웃고 있었습니다. 입까지 헤벌리고 말입니다.


소

의사는 딸의 병이 SvCJD라고 말함. 무슨 말인지 알아듣지 못해 눈만 깜빡거림.

운동회를 하고 돌아온 딸이 제대로 걷지를 못함. 똑바로 걸으라고 하자, 딸이 다리가 마음대로 움직이지 않는다고 말함. 운동회 때 너무 열심히 해서 그런 것이라고 걱정하지 말라고 말해줌. 남편은 딸의 아픈 다리를 주물러줌. 그 모습에서 작은 평화를 느낌.

다음 날, 딸이 학교에서 쓰러졌다는 연락이 옴. 보건실에서 딸이 억지로 웃고 있는 것을 봄. 누워 있던 딸이 침대에서 일어나려다 쓰러짐. 딸을 부축해서 간신히 집에 옴. 지친 딸은 잠이 듦.

딸이 깨어나면, 모든 것이 좋아질 것이라는 막연한 기대를 함. 일어난 딸은 앞이 보이지 않는다고 말함. 피곤해서 그럴지도 모른다고 대답함. 딸은 여전히 제대로 걷지 못함. 딸의 눈이 안 보인다는 말에 남편이 가장 놀람. 딸과 함께 병원에 감. 안과에서는 이상 징후가 없다고 함. 뇌에 문제가 생기면, 시력이 나빠질 수 있다고 함. 엠아르아이를 찍기로 함. 병원을 옮겨 엠아르아이를 찍음. 결과를 본 의사가 종합병원으로 가보는 것이 좋겠다고 함.

종합병원에서 SvCJD라는 진단을 들음. 이해할 수 없다는 표정을 짓자, 의사는 슈퍼 변종 크로이츠펠트 야콥병이라고 길게 설명함. 그때, 광우병임을 알게 됨. 의사는 일반적으로 변종 크로이츠펠트 야콥병이 광우병인데, 슈퍼 변종의 경우는 최근 캐나다에서 발견된 신종 광우병의 일종이라고 부연함. 광우병이라는 말을 듣자마자 남편이 의사에게 화를 냄. 오진이면 죽여버리겠다고 소리를 지름. 허공에 주먹질을 하는 남편의 모습을 보고, 딸이 옮.

딸은 입원, 계속 병원에 누워 있음. 점점 걷기가 더 어려워지고, 발음이 부정확해짐. 의사는 조만간에 엄마, 아빠를 기억하지 못할 수도 있으니 마음의 준비를 하는 편이 나을 거라고 함. 뇌에 구멍이 생겨 스펀지 모양으로 변하는 과정이라고 말함. 그 후엔 쥐가 갉아먹은 것처럼 흉하게 변할 것이라고 함. 일반적인 광우병의 경우는 잠복기가 5~10년이지만, 슈퍼 변종의 경우 잠복기가 특별히 정해져 있지 않다고 함.

미국산 수입 소고기를 먹은 적이 없는데, 어떻게 광우병에 걸릴 수 있느냐고 남편이 말하자, 의사는 집에서 먹지 않았다고 해도, 급식이나 조미료, 라면 수프 등을 통해 섭취는 가능하다고 함. 그나마 다행인 것은 일반 광우병은 발병 후 거의 즉사하는 반면, 슈퍼 변종은 그렇지는 않은 것으로 알려졌다고 함. 하지만 그 죽음이 언제일지는 아무도 모른다고 함. 그 말에 더욱 절망함.

어느 한 곳이 부러진 사람처럼 몸을 비틀고 앞도 보지 못하고 누워 있는 딸을 보니, 순간 차라리라는 생각이 듦. 그런 생각을 한 스스로를 자책함. 누워 있는 딸보다 몸이 모두 부서진 아빠와 세상을 보지 못하는 남편이 더 낫다는 생각을 하자 한없이 절망스러워짐.

남편은 모두 자기 탓이라며 딸의 손을 잡고 큰 소리를 내며 옮. 답답해짐. 남편의 울음도, 병원의 공기도 싫어짐. 차라리 지구의 모든 공기가 다 없어져버렸으면 좋겠다고 생각함. 우는 남편과 딸을 병실에 두고, 병원 밖으로 나옴. 병원 앞에서 기자 한 명이 취재를 하고 싶다고 말함. 기자를 피해 뜀.

병원 옆에 있는 대학 캠퍼스를 목적 없이 걸음. 사람이 없는 곳을 찾아, 병원이 보이지 않는 곳을 찾아 걸음. 사람들을 피해 걷다보니, 아무도 없는 한적한 건물 뒤에 도착함. 캠퍼스 안에 있는 길이라고 하기엔 너무 좁다는 생각을 함. 좁고 긴 골목을 걸음.

거기서 쥐를 만남. 하늘에서 떨어진 듯 쥐가 갑자기 눈앞에 등장함. 쥐는 도망가거나 피하지 않음. 찍찍거리기도 하고 키득거리기도 함. 입에 무언가를 물고, 눈앞에서 어슬렁거림. 비웃고 있음이 명확하게 느껴짐. 숨이 막히면서 화가 치밂. 마치 쥐가 주변의 공기를 모두 갉아먹는 것 같은 느낌을 받음. 쥐가 야비한 눈빛으로 바라봄. 그 눈빛이 너무 마음에 안 듦. 당장 쫓아가 잡아버리고 싶지만, 쥐의 당당함에 다소 주눅이 듦. 그때, 인생에서 쥐를 만났던 몇몇 순간이 떠오름. 남편이 눈을 잃은 날 찍찍거렸던 쥐, 아빠가 몸을 잃은 날 떠올랐던 쥐가 생각남.

쥐와 눈이 마주침.

바로 그 순간, 살의가 생김. 쥐를 잡아 가죽을 벗기고, 토막을 내고, 살을 발라 들짐승에게 뿌려버리고 싶은 욕구가 생김. 그러면 조금 평안해질 수 있을 것 같음. 쥐는 살의를 느꼈는지 슬슬 뒤로 물러남. 그리고 이상한 냄새를 풍기며 뒤돌아 빠르게 사라져버림. 숨을 못 쉴 정도로 공기가 탁해짐. 골목을 뛰어나옴.

반드시 쥐를 잡겠다고 결심함. 쥐를 잡아 가죽을 다 벗기고, 토막을 내서, 살을 발라버리겠다고 다짐함.


## 강


자전거에서 내린 인간은 강정고령보[21]에 서서 찬찬히 낙동강 상류를 바라보았습니다. 낙동강이 아주 천천히 흐르고 있었습니다. 그 전에는 단 한 번도 본 적이 없는 장관이 눈앞에 쫙악 펼쳐졌습니다. 보고도 믿을 수 없다는 말이 절로 툭 튀어나올 뻔했습니다. 두 다리가 후덜덜 떨렸습니다. 두 눈을 싹싹 비비고 다시 봐도 역시 대단한 광경이었습니다.

유유히 흘러야 할 초록빛의 강물[22]은 제대로 흐르지 못하고 있었습니다. 누군가가 이 거대한 강을 녹차로 만들어 홀랑 다 마시려

---

21) 〈연합뉴스〉 2013년 8월 7일 자 〈낙동강 중류 달성보·강정고령보 '녹조띠'〉.
22) 〈YTN〉 2013년 8월 21일 자 〈녹조 전국 확산 조짐… 대책 마련 시급!〉.

고 작정한 것 같았습니다. 파란 강 위에 초록 돗자리를 깔아놓은 것 같기도 했습니다. 강은 움직이기 힘겹다는 표정을 짓고 있었습니다. 바위 구석구석에는 누군가가 쑥떡 반죽을 던져놓은 것 같았습니다. 새파란 하늘과 진초록 강의 만남은 그야말로 환상적이었습니다.

인간은 백팩에서 병을 꺼냈습니다. 앙증맞은 미니마우스 유리병이 가방에서 나왔습니다. 미니마우스는 입을 헤벌리고 방긋이 생쥐 미소를 짓고 있었습니다.

그 안에는 껍질을 살살 벗기고 물로 몇 차례 쓱쓱 씻은 뒤 머리를 퐁 터트린 다음, 속과 뼈를 싹 발라서 얇게 자른, 쥐라는 느낌은 전혀 들지 않는 쥐 슬라이스 미트를 바람이 솔솔 잘 통하는 곳에서 제대로 바싹 말려 만든 쥐포가 들어 있었습니다.

인간은 유리병 뚜껑을 열어 냄새를 맡아보았습니다. 콧구멍을 최대한 크게 벌린 뒤, 아주 크고 길게 숨을 들이마셨습니다. 냄새는 생각보다 나쁘지 않았습니다. 냄새를 제대로 음미한 인간은 유리병의 뚜껑을 꽉 돌려 닫았습니다. 그리고 바른손으로 유리병을 꽉 움켜쥐었습니다. 인간은 유리병을 쥔 채, 의미심장한 표정을 짓고, 저 멀리 하늘을 바라보았습니다.

잠시 뒤, 인간은 미니마우스 유리병을 녹색의 강에 힘차게 던졌습니다. 유리병이 하늘 높이 날아올라 아름답고 커다란 포물선을 그리며 초록의 강에 퐁당 하고 빠질 것으로 예상했는데, 그만 손에서 찍 미끄러지는 바람에 보 바로 밑에 퐁 하고 떨어져버렸습니다. 다행히 바위에 떨어지지 않아 깨지진 않았습니다. 유리병은 강물 속으로 폭 하고 잠시 사라졌다가 다시 녹색의 옷을 입고 수면 위로 쑤욱 올라왔습니다. 물 위로 올라온 병은 움직일 생각을 하지 않았습니다. 녹색의 땅에 박힌 듯 가만히 있었습니다.

하지만 인간은 언젠가는 저 미니마우스 유리병도 어딘가로 흘러갈 것이라는 사실을 아주 어렴풋이 알고 있었습니다.

강에 병을 내던지려다 그냥 빠뜨린 인간은 강정고령보 자전거 종주 인증센터[23]에서 자신의 4대강 국토종주 자전거길 여행 패스포트[24]에 도장을 꾸욱 찍었습니다. 그리고 다시 자전거에 몸을 실었습니다. 페달을 힘차게 밟았습니다. 인간의 다음 목적지는 칠성보였습니다. 날씨가 너무 더운 탓인지 너무나도 시원스럽게 잘 닦인 자전거길에 자전거가 한 대도 보이지 않았습니다.

인간이 떠난 자리에 왠지 장엄한 음악이라도 흘러나와야 할 것 같았습니다. 쥐가 즐겨 들었다던 그 음악이 어울릴 것 같았습니다.


## 구속


나는 국토종주를 마치고 4대강 국토종주 자전거길 여행 패스포트를 들고 경찰서로 찾아갔다. 슬픈 표정의 경찰들은 기다렸다는 듯 나를 잡아 수사를 시작했고, 텔레비전과 신문에서는 매일매일

---

23) 〈뉴시스〉 2012년 4월 29일 자 〈자전거길 인증제란〉.
24) 〈문화일보〉 2012년 4월 19일 자 〈4大江 자전거길 종주 도전해보세요〉.

내 이야기가 나왔다. 난 괜찮았다. 어차피 텔레비전과 신문은 거짓말투성이니까 사람들은 믿지 않을 것이라고 생각했기 때문이다. 나를 욕하는 사람들도 많았다. 그들은 나에게 '인간'도 아니라고 했다. 하지만 역시 괜찮았다. 어차피 세상엔 인간 같은 인간은 많지 않다고 생각했기 때문이다. 미쳤다는 사람도 많았다. 하지만 남편과 아빠와 자식을 잃고 미치지 않고 사는 것도 이상한 것 아닐까?

결국, 나는 대한민국 동물보호법에 따라 감옥에 가게 되었다. 대한민국에서는 고통을 느낄 수 있는 신경 체계가 발달한 척추동물, 특히 포유류 등을 잔인한 방법으로 죽이면 안 된다고 한다.

물론, 쥐는 고통을 느끼는 신경 체계가 발달한 척추동물이고, 난 꽤 잔인한 방법으로 쥐를 죽여버렸다. 하지만 아쉽게도 법원은 그 쥐가 얼마나 많은 사람들을 죽였는지에 대해서는 관심이 없었다. 아직 사람을 죽인 쥐에 대한 법이 대한민국에 없는 까닭이다.

# 다옥정 7번지

윤고은

윤고은

1980년 서울에서 태어났다. 2004년 대산대학문학상에 단편소설 〈피어싱〉이 당
선되었다. 2008년 장편소설 《무중력증후군》으로 제13회 한겨레문학상을 수상했
다. 소설집 《1인용 식탁》, 장편소설 《밤의 여행자들》이 있다. 이효석문학상을 수상
했다.

이야기의 끝은 공교롭게도 또 다른 이야기의 시작이었습니다.

그 밤을 목격한 사람이 어디 없을까요. 밤눈이 밝거나 시간이 남거나 관심이 많거나 해서 어두운 거리를 훑어본 사람, 그러다 나를 본 사람 말이에요. 당신이 그 거리 위를 지나올 때, 분명 1930년대 풍경이 시작되고 있었다는 걸 말해줄 수 있는 사람, 그건 아주 일상적인 풍경이었다고 증언해줄 사람, 어디 없나요. 거리를 걷기 시작했을 때는 1930년대였던 것이 그 끝에 가서는 2010년대로 변해버렸으니 하는 말입니다.

처음에는 평범한 산책일 뿐이었습니다. 하나의 이야기를 막 마친 참이었거든요. 초고를 완성한 후에는 약간의 탈출 욕구를 느끼곤 했고, 그럴 때는 무작정 걷는 게 최선이었습니다. 벗을 만나고 술 몇 잔을 나누고 집으로 돌아오던 게 새벽 2시쯤. 밤이 깊었지만 여름밤의 천변은 산책을 좀 더 권유하는 것도 같았죠.

저만치 익숙한 대문이 보이기만 했다면 나는 그 대문으로부터 좀 더 멀어지는 방향을 택했을지도 모릅니다. 여름밤의 산책은 포옹처럼 사람을 위로하는 데가 있거든요. 그런데 선뜻 대문을 찾아낼 수가 없었던 겁니다. 한참을 빙글빙글 돌아봐도 내가 알던 그 골목에는 내 집이 없었습니다. 그제야 정신이 퍼뜩 들어서 주변을 돌아봤는데, 집이 없어졌다기보다는 골목 자체가 사라진 것 같았습니다. 도무지 익숙한 문패가 없었어요. 누군가 관찰자가 있었다면, 미친 듯이 돌아다니는 한 사내를 봤을 수도 있습니다. 나는 걷고 또 걸었습니다. 이젠 집으로부터 멀어지기 위해서가 아니라 집으로 가기 위한 걸음이었는데, 걸으면 걸을수록 모든 것이 더 낯설어지는 것 같았죠. 집이 아니면 약국이라도 찾아가야 했습니다. 아버지의 약국 말이에요. 그렇지만 아버지의 약국이 아닌 다른 어떤 약국이어도 좋을 것 같았습니다. 진정으로 약이 필요했어요. 대로변으로 나가보기도 했지만, 정말 나는 자그마한 골목들과 자그마한 약국과 자그마한 문패가 필요했어요. 그러나 그런 것들은 적어도 내가 상상하는 형태로는 끝까지 나타나지 않았습니다. 동이 터오고서야 나는 인정할 수밖에 없게 된 겁니다. 아아, 무언가가 잘못되었다, 하고.

그 밤으로부터 며칠의 시간이 더 흘렀고, 내가 이해한 사실은 이렇습니다. 사라진 건 집이나 약국, 골목이 아니라 하나의 시대라고. 여기 제 살던 시대를 통째 도둑맞은 사내가 있다고. 그렇게 나는 어느 날 갑자기 더 이상 누구의 식민지도 아니고 모던 보이도 없는 그런 시대로 떨어져버린 겁니다. 그러고 보니 시대가 사라졌다고 말하는 것보다는 그저 그 시대로부터 내가 사라졌다고 말하는 게 더 간편한 것도 같군요. 그 시대에서 나만 증발해버리면, 그 시대나 이 시대나 무탈하지 않습니까.

광화문 네거리에서 커다란 문장 하나와 운명처럼 마주쳤던 게 그 이튿날인가요, 사흘째 되던 날인가요. 며칠 동안 서울 시내를 걷고 또 걷느라 내 발이 해질 지경이었는데, 그 순간 눈앞에 그 문장이 나타난 겁니다.

어느 틈엔가 그 여자와 축복받은 젊은이는 이 안에서 사라지고, 밤은 완전히 다료 안팎에 왔다.

문장이 적힌 천막은 내 방보다도 더 넓어 보였습니다. 천막은 아주 거대한 건물의 벽면에 네 귀퉁이를 적절하게 고정하고 있었습니다. 글씨체는 내 것이 아니었지만, 아무리 봐도 그건…… 내가 쓴 문장인 것 같았습니다. 추측의 형태를 취한 건 아직 누구에게도 보여주지 않은 초고의 한 구절이 저 벽에 걸려 있을 리가 없기 때문이었죠. 그렇지만 이리 보고 저리 봐도 그건 부인할 수 없는 내 문장이었습니다. 초고에서 맨 마지막으로 건드렸던 문장이기에 유독 기억에 남았던 겁니다. 텔레파시나 표절이 아닌 이상 저 문장이 거리에 공개 처형당하듯이 걸려 있을 리가 있나요. 그렇지만 누가 내 글을 훔친단 말입니까.

현수막이 누구 것인지를 알고 싶어서 건물 입구에 가 물어보니,

교보문고에 문의하라더군요. 그 건물 지하에는 거대한 서점이 있었어요. 나는 거기서 그 문장이 내 것임을 확인하게 되었습니다.

"박태원의《소설가 구보 씨의 일일》이에요."

서점 직원은 능숙하게 답변을 해주었습니다. 나는 그 책을 받아 들고 앉은 자리에서 읽고 또 읽고 몇 번이고 다시 읽었습니다. 글은 읽으면 읽을수록 낯설어져서 마침내는 내가 쓴 것이 아닌 것만 같았습니다. 아주 생소해졌죠.

다시 건물 밖으로 나와서 횡단보도를 두 개나 건너면, 대각선 방향으로 그 문장이 국기처럼 펄럭였습니다. 그걸 한참 쳐다보는 동안 두 가지 감정이 몰려오더군요. 하나는 아, 내 소설이 후대에도 읽히고 있구나, 하는 전율이었고 다른 하나는 아, 내가 왜 이 상황에 놓여야 하는가, 하는 당혹감이었습니다. 결국 나는 도망치듯 어떤 골목으로 뛰어들었는데, 그때는 골목만이, 아주 좁은 골목만이 나를 이해해줄 것 같았습니다. 막다른 골목 말고 어디로든 좁고 가느다랗게 연결될 수 있는 그런 골목이면 충분했습니다.

나중에야 알았지만 그 건물, 교보타워의 주소가 종로 1번지더군요. 그 앞으로는 자주 지나가곤 했습니다. 복원된 광화문과 솟아오르는 분수들, 카메라 든 외국인들, 짧은 스커트 입은 여인들 틈에서 길을 잃어도 거기 걸려 있는 내 문장이 나를 위로했으니까요.

경찰서는 내키지 않았습니다. 내가 몇십 년 전에서 왔다고 하면 나를 어떻게 보겠습니까. 다만, 나는 내 집이 궁금했습니다. 공중전화 부스에서 120이란 번호를 읽었습니다. 다산콜센터라고 하던

가요, 서울 시민을 도와준다던 그 번호가 전화기 옆에 붙어 있었던 겁니다. 주머니에 있던 동전 몇 개로 다산콜센터는 금방 연결이 되었습니다. 다옥정 7번지가 어디로 갔느냐는 내 질문에 상담원은 얼른 대답하지 못했지만, 곧 다옥정이란 지명이 오래전에 다동으로 바뀌었다고 말해주더군요. 일제 잔재 청산의 일환으로 1946년에 있었던 변화라고 설명해주기도 했습니다. 그리고 곧 이걸 찾았던 게 아니냐는 듯이 물었습니다.

"혹시 소설가 구보 씨의 집을 찾으시는 건가요?"

구보는 내가 생각했던 것보다 훨씬 더 유명해진 게 분명했어요. 상담원은 내게 다옥정 7번지로 짐작되는 그 부근에는 현재 한국관광공사 건물이 들어서 있다고 말해주었습니다. 그리고 가는 길도 설명해주었죠. 다옥정 7번지에서 가장 가까운 지하철역은 종각역이었습니다. 종각역 5번 출구로 나와 조금 걸으면 광교가 보이고, 광교를 지나 오른쪽으로 동선을 틀면 다옥정 7번지로 짐작되는 곳이 나타나는 겁니다. 상담원이 그러더군요. 좋은 산책하시라고. 산책이라니, 그러고 보면 순서가 좀 이상하죠, 원래 구보는 다옥정 7번지의 문을 밀고 나와서 광교를 지나며 산책을 시작합니다만, 나는 이미 그 문장 두 개를 거꾸로 행한 셈이니까요. 어쨌거나 거슬러 올라간 다옥정 7번지 부근에는 듣던 대로 웬 건물이 커다랗게 서 있었습니다. 그 부근 건물들이 다 그렇게 크긴 했지만요. 주변으로 몇몇 외국 관광객들이 맴을 돌고 있었고요. 내 집은 어디에도 없었습니다. 나는 한국관광공사 안으로 들어갔지요. 내 집터를 반쯤 잘라먹은 채 그 위에 세워진 건물로 말입니다. 안내 직원에게 묻거나 요구할 것이 아직 정리되지 않은 상태인데, 금방 내 순서가 되어버렸습니다. 직원은 겨우 "구보 씨"까지 말한 내 앞에서 이렇게 반문했습니다.

"누구요?"

"구보요."

소설가 구보 씨의 일일, 하고 나는 덧붙였습니다.

"일본인인가요?"

"누가요, 제가요? 구보요? 아니, 둘 다 조선인인데요."

그렇게 말하고서 나는 금세 "한국인이요"라고 정정했습니다. 구보는 바로 자신의 집 앞에서 국적 불명이 된 거로군요. 그건 곧 나의 국적 불명과 다를 바가 없고요. 뻘쭘해진 나는 구보 씨의 일일 어쩌고 하며 중얼거리다가 그만 돌아섰습니다. 관광공사 직원은 내 뒤에서 푸념을 하더군요.

"자꾸 만드는 게 많은데 우리에게 다 알려주는 건 아니니까요, 소설 제목이 들어본 것 같기는 한데……."

나는 그 직원에게 다산콜센터 여자의 번호를 알려주려다가 말았습니다. 그래 봤자 120. 특별한 정보도 아니니까요. 그냥 모든 게 지치고 힘들기만 해서, 관광공사 앞 긴 의자에 앉아 무형의 집을 바라보았어요. 내 고향 집 말입니다. 이제는 번지수도 문패도 없는, 벽도 담도, 밀고 나올 문도, 그 안에서 웅크릴 만한 방도 없는 허공의 집. 아무도 두드리지 않는, 바람과 햇빛만이 의식하는 집. 그 집으로 들어갈 길을 몰라 나는 한동안 멍하니 있었습니다. 지금은 도로와 물길이 내 살던 곳의 지분을 나눠 갖고 있는 거고, 나는 누구에게도 속하지 못한 채 여기 이러고 있습니다. 이대로 한잠 자고 일어나면 혹시 모든 게 원래대로 돌아가 있지 않을까, 막연히 그런 생각도 해봤지만 그것도 이미 식상했어요.

그때 누군가 내 등을 두드렸습니다. 아까 그 안내대의 여자였어요. 여자가 고충을 해결해주지 못해 미안하다며 명함을 내밀었습니다.

"끝까지 해결하도록 노력하겠습니다."

아마 거기선 내 고충을 끝까지 해결해줘야만 하는 모양이었습니다. 이름을 남겨달라고 해서, 나는 '박태원'이라고 적었습니다.


연락처가 없었지만 여자는 어렵지 않게 내게 연락할 수 있었습니다. 나는 일정한 시간마다 한국관광공사 앞 긴 의자에 앉아 있었거든요. 대부분 같은 옷차림으로요. 다른 시간에는 주로 어디에 있었느냐고요? 할 건 많았습니다.

드라마를 좀 봤습니다. 서울역에서요. 야구 중계도 재미있었죠. 텔레비전은 내게 이 시대로 옮겨온 당위성을 알려주는 것 같아서 보고 있으면 평온했습니다. 이 시대는 내가 떠나왔던 그 시대로부터 아주 멀리 가진 않은 것도 같았어요. 마냥 다르지도 않고 마냥 같지도 않은, 그저 약간의 반복과 변주로 이루어진 속편 같았습니다. 그때와 비슷한 상황들은 계속 일어났고, 단지 그때는 첨단이었던 것들이 지금은 낡은 것이 되었다는 것 정도가 다를 뿐이었죠. 이 속편에서 내가 가장 좋아했던 건 텔레비전이었습니다.

서울역에서는 무수히 많은 바퀴들이 출발하고 도착하는 모양이었지만, 목적지가 분명하고 운임이 비싼 기차에는 관심이 가지도 않았어요. 지하철, 지하철이 그나마 가장 정감이 갔어요. 1호선, 혹은 2호선, 3호선이나 4호선, 끝없이 뻗어나가는 지하철에 올라타 몇 페이지를 산책하는 겁니다. 그렇게 돌고 돌고 돌다가, 어느 틈에는 다옥정 7번지 앞, 다시 그 한국관광공사 앞 긴 의자에 닿곤 했습니다. 마치 항구에 정박하는 배처럼 말이죠.

하루 만에 여자는 서류 봉투로 하나 가득한 자료를 가져왔습니다. 나를 보자마자 이 앞이 구보의 집터였다고 인정하더군요. 자신이 일을 시작한 지 얼마 되지 않아 잘 몰랐다면서요. 그러면서 구보는 작가 박태원의 호라는 걸 알고 계시나요, 어쩌고저쩌고 하며 갑자기 불어난 구보에 관한 지식들을 늘어놓기 시작했습니다. 여자는 내게 몇 개의 안내서를 전해주고는, 혹시나 더 많은 정보를 원한다면 인문학 박물관, 서울문화재단이나 구보학회 등을 참고하면 된다고 말했습니다. 작가 박태원에 대한 정보뿐 아니라 1930년대 경성의 정보들까지 좀 더 자세히 알 수 있을 거라고요. 여자가 갑자기 너무 많은 정보들을 주는 바람에 나도 뭔가를 줘야 할 것 같은 기분이 들 정도였습니다. 그렇다고 내가 여자에게 받은 명함을 다시 돌려줄 수는 없는 거겠죠, 그건 좀 이상하니까요.

'구보 따라잡기'라는 이름의 홍보물도 여자가 남겨두고 간 종이 더미 속에 있었습니다. 맨 앞 장에 박태원을 찾는다는 말이 적혀 있었으니, 내가 그걸 유심히 보게 된 건 당연한 거죠. 자세히 읽어보면 진짜 나를 찾는다는 게 아니라, 박태원 역할을 할 안내원을 모집한다는 구인 공고였습니다만, 그래도 내가 솔깃할 만한 정보가 있었습니다. 그 구인 공고를 주관하는 곳이 '구보의 집'이었기 때문이에요. 정확히 말하자면 '이전된 구보의 집'.

안 가볼 수는 없었던 거지요. 터는 다르지만 구보 박태원의 다옥정 7번지를 재현한 곳이라니 궁금하지 않을 수가 없었던 거예요. 물론 면접을 보러 간 건 아니었지만 말입니다. 나는 단지 그 이전된 구보의 집을 보기 위해 줄을 섰습니다. 그 이전된 구보의 집에 들어가기 위해 배부 표를 받았고, 내 이름이 또렷하게 적힌 종이 명찰을 가슴에 달았고, 30년대의 문학이니 서울이니 하는 것에 관해 묻기에 아는 대로 대답하다가, 마침내 이런 말을 듣게 된 겁니다.

"우리는 박태원 씨를 박태원으로 고용합니다."

그들은 합격자가 박태원과 동명이인이라는 게 재미있다고 말했지만, 사실 동명동인이라는 걸 안다면, 진짜 이 집의 담당자가 자신들이 아니라 나여야 마땅하다는 걸 안다면 어떤 표정을 지을까요. 박태원이 박태원을 흉내 내다니요. 내게는 박태원이 아니면서 박태원이 되겠다고 찾아온 다른 사람들이 더 이상하게 느껴졌습니다. 뭐랄까, 사기꾼처럼 말이죠.

출근은 오전 9시까지, 퇴근은 오후 6시부터.

"6시부터라는 겁니다. 6시 칼퇴근이 아니고요. 남아서 해야 할 업무도 종종 있으니 진짜 퇴근까지는 항상 여유를 두세요, 여유를."

관리과장이라는 사람이 말했습니다. 그는 점심시간이나 휴무, 그리고 꼭 받아야 하는 교육 일정에 대해서도 말해주었습니다. 그렇게 나는 하루 여덟 시간을 박태원으로 살고, 한 달에 150만 원을 받게 되었습니다. 유명한 작가가 되니 과거의 내가 후대로 날아와도 먹고살 길이 생기는구나, 싶어서 나는 좀 으쓱해졌는데요. 그건 어디까지나 다른 열 명의 박태원과 마주치기 전까지의 착각에 불과했습니다. 구보의 집을 방문하는 사람들을 위해 준비된 박태원은 열 명이 넘었던 거예요. 그리고 그중에서는 내가 가장 간당간당하게 통과된 구직자였습니다. 분위기를 보아하니 외모 때문인 것 같더군요.

외모 때문에 통과된 거라고 생각하지는 마세요. 오히려 그 반대니까요. 되레 나를 구원한 건 일본어 회화 실력이었습니다. 더불어 내가 그 시대의 명칭들을 잘 아는 것도 플러스 요인이 되었죠. 외모는 나의 채용을 끝까지 망설이게 만들었던 요소였어요. 나중에야 면접을 진행했던 무슨 이사라는 사람이 내게 슬쩍 그러더군요. 살을 좀 빼보라고요. 박태원은 사진이 많이 공개되어서 대중들이 다 아는데, 이왕이면 좀 비슷한 게 좋지 않겠냐고요.

내 기분이 얼마나 황당했을지는 말 안 해도 알겠죠? 그 박태원의 사진이란 게 말입니다. 사실 내 것이 아니라면 믿을 수 있겠습니까. 물론 그 사진과 나는 한참 다릅니다. 그 버섯머리 하며 안경하며, 나는 생전 그런 머리를 해본 적도 없고, 30년대에 쭉 살았다 하더라도 그런 머리를 할 생각은 하지 않았을 겁니다. 내 취향이 아니라고요. 박태원의 사진을 보고 나는 너무 놀랄 수밖에 없었는데, 그건 내가 아니라 하 군의 얼굴이었던 겁니다. 그러니까 지금 돌고 도는 사진은 박태원의 것이 아닙니다. 진짜 내 얼굴은 역사적으로 누락되고 만 거예요. 지금 사진 속의 인물은 박태원이 아니라 내가 한때 아꼈던, 그러나 배신감만 남기고 떠났던 후배 하 군이라

166

고요. 그러나 하 군이 역사적으로 중요한 인물도 아니고, 하 군이 누구인지 설명해도 알 사람이 없으니 답답할 수밖에요. 나야말로 왜 하 군의 사진이 그의 이름이 아니라 내 이름을 달고 후대로 전해졌는지 알 리가 없으니 황당할 노릇입니다. 하 군이 실제 나보다 더 잘생기긴 했지요. 정말 역사는 승자의 것이란 말입니까. 이 상황을 보자면, 우리가 알고 있는, 이미 죽어버린 유명인들의 얼굴에 대해 우리는 의심을 가져볼 만한 겁니다.

그럼 진짜 박태원은 어떻게 생겼느냐고요? 나를 보세요. 체구도 크고 살집도 있습니다. 안경은 쓰지 않고요. 어쨌거나 내 앞으로 아홉 명의 사람들이 모였습니다. 그놈의 사진과는, 내가 제일 안 닮았더군요. 우리는 같은 옷을 받았고, 서로 동선이 겹치지 않도록 담당 구역을 배정받았습니다. 안경도 받았지요. 그중에서는 아무런 꾸밈이 필요 없을 만큼 이미 박태원(정확히는 박태원으로 알려진 하 군)과 비스름한 차림의 사람도 있었습니다. 면접 때부터 그렇게 등장해서 다른 경쟁자들을 외모로 기죽였다고 하더군요. 수많은 박태원들 중에 진짜 박태원은 나 하나라는 사실을, 아무도 몰랐지만, 뭐, 괜찮았습니다.


박태원의 사진이 잘못 알려진 것과는 반대로, 구보의 집은 실제와 너무도 비슷해서 놀라웠습니다. '다옥정 7번지'라는 동판이 대문 옆에 붙어 있는 집이었죠. 물론 그건 이 집의 주소가 아니라 이름이었지만, 주소는 달라도 내부가 같아서 좋았습니다. 정말 내가 썼던 것 같은 책상과 의자가 그대로 있었고요. 앉은뱅이책상에는 내가 한때 실수로 냈던 흠집까지 여전해서, 이게 치밀한 재현인지 아니면 우연인지, 혹은 박태원의 유품이(유품이란 말이 불편합니다만) 흘러온 건지는 몰라도 눈물이 날 것 같았어요. 나는 가장 먼저 출근해서 가장 늦게 퇴근했습니다. 사실 퇴근하고 싶지 않았습니다. 그러나 이곳은 아침이 되면 문이 열렸다가 밤이 되면 문을 닫아야 하는, 시한부 집이었습니다. 아침 7시부터 방문객들이 찾아오기 전까지, 그리고 방문객이 떠난 후의 얼마간이라도 여기에 멍하니 앉아 있기 위해서는 박태원 역할에 충실해야 했습니다. 이게 여기 머물 수 있는 유일한 길이었으니까요.

아침 9시가 조금 넘으면 구보에 관심 있는 사람들이 이곳을 찾아옵니다. 그러면 나는 몇 명의 사람들을 데리고 구보의 소설 속 산책로를 걷는 겁니다. 사람들을 비엔나소시지처럼 줄줄이 달고 말이죠. 내가 아닌 다른 박태원들도 마찬가지였습니다. 흑백사진 속 박태원과 똑같은 차림새를 한 채로요. 박태원이 소설 속 구보의 동선을 재현하며 안내한다는 게 '구보 따라잡기'의 요지였습니다. 적절한 타이밍에서 이런 설명도 해주고요.

"《소설가 구보 씨의 일일》은 1934년 8월 1일부터 9월 19일까지 〈조선중앙일보〉에 연재된 박태원의 중편소설로, 1930년대 서울의 어느 하루를 배경으로 삼고 있습니다. 소설가인 주인공 '구보'가 서울을 걷고 또 걸으며 주변부를 느끼고 기록하는 것이 대략적인 줄거리인데요. 어떤 특별한 사건이 벌어지지는 않고 주인공의 의식을 따라 소설이 진행되지만, 사실 그 하루는 모든 수많은 사건의 집합이라고 볼 수도 있습니다. 박태원은 이 소설로 당시 문단에 새로운 바람을 불러일으켰으며, 지금까지 모더니즘 문학의 대표적인 인물로 거론되고 있지요. 이상, 김기림, 이태준, 정지용, 이효석 등과 함께 구인회 활동을 했던 박태원은 그 1930년대에 확연히 새로운 소설가였습니다."

내 목소리가 살짝 떨리고 있다는 걸 눈치챈 사람이 있었을까요. 사람들은 즐거운 경험을 하는 것처럼 보였고, 초반에는 나 역시 그랬습니다. 어느 정도의 설명이 끝나고 나면 이제 다옥정 7번지를 떠날 시간이 왔습니다. 나는 단장과 대학노트를 가지고, 줄줄이 비엔나처럼 사람들을 달고 걸었지요. 구보처럼 광교를 지나 왼쪽으로 몸을 틀고 화신상회를 향해 걸었습니다. 지금은 종로타워라고 하더군요. 불과 며칠 전에(분명 내 기억으로는 그렇습니다. 그 거대한 시간의 단층을 경험하기 전에 말이에요) 나는 저 화신상회 내부를 수직으로 재단하는 엘리베이터를 한참 구경하곤 했죠. 그러다 그 수직의 힘에 대한 반동처럼, 재빨리 움직이는 전차 안으로 뛰어들기도 했죠. 지금은 저 엘리베이터보다도 차라리 이미 멸종한 전차가 나타나야 사람들이 구경을 할 테지만요. 며칠 전까지만 해도 전차의 선로는 보신각 네거리에서 시작해 동대문까지 이어져 있었죠. 그러나 지금 보이는 건 '바르게 살자'는 돌에 새긴 글귀와 어색한 자막처럼 지나가는 마차 한 대뿐입니다. 전차는 사라지고 이제는 마차가 다니더군요. 4인에 1만 원, 글귀를 써 붙인 마차 안에는 관광객으로 보이는 사람이 둘 타고 있었어요. 몇 걸음 걷다 보니 또 한 대의 마차가 등장했습니다. 버스, 택시, 일반 승용차, 오토바이가 두서없이 지나갔죠. 나는 잠시 어지러워서 티가 안 날 만큼 아주 조금만 걷는 속도를 늦췄습니다.

나는 하루에 여덟 시간 일했고, 그중 절반 이상을 거리에서 보냈습니다. 구보의 산책 코스에서요. 이 산책을 반복하는 동안 어쩌면 소설가가 작품에 실제 공간적 배경을 등장시키는 것은 사라지지 않을 증인을 하나쯤 세워두려는 이유에서가 아닐까, 하는 생각을 했어요. 물론 나는 그런 것까지 염두에 두고 당시의 경성을 다룬 건 아니었습니다. 그땐 경성보다 내가 먼저 사라질 줄 알았으니까요. 그렇지만 결과적으로 지금 나는 소설에 등장했던 공간들이 얼마나 남아 있는지 그 흔적을 더듬고 있지 않습니까. 1930년대 내 동선의 모퉁이에 있던 몇몇 지표들이 지금도 조금은 남아 있다는 게 나로서는 다행스러울 뿐입니다. 그때의 경성은 지금의 서울과 닮은 듯, 다른 듯, 아슬아슬하게 겹쳐 있어서 다른 그림 찾기를 하는 것 같았어요. 몇몇은 증인이 되어서, 몇몇은 전설이나 철 지난 유행이 되어서.

산책이 끝나자 비엔나소시지 중 누군가가 사인을 해달라더군요. 이십 대 초반 혹은 중반쯤으로 보이는 여자였는데,《소설가 구보 씨의 일일》을 내밀며 사인을 남겨달라고 해서 나는 주저앉을 뻔했습니다. 혹시 나를 알아보는 건가 싶었던 거죠. 중요한 보증서에 서명하는 것 같은 그런 모양새로 내 이름 석 자를 적어 넣었는데, 여자는 내 사인을 받아든 후 함께 산책을 했던 다른 사람들에게도 사인을 부탁하더군요. 결국 그 책의 속지에 오늘 함께 걸었던 여섯 명의 이름이 모두 적힌 셈이었습니다. 그들 중 아무도 자신들이 진짜 박태원, 그러니까 진짜 구보와 함께 걸었다는 사실을 눈치채지 못했습니다.

구보는 종로 네거리, 화신상회 앞에서 동대문행 전차를 탔습니다. 그리고 동대문에서 다시 한강교행 전차로 갈아타고 조선은행, 바로 지금의 한국은행 앞까지 왔죠. 책으로 4페이지쯤 흘러가는 구보의 전차 경로는 지금 그대로 재현하기가 힘들었습니다. 사라진 것도 많고 생겨난 것도 많으니까요. 물론 모든 풍경이 사라진 것은 아니었습니다. 당시 조선은행이었던, 지금 한국은행 건물은 과묵한 증인처럼 계속 그 자리를 지켜오고 있죠. 나는 어떤 '사무'로 그 건물 앞을 맴돌 때마다 혹시 저 은행 건물은 기억할지도 모른다고 기대해보곤 했습니다. 1930년대에 이 앞으로 지나가던, 단장과 대학노트를 든 한 사람을 말입니다. 물론 지금은 그 앞 '포토존' 푯말 아래서 줄줄이 비엔나들과 사진을 찍고 있습니다만.

이 포토존은 각도를 세심하게 고려해서 만들어진 건 아닌 듯했습니다. 여기선 평면적인 사각 틀이 아니라 몸을 돌려가며 파노라마식으로 주변을 감상해야만 제대로 된 풍경이 나오거든요. 한국은행 건물을 등지고 서면, 왼쪽으로 중앙우체국 건물이 마치 양 갈래로 찢어질 듯 서 있고, 맞은편에는 신세계백화점 본관이 있습니다. 옛 이름은 미쓰코시백화점. 백화점 건물 안에는 내부의 중앙계단이 예전 모습 그대로 남아 있기에 사람들은 그 안에 들어가보기를 원했습니다. 며칠 전까지만 해도 획기적이었던 건축물이 지금 이 사람들에게는 고풍스러운 것이 되어버렸습니다. 그 며칠이 정말 며칠이 아니니까 그렇겠지만, 어쩐지 그 며칠 새 나도 몇

십 년을 늙어버린 것 같아 기분이 이상해지곤 했습니다.

구보 따라잡기는 꽤 인기가 있었습니다. 다옥정 7번지에 드나드는 사람들이 많아지면서, 여기서 찍어내는 것도 많아졌습니다. 소설가 구보 씨의 하루 동선이 나타난 컬러판 지도는 물론이고, 구보의 캐릭터 인형이나 그 동그란 안경 같은 것도 생겨났죠. 구보의 산책길을 어떤 속도로 따라 걸으면 얼마의 열량이 소비되는지에 대한 정보도 있었어요. 이곳에 고용된 대부분의 박태원들은 구보 씨의 일일을 재현하는 데서 어떤 사명감을 느끼고 있는 듯했습니다. 속내를 교환한 적이 없어서 잘은 모르겠지만, 제가 보기엔 그랬습니다. 그중에 나보다 두 살 어린 남자와는 종종 비상구에서 담배를 함께 피웠습니다. 그는 박태원으로 박사 논문을 썼다고 하더군요. 단지 그 학위 때문은 아니었지만, 어쩐지 그의 기세에 눌려 나는 이런 질문을 하기도 했습니다.

"그럼 그 사람은 어떻게 죽었답니까?"

"박태원이요?"

그는 나를 슬쩍 쳐다보더니, 당연한 걸 왜 묻느냐는 식으로 말하더군요. 월북한 후 어쩌고저쩌고.

"월북이요?"

아주 추상적이고 모호한 답을 기대하고 있었다는 걸, 전혀 그렇지 않은 답을 듣고서야 깨달았습니다. 어느 순간 증발했다거나 실종되었다거나 그런 답 말입니다. 그렇지만 박사가 알려준 그 답은, 어쩐지 나 말고 진짜 늙어서 자연사한 박태원이 있을 것만 같아 이상했어요.

"박태원 외손자가 봉준호인 건 아시죠?"

봉준호가 누구냐고 물으려다가 나는 얼버무리듯이 대답을 했습니다. 아, 그런가요, 몰랐는데요, 기억이 가물거리네요, 잠깐 까먹었어요, 하는 식으로. 그러자 그 박사가 나를 툭 치면서 힌트를 주더군요.

"〈괴물〉 말이에요. 〈괴물〉."

"괴물이요?"

"안 보셨어요?"

"글쎄요."

상황을 보아하니 봉준호는 영화를 만드는 것 같더군요. 박사는 구보학회에서 하는 행사에도 꾸준히 출석하면서 박태원에 대해 이런저런 방면으로 연구를 한 것 같았습니다. 한마디로 빠삭했지요. 그런데 왜 여기 서 있는 나를 못 알아보는 겁니까? 그나저나 외손자라니, 결혼은 한 모양이로군요. 내가 말입니다. 하긴 '직업과 아내를 갖지 않은, 스물여섯 살짜리 아들은, 늙은 어머니에게는 온갖 종류의 근심, 걱정거리'였던 건 내가 아니라 내가 만든 인물 구보였죠. 그렇지만 나라고 거기서 자유로울 순 없었습니다. 외손자라니, 뜬금없이 안도하고 있는 내게 박사가 찬물을 끼얹었습니다.

"이거 시한부 프로그램인 거 아시죠?"

"그랬던가요."

"세 달짜리잖아요."

그랬던 것 같았어요. 처음에 그런 설명을 들었던 것 같았죠. 박사는 말하더군요. 구보 따라잡기가 계속 갈 거다 아니다 말들이 많던데, 그래서 여기 일하는 사람들이 이걸 경력 삼아 할 다른 일거리들도 찾아보고 있다고요. 그중에 영화 면접도 있는 거고 말이죠. 그나저나 또 무슨 면접?

"영화를 찍을 거라는데요. 몇 장면에 구보 역할로 들어갈 사람이 필요하다는데 배우 아닌 일반인 중에서 뽑을 거라고요. 다들 난리예요. 찍겠다고요. 뭐 봉준호 감독이 직접 면접을 볼 거란 얘기도 있고."

나보고 내 외손자한테 면접을 보라고? 나는 몸서리를 쳤습니다. 박사도 그 면접을 보러 가지는 않을 거라고 말하더군요. 다만 이 구보 따라잡기가 반응이 좋아서, 새로운 다른 것들이 많이 생겨나고 있으니, 기회를 잘 잡아야 한다고 말했습니다. 그나저나 이 다옥정 7번지에서 박태원으로 머무는 걸 언젠가는 끝내야 할지도 모른다고 생각하니 기분이 이상해졌습니다.


"낙랑파라는 1931년에 문을 연, 한국인이 경영한 최초의 카페였습니다. 낙랑파라가 위치했던 곳은 지금의 소공동인데, 1930년대 지식인, 예술인들의 아지트 역할을 했어요. 구보 박태원도 김기림, 이상 등과 더불어 낙랑파라에 자주 드나들었고, 이곳에서는 자주 전시회나 문학의 밤이 열렸다고 하지요. 소설 속의 구보도 낙랑파라에서 벗을 만납니다."

내 목소리가 너무 작다고 누군가가 중간에 불만을 표시했기 때문에 내 목소리는 더 커졌고, 이상하게 목소리는 커졌는데 스스로는 더 중얼거리는 듯한 느낌이 들었습니다. 나는 중얼거렸습니다.

말하다 보니 낙랑파라가 손에 닿을 듯 가깝게 느껴지기도 하고, 정말 프라자호텔 뒤 한화건물 쪽으로 걸어가면 낙랑파라가 있을 것만 같았습니다. 거기엔 지금은 사라진 낙랑파라를 포위라도 하듯 동그랗게 대형 커피 체인점들이 들어서 있었어요. 카페베네, 커핀그루나루, 탐앤탐스, 스타벅스······. 다른 거리에도 같은 간판, 같은 테이블과 의자로 무수히 복제되어 있는 그 이름들 중에 진짜 낙랑파라는 없었습니다. 영혼 없는 설명이랄까요, 내 목소리가 내게도 다른 사람의 말소리처럼 막연하게 들렸습니다. 내가 점점 이 구보의 무리에서 떨어져서 이들을 바라보는 다른 시선이 되는 것 같았어요. 이 도시는 끊임없이 공사 중인 것 같더군요. 이 끝에서 시작해서 저 끝까지 한 줄 공사를 끝마치면, 다시 이 끝으로 돌아와서 가장 덜 새로운 공간들을 또 하나씩 건드리기 시작하는 거죠. 마치, 새롭지 않으면 멈춰 있는 거며, 멈춰 있으면 뒤떨어지는 것처럼, 조급증에 걸린 사람들처럼요. 늘 새롭기 위해 애쓰지만, 이상하게도 그 새로움은 또 획일적이어서 그다지 새로울 것도 없고요. 결국 이제는 낡은 것이 오히려 새롭게 느껴지는, 그런 경지에 이르렀달까요. 나는 나를 따르는 비엔나소시지들을 내버려두고, 갑자기 대학노트를 꺼내 메모를 시작했습니다. 어쩌면 소설가가 작품에 실제 배경을 등장시키는 것은 증인을 만들려는 것이 아니라 언젠가 사라질 것에 대한 박제의 욕구 때문이 아닐까, 하고요. 침묵이 너무 길어진 것 같아서 나는 다시 대사를 읊었습니다.

"월북한 작가의 작품이라는 이유로 묶여 있었던 이 소설이 다시 빛을 보게 된 것은 1988년의 일입니다. 소설이 다시 세상 빛을 보게 되었을 때, 그 안에는 이미 낯설어진, 소모된 지명과 건물들이 박제되어 있었을 겁니다."

동그란 서울광장 주변으로는 동그랗게 말린 건물들이 많아서 이 거리를 통과하려면 치밀한 동선의 계산이 필요했어요. 횡단보도가 잘 보이지 않는 이 거리에서는 자주 무단횡단의 욕구를 느끼지만 오가는 차들도 적지 않거든요. 지하도를 이용해야만 하는, 오르락내리락해야 하는, 생각 없이 산책하다가는 미로에 갇힐 것 같은 그런 거리. 그러니까 산책하기보다는 한 군데에 점처럼 박혀 서 있거나, 지하도의 출구를 잘 가늠해보아야 하는 거리. 생각 없는 산책으로는 미로에 갇힐 수밖에 없는 그런 거리. 요즘 매일 걸었던 거리긴 하지만, 갑자기 낯설어 보이는 거리. 나는 거기 서서 예정에 없던 대사를 내뱉었죠.

"여러분, 구보가 지금 이 구조의 거리에 있었다면 어떻게 했을까요?"

누군가가 대답했습니다. 아마도…… 움직이는 전차에 뛰어오르지 않았을까요, 하고요.

퇴근 후에도 종종 나는 산책을 하곤 했습니다. 이제는 광화문 네거리의 현수막이나 복원된 광화문 같은 걸 무심하게 지나칠 수도 있게 되었습니다. 되는 대로 걸었던 거지만 동선은 자주 소설 속 구보와 겹치더군요. 이상하게 낮에 갔던 길을 피해서 걷고 걸어도 또 그 구보의 산책 코스 안으로 편입되어버리곤 했습니다. 그건 좀 달갑지 않은 일이었죠. 나는 어느새 새 산책로를, 누구에게도 따라

176

잡히지 않을 산책로를 갈망하고 있었습니다.

구보가 전차를 타고 위에서 다림질하듯 지나쳤던 길을, 이제 나는 밑에서 지지하듯 지하철을 타고 이동하기도 했습니다. 그러다 어느 순간에는 지하철 안에서 복숭아가 와르르 굴러가는 걸 본 적도 있습니다. 어떤 여자가 복숭아를 한바탕 바닥에 흘리고는 바로 그 복숭아 몇 알 줍기를 포기해버렸는데, 그 여자가 결국 복숭아를 줍도록 만든 건 휴대전화였습니다. 누군가가 복숭아를 주우라고 말했고, 여자가 대꾸하지 않자, 다른 누군가가 휴대전화를 꺼내 들고 그 상황을 찍으려고 한 겁니다. 그 전자기기의 눈길이 부담스러웠는지 여자는 무릎을 구부리고 떨어진 복숭아를 줍기 시작했습니다. 그리고 다음 역에서 휙 내려버렸죠.

그걸 보면서 떠올린 건 내 처지였습니다. 나 역시 그 1930년대의 비닐봉지에서 추락해버렸는데, 누구도 줍지 않아 그 시대의 페이지에서 떨어져 나간 것 아닐까요. 역사 속에 기록된 박태원은 그 1930년대의 비닐봉지 안에 그대로 있고, 나는 역사와 역사 페이지 속에 교묘하게 떨어져버린 거 아니냐 그 말입니다. 내가 속한 페이지는 전체 책장에서 파본 취급을 받는 걸지도 모릅니다.

역사 속에서 굴러떨어진 복숭아 한 알을, 그러니까 나를, 누구 본 사람 없나요. 하루에도 몇 번이나 나는 그렇게 물었지만 대답이 들리면 더 이상하겠죠.

관리과장에게서 '당신이 박태원이라는 사실을 잊지 말고 열심히 하라'는 말을 들은 날, 나는 비슷한 말을 들었던 박사와 함께 술을 마셨습니다. 시한부의 끝은 곧 다가올 것 같은데, 박태원의 정원을 줄인다는 말도 있던데, 아무래도 나는 그 안에 들어가기가 어려울 것 같더군요. 박사가 나랑 비슷한 기분인 것 같았습니다. 인생 경험 삼아 이 일을 시작했다더니, 그는 나보다 더 절실해 보였어요.

곰장어가 맛있더군요. 공평동 곰장어집은 시끌벅적했지만 외롭지 않아 좋았습니다. 박사는 이런 얘기를 꺼냈습니다. 자신의 집이 아주 조금씩 옆으로 이동하고 있는 것 같다고요. 박사의 집은 빌라 2층이었는데 그 빌라 전체가 아주 미세하게 조금씩 왼쪽으로 이동하고 있다는 거였습니다. 그런데 누구도 느끼지 못하는 것 같다는 거였죠. 박사는 붉은색 페인트로 약간의 표시를 해두기까지 했는데, 집은 그 붉은색 페인트를 이미 밟고 왼쪽으로 지나간 지 오래라는 거예요.

"대륙 이동이라고 할 수도 없고 빌라 이동이라고 해야 하나요? 자고 일어날 때마다 창밖으로 보이는 풍경이 조금씩 다르다는 게 얼마나 무서운지 아세요? 이 얘기를 했더니 누가 그러더라고요. 그건 자력 때문이 아닐까. 그런데 자력이라니. 난 더 설명이 필요해요, 형."

그가 형이라고 말했기 때문에 나는 조금 더 용기가 생겼습니다. 박사는 계속 떠들어대더군요. 어떤 언론도, 어떤 학회에서도 이런 유의 일에 대해 보고하지 않았다고 말이죠. 나는 그럼 이런 유의 일은 어때, 하며 내 얘기를 시작했습니다. 사실 내가 진짜 박태원이라고 말입니다. 어느 날 갑자기 이 시대로 툭 떨어진 것뿐이라고. 산책을 하던 중에 그렇게 길을 잃은 것뿐이라고. 이건 무슨 종류의 이동일까, 하고.

빌라 이동을 겪은 박사라면 내 상황에 대해서도 유연하게 대처할 수 있지 않을까 해서였는데, 그는 너무 유연하게 대처하고 말았습니다. 내게 이렇게 말하더군요.

"형이 박태원이면 난 이상을 할게요."

그러면서 볼펜을 집어 들더군요. 상 위의 냅킨에다가 묘한 그림을 그려대더니, 구보에게 선물하는 삽화라며 내 셔츠 주머니에다 그 냅킨을 접어 넣었습니다. 그래서 내가 박태원이 아닌 이유를 대보라고 했더니, 박사는 형이 박태원인 이유를 말해보라고 하더군요.

"이름이 똑같다고? 에에."

박사는 날이 밝는 대로 개명 신청을 하겠다고 했습니다. 개명 이유는 새 구직 활동을 위해서.

"내가 장난이 아니고 진짜로 이름을 바꿀까요, 형? 이상으로 진짜 바꿀까. 하긴, 내 성이 이가잖아. 서촌 쪽에 이상의 집을 새로 꾸밀 거라던데 들었어요? 근무시간이 여기보다 더 짧더라고요. 돈은 똑같고. 우리 같이 갈까요, 박태원 형?"


나는 건너편에서 저만치 내 집터를 잘라먹고 서 있는 그 건물을 쳐다봤습니다. 그 건물에 대한 주인의식이 있어서, 그 건물에 들어 살고 있는 모든 사람들에 대해서도 우선권을 내세우고 싶었나 봅니다. 박사와 헤어진 후 나는 그 건물 앞을 일부러 지나쳤습니다. 한참 그 건물을 마치 내 집에 들어온 세입자인 것처럼 쳐다보다가, 고개를 돌리고 돌아섰습니다. 아마 저 관광공사 직원, 이름이 뭐라더라, 아, 명함에는 '이미숙'이라고 적혀 있군요. 그 이미숙 씨를 잠시 떠올려보았습니다. 그때, 참 희한하게도 저만치서 나타난 이미숙 씨가 나를 알아보더군요. 이미숙 씨는 퇴근이 늦었던 것 같습니다.

당신 덕분에 집을 찾았다고 말하고 싶었으나, 당신 덕분에 취직을 하게 되었다는 인사를 해야 했습니다. 물론 시한부 일자리이긴 하지만. 나는 다음에 내가 차 한잔을 대접하고 싶다고 말했습니다. 이미숙 씨가 그러라고 하더군요. 내가 왜 그런 말을 했는지는 모르겠지만, 그 여자는 현재 내가 세 손가락 안에 꼽을 수 있는 지인이었습니다. 이미숙 씨는 내게 친절하기도 했죠. 나에 대한 부채의식도 있는 것 같고, 고충에 대한 사후관리도 열심히 하니까요.

나는 지나가는 말로 슬쩍 물어보았습니다. 아니면 지금은 어떠세요? 그냥 떠본 말인데 어쩐 일인지 이미숙 씨가 좋다고 하네요. 우리는 걷기 시작했습니다. 미쓰코시 옥상으로 갈까요? 내가 말하자 이미숙 씨가 웃으면서 묻더군요.

"일본인인가요?"

그게 유쾌한 대답이라는 걸, 나는 알았습니다. 백화점은 가까운 곳에 있었습니다. 모든 건 다 근처의 일이었으니까요. 건물 6층으로 올라가면 옥상 정원이 나옵니다. 그래요, 바로 여기서 내 벗 하나는 날자 날자 날자꾸나, 하고 외쳤습니다. 평소에도 자주 그런 말을 하곤 했는데, 얼마 전에 그의 책을 사보니 소설에도 썼더군요. 구보가 전차를 타고, 혹은 걸어서 저 아래를 산책하는 동안, 내 벗은 〈날개〉의 주인공을 이 백화점 옥상으로 밀어붙인 셈이죠. 그나저나 그 벗과 약속을 했는데, 그 약속을 지키지도 못했군요. 늘 하던 밤의 약속이긴 했습니다만.

지금 옥상 정원에는 디저트로 유명한 카페가 들어섰고, 각종 조각품들이 전시되어 있습니다. 전 세계에 흩어져 있는 루이즈 부르주아의 거미 조각상 〈마망〉 한 점도 이곳에 여덟 개 다리를 분수처럼 펼치고 있다는 걸 아는 사람들은 이미 다 알지요. 밥을 먹거나 차를 마시면서 조용히 여름밤을 즐기는 사람들은 더 이상 가렵지 않아요. 가려움을 느끼지 않기 때문에 날개가 돋아날 위험도 없지요. 다만, 맞은편에 보이시나요? 중앙우체국 건물 말이에요. 그 우체국만이 온몸으로 가려움을 느끼는 듯, 양 날개를 쫙 펼치고 있습니다.

사람들은 여전히 '등의자에 앉아, 차를 마시고, 담배를 태우고, 이야기를 하고, 또 레코드를 들었'습니다. '그들은 거의 다 젊은이들이었고 그리고 그 젊은이들은 그 젊음에도 불구하고, 이미 자기네들은 인생에 피로한 것 같이' 느꼈습니다.

밤바람 사이로, 음악 사이로, 옆자리의 여인이 그 앞에 앉은 청년에게 건네는 말이 들렸습니다. 경리단길을 갈까, 가로수길을 갈까. 그들의 대화를 엿들으며 나는 생각했습니다. 나도 이미숙 씨와 어디로든 가고 싶은데, 그게 어디인지를 모르겠다고요. 나는 이미숙 씨가 내일 뭐 하느냐고 물으면 뭘 한다고 대답할까 헤아려봤습니다. 내일도 또 같은 하루가 오겠지요. 그럼 나는 오늘처럼 다시 낙랑파라로 돌아가 벗을 만나고, 대창옥은 아니지만 나를 따르는 일본인 관광객들과 함께 설렁탕집에 가서 한 그릇씩을 시킬 겁니다. 그리고 또 종로 네거리를 거쳐 다시 광교로 갈 겁니다. 이번에는 광교를 지나 다옥정 7번지로 돌아가는, 소설 속 동선에 맞는 걸음을 할 수 있을 겁니다. 그리고 그사이 어디쯤에서 이렇게 말할지도 모르지요.

'이제 나는 생활을 가지리라. 생활을 가지리라. 내게는 한 개의 생활을, 어머니에게는 편안한 잠을, 평안히 가 주무시오. 벗이 또 한 번 말했다. 구보는 비로소 그를 돌아보고, 말없이 고개를 끄떡하였다. 내일 밤에 또 만납시다. 그러나, 구보는 잠깐 주저하고, 내일, 내일부터, 내 집에 있겠소. 창작하겠소.'

그러나 이미숙 씨는 내게 아무것도 묻지 않았습니다. 내일의 내 하루에 대해 누구도 묻지 않았습니다. 다만 가방 안에서 뭔 자료들을 그렇게 꺼내주는지, 두툼한 문서들을 내게 전해주더군요. 그 안에는 현진건과 이효석과 정지용과 김기림 등이 들어 있었습니다. 그중에서 가장 많았던 건 '이상 따라잡기'였어요.

"이상도 괜찮지 않아요? 브랜드로."

이건 아주 야심 찬 프로젝트라고 하더군요. 나는 이상 따라잡기의 안내서를 대충 훑어봤습니다. 이럴 줄 알았습니다. 이상도 이 얼굴은 아니었거든요. 지금 실려 있는 건 누구의 얼굴인지 모르겠습니다. 이미숙 씨와 헤어지고서야 나는 내가 가고 싶었던 곳이 어디였는지 아주 어렴풋이 알 것 같았습니다. 그건 광화문 네거리에 걸려 있던 그 문장 속이었는지도 모릅니다.


어느 틈엔가 그 여자와 축복받은 젊은이는 이 안에서 사라지고, 밤은 완전히 다료 안팎에 왔다.


182

어쩌면 저 문장 하나 때문에 나는 이런 시간의 단층을 겪은 건지도 모릅니다만, 결국에는 또 그 문장 속 축복받은 젊은이는 되지 못한 것 같습니다.

어느새 천변입니다. 나는 그 천변 끝자락에 있는 종로고시텔로 들어갑니다. 미로같이 좁은 골목들이 건물 안에 있다는 사실이 퍽 마음에 드는 곳이었죠. 다만 내가 머무는 5층에 '나이 찬 아들'들의 '분 냄새 없는 방'들이 나열되어 있다는 건 퍽 유쾌한 일은 아닙니다.

가방에는 《천변풍경》이란 소설집이 들어 있지만 나는 그걸 읽고 싶지 않았습니다. 며칠째 미뤄두는 중이었죠. 청계천에서 빨래하던 아낙들의 이야기를 엿들으며 자랐던 내게 천변은 언젠가는 꼭 담아내고 싶은, 박제하고 싶은 풍경이었는데, 그걸 결국 나는 썼던 모양이지요. 그렇지만 책을 펼치기가 이상하게 두려워서, 나는 그걸 들고 단장과 대학노트를 챙기고 다시 천변으로 나왔습니다.

밤의 청계천은 조명을 밝히고, 잘 꾸며진 화단처럼 관상용으로 버티고 있었습니다. 낮에는 통유리로 광합성을 하는 카페들이 줄을 이어 서 있고, 그 앞으로 순례 행렬처럼 관광객 무리가 지나가고, 시계 초침처럼 자주 카메라 셔터 소리가 들리곤 했죠. 내가 말하고 싶었던 천변의 생활상은 이미 숨통이 막힌 저 청계천 아스팔트 속 어딘가에 묻혀 있는 모양이지만, 간혹, 한가한 물줄기는 그 부근을 건드리기도 하는 것 같았습니다. 나는 관광공사 건물 앞, 긴 의자에 앉아서 대학노트를 펼쳐 들었습니다. 그리고 몇 문장을 적어봤습니다. 한참 후에 《천변풍경》을 펼치면 그 속 어딘가에는 지금 내가 적은 문장들이 모양새는 조금 달라도 뿌리는 같게, 적혀 있지 않을까 생각해보는 거죠. 그러나 펼쳐 든 《천변풍경》 속의 말들은 아무리 읽어도 생경하기만 합니다. 내친김에 가방에서 《소설가 구보 씨의 일일》도 꺼내 읽어봅니다만 어떤 것도 더 이상 내 살처럼 느껴지지 않아서, 타인의 살갗처럼 느껴져서, 그 문장들의 낯선 요철에 이리저리 숨을 뱉어보다가, 표정을 이리저리 부비대다가, 나는 그만 멈췄습니다. 그리고 깨달았습니다. 관리과장 말대로, 나는 박태원이 아닌가 보다, 하고.

내가 적은 문장들 위로 한층 더 무거운 밤이 아스팔트처럼 덮입니다. 꼭 그때 그 밤처럼요. 저만치서 전차가 정해진 선로를 이탈하는 게 보였습니다. 전차라니요. 그렇지만 탈주하듯 달리는 전차 안 수많은 사람들 틈에서 한 남자가 서 있는 게 분명히 보였습니다. 단장과 대학노트의 무게를 버겁게 느끼며 다소 피로한 듯, 아니, 실상은 외로운 듯 서 있는 한 남자. 저 남자는 나를 닮았습니다. 새벽 2시까지 두 발로, 때론 전차의 시커먼 바퀴들을 동원하여 산책을 지속할 소설가 구보. 그의 그림자가 전차에 함께 실려 저만치 사라지고 있습니다. 내가 달려가 저 전차에 올라탄다면, 어쩌면 나는 선로를 따라 몇 페이지를 거슬러 올라, 몇십 년을 거슬러 올라 오래전의 이곳으로 닿을 수 있을지도 모르겠습니다. 그러나 그 순간 이미 지나온 앞 페이지의 몇 문장이 또 재생되고야 맙니다.

'구보는 종로 네거리에 아무런 사무도 갖지 않는다. 처음에 그가 아무렇게나 내놓았던 바른발이 공교롭게도 왼편으로 쏠렸기 때문에 지나지 않는다. 갑자기 한 사람이 나타나 그의 앞을 가로질러 지난다. 구보는 그 사내와 마주칠 것 같은 착각을 느끼고, 위태롭게 걸음을 멈춘다.'

나는 어느 틈엔가 다시 이 문장 속으로 되돌아왔습니다. 전차도, 구보도 사라지고 없습니다. 내 두 발만이 수맥 탐지기처럼 움직이는데, 발이 움직이는 방향을 따라, 그 우연의 각도를 쫓으며, 걸어봅니다. 여전히 의심스러운 건 저 문장 속의 '공교롭게도'입니다. 모든 공교로움 속에는 이유가 있는바, 아무래도 왼편으로 쏠린 데는 어마어마한 우주의 원리 같은 게 있는 거지요.

발이 왼편으로 나를 인도한 그곳에는 또 다른 문장 하나가 커다랗게 걸려 있었습니다. 교보타워의 현수막이 그새 바뀌어 있더군요. 나는 거기 쓰인 문장을 소리 내어 읽어보았습니다.

"날개야 다시 돋아라. 날자. 날자. 한 번만 더 날자꾸나."

걸음을 멈추고, 그걸 소리 내어 읽고서야 나는 이 모든 혼란의 이유를 찾은 것 같았습니다. 가려웠던 거예요. 저건 이상의 문장이겠지요. 그러나 저 문장이 자꾸 눈과 귀에 들러붙어 마침내 내 것처럼 느껴지는 이유는 뭘까요, 자꾸 내 것인데 도둑맞은 양 느껴지는 이유가 대체 뭘까요. 나는 또 어디론가 열린 골목을 찾아야 했어요. 활자 받침들이 낫처럼 내 발목을 끊어놓을까 봐 댕강댕강 달려나갔습니다. 늘 걷던 길을 그렇게 달리면서야 나는 구보의 산책로에서 벗어날 수 있었습니다.

다만 새로운 이야기 하나로 다시 편입된 것 같았습니다. 혹시 그

밤, 나를 목격한 사람 없나요? 박태원에서 이상으로 급작스레 탈피하던 한 사람을 본 적은 없나요? 있다면 대체 어떻게 된 건지, 왜 그리된 건지 조금도 아는 척 말고, 그냥 잊어주시길.

# 만년필

조영아

조영아

1966년 강원도 정선에서 태어났다. 2005년 〈매일신문〉 신춘문예에 단편소설 〈마네킹 24호〉가 당선되었다. 2006년 장편소설 《여우야 여우야 뭐 하니》로 제11회 한겨레문학상을 수상했다. 소설집 《명왕성이 자일리톨에게》, 장편소설 《푸른 이구아나를 찾습니다》, 《헌팅》이 있다.

윤기의 부고를 받았을 때 가장 먼저 떠오른 것은 그의 만년필이었다. 재킷 주머니에 늘 단정히 꽂혀 있던 검은색 만년필이 행성처럼 밤새도록 내 주변을 맴돌았다. 종내는 내가 지구이거나 지구본인 듯한 착각이 들었고, 그가 죽은 건지 만년필이 죽은 건지 슬픔도 느낄 겨를이 없었다. 아내와 한바탕 일을 치르고 샤워를 하려던 참이었다. 무심코 집어 든 휴대전화에 윤기의 부고를 알리는 메시지가 떠 있었다. 발신 번호가 낯설었다. 메시지를 다시 살폈다. 내가 알고 있는 그 윤기가 틀림없었다. 그 순간 만년필이 떠올랐다. 윤기와 만년필 사이를 오락가락하는 사이 두 통의 전화가 걸려왔다. 다들 나처럼 윤기의 부고를 의심하고 있었다. 만년필 따위의 안위를 걱정하는 이는 없었다. 나는 윤기를 만나기 훨씬 더 전에 이미 그의 만년필을 만난 기분이 들었다.

윤기가 죽었다는 것보다 그가 암으로 죽었다는 사실에 더 아연

실색했다. 그렇게 숱하게 만나는 동안 한 번도 그런 이야기는커녕 그 비슷한 내색도 하지 않았다. 혈색이 좀 안 좋은 것만 빼면 병색을 의심할 만한 낌새를 전혀 챌 수 없었다. 목소리는 한결같이 걸걸했고 떡 벌어진 어깨며 풍채도 여전했다. 막창집을 찾아다니는 것도 변함없었다. 그동안 그의 잔에 들이부은 소주만 해도 얼마인가. 어쨌거나 그의 병세를 악화시키는 데 일조한 꼴이 돼버린 나로선 찜찜한 마음이 들지 않을 수 없었다. 더불어 그간 의아했던 그의 행적이 살아났다. 하지만 그게 그의 죽음과 어떤 연관이 있는지는 알아차릴 수 없을뿐더러 딱히 그래 보이지도 않았다. 환락의 열기가 채 가시지 않은 벌거벗은 몸으로 그의 부고를 맞은 게 어쩐지 좀 미안할 따름이었다. 나는 무엇에 쫓기듯 이불 속으로 도로 기어들었다. 능숙하게 아내의 품을 파고들었다. 만년필이 우리 주위를 빙빙 돌았다. 아내가 먼 우주를 날아온 운석처럼 느껴졌다.

윤기와 나는 대학 동기이면서 고등학교 선후배 사이였다. 그가 나보다 한 살 많았지만 재수를 하는 바람에 동기가 되었다. 우리는 고등학교 시절 이미 문예반에서 만난 적이 있었다. 그는 큰 덩치에 어울리지 않게 시를 읊고 다녔고 학교 대표로 나간 공모전에서 곧잘 상을 타왔다. 학과 공부도 잘한 그는 부모님의 뜻을 저버리지 못하고 이과를 지망했다. 한의학과에 입학했으나 도중하차하고, 이듬해 내가 있는 대학의 문예창작학과에 들어왔다. 우리는 틈만 나면 술을 마시고 인생과 문학을 논했다. 그는 재학 시절 등단해 작가가 되었다. 나는 그보다 한참 늦게 문단에 나왔다. 학교 들어간 것만 빼고 그는 모든 게 나보다 빠르거나 나았다. 술은 둘이 같이 마시는데 나는 항상 그의 뒤에 서 있었다. 언젠가부터 난 그의 뒤를 허덕허덕 쫓아가고 있었다. 간신히 따라잡았다 싶으면 한 달음에 껑충 달아났다. 등단도 그랬고 교수 임용도 그랬다. 은근히 샘이 났다. 그렇다고 그가 얄밉다거나 그런 건 아니었다. 그는 속이 깊어 상대방을 배려하고 위하는 데도 남달랐다. 영어 실력이 빼어났던 그는 재학 시절 틈틈이 번역 아르바이트를 했다. 그렇게 번 돈은 형편이 어려운 친구를 위해 썼다. 밥을 먹이고 책을 사주었다. 나는 내 입에 밥 밀어 넣기도 바쁜데, 그는 묵묵히 남의 밥을 챙겼다. 딱히 잘못을 하거나 허투루 살고 있는 것도 아닌데 난 모종의 죄의식에 시달렸다. 그만 아니라면 어느 모로 보나 난 그런대로 괜찮은 삶을 누리고 있는 축에 속했다. 옹졸한 마음에 일부러 그를 피하기도 했다. 이를 알 리 없는 그가 나를 그대로 내버려두지 않았다. 이쪽에서 잠잠하면 저쪽에서 두드렸고, 저쪽에서 조용하면 이쪽에서 기웃거리는 사이였다. 나는 어느 순간부터 그를 내 경쟁의 반열에서 슬며시 밀어버렸다. 엄밀히 따져 내가 자진해서 퇴장했다고 하는 편이 더 정확했다. 내가 아무리 깔짝거려도 허허 웃고 마는, 그는 사람 좋기로 정평이 나 있는 친구였다.

윤기의 재킷 주머니에는 늘 만년필이 꽂혀 있었다. 언제부터였는지 정확히는 알 수 없으나 문예부 시절에도 그의 수중에 항상 만년필이 있었다. 어쩌다 친구들이 필통에 굴러다니는 그것을 만질라치면 기겁을 해서 빼앗았다. 그렇다고 그것을 드러내놓고 자랑을 하지도 않았고, 자랑을 할 만한 고가의 것도 아니었다. 그런데도 그를 떠올리면 만년필이 따라오는 것을 봐서 아마 내 쪽에서 그것에 대해 어떤 심리적인 그 무엇이 작용했는지도 모른다. 그건 그가 만년필을 글을 쓰는 도구로 사용하지도 않으면서 무슨 부적처럼 지니고 다니는 것에 상응하는 거였다. 필기도구로서의 만년필 그 자체에 탐욕이 있었던 것은 분명 아니었다. 그의 만년필에 대한 나의 집착은 병적이었다. 그의 작품이 공모전에서 상을 받거나 수상작으로 거론이라도 될라치면 작품보다 먼저 만년필이 떠올랐다. 마치 부적처럼 지니고 있는 만년필의 영험한 기운을 입어서인 듯했다. 그게 아니고는 그의 작품이 뽑힐 이유가 없었다. 어느 모로 보나 내 것보다 못했다. 그 당시 나는 그까짓 만년필 한 자루쯤 살 여유가 없는 것도 아니었다. 애초부터 구입할 의사가 없었다. 그건 자존심 상하는 일이었고, 미리부터 그에게 지고 들어가는 처사였다. 그래도 난 그의 만년필을 떨쳐버릴 수 없었다.

한번은 술자리에서 "이런 거 꽂고 다닌다고 소설가 되냐?" 하며 그의 재킷 주머니에 꽂혀 있는 만년필을 낚아채 술집 벽에다 대고 낙서를 했다. 하필이면 '좆'을 썼다. 그는 야릇한 미소를 지으며 술잔을 입으로 가져갔다. 아무렇지도 않은 듯 보였다. 나는 그의 표정을 곁눈질로 훔쳐보며 낙서를 이어갔다. 벽에는 얇은 벽지가 발려 있어서 술술 미끄러지듯 글씨가 써졌다. 입속의 검은 좆. 그녀 좆통. 우리를 시험에 들게 하소서. 지금 생각해보면 유치하기 짝이 없지만, 그 당시 우리들에게는 삶의 윤활유 같은 것들을 나열해갔다. 겉으로는 웃고 있었으나 그의 얼굴은 점점 굳어졌다. 다들 내가 쓰는 낙서를 들여다보며 키득거렸다. 누구도 그의 표정 따위는 안중에 없었다. 오직 한 사람, 나는 낙서보다도 그의 표정을 더 살폈다. 아니, 즐겼다고 하는 편이 정확했다. 그의 얼굴이 일그러지고 어서 폭발하기만을 기다리며 장난을 이어갔다. 누구는 데모하다 억하고 죽고 누구는 소설이 안 써져서 열나게 그 짓 허구. 아 씨팔, 소설하고 그년하고 누가 더 섹시해? 당연 소설이 더 섹시하지. 처음 의도와 달리 낙서는 점점 이상한 쪽으로 흘러갔다. 구경하고 있던 동기들이 한마디씩 훈수를 두기 시작했고 나는 어느새 그것들을 받아 적고 있었다. 그날 벽 한 면을 다 메우고 만년필은 얌전히 그의 품으로 돌아갔다. 그는 끝내 폭발하지 않았고, 나는 사정을 바로 앞두고 절정에서 그만 내려오고 만 것 같은 기분이었다. 그 후 그런 장난은 두 번 다시 하지 않았다. 작가가 된 후에도 그의 재킷 주머니에는 여전히 만년필이 꽂혀 있었다. 가끔 자기 책을 사들고 오는 사람들에게 그것으로 사인을 해주곤 했다.

윤기는 꾸준한 작품 활동으로 문단에서도 제법 자리를 굳힌 터였다. 인간의 본성을 꿰뚫어 조탁하는 힘이 탁월하다는 평가를 받았다. 구축해온 것만큼이나 보상도 후해 단 하나의 상을 제외하고 이름값 꽤나 한다는 상은 모두 받았다. 그를 비껴간 단 하나의 그것은 현존하는 작가에게 주어지는 가장 권위 있는 상이었다. 상을 받을 때마다 몹시 부끄러워하며 한없이 자신을 낮추던 그도 그 상만큼은 욕심이 나긴 난 모양이었다. 아니면 모자라는 하나를 마저 채워 넣고 싶은 그의 철두철미한 성격 탓이었는지도 모르지만, 언젠가 술자리에서 그 비슷한 마음을 내비쳤다.

"이번 작품 말이야. 자네가 보기에 어때?"

그해 수상작은, 대중에게 인지도가 높은 젊은 작가가 자신의 체험담을 담은 작품이었다.

"글쎄. 그렇지 뭐."

"그렇지? 좀 아니지? 가도 너무 갔어."

내 반응을 기다렸다는 듯 말꼬리를 채갔다.

"너무 보이잖아. 짜고 치는 고스톱."

술판을 벌인 초입이라 그는 취하지도 않았다. 나는 그가 맨 정신에 그런 이야기하는 걸 본 적이 없었다. 그는 술에 취해도 점잖게 행동했고 더군다나 말실수 같은 걸 하지 않았다. 나는 일부러 호기심 반 장난 반 말을 마구 섞었다.

"가다니 뭐가?"

그는 대답 대신 술잔을 비웠다.

"그걸 진짜 몰라서 물어?"

그는 내 잔에 술을 따르며 한 손으로 허공에 엑스 자를 해 보였다.

"그 정도는 아닌 거 같은데."

내가 보기에도 그 작품이 그 상을 받을 만큼 탁월하지는 않았다. 그보다도 훨씬 좋은 작품들이 몇몇 있었다. 하지만 그런 일이야 늘 있었고, 그렇다 하더라도 그 작가에게 그 상을 준 것에 대해 그다지 거부감은 일지 않았다. 전작들이 워낙 많이 팔리기도 했고 문학적으로 공이 전혀 없는 바도 아니었다. 나름 업적을 쌓아온 노련한 작가였다. 나뿐만 아니라 다들 그 비슷한 분위기로 그해 수상작을 인정하는 분위기였다. 거기에는 문학상에 대한 일말의 불신도 한몫했다. 신인에게 주어지는 것을 제외하고 대부분의 상들을 바라보는 시선이 곱지만은 않았다. 올해는 아무개 차례라고 술자리에서 그 순서를 점치기도 했다. 나는 상과는 일찌감치 멀어진 터라 감히 그런 자리에 낄 엄두도 내지 못했다. 그것도 다 어느 정도 경륜에, 그만한 입지가 있는 사람들의 호사였다. 내가 보기에 문학판은 그들의 안방이었지 나 같은 객이 기웃거릴 데가 못 되었다. 한마디로 누가 상을 타고 안 타고의 일은 별 관심도 없었고 왈가왈부하고 싶지도 않았다. 그런 심사에 그의 말이 곱게 들어올 리 없었다. 너도 별수 없구나, 하는 심정으로 남의 떡에 침을 뱉고 싶어졌다.

"상이란 게 다 그렇지 뭐."

나도 모르게 하지 말아야 할 말을 내뱉고 말았다. 순간 어색한 침묵이 흘렀다. 아차 싶어 얼른 그의 안색을 살피며 궁색한 변명을 늘어놓았다.

"아니 전부 다 그런 건 아니지만, 전적으로 작품성만 보고 준다고는 할 수 없지. 물론 어느 정도 그게 된 후의 일이긴 하지만. 그게 알고 보면 다 그런 거잖아. 열을 내고 말 것도 없지."

변명을 한다고 하는 게 내 말은 점점 더 그의 심사를 틀어놓고 말았다. 그는 대꾸도 않고 술을 연거푸 마셨다. 얼굴이 점점 붉어졌다.

"작품성을 문제 삼자는 얘기가 아니야. 말이 나와서 그렇지 그만큼 써댔으면 발가락으로 써도 그림은 나오잖아. 자네도 거긴 동의하지?"

나는 마지못해 고개를 끄덕거리면서도 밸이 꼬였다. 아니, 그럼 상 못 받는 나 같은 놈은 그만큼 써대질 않아서 그렇단 말인가. 도대체 무슨 말을 하려고 저러나 싶어 꼬인 밸을 꾹 누르고 있었다.

"소설이 아니야. 수기라고. 반성만 있지 감동이 없어. 엄밀히 말해 소설이라고 할 수 없어."

무슨 대단한 일침을 놓을까 기대하고 있던 나는 그만 웃음을 터뜨리고 말았다. 그의 표정은 진지하다 못해 엄숙하기까지 했다. 한데 그의 입에서 나온 말은 의외였다. 나는 그가 장난을 한다고 생각했다.

"반성도 없는 소설보다야 그게 백번 낫지. 그리고 수기면 또 어때? 소설에 형식이 따로 있는 것도 아니고. 난 또 뭐 대단한 문제가 있다고. 그런 자네는 수기를 소설입네 하고 내놓은 적 없나?"

자전적인 소설을 거의 쓰지 않는 그였지만 소설을 쓰는 사람이라면 누구든 그런 경험이 있는 터라 나는 별 의미 없이 툭 던졌다. 그리고 그게 잘못된 게 아니라는 건 자명한 사실이었으므로 그의 터무니없는 주장에 쐐기를 박고 싶은 심사도 한몫했다. 그때였다. 꾹 다문 그의 입이 파르르 떨렸다. 뭔가 할 말이 있는 눈치였다. 나는 놀란 기색을 애써 감추고 그의 입만 뚫어져라 바라봤다. 경련이 이는 그의 입은 마치 벌레 같았다. 어렸을 적 누이와 하던 짓궂은 장난이 떠올랐다. 비 오고 나면 마당에 발 디딜 틈도 없이 지렁이가 바글댔다. 장난이 심했던 누이는 소금 독에서 어머니 몰래 소금을 한 바가지 퍼가지고 와선 지렁이 위에 휘휘 뿌렸다. 소금을 뒤집어쓴 지렁이는 바득거리다 잠잠해졌다. 파르르 경련이 이는 그의 입이 꼭 그 모양이었다. 굵은 소금을 뒤집어쓴 오래된 지렁이 한 마리가 꿈틀거리는 듯했다. 입은 끝내 열리지 않았고 얼굴은 점점 경직되더니 마침내 이마에 식은땀까지 솟았다. 그런 모습은 처음이었다. 나는 내가 무슨 실수를 했는지 끝내 알아차리지 못했다.

내가 서둘러 화제를 바꾸는 바람에 그 일은 그쯤에서 끝이 났다. 그의 작품이 수상작과 경합을 벌이다가 탈락한 것도 아니었는데, 그날 그는 몹시 비분강개했다. 내가 아니라 다른 사람한테 그런 말을 들었다면 틀림없이 더 격한 자리가 되었을 게 분명했다. 나는 그날 그의 다른 모습을 보았고 그에게 적잖이 실망했다. 물론 그도 나의 태도에 비위가 상했을 터였다. 그날 그의 재킷 주머니에 만년필이 꽂혀 있었는지 어땠는지는 확인할 수 없었다.

올해 윤기가 그 상 수상자로 결정되었다. 수상작은 지난해 발표한 단편으로 10년 전에 있었던 대구 지하철 참사를 소재로 한 작품이었다. 발표되었을 당시에도 주목과 찬사를 받았다. 문학계에선 그때 이미 수상을 점쳤다. 심사위원 만장일치로 극찬을 받으며 수상작으로 선정되었다. 그는 수상을 거부했다. 이유는 없었다. 굳이 말하자면 자신이 받기에 너무 과한 상이라고 했다. 권위 있는 상에 오점을 남겨 죄송하다는 말만 남겨둔 채 그는 자리에서 일어났다. 카메라는 당당하게 회견장을 빠져나가는 대가의 뒷모습을 오래 잡았다. 머리가 희끗희끗한 중견작가는 또 다른 영웅으로 비쳤다. 삽시간에 인터넷 인기 검색어에 그의 이름이 등장했다.

작품은 중병이 있는 한 남자가 사고 지하철을 탔다가 변을 당하는 내용이었다. 남자가 탈출하는 과정에서 자신의 다리를 부여 잡고 매달리는 한 여학생을 만나 갈등 속에 그 여학생을 뿌리치고 나오다가 다시 불길 속으로 되돌아가는 스토리를 중심으로 미묘 하게 얽혀 있는 두 사람의 심리를 탁월하게 파헤쳤다는 평을 들었 다. 그의 수상 거절을 두고 흉흉한 소문이 떠돌았다. 그때 가족을 잃었는데 제대로 된 보상을 받지 못한 것에 대한 무언의 항의라고 도 했고, 지인을 잃었는데 지켜주지 못한 책임을 통감하는 뜻에서 수상을 거부했다고도 했다. 심지어는 소설 속의 남자가 바로 그였 다는 터무니없는 말까지 나돌았다.

빈소에는 일찌감치 도착한 화환들이 늘어서 있었다. 아직 이른 시간이라 문상객은 그리 많지 않았다. 다연과 장성한 두 아들이 문 상객을 맞았다. 그녀는 학교 다닐 때부터 우리와 함께 몰려다녔다. 같은 학교 식품영양학과에 다니던 다연은 생전 처음 보는 음식들 을 싸 들고 와 우리의 음식에 대한 식견과 편견을 넓혀주고 깨주 는 데 열성이었다. 둘은 항상 붙어 다녔고 우린 그런 둘을 떼어놓 기 위해 짓궂은 장난도 마다하지 않았다. 다연은 화를 내는 대신 겨자를 잔뜩 넣은 만두로 우리에게 복수를 하곤 했다. 오랜만에 본 다연은 퉁퉁 불은 수제비 같았다. 정수리에 흰머리가 무더기로 보 였다. 다연은 나를 보자마자 눈물 바람을 하며 주저앉았다. 두 아 들이 주먹으로 눈물을 훔치며 그녀를 일으켜 세웠다. 국화꽃에 둘 러싸인 영정 속의 윤기가 희미한 웃음을 머금은 채 이를 내려다봤 다. 바로 나오기가 뭐해 다연이 안내하는 자리에 앉았다. 나는 무슨 말부터 해야 할지 몰라 앞에 놓인 음료수를 만지작거렸다. 절친한 친구가 암을 앓고 있었다는 것도 몰랐다는 사실이 미안하기도 하고 수치스럽기도 해 자초지종을 묻지도 못하고 눈치만 살폈다.

"상심이 많겠어."

오랜만에 본 다연에게 존대를 해야 하나 어쩌나, 어렵게 입을 뗐다. 맞은편에 앉아 눈물을 찍어대던 다연이 입을 열었다.

"준석 씨는 혹시 알고 있었어?"

"뭘?"

"암인 거."

나는 대답 대신 고개를 가로저었다.

"하긴 나도 몰랐으니."

"그게 무슨 소리야?"

"혼자서 이미 병원에 다녀왔더군. 아주 손쓸 수 없는 정도는 아니었어."

"그럼, 치료를 거부했단 말이야?"

다연은 터져 나오는 울음을 삼키느라 어깨를 들먹거렸다.

"이런, 몹쓸 사람 같으니라고. 다연 씨, 저런 나쁜 놈은 빨리 잊어버려. 세상에 이런 경우가 있나."

이상한 안도감에 목소리가 필요 이상으로 크게 터져 나왔다. 나만 모르고 있었던 게 아니었다. 면죄받는 기분이었다.

"정 떼려고 그랬는지 얼마나 냉랭하게 대했는지 몰라. 그래도 그렇지."

다연은 울먹이느라 말을 잇지 못했다. 나는 어찌할 바를 몰라 한

숨만 내쉬었다. 윤기에 대한 연민이나 슬픔보다는 다연까지 속이고 서둘러 떠난 그가 매정하게 느껴졌다. 분노마저 들었다. 더 앉아 있다가는 무슨 실수를 할까 싶어 자리를 털고 일어나려던 참이었다. 울먹이던 다연이 쥐고 있던 손수건으로 팽 하고 코를 눌러 풀고 나서 나를 건너다봤다. 퉁퉁 부은 눈가가 붉었다.

"혹시 짚이는 거 없어?"

"뭐가?"

다연이 잠시 침묵하고 나서 입을 열었다.

"그이를 죽음으로 몬 거."

나는 그 순간 내 귀를 의심했다. 암이라고 명백한 사인이 있는데, 이 무슨 말인가.

"그이는 스스로 목숨을 버렸어. 암이 원인이 아니야. 그 전에 무슨 일이 있었던 게 분명해. 병이 들기 전에 이미 죽어가고 있었거든."

다연의 목소리는 방금까지 울먹이던 것과는 다르게 야무지고 옹골찼다. 확신에 찬 목소리였다.

"그게 무슨 말이야?"

"혹시 그런 낌새 못 챘어?"

"글쎄. 모르겠는데."

무슨 이야기를 하는 건지 도통 감을 잡을 수 없었다.

"다른 사람은 몰라도 준석 씨는 알 거 같았는데."

다연은 내가 고개를 갸웃거리자 다소 실망한 듯한 표정으로 말을 잇지 못했다. 어안이 벙벙해진 나는 무심히 다연을 건너다봤다.

그때 누군가가 우리가 앉아 있는 자리로 다가왔고, 기척을 느끼고 힐끗 올려다본 다연이 벌떡 일어났다. 두 사람이 끌어안고 통곡하는 사이 나는 장례식장을 빠져나왔다. 운전을 하면서도, 집에 돌아와서도 일이 손에 잡히지 않았다. 윤기를 죽음으로 몰아간 게 암이 아니라니. 스스로 목숨을 버렸다고 힘주어 말하던 다연의 생생한 눈빛이 뇌리에서 사라지지 않았다. 무엇보다 내게 잔뜩 기대를 걸고, 벼르던 이야기를 어렵게 꺼낸 다연에게 실망을 안겨주었다는 자책 아닌 자책이 나를 괴롭혔다. 그래서였을까. 시간이 지날수록 나는 점점 그녀의 말에 동조하다 끝내는 기정사실화하기에 이르렀다. 그리고 그 원인을 밝히는 게 윤기가 내게 마지막으로 주고 간 숙제라도 되는 듯 거기에 골몰했다. 아무리 생각해도 짐작 가는 데가 없었다. 꼬투리조차 찾지 못했다. 숙제를 하지 못한 미안한 마음이 빚처럼 쌓여갔다. 한참이 지나서야 그날 다연에게 만년필에 대해 물어보지 않았음을 깨달았다.

사십구재를 치르고 두 달 정도 지났을까. 다연에게 전화가 왔다. 유작 출간과 관련해 의논할 게 있다고 했다. 출판사에서는 서로 먼저 윤기의 유작을 차지하려고 벌써부터 물밑 전쟁이 한창이었다. 그와 절친했다는 이유로 내게도 적지 않은 로비가 들어왔다. 나는 아직 흙도 마르지 않았는데, 유작이라는 타이틀로 너무 쉽게 그를 떠나보내는 게 내키지 않았다. 그보다 죽음을 앞세워 장사를 하려드는 이 바닥의 천박한 생리가 거슬렸다. 몇 군데 들어온 섭외를 마다하고 있던 참인데 다연 입에서 먼저 유작 어쩌고 하는 말이 나오자 기분이 개떡 같아졌다. 장례식장에서 확신에 차 이야기하던 그녀의 모습이 낯설게 살아났다. 난 여전히 숙제에 골몰해 있었다. 불편한 심기로 만남의 장소에 나갔다. 그새 다연은 몰라보게 야위었고 입가에 주름도 더 깊어졌다. 그녀는 미리 와 위스키 한 잔을 비우고 있었다. 자리에 앉자마자 내게 유에스비 하나를 건네주었다.

"미발표된 것들이야. 난 들여다봐도 모를 것 같아서 가져왔어."

다연은 아직도 윤기가 암으로 죽었다는 데 동의하고 있지 않았다. 전화상으로 떠들었던 유작 출간 이야기는 핑계에 불과했다.

"바쁜데 자꾸 귀찮게 하는 것 같아서."

그녀는 나처럼 유작 출간에는 관심이 없었다. 절친했던 친구와의 우정 때문인지, 내 앞에 처연히 앉아 있는 다연에 대한 연민 때문인지 나는 알 듯 모르는 기묘한 기분에 휩싸인 채 그녀의 말에 귀를 기울였다.

"지금 생각해보니까 그이가 이상해진 건 그때 이후였어."

"그때라니?"

"꼭 10년 전이네. 대구에 갔다가 그 사고를 당한 뒤부터였어."

"사고?"

"있잖아. 대구 지하철에 불나서……."

다연이 얼굴을 찡그리며 말을 잇지 못했다.

"대구 지하철 참사?"

"응. 그때 이후 이상해진 거 같아."

"윤기가 그때 거기 있었어?"

"몰랐어? 하긴 나한테도 입단속을 단단히 시켰으니까. 대구의
대 자만 꺼내도 화를 벌컥 냈으니."

처음 듣는 사실이었다. 내 기억이 맞는다면, 그는 분명히 그날
늦은 저녁 무교동 낙지 골목에서 나와 함께 소주잔을 기울이고 있
었다. 점심도 부실하게 먹은 나는 공깃밥을 시켜 시뻘건 낙지볶음
에 비벼 입 한가득 밀어 넣었다. 그는 밥 생각이 없다며 술잔을 비
우는 간간이 계란탕을 떠먹는 시늉만 할 뿐 낙지볶음에는 손도 대
지 않았다. 그는 거의 말을 하지 않았으며 내가 떠드는 소리에 가
끔 고개를 끄덕이는 정도였다. 본래가 말이 많은 친구가 아니어서
우리 둘의 술자리는 언제고 그런 모양이었다. 그러다가 취기가 더
오르면 눈을 감은 채 고개를 끄덕이다가 종내는 아무 곳에 엎드려
잠이 들었다. 그날 그는 평소보다 빠른 속도로 술잔을 비웠다. 술
이 아니라 시간을 잡아먹고 있는 것처럼 보였다. 말끔한 차림이었
는데도 씨름판에서 한바탕 뒹굴고 온 사람처럼 몹시 피곤해 보였
다. 우리는 일찍 술판을 접고 일어났다.

"무교동에서 술 먹었는데?"

"미쳤군! 그러니까 암에 걸렸지."

다연이 기가 차다는 듯 말을 잇지 못했다. 그날 다연은 친정에
제사가 있어 이튿날에야 집에 돌아왔다고 했다.

"그 친구가 정말 거기에 있었어?"

다연의 말에 의하면 그는 그날 대구의 한 대학에서 특강을 하기
로 되어 있었다. 새벽같이 케이티엑스를 타고 대구로 향했다. 동대
구역에서 지하철을 탔다. 중앙로역 다음인 반월당역에서 2호선으

로 갈아탈 예정이었다. 열차가 중앙로역에 들어섰다. 승강장이 연기로 뿌옜다. 정차한 열차에 탄내와 함께 연기가 스며들기 시작했다. 열차가 곧 출발한다는 안내 방송이 흘러나왔다. 불길한 예감이 들었다. 주변을 둘러보았다. 사람들은 별 동요 없이 앉아 있거나 서 있었다. 탄내는 점점 더 심해졌고 연기는 자욱하게 객차를 채웠다. 이상을 감지한 사람들이 웅성대기 시작했다. 문은 열리지 않았다. 그때 인부로 보이는 한 남자가 메고 있던 가방에서 망치 비슷한 연장을 꺼내 창문을 깼다. 사람 하나가 간신히 빠져나갈 구멍이 생겼다. 구멍으로 뜨거운 기운이 훅 끼쳤다. 사람들이 몰려왔다. 천천히. 천천히. 어린애와 여자부터. 창문을 깬 인부가 소리치며 사람들을 밖으로 밀어냈다. 우왕좌왕하던 사람들이 차례대로 빠져나갔다. 그도 인부의 도움으로 그곳을 탈출했다. 열차는 이미 화마에 휩싸여 있었고 검은 연기가 승강장을 꽉 메웠다. 다행히 그는 별 탈 없이 역을 빠져나왔다. 대기하고 있던 앰뷸런스를 타고 인근 병원에 가서 간단한 응급조치를 받은 후 바로 서울로 올라왔다.

"그러고 나를 만난 거야? 진짜 미친놈이군!"

"뉴스 보고 전화했더니 사우나에 있더라고. 탄내가 많이 뱄나봐. 옷까지 새로 싹 사 입었더라고. 그러고 왔으니 난 정말 괜찮은 줄 알았지. 이 얘기도 한참 있다 들었어."

나는 오랫동안 맞추지 못한 퍼즐 조각을 제자리에 쏙 밀어 넣는 기분이었다. 평소 그답지 않게 지나치게 말쑥했던 그날 그의 모습이 떠올랐다. 기침을 자주 해 감기에 걸렸느냐고 물었던 것도 같았다. 그래도 여전히 맞추지 못한 퍼즐 조각이 남았다. 그날 약속은 아주 사소한 거였다. 엄청난 일을 당한 그가 굳이 그렇게까지 나오지 않아도 되는 자리였다. 그 사고가 아니었더라도 대구까지 갔다가 만나러 나올 정도로 깍듯한 예를 필요로 하는 사이도 아니었다. 게다가 그는 불과 몇 시간 전에 일어났던 일에 대해 그날 내게 단 한 마디도 내색하지 않았다. 돌이켜보면 이상한 점이 한둘이 아니었다. 유난히 빠르게 비우던 술잔이며 묻는 말에 멍하게 대응하던 눈빛과 누군가를 찾는 듯 주변을 자주 두리번거리던 일, 그리고 이를 소재로 한 그의 작품과 수상 거절까지. 무엇이 나를 흥분되게 하는지도 모른 채 나는 절대적인 어떤 기대감 속으로 빠져들었다. 그것은 수상한 설렘이었다.

"그 일 이후 사람이 달라졌어. 말수가 부쩍 줄고 잘 웃지도 않고 사람을 피하고. 심지어는 저녁 식사도 혼자 할 때가 종종 있었어. 그때 받은 충격이 커서 그런가 보다 했지. 그 증세는 갈수록 심해졌어."

"그럴 만한 이유가 없을 텐데?"

"그걸 알고 싶어서."

다연은 잠시 침묵했다.

"배신감 때문이야. 평생을 허수아비하고 살아온 것 같아. 마치 나 몰래 차린 딴살림을, 그 사람이 죽고 나서야 이 두 눈으로 똑똑히 목격하는 기분이거든. 이걸 극복하는 방법은 그걸 부정하는 길밖에 없잖아."

나는 그녀가 좀 더 구체적이고 신빙성 있는 물증을 내놓기를 기대했다.

"그 사람 확실히 변했어. 이런 얘기까지 해야 하나 싶은데……. 이불 속에서 어쩌다가 내 살이 닿을라치면 기겁을 하고 몸을 사렸어. 얼마나 끔찍하고 수치스러웠냐 하면…… 마치 더러운 똥물이라도 튄 것처럼……. 그이 몸을 이루는 세포 하나하나가 일시에 긴장해서 온몸의 털이 쭈뼛쭈뼛 다 일어서는 것 같았어. 꼭 공벌레 같았어. 왜 있잖아. 살짝 건드리기만 해도 공처럼 오그라드는 벌레 말이야. 거대한 공벌레하고 사는 거 같았거든. 그래도 거기까진 견딜 만했어. 그 공벌레가 점점 고슴도치로 변하는 거야. 몸 여기저기서 여린 가시가 하나둘 돋더니 이내 바늘처럼 단단하게 여물었어. 음…… 난 고슴도치가 되기로 했지. 그 가시 속으로 섞여 들려면 나도 가시가 되는 수밖에 없잖아. 후후. 그런데 다 부질없는 짓이었어. 그 사람의 가시는 어찌나 촘촘하고 첨예한지 내 가시가 섞여 들 수도, 닿을 수도 없더라고. 아마 우리가 살아온 날이 그보다 더 촘촘하고 첨예하진 않았을 거야. 처음에는 자존심도 상하고 분하기도 해 따지고 악을 썼지. 도대체 내가 뭘 잘못했냐고. 그런데 뭐랬는지 알아? 그냥 자기를 좀 내버려두면 안 되겠냐며 되레 사정을 하는 거야. 기가 막혀서. 더는 화를 못 내겠더라고. 자연히 나도 입을 다물게 되고. 그렇게 점점 멀어지다가 결국 각방을 쓰게 됐어."

긴 말끝에 다연이 발갛게 상기된 얼굴로 한숨을 몰아쉬었다. 위스키를 벌써 석 잔째 비우고 있었다. 나는 뜻하지 않은 다연의 고백에 당황은커녕 재미까지 느끼고 있었다. 그녀가 하던 말을 어서 이어주기를 은근히 고대했다.

"참 준석 씨 앞에서 별 얘기 다 한다. 알잖아. 우리 사이가 얼마나 유별났는지. 병이 그리 깊지 않았을 때이지 싶어. 물론 난 까마득히 모르고 있었지만. 그러니까 각방을 쓴 지 꽤 됐을 적이야. 어느 날 우연히 그이 방을 엿봤어. 저물녘 베란다에서 걷은 빨래를 품에 하나 가득 안고 그 사람 방문 앞을 지나치려는데 기분이 이상했어. 아무 소리도, 기척도 나지 않았는데 방문 저 안쪽이 궁금한 거야. 가만히 문을 밀었지. 문틈이 생겼어. 그이 뒷모습이 보였어. 바닥까지 흘러내린 추리닝 바지와 살집이 빠진 앙상한 다리, 그리고 출렁이던 셔츠 뒷자락. 나는 그이가 울면서 그 짓을 하고 있다는 걸 알 수 있었어. 그 선하고 큰 눈망울에 눈물이 그렁그렁 고였다는 걸 그 출렁이는 뒷모습만 봐도 짐작할 수 있었지. 출렁이는 그 셔츠 뒷자락에서 가시가 다 빠져나간 짐승의 냄새가 났어. 달려들어 그 뒷자락을 와락 움켜쥐고 싶었어. 가만히 문을 닫고 그 방을 등지고 앉아 빨래를 개기 시작했어. 그이가 즐겨 입는 푸른 셔츠의 주름을 손바닥으로 펴가며 네 귀퉁이를 맞추어 접었어. 저녁을 진즉에 먹지 않은 걸 후회하며 말이야."

둥둥 북소리가 울렸다. 다연은 말을 하는 게 아니라 북을 치고 있었다. 자신의 키를 훌쩍 넘는 아름드리 팽팽히 당겨진, 모진 시간에 길들어 더 이상 갈라지고 터지지 않는, 둥글고 환한 북의 심장을 둥둥 두드렸다. 나는 북소리의 여운이 사라질 때까지 송장처럼 앉아 있었다.

"준석 씨도 그이가 죽을힘을 다해 밀어내려고 한 게 나라고 생각해?"

갑작스러운 질문에 나는 말문이 막혔다. 내가 머뭇거리는 새에 그녀가 말을 이었다.

"그이가 마지막 숨을 쉴 때까진 그렇게 철석같이 믿었어. 그런데 그 빈자리를 보는 순간 이건 인재가 아니라 천재지변이었구나 하는 확신이 드는 거야. 그러니까 그 사람으로서도 도저히 어찌해볼 수 없는, 불가항력적인 그 무엇이었다는 거지. 사람이 참 간사해. 어떻게 해서든 자기한테 유리한 쪽으로 몰아가니."

"그래서 그 무엇이 알고 싶은 거네?"

"준석 씨라면 뭔가 짚이는 데가 있을 거 같았어."

말을 마친 그녀가 위스키를 마셨다. 급속도로 피로가 몰려왔다. 나는 한 손으로 목덜미를 지그시 눌렀다. 북소리는 여운마저 사라지고 없었다. 그날도 만년필에 대해 묻지 못했다.

집으로 돌아온 나는 다연이 건네준 유에스비를 노트북에 꽂고 창을 띄웠다. 미발표된 원고는 중편 한 편, 단편 세 편, 쓰다 만 것 다섯 편이었다. 일기 형식의 산문이 여러 편 있었고, 작품을 수정하는 데 써먹었을 법한 토막글이 여럿 보였다. 이를테면 작품 중 어떤 장면을 여러 갈래로 다르게 써놓고는 그중에 하나를 선택해서 작품으로 발표하고 나머지를 지우지 않고 그대로 둔 경우였다. 다 똑같군. 빙그레 미소가 샜다. 나도 이런 수법을 곧잘 썼다. 선택되지 못한 그 나머지를 버리지 않고 쌓아두는 버릇도 같았다. 죽은 친구가 살아온 듯 반갑고 설렜다. 그와 소주잔을 마주하고 앉은 듯했다. 밤이 깊은 줄도 모르고 작품을 하나하나 읽어갔다. 대부분 처음 보는 내용들인데 그중에 선명하게 떠오르는 낯익은 대목의 글이 보였다. 지난해 발표하고 올봄에 수상작으로 선정되었지만 그가 수상을 거부해서 더 유명해진 작품의 한 대목이었다. 아마도 채택되지 못한 그것의 또 다른 버전인 듯싶었다. 원래 정사보다 야사가 더 흥미진진한 법. 나는 침을 꿀꺽 삼키고 호기심 어린 눈으로 글을 읽기 시작했다.

객차를 빠져나온 나는 사람들이 쏠리는 방향으로 휩쓸려갔다. 어디서 그렇게 많은 사람들이 쏟아져 나왔는지 그건 덩어리였다. 사람들은 저마다 입과 코를 틀어막고 하나의 거대한 덩어리가 되어 움직였다. 덩어리에서 떨어져 나가는 순간 모든 건 정지된다는 슬로건이라도 걸고 있듯이 다들 일사불란하게 덩어리에 합류했다. 나도 재빠르게 그 덩어리 속으로 파고들었다. 연기 때문에 앞이 잘 보이지 않았다. 발을 밟히고 정강이를 걷어챘다. 나 또한 누군가의 발을 밟고 정강이를 걷어챘다. 발소리 속에 흐느낌이 섞였다. 덩어리는 두 개의 계단을 지나 또 다른 계단으로 향했다. 승강장 천장까지 가득 들어찬 검은 연기가 역류해서 사방으로 흩어졌다. 숨이 막혔다. 눈이 따갑고 살갗이 타들어가듯 뜨거운 열기가 느껴졌다. 눈에서 눈물이 흘렀다. 덩어리가 출렁출렁 요동쳤다. 여기저기서 탄식과 비명이 새 나왔다. 스멀스멀 덩어리가 부서지고 있었다. 누군가의 고통스러운 외침이 이어지다가 잦아들었다. 잠깐만. 사람이 깔렸어. 야, 이 개새끼야. 어딜 밟고 가. 여보, 괜찮아? 이봐, 정신 차리라고. 나는 겉옷을 벗어 입과 코를 틀어막았다. 이제 덩어리는 완전히 박살 났다. 뿔

뿔이 흩어진 사람들이 필사적으로 계단을 올라갔다. 다리에 힘이 풀렸다. 아무 생각도 나지 않았다. 살아야 한다. 여길 빠져나가야 한다. 오로지 그 한 문장만 머릿속에 맴돌았다. 내 생애를 통틀어 이렇게 다급하고 절실한 적이 없었다. 아내와 아이들의 얼굴이 지나갔다. 뜨겁고 매캐한 기운이 등짝을 훅 훑었다. 발이 떨어지지 않았다. 이를 악물고 한 발 한 발 나아갔다. 조금만 더. 조금만 더. 몸이 아니라 껍데기가 걷고 있는 것 같았다. 나는 쓰러지기 일보 직전이었다. 그때였다. 오른발이 떨어지지 않았다. 아무리 애를 써도 꿈쩍도 하지 않았다. 올가미에 걸린 듯 견고하고 단단한 악력이 느껴졌다. 뒤를 돌아봤다. 강유미. 교복 이름표가 눈에 들어왔다. 내가 서 있는 곳보다 두 칸 정도 아래서 여고생이 내 오른 발목을 움켜쥐고 있었다. 여고생과 눈이 마주쳤다. 이미 지칠 대로 지친 눈은 두려움으로 가득했다. 살려주세요. 눈빛이 말했다. 나는 돌아 내려가 여고생을 부축했다. 여고생은 젖은 낙엽처럼 내게 들러붙었다. 그 무게는 젖은 소금 가마니였다. 도저히 발을 뗄 수 없었다. 게다가 물귀신처럼 물고 늘어지는 탓에 꿈쩍도 할 수 없었다. 검은 연기가 무서운 기세로 몰려왔다. 점점 의식이 희미해졌다. 나는 여고생을 품에서 떼어놓고 재빨리 돌아섰다. 채 한 걸음도 옮겨놓기 전에 여고생이 바지자락을 움켜쥐고 놓아주지 않았다. 잡힌 다리를 힘껏 내둘렀다. 그러면 그럴수록 악력이 세졌다. 그 순간 이상한 오기가 발동했다. 살아서 나가느냐, 그렇지 못하느냐는 순전히 저 애의 손아귀에서 빠져나가느냐, 마느냐에 달렸다. 여고생의 안위는 아예 의식 밖이었다. 아니, 애초부터 그런 게 존재하지도 않은 듯 그건 너무나 당연한 것처럼 생각되었다. 저 애를 데리고 가는 것은 죽음을 자초하는 일이야. 둘이 죽느니 하나라도 살아야지. 희미한 내 의식은 오로지 거기에 매달렸다. 나는 어떻게 하면 남의 눈에 띄지 않고 저 악력을 물리칠까 고민했다. 언젠가 본 영화의 한 장면이 떠올랐다. 코트 안쪽 호주머니에 꽂혀 있는 만년필을 꺼내 움켜쥐었다. 뒤돌아서서 만년필을 치켜들었다. 여고생의 손등을 힘껏 내리쩍었다. 짧은 비명이 들리는 듯했다. 여고생은 더 악착같이 내 바지를 움켜쥐었다. 나는 다시 손을 치켜들고 내리꽂았다. 연달아 미친 듯이 내리쳤다. 바지 자락을 움켜쥔 손이 차츰 풀리더니 여고생 몸이 맥없이 뒤로 젖혀졌다. 그리고 계단 아래로 구르기 시작했다. 나는 연기 속에 만년필을 던지고 앞으로 나갔다. 계단을 한꺼번에 두세 개씩 성큼성큼 올라 그곳을 빠져나왔다.

지하 2층 계단에서 숨진 채 발견된 여고생 강유미 양은 함께 사는 할머니 병간호를 하고 뒤늦게 등교하다가 변을 당한 것으로 알려졌습니다. 정비공 오지호 씨도 부모님이 입원해 있는 병원에서 밤을 새우고 사고 열차에 탑승한 것으로 알려졌습니다.

아내는 아예 눈물 바람이었다. 나는 밥숟가락을 놓고 일어났다. 아내가 저 속에서 살아 돌아온 나 때문에 우는 건지, 아니면 텔레비전 속 사연 때문에 우는 건지 궁금했다.


글을 다 읽고도 한동안 멍하니 앉아 있었다. 비로소 마지막 퍼즐 조각 하나를 끼워 넣었다. 다연은 이것을 읽었을까. 읽었다면, 그러고도 알아차리지 못했다면 진정 허수아비처럼 살았다. 휴대전화

를 집어 들었다. 윤기가 죽을힘을 다해 밀어내려고 한 건 네가 아
니야, 라고 말해준 다음…… 뭐라 하지.

# 소년 7의 고백

안보윤

안보윤

1981년 인천에서 태어났다. 2005년 장편소설 《악어떼가 나왔다》로 제10회 문학동네작가상을 수상했다. 2009년 장편소설 《오즈의 닥터》로 제1회 자음과모음문학상을 수상했다. 소설집 《비교적 안녕한 당신의 하루》, 장편소설 《사소한 문제들》, 《우선 멈춤》, 《모르는 척》이 있다.

**2010·08·18·18:31:09**

……모르겠어요. 이젠 정말 아무것도 모르겠어요. 제가 그날, 거기 있었던 게 맞나요? 동네 애들이 빠짐없이 모두, 303동 옥상에 모여 있었어요? 제 손이…… 우리 발이 정말로 그렇게 움직였나요, 미주 누나를 우리가…… 형사님, 딱 한 번만 솔직하게 얘기해 주세요. 이제 조서도 다 썼고 카메라도 껐잖아요. 그러니까 말해 주세요. 우리가 정말, 구제불능의, 파렴치한 성폭행범이 맞는 건가요?

*

**2010·08·17·21:08:54**

3층까지 다 아저씨네가 쓰는 거예요? 경찰서라는 거 되게 크구

나. 여기 문들도 다 방인가 봐요. 조사1실, 조사2실…… 우리 학교 과학실 복도도 이렇게 생겼는데. 복도에 실습실1, 실습실2, 팻말만 쫙 붙어 있어요. 근데 거기 실습실은 잠가놓고 아무도 안 써요. 과학 수업 시간에 화학 실험도 안 하고 해부도 안 하고 우린 맨날 비디오만 봐요. 선생님은 그냥 다, 외우면 된대요. 직접 안 해봐도 알려준 대로 외우기만 하면 100점이라고. 근데요 아저씨, 나 여기 왜 온 거예요? 아저씨가 곰곰이 생각해보라고 했잖아요, 그래서 오는 동안 열라 곰곰이 생각해봤는데 모르겠어요. 잘못한 것도 아무것도 없거든요, 백차도 처음 타봤고.

아, 잡아당기지 마요, 안 그래도 팔 저려 죽겠는데. 수갑은, 나 수갑은 왜 찼어요? 경찰서 올 때 원래 수갑 차고 오는 거예요? 한밤중에 아저씨들이 집으로 들이닥쳐서 막 팔 꺾고 벽에 얼굴 처박고 막, 그렇게 끌고 오는 거 맞아요? 이쪽 어깨 빠진 거 같아요, 얼굴도 화끈거리고. 내 턱 까졌어요? 피 나요? 아우 씨, 진짜 아픈데. 영화에서나 그렇게 하는 줄 알았는데 졸라 리얼하데요. 동영상 찍어서 인터넷에 올렸음 대박이었을 텐데 아깝다. 테러범 진압하는 동영상 본 적 있는데, 뭐였더라, 무슨 은행인가 쇼핑몰인가에서 몸에 폭탄 두르고 나대는 복면 때려잡는 장면이 딱 그랬어요. 나는 뭐 폭탄은커녕 빤쓰만 입고 있었는데 졸라 억울하게 처맞고. 아저씨, 근데 이거 누구 옷이에요? 냄새나요. 여기로 들어가요? 아씨, 여기도 냄새나네. 페브리즈 같은 거 없어요? 냄새싹싹 뭐 그런. ……아저씨 졸라 과묵하시네요. 난 씨발, 불안해 미치겠는데.

우리 할머니 불러주세요. 밖에 없어요? 아까 막 소리 지르면서 따라오는 거 같았는데. 우리 할머니 목소린 딱 들으면 알아요, 벙어리라서 식도발성인가 뭐 그런 거 하거든요. 담배를 하도 피워서 목 어디를 잘라냈다는데 목소리 완전 깨요. 백 명이 동시에 트림하는 소리랑 똑같아요. 승호는 물개가 껑껑 대는 소리라던데, 병신, 지가 물개를 언제 봤다고. 암튼 우리 할머니 불러줘요. 아직 집에 있음 전화라도 해주세요, 내 옷 좀 갖다 달라고. 이거 냄새나서 못 입겠어요, 디자인도 졸라 구리고. 아 진짜, 여긴 뭐 꼴랑 책상 하나랑 의자밖에 없는데 냄새가 이렇게 난대요, 누가 똥 쌌나.

……몰라요. 여기 왜 왔는지 내가 어떻게 알아요. 그래서 아까부터 물어봤잖아요, 왜 잡혀왔느냐고. 아저씨가 졸라 씹었지만.

……이상하네. 암만해도 이건 아닌 거 같은데. 있잖아요, 저번에 경훈이 형이 오토바이 쌔비다 걸렸을 땐 안 이랬거든요. 그 형은 진짜 나쁜 짓한 건데도 형사 아저씨들이 팔만 잡고 갔거든요. 정강이 까고 수갑 채워서 막 개새끼처럼 질질 끌고 가진 않았거든요. 생각할수록 억울하네 씨발.

아, 됐어요. 뭐요. 욕 안 했어요. 아파서 그래요. 어깨도 아프고 얼굴도 아프고 손목도 아프고. 다 왔는데 수갑 안 풀어줘요? 조사실 들어왔잖아요. 어, 이 방 팻말은 빈 딱지네. 취조? 취조준비실? 그게 뭔데요? ……뭔 소린지 모르겠어요. 됐고, 일단 수갑부터 풀어줘요. 기분 졸라 더러워요. ……내가 뭘 어쨌길래요? 뭐라뇨, 아저씨가 방금 그랬잖아요, 여긴 죄지은 놈들 빨가벗기는 데라고. 죄지은 것도 없는데 그럼 난 왜 데려왔어요? 뭘 발뺌을 해요, 암것도 한 게 없다니까.

2010-08-17-21:48:29

……박성재. 열네 살이요. 주민 번호는 몰라요. 그 긴 걸 뭐하러 외워요. 할머니 건 아는데 그거 부를까요? 〈방과 후 전쟁활동〉 보려고 성인 인증할 때 외워놨어요. 졸라 재밌는 웹툰인데 것도 몰라요. 아깐 나에 대해 다 안다면서요. 내가 누는 오줌 색깔까지 다 안다고 졸라 이빨 까더니. 내가 뭘 졸라밖에 안 해요. 존나, 조올라, 열라, 쩔어, 다 할 줄 아는데.

수원중학교 1학년 7반 26번. 친구야 당연히 있죠. 제일 친한 친구는, 김기열이요. 또 누가 있느냐면, 고승호랑 주교창이랑 그렇게요. 교창이는 한 살 어린데 그냥 친해요. 다 같은 아파트 살거든요. 우리 동네 개후져서 아무도 이사 안 와요. 아파트도 지은 지 백 년은 된 것 같은 임대고. 딴 동네 가면 그지새끼라고 놀려서 우린 우리끼리만 놀아요. 뭐 하고 노느냐면, 인원 모이면 축구 하거나 돈 생기면 피시방 가서 게임 하거나 싸움하거나. 싸움요? 딴 동네 애들하고 하죠. 걔네가 자꾸 놀리거든요. 우리 동네 애들 잡아다 패기도 하고. 그럼 우리도 가만 안 둬요, 형들이랑 쫓아가서 몰빵 놓고 튀지. 아파트라고 해봤자 콧구멍만 해서 애들끼린 서로 다 알아요. 누가 몇 동 사는지, 어느 학교 다니는지, 몇 살인지.

몰라요. ……냄새난대요, 우리 아파트. 다들 졸라 가난하고 노인네들 졸라 많으니 냄새도 나겠죠. 여름 되면 무슨 빨래도 아니고 계단이랑 놀이터에 노인네들만 쫙 널려 있는데 완전 좀비 군단이 따로 없어요. 영화 찍으면 분장할 필요도 없을걸요. 해골만 남아서 누런 이가 턱까지 내려와 있고, 막 배꼽까지 다 보이게 늘어난 러

닝 하나 덜렁 입고 돌아다니고. 짜장면 그릇에 씌운 랩 젓가락으로 뜯으면 쭈글쭈글 밀리잖아요. 살가죽 밀린 꼬라지가 딱 그거예요. 속옷도 안 입고 아무 데나 퍼질러 앉아 침 흘리고 담배 피우고 가래 뱉고. 아 씨, 생각만 해도 쏠리네. 아저씨, 왜 사람은 늙으면 그렇게 구질구질해져요? 곰팡이 난 것처럼 얼굴도 시커멓고 얼룩덜룩, 입 냄새 졸라 나서 옆에 가기도 싫어요. 예? 우리 할머닌 안 그래요. 가래도 안 뱉고 속옷도 다 입고 다니고 입 냄새도 안 나요. 다른 집은 기초수급비 나오면 그걸로 한 달 뭉개는데 우리 할머니는 공공근로도 나가고 폐지도 주워요. 저번에 시민공원 잡초 뽑아 받은 돈으로 내 아디다스 운동화도 사다 주고 그랬어요. 완전 간지 나는 걸로. 에이 씨, 아저씨 때문에 집에서 쓰레빠 끌고 왔잖아요, 이거 화장실 쓰레빤데. ……우리 할머니 진짜 밖에 없어요? 저 데리러 안 온대요?

동네 애들요? ……다 비슷한데. 사는 것도 하고 다니는 것도 다 비슷해요. 우리도 늙으면 그 노인네들처럼 아파트 앞에 널려 있겠죠 뭐, 미역처럼. 특별히 떠오르는 거? 없는데요. 이상한 사람…… 그건 모르겠어요. 어떻게 보면 다 이상하고 어떻게 보면 다 정상이고. 아 씨, 왜 때려요. 저 장난하는 거 아니에요. 솔까 다 똑같단 말예요. ……아무거나요? 그냥 아무거나 말하면 되는 거예요? 그럼 집에 보내주는 거죠?

성격, 음, 애들 성격은 그냥 다, 착해요. 거짓말 아니라 진짜 착해요. 기열이는 할아버지랑 아빠랑 셋이 사는데요. 걔네 할아버지가 되게 이상한 병에 걸렸거든요. 살인가 근육인가가 저절로 흐물흐

물해지는 병이래요. 제대로 못 걷고 픽픽 넘어져서 병원에 간 거였는데, 첨엔 머리가 이상한 거라고 하더니 졸라 비싼 검사 받고 나니까 병 이름 알려주더래요. 계속 몸이 녹아서 마지막엔 순두부처럼 될 거라고. 제가 보기엔 지금도 그래요. 혼자 몸 뒤집는 것도 못해서 방에 누워만 있거든요. 기열이가 밥도 먹이고 물도 먹이고 얼굴이랑 등도 씻기고 기저귀도 갈아주고 그래요. 걔네 아빠는 조타수인가 뭐 그런 거 한다는데 한번 배 타면 석 달씩 집에 안 들어오거든요. 할아버지 돌보느라 기열인 소풍이고 수학여행이고 한 번도 안 갔어요. 걔네 집 가면 구린내 끝내줘요. 하루 종일 싸서 뭉개놓은 똥 냄새가, 아우 씨, 여름엔 파리랑 벌레 들러붙어서 완전 끝장인데 기열이는 그거 다 닦고 할아버지 엉덩이에 땀띠약도 발라주고 그래요. 학교에서 효행상도 받았어요, 치사하게 상품은 없었지만. 문상이라도 끼워주지 쪼잔하게. 암튼 슈퍼 가면 거기 아줌마가 기열이 효자라고 라면이랑 고추참치 캔이랑 우유랑 막 집어줘요. 가끔 돈도 주던데요. 기열이네 엄마가 옛날에 집 나갈 때, 차비하라고 돈 빌려준 사람이 슈퍼 아줌마래요. 그래서 그런지 기열이네 아빠는 술 마시면 거기 가서 이것저것 깨부수고 그러는데, 어지른 거 싹 치우고 잘못했다고 비는 것도 기열이가 다 해요.

승호는, 그 새끼 졸라 족제비같이 생겼어요. 기열이는 곰 새끼같은데. 반 여자애들이 이종석 닮았다고 승호 되게 좋아해요. 닮긴 뭐가, 얍삽하게 맨날 꼼수만 부리는 새낀데. 공부도 더럽게 못해요. 저는 그래도 수학 60점 받은 적 있거든요. 걔는 그거 반도 못맞춰요. 근데 잔머리 하난 끝내줘요, 걔가. 예? 아뇨, 그런 적 없어

요. 그냥 말이 그렇다는 거지 그 새끼도 착하긴 해요. 승호네 아줌
마 몸이 안 좋아서 휠체어 타고 다니거든요. 소아마비랬나 뭐랬나
허벅지랑 종아리가 제 팔목보다 더 얇아요. 되게 어릴 때부터 그랬
대요. 우리 아파트에 무지 많아요. 어디 약간 모자라거나 아픈 사
람요. 근데요 아저씨, 이거 그만 풀어주심 안 돼요? 손가락도 저리
고 손목도 아프고 막, 죽겠는데. 도망 안 가요. 아저씨가 아까 문
잠갔잖아요. 집에 가는 길도 모르겠고. 애들이 그러는데 내 달리기
졸라 후지대요. 폼도 후지고 남들 걷는 것보다 더 느리다고 축구
할 때마다 욕먹는데요. 아아, 진짜 아픈데……. 승호요. 네, 고승호.
걔네 집이 303동 꼭대기 층이에요. 엘리베이터가 있긴 한데 워낙
고물이라 툭하면 멈추고, 점검한다고 한 달에 서너 번은 꺼져 있고
그래요. 꼭대기 사는 사람들만 좆빠지는 거죠. 하긴 그게 아니더라
도 아줌마가 나다닐 수 없는 게, 아파트 앞이 쫘악 내리막길이거
든요. 길도 엄청 꼬불꼬불해요. 저번 장마 때 휠체어째 뒤집어져서
굴러 내려가다 벽에 처박혀 죽을 뻔한 다음부터 승호네 아줌마 집
에서 한 발짝도 안 나가요. 이렇게 뚱그런 원반 같은 거에 바퀴 네
개 달린 의자 아세요? 아줌마 그거 타고 집 안에서만 굴러다녀요.
그래도 승호네 집이 제일 부자예요. 아버지 회사 다니고 누나도 돈
벌고. 우리 중에 엄마 아빠 다 있는 사람은 승호밖에 없어요. 그래
서 좀 얄밉죠. 키도 쪼끄만 새끼가, 용돈 받았다고 나대면 막 쥐어
패주고 싶어요. 아줌마 봐서 때리진 않아요. 걔네 집 놀러 가면 아
줌마가 샌드위치도 만들어주고 피자도 시켜주고 그러거든요. 승호
네 아빠랑 누나는 돈 버느라 바쁘니까, 시장 가서 뭐 사오고 형광

등 갈고 하는 거 승호가 다 해요. 아줌마 팔 닿는 데가 딱 요기까지밖에 안 되니까 그 위에 있는 건 다 승호 책임이에요. 저번에 갔더니 걸레로 벽지랑 천장이랑 닦고 있던데요, 냉동실 청소도 하고 유리창도 닦고. 뭘 싫어해요? 내가 승호를요? 아니요, 친구라니까요. 그냥 가끔 눈꼴실 때가 있어서 그렇죠, 뭐. 다들 그렇잖아요.

교창이는, 예전에 친했던 애들 중에 영창이라고 있었는데 걔 동생이에요. 영창인 이 동네 안 살아요. 재작년인가 형들 쫓아서 집 나갔는데 형들 다 돌아오고 나서도 혼자 안 왔어요. 어디 조폭 재떨이로 잡혀갔단 얘기도 있고, 가출팸에 묶였단 얘기도 있는데 잘은 모르겠어요. 교창이가 애들한테 하도 맞고 다녀서 데리고 다니기 시작한 건데, 지금은 워낙 친해져서 잘 지내요. 같이 집 나갔던 형들은…… 우리 동네 형들이 좀…… 경훈이 형요? 아저씨, 경훈이 형을 어떻게 아세요? 그 형 졸라 양아치예요. 동네 사람들 다 알아요. 여기 애들치고 형한테 명치 안 까여본 애 없을걸요. 실실쪼개다가 갑자기 확 까는데 진짜 숨도 못 쉬어요. 왜 까느냐고요? 그야 담배, 담배 뚫어오라고요. 가난한 동네라 애들 다 돈 없어요. 털어봐야 개털만 날리니까 심부름 시키고 심심풀이로 패고 그러는 거죠. 그러다 면상이 재수 털림 잡아놓고 한 달씩도 까요. 돈은 딴 동네 애들한테서 뜯어오거나 오토바이 훔쳐서 만들고요. 빈집털이 같은 것도 한다던데요. 그 형, 전과 있거든요. 전에 다니던 학교도 그래서 잘렸어요. 요즘? 요즘은 동네에 안 와요. 얼마나 안 왔느냐면…… 정확히는 모르겠지만 아무튼 한참이에요, 슈퍼에서 말보로 레드도 팔 정도니까. 아, 그게, 경훈이 형이 말보로 레드만 피우거든요. 애들이 그걸 하도 쌔벼가니까 슈퍼 아줌마가 아예 그 담배를 들여놓질 않는 거예요. 심부름할 때마다 졸라 먼 동네까지 뚫으러 가야 되니까 오래 걸리고, 그럼 경훈이 형한테 반항한다고 막까이고. 교창이가 특히 많이 까였죠. 경훈이 형이 각 잡고 까기 시작하면 일단 바지부터 벗기거든요. 교창인 바지마다 지퍼가 다 터졌었다니까요. 네? 바지요? 그건 그냥 벗기는 건데요. 뭘 만져요? ……왜요? 아뇨, 그냥 벗겨놓고 때려요, 도망 못 가게. 그게 다예요.

경훈이 형은, 싫죠. 씨발, 그 개새끼 진짜. 싫은 건 당빠고…… 무서워요. 또 맞을까 봐. 예전에 등에 구멍 뚫릴 때까지 밟힌 적도 있어요. 오토바이 쌔비는데 망보라 그래서 싫다고 했더니 스파이크로 졸라 밟잖아요. 스파이크화요, 그거 왜 육상 애들 신는 거 있잖아요. 신발 바닥에 나사못 같은 게 팍팍 튀어나와 있는 건데 몰라요, 아저씨? 경훈이 형 뭐 쌔빌 때마다 그거 신어요. 급하면 얼굴까고 튄다고요. 그날은, 신어놓고 자기도 까먹었는지 막 밟다가 내등짝에서 피 줄줄 나니까 개놀란 눈치더라고요. 다음부터 나는 일절 안 건드렸는데 그럼 뭐해요, 등짝에 꺼먼 구멍만 일곱 개는 뚫렸는데 씨발. 언젠가 나도 그 새끼 등짝에 똑같이 북두칠성 찍어줄 거예요. 개양아치 주제에 맘잡았다고 깝치는 거 보면 진짜 웃기지도 않아요. ……경훈이 형 동네 뜬 지 한참 됐다니까요, 무슨 기술학교 들어가서 자격증 공부한다고. 이 동네 오면 애들하고 어울려서 또 사고 치니까 아예 집에 안 들어오는 거래요. 다들 그렇게 말하던데요, 동네 애들도 우리 할머니도. 철든 거라고 하는데 철은 개뿔, 딴 동네 가서 걔들 후리고 있는지도 모르죠. 그 형네 엄마만

신나서 떠들고 다녀요. 똑같이 구정물 먹고 커도 씨암탉 되는 놈, 들개 밥 되는 놈 따로 있다고. 무슨 뜻인진 모르겠지만요.

……아저씨, 지금 몇 시예요? 10시엔 자야 되는데. 우리 반에서 내 키가 제일 작거든요. 여긴 왜 창문도 없어요? 답답해요. 머리 아프고 목마르고…… 물이라도 주심 안 돼요? 아저씨 먹던 거 그거 한 모금만 줘도 되는데, 진짜 입만 댔다 뗄게요. 아저씬 퇴근 안 해요? 일단 집에 갔다가 내일 다시…… 네, 뭐 다 얘기하면 집에 보내주겠단 거잖아요. 그럼 빨리, 빨리 얘기할래요. 근데 무슨 얘기를?

정미주? 그게 누군데요?

아, 미주 누나. 당연히 알죠. 우리 옆 동 사는데요. 301동 2층이요. 호수는 모르겠고 엘리베이터 내려서 왼쪽 두 번째 집인가 그래요. 동네 애들끼린 어디 사는지 대충 다 안다니까요. 미주 누나는 왜 물어봐요? 누나랑요? 음, 평범한데. 놀이터나 슈퍼 앞에서 만나면 얘기는 하는데 같이 놀러 다니고 그러는 건 아니에요. 누나는 학교 안 다니니까 거의 집에 있고요. 길에서 마주치면 형들이 가끔 농담도 걸고 장난도 치고. 누나가 잘 받아주거든요. 리액션도 별나고. 소문? 무슨 소문요? 미주 누나에 대한 소문은 뭐…… 뭐가 있었지? 아, 그 누나 애기 때 열이 되게 오르는 바람에 바보가 됐대요. 완전 바보까진 아닌데 머리 되게 나쁘거든요. 나눗셈도 아직 못 하고. 머리가 너무 뜨거우면 뇌가 익어버린다고, 그래서 형들이 삶은 뇌, 라고 놀리는 걸 들은 적 있어요. 그거 말고는…… 누나네 갓난쟁이 애기 있거든요. 열여섯 살인가 차이 나는 동생인데, 그게 동생이 아니라 누나 딸이라는 소문도 있어요. 하루는 누나가 애기를 업고 나왔는데, 애기 머리에다 자기 브라자를 모자처럼 씌워서 나왔더래요 히힛. 근데 그건 형들이 지어낸 얘기라던데. 누나 놀리려고. 다른 거요? 뭘 말하라는 건지 모르겠어요. 그거 말고 다른 소문은 들은 적 없는데. 대부분 거짓말이고요. 찾아가요? 누나네 집에…… 누가요? 뭘 다 알고 있다는…… 누나네 집을 내가 왜 찾아간단 거예요?

그런 적 없어요. 나만 그런 게 아니라 누가 어디 사는지 아파트 사람들 다 안다니까요. 몇 동 몇 호에 누가 사는지, 그 집에 누가 어떻게 아픈지 다들 알아요. 그게 이상한 건 아니잖아요. 이상해요? 왜요? 우린 다 아는데. 나는 아는데요. 우리 오른쪽 옆집에는, 그러니까 704호에는 할아버지 혼자 살아요. 701호엔 되게 쪼그맣고 허리 굽은 할머니 혼자 사는데 주말마다 아들 식구가 찾아오고요. 702호엔 유치원 다니는 남자애 키우는 부부가 사는데 되게 어려요. 고등학교 때 애기 가져서 결혼한 거래요. 703호엔 할머니랑 내가 살고요. 803호 종수 형은 경훈이 형이랑 중학교 동창이고, 경훈이 형은 301동 12층 살아요. 이게 왜 이상하단 거예요?

나쁜 짓…… 한 거 없는데요. 없어요. 거짓말 아…… 아니에요. 미주 누나한테는 그냥, 장난은 좀 쳤는데, 아, 아파요. 아저씨 왜 자꾸 머리 때려요, 아 진짜.

……알아요. 아니요. 집에 가고 싶어요. 네, 솔직히…… 솔직하게 말만 하면…… 아 씨, 진짜 미치겠네. 솔직히, 형들이랑 같이 장난친 적은 있어요. 딱 한 번요.

미주 누나가요, 가슴이 진짜 크거든요. 거짓말 안 치고 이따만 해요. 원래 뚱뚱하기도 하고. 가슴 한쪽이 누나 동생 머리통만 해서 형들이 그걸로 자주 놀렸어요. 누나가 제일 좋아하는 게 담배예요. 형들 말로는 초등학생 때부터 피웠대요. 형들이 운동장 한 바퀴 뛸 때마다 담배 한 개비씩 준다고 말하면 그 누나, 졸라 열심히 뛰어요. 온몸이 다 출렁거려서 그렇지 되게 빨리 뛰는데, 저번엔 일곱 바퀴도 뛴 적 있어요. 가슴이 막 이쪽저쪽으로 흔들리니까 그거 구경한다고 형들이 계속 뛰게 시키는 거예요. 저도 옆에 있었는데, 같이 놀리고 막, 그랬어요. 이제 진짜 안 그럴게요. 그것만이냐면…… 그것만인데. 속인 거 없어요. 아 진짜, 왜 자꾸 때려요. 아 왜, 아프, 아 진짜, 씨, 개기는 게 아니라 아픈데 그럼 어떡해요. 우리 하, 할머니 불러줘요. 왜 없어요, 밖에서 우리 할머니 목소리 들렸는데. 그럼 전화 걸어줘요. 집에 보내주든가! 졸려 뒤지겠는데 잠도 못 자게 하고 할머니도 못 보게 하고 계속 여기 가둬놓고 씨발, 수갑도 풀어줘요, 풀어준대 놓고 왜 의자에다 묶어놔요. 이제 손가락에 감각도 없는데, 내가 살인범도 아니고, 계속 이상한 것만 물어보고, 물도 안 주고 때리고 씨발, 또 때리고 또 또 때리고 씨발…….

2010-08-18-02:37:58

……박성재요. 수원중학교 1학년 7반 26번, 친한 친구는 김기열…… 고승호, 주교창이요. 기열이는 졸라 착한 새끼고요, 아니, 아주, 착한 친구예요. 교창이는 어려요. 아저씨 이거 또 말해야 돼요?

벌써 세 번쨌데 진짜…… 졸려요, 눈도 따갑고…… 미치겠네, 무슨 얘기를 자꾸 하라고, 아 씹, 아프다니까 자꾸, 아아, 아프다고요.

### 2010-08-18-04:11:37

……박성재입니다. 수원중학교 1학년 7반 26번…… 미주 누나, 알아요. 집도 알아요. 찾아가본 적은 없지만, 아, 아니, 가본 적 있을지도 몰라요. 잘 기억은 안 나는데 부르러 간 적 있어요. 네? 왜 불렀느냐면…… 운동장 뛰라고? 운동장 뛰라고 불렀어요. 가슴 보려고요.

### 2010-08-18-05:03:22

가슴, 만진 적 있어요. 미주 누나 가슴이요.

김 사장 아저씨가, 그 아저씨는 저기, 부동산 하는 아저씬데 동네에서 제일 부자라서 김 사장이라고 불러요. 나는, 아니, 저는 사실, 봤거든요, 김 사장 아저씨가 미주 누나 가슴 만지는 거. 부동산에 불러다 놓고 담배 주면서 막 이렇게 만졌어요. 그러고 나서는 누나가, 형들한테 담배 한 개 주면 한 번 만지게 해주겠다고 했어요. 형들은 무시하고 갔는데 저는 봤으니까…… 김 사장 아저씨가 진짜로 누나 만지는 걸 봤으니까…… 누나한테 담배 있다고 거짓말했어요. 누나 잘 속거든요. 일단 만지고 도망갔는데 누나가 진짜 빨라서, 잡히자마자 머리 엄청 맞고 종아리 까이고. 누나가 너는 김 사장 아저씨랑 똑같은 놈이라고, 고물상 할아버지랑 박 뭔가, 뭐 그런 사람들 줄줄이 대면서 그 사람들이랑 똑같다고 욕했어요.

……진짜 그게 다예요. 이젠 진짜 다 말했어요. 미주 누나 가슴 만진 거 잘못했어요. 다신 안 그럴게요. 그러니까 집에 좀 보내주세요, 네?

왜요? 저 왜 집에 못 가요? 감옥요? 저 감옥 가요? 그때 진짜 딱 한 번 그랬어요. 제대로 만지지도 않았는데, 그냥 이쯤에서 물컹하고, 아니 그게 아니라, 아저씨가 그랬잖아요. 뭐든 솔직하게 말하면 집에 보내준다고. 그래서 말한 건데 이러는 게 어딨어요. 성폭행? 많이 들어는 봤는데 뭔 뜻인지 잘 몰라요. 근데 그거, 되게 나쁜 짓인 건 아는데. 막 무기징역 받고 사형당하고 그런 거잖아요. 전자발찌 차고 평생 살아야 된다 그러던데…… 진짜요? 제가 한 게 성폭행이에요? 누나 가슴 만진 게요? 저 진짜, 진짜 잠깐, 아니 막 엄청 그런 것도 아니고 장난이었는데…… 아, 어떻게…… 그럼 전 어떻게 해요. 감옥 가서 평생…… 할머니가 그런 놈들은 인간쓰레기라고…… 전 몰랐어요. 진짜 몰랐어요. 궁금해서, 할머니 가슴이랑 뭐가 다른지 궁금해서, 이렇게 커다랗고 푹신푹신해 보이니까 기분 좋을 것 같아서 그랬던 거뿐이에요. 형들도 가끔 그러니까 해도 되는 건 줄 알았어요. 잘못했어요, 절대 다신, 다신 안 그럴게요. 제발 한 번만 봐주세요. 아저씨, 아니, 형사님, 제발요.

장애인이라서…… 만만하고 우스워서 그랬…… 아니에요. 그런 거 아니에요. 형들이 막 미주 누나 바보라고 하는데, 누나 웃기고 말도 되게 잘하는데, 담배 좋아하고 그냥 그런 건데, 그런 게 장애인은 아니잖아요. 장애인은 저기 뭐지 그게, 다리 없어서 못 걷고 소리 못 듣고 그러는 게 장애인이잖아요. 승호네 아줌마처럼 휠체어 타고 다니면 장애인인 거 알겠는데 누나 같은 사람이 왜 장애인이에요? 누나는 그냥, 좀 모자라긴 한데 그게 막 병신 같은 건 아니고 장난치면 되게 재밌는 정돈데. 반응이 재밌으니까 그런 거지 장애인이라서 일부러 그런 거 아니에요. 진짜로요. 누나가 장애인인 줄도 몰랐는데…… 성폭행이 그런 건지도 몰랐고 저는, 아니, 발뺌만 하는 게 아니라 진짜…… 전 어떻게 해요?

……형사님 말 잘 들을게요. 대답도 잘할게요. 그럼 진짜 봐주실 거예요? 진짜, 진짜 집에 보내주실 거예요? 뭐든 시키는 대로 잘할게요. 잘하겠습니다. 정말입니다.

### 2010-08-18-05:31:48

7월 19일이면…… 무슨 요일이에요? 화요일…… 에는 학교에 있었을 거예요. 학교 끝나고 뭘 했느냐면, 음, 잘 기억 안 나는데 중요한 거예요? 아마 축구 했을 거예요. 비 안 오는 날엔 우리 아파트 사는 애들이랑 학교 운동장에서 축구 하다 오거든요. 학원 안 가는 애들이 우리밖에 없어서요. 경훈이 형이요? 당연히 없었죠. 교창이도 없었어요. 걔는 초등학생이라 우리보다 더 일찍 끝나요. 그 시간이면 벌써 집에 가 있었을걸요. 누구누구 있었느냐면, 사실은 축구를 했는지 안 했는지도 모르겠지만, 만약 했다면요.

네, 저는, 저는 7월 19일 학교가 끝난 뒤 운동장에서 축구를 했습니다. 김기열, 고승호, 주교창을 포함해 모두 다섯 명이었고. 근데 그날 교창이 없었을 텐데요. 걔 다니는 학교랑 우리 학교가 가

깝긴 한데, 초딩이 우리 운동장에 들어와서 놀진 않아요. 잘 생각
해봐도 없었어요. 진짜, 진짜 잘 생각해봤다니까요. 교창인 없었어
요. 경훈이 형도 당연히 없었죠. 네? 아, 그렇긴 한데…… 그건 아
닌데…… 우리 동넨 축구 할 데 없거든요. 주차장엔 할머니 할아
버지들이 널려 있어서 못 하고요. 아파트 앞은 다 내리막길이라 공
못 차요. 다른 데서 축구 해본 적도 없어요. 아, 예전에 세차장 밀
고 빌라 지을 때, 싹 밀린 공터에서 몇 번 차본 적은 있어요. 아뇨,
작년인데요. 거기 지금은 빌라 다 지었어요. 사람도 살고요. 7월이
면 벌써 공사 끝났을 땐데 상관없어요? 그럼, 네, 뭐. 저는 7월 19일
학교가 끝난 뒤 동네 공터에서 축구를 했습니다. 김기열, 고승호,
주교창…… 잘 생각해보니까 교창이도 있었던 것 같아요. 모두 다
섯 명이서 축구를 했어요. 그때 기열이가 장난으로 미주 누나 가슴
만져본 사람 손들어, 그랬고요. 가슴이 아니에요? 엉덩이? 그런 적
없는데. 섹스요? 몰라요, 아 씨, 쪽팔려. 그런 거 말해본 적도 없어
요. 기열이가 얼마나 내성적인데요. 승호요? 걔가 좀 얍삽하긴 해
도 그런 말 막 하는 애 아니에요. 굳이 따지자면 기열이보단 승호
가 더 어울리긴 하지만요. 음…… 본 적은 있어요. 성인잡지요. 다
른 반 애가 가져온 건데 승호가 빌려와서…… 네, 승호가요. 그건
그냥 가져온 애랑 승호가 친구라…… 승호는 그럴 수도 있을 거
같아요. 우리 중에서 여자애들 제일 많이 만나본 것도 승호고요.
네, 승호가 그랬어요. 그런데요 형사님, 이렇게만 말하면 집에 보
내주는 거 맞죠? 아무 일도 없는 거 맞는 거죠? 약속하셨잖아요.
저 말고 다른 애들도 아무 일 없는 거 확실하죠? 그래도 기열이나

승호한테 얘기하심 안 돼요. 제가 이렇게 말했다고, 절대로요. 네, 그럼 말할게요. 7월 19일 공터에서 축구 하는 중에 고승호가 미주 누나랑 섹스 해본 사람 손들어, 라고 말했어요. 네? 해볼? 할? 알았어요. 고승호가, 미주 누나랑 섹스 할 사람 손들어, 라고 말했습니다.

승호가 담배를 샀고, 승호가 자기 용돈으로 담배를 샀고, 승호가 자기 용돈으로 담배 두 갑을 사서 미주 누나네 집에 가자고 했어요. 301동 2층, 엘리베이터 내려서 왼쪽으로 두 번째 집이요. 미주 누나한테 담배 갖고 싶으면 따라오라고 말했더니 누나가 나왔어요. 우리 다섯 명은 303동 옥상으로…… 그런데 303동 옥상에 올라가본 적이 없는데요. 아파트 옥상 전부 다 잠겨 있어요. 몇 년 전까진 열려 있었다는데, 형들이 옥상에서 술 마시고 막 소주병을 던졌대요. 그다음부터는 맨날 잠겨 있어서 아무도 못 들어가요. 자물쇠도 완전 주먹만큼 크고요. 네? 열었다고…… 누가요? 형들이…… 빈집털이도 했으니까 열 수 있을지도 몰라요. 아, 형들이, 네, 형들이 열어놨어요. 형들이 자물쇠를 열어놓은 걸 알고 303동 옥상으로 올라갔습니다. 시시티브이…… 그게 어쨌는데요? 우리가 안 찍혔…… 아저, 아니, 형사님, 거기 안 찍혔다는 건 안 갔다는 거잖아요? 안 갔으니까 엘리베이터 시시티브이에 우리가 안 찍힌 거잖아요. 그럼 괜찮은 거 아니에요? 아, 아뇨, 할게요, 말해요, 그러니까 뭐라고…… 네. 우리는 시시티브이에 찍히지 않기 위해 계단을 통해 303동 옥상으로 올라갔습니다.

미주 누나는 중간쯤에, 아니, 맨 뒤에서 따라왔어요. 승호가 앞장서고 기열이가 그 뒤에. 다른 애들은 그냥 말 안 하고 쫓아왔어요. 옥상으로 올라간 뒤엔 제가 담요를. 담요? 무슨 담요요? 그냥 바닥에서 하면 무릎이 아프다니, 뭘요? 무슨 말인지 모르겠어요. 아, 아파요, 자꾸 같은 데 때리지 마요. 담요, 담요 있었어요. 본 것 같아요. 어디서 났느냐면…… 모르겠는데…… 누가 가져왔나. 주워왔나 봐요. 아, 교창이. 평소에 자잘한 심부름은 교창이가 해요. 제일 어리잖아요. 그럼 담요도, 네, 주교창이 1층에 널려 있는 빨래 중에서 담요를 훔쳐왔습니다. 제가 그 담요를 받아서 옥상 바닥에 깔았습니다. 그리고 미주 누나를 눕히고, 그 위에.

……저기요, 형사님. 이건 진짜 이상하잖아요. 저는 애들이랑 축구 한 적도 없고, 아니, 축구 한 적은 있지만 7월 19일인지는 모르겠고. 더군다나 그땐 동네에 공터도 없었는데요. 아니, 축구 한 적이 한 번도 없다는 게 아니라요. 축구 한 적은 있는데, 네, 학교 끝나고는 거의 축구를 했죠. 달리 할 것도 없고. 그럼 그날도 축구를 했을…… 그럼 축구는 그렇다고 쳐요. 승호가 그런 말을…… 아뇨. 애들하고 욕을 한 번도 안 해본 게 아니라요. 네, 저기, 가끔 그런 얘기를 하기는 하는데 그래도 막, 미주 누나랑 그럴 거냐고 대놓고 물어보지는 않는데. 승호랑 저기, 네, 얘기해본 적은 있어요. 여자 얘기, 야한 얘기 한 적은 있는데…… 그렇죠. 네, 그럼 얘기해놓고 제가 기억 못 했을 수도…… 곰곰이 생각해보면 승호가…… 아뇨, 제가 그런 적은 없어요. 진짜 없어요. 만약 말했다면…… 저나 기열이는 아니니까, 승호가 그랬을 거 같아요. 승호가 말했어요.

근데 옥상에서 미주 누나를 그랬…… 다는 건요. 그건 진짜 아닌데요. 형들이요? 형들이 뭘 하고 다니는지는 저야 모르죠. 경훈이 형…… 그 형은 진짜 나쁜 새끼예요. 초등학교 때부터 계속, 별 이유도 없이 형한테 맞았어요. 애들도 진짜 많이 맞았고요. 제 등에 북두칠성 찍힌 것도 그 형 때문이고. 교창이는 아직도 앞니 하나가 없고요. 기열이도 전에 싸대기 맞아서 고막 터질 뻔한 적 있어요. 네, 전과도 있고. 그렇죠, 나쁜 놈은 계속 나쁜 짓을…… 빈집도 털고 오토바이도 훔치고 애들도 패고 그랬으니까…… 미주 누나한테 나쁜 짓도…… 할 수 있을 것 같아요. 승호요? 걔는 잘 안 맞았어요, 왜냐하면 걔는 우리 중에 돈도 있었고, 걔네 아빠 성격이 완전 불같아서 경훈이 형이 건드렸음 가만 안 있었을걸요. 네? 친했…… 던 건 아닌데. 승호랑 경훈이 형이 친했던 건 아닌데요. 걔도 가끔 맞았고. 바지요? 아뇨, 승호는 바지 벗긴 적 없어요. 아, 그런가. 그럼 둘이 친했나 봐요. 네. 나쁜 놈은 벌을 받아야죠. 저도 경훈이 형이 나쁜 짓한 거 다 벌 받았음 좋겠어요. 동네에 다시는 안 왔으면 좋겠어요. 그 형도 맛 좀 봐야 돼요. 우리가 형 때문에 얼마나 죽을 맛이었는데 이제 와서 맘잡겠다고 토끼고, 씨발. 그러니까 승호가 미주 누나를 그렇…… 게 한 건 경훈이 형이 시켜서…… 그럼 승호는 괜찮은 거죠? 경훈이 형이랑, 형들만 감옥 가는 거죠? 네, 정리됐어요. 그러니까 7월 19일에 승호가, 경훈이 형이 시킨 것 때문에 승호가, 미주 누나랑 애들 데리고 303동 옥상으로 올라갔어요. 담요는 교창이가 훔쳐왔고, 담배는 승호가 샀어요.

우리가 미주 누나를 잡고 있으니까, 옥상 환풍기 뒤에 숨어 있던 경훈이 형이 나왔어요. 경훈이 형이 미주 누나 바질 벗기…… 아, 진짜 이건 아닌데. 전에 바지 벗겼던 건 그냥, 동네 애들 때릴 때,

우리가 심부름 늦게 했을 때랑 집합 시간 어겼을 땐데. 여자 바지
벗긴 적은 없거든요. 바질 한 번도 벗긴 적 없단 소리가 아니라요,
다른 애들은 벗긴 적 있는데, 네, 경훈이 형이요. 경훈이 형이 바지
를 벗겼죠. 정해놓은 건 아니고요. 그때그때 눈에 띄는 애, 형한테
걸리면 아무나…… 그럼, 여자애가 걸릴 때도 있었…… 을까요?
헷갈려 죽겠어요. 네, 형사님이 말하는 대로만. 하라는 대로만 잘
외우면 100점. 집에 갈 수 있어요. 제가 기억을 잘 떠올려서 말만
잘하면. ……그럼 벗겼나? 아니, 벗긴 걸 봤다는 소리가 아니라요.
우리 바지 벗긴 적이 있으니까 누나 바지를 그랬을 수도 있겠다는
건데. 아 진짜…… 진짜요? 미주 누나가 그랬어요? 우와 씨발, 졸
라 황당하네. 진짜 미주 누나를…… 우와, 미주 누나가 그렇게 말
했다면서요. 그럼 맞나 봐요. 그런 것 같아요. 경훈이 형이, 그런 것
같아요. 구체적으로? 경훈이 형이, 미주 누나 바지 벗긴 것 같아요.
네, 벗겼어요. 제가 봤어요.

경훈이 형이 미주 누나를 성폭행, 했습니다. 다른 애들요? 다른
애들은 뭐 그냥…… 팔을 잡고 있었나 다리를 잡고 있었어요. 저
는, 저는 옆에서, 망을 봤습니다. 솔직히, 저기, 미주 누나 가슴도
만졌, 어요. 형 다음에는 고승호와 김기열이 미주 누나를 성폭……
형사님, 걔넨 안 했어요. 경훈이 형이 다 시킨 거잖아요. 근데 걔네
가 왜 그래요? 아니, 그건 아닌데, 네. 곰곰이 생각…… 도둑질……
해본 적 있어요. 문방구에서요. 애들이랑 축구 끝나고 문방구에 갔
는데 주인아저씨가 완전 바쁜 거예요. 단체 준비물이 있었는지 애
들이 뭘 주문하면 아저씨 혼자 문방구 안쪽에 달린 쪽방에서 그걸

꺼내왔어요. 아저씨가 바쁠 때 볼펜을, 몇 개 훔쳤어요. 하이테크는 볼펜 하나에 3000원씩 하거든요. 그거 훔쳐다 애들한테 1000원에 팔았어요. 그게, 다른 애들이 다 하니까 저도 한번 해본 건데. 진짜 반성하고 있어요. 다시는 안 할 거예요. 네, 곰곰이 생각, 그때 하이테크를 훔친 건 다른 애들이 다 해서였어요. 다른 애들이 도둑질을 하니까 저도 덩달아. 제가 도둑놈에 진짜 나쁜 새끼여서가 아니라 다들 하니까 호기심에서요. 네, 형사님 말대로요. 그럼 다시, 303동으로 가서요. 경훈이 형이 미주 누나를 그랬어요. 다른 애들이 그걸 봤죠. 형이 하니까 다른 애들도 덩달아…… 네, 그렇다고 걔네가 진짜 나쁜 새끼라는 게 아니라, 하이테크 훔칠 때랑 똑같이…… 그건 있을 수 있는 일이라고…… 그렇죠. 바로 앞에서 형이 그러는 걸 봤죠. 제가 미주 누나 가슴 만졌던 것도 김 사장 아저씨가 그러는 걸 봐서였거든요. 그럼 형이 그러는 걸 보고 다른 애들도…… 궁금했을 거예요. 어떤 기분일지 궁금하니까 덩달아서 미주 누나를, 눕히고.

……형사님, 진짜 힘든데요. 그만하면 안 돼요? 토할 것 같아요. 머리도 너무 아프고…… 조금만 더 하면요? 아직도 말할 게 있는 거예요? 아…… 아뇨, 가기 싫어요. 감옥 말고 집에 가고 싶어요. 네. 차분하게, 잘 기억하면 집에 갈 수 있어요, 저는.

아저씨 근데요, 아니, 형사님. 저요, 근데 저 진짜 안 잊어먹을 거예요. 형사님이 이 방에서 뭐 했는지, 나한테 어떻게 했는지 절대로 안 잊어먹을 거예요. 그리고 내가, 흐으, 내가 밖에 나가게 되면 꼭 다 폭로할 거예요. 막 고발하고 인터넷에도 까발려서 이거 다

밝혀낼 거니까. 형사님도 똑같이 당하게 해줄 거니까 두고 봐요. 협박하는 게 아니라 진짜, 결심이에요.

……영장? 체포영장…… 그거 나오면 어떻게 되는 건데요? 진짜로요? 미주 누나가 제가 그랬, 다고 말했어요? 왜요? 제 사진을, 골랐다고…… 제가 누나 가슴 만진 건 진짜 장난인데…… 내가 왜 그랬지, 이 미친 새끼 진짜, 네, 인생…… 똑바로 살아야죠. 경훈이 형처럼 전과 생기면 학교도 못 다니고, 경찰한테도 계속 잡히고, 제대로 살 수가 없어요. 저 사실은 알아요. 경훈이 형이요, 자격증 따서 취직해서 부모님 모시고 똑바로 살겠다고 했어요. 저도 들었어요. 근데 그럼요, 애들 막 실컷 패고 졸라 밟은 다음에 혼자 맘잡았다 그럼 끝나는 거예요? 그건 처맞은 새끼들만 졸라 억울한 일이잖아요. 근데 그렇게 나쁜 새끼는 토끼고 저는요, 저는 누나 가슴 진짜 딱 한 번, 딱 한 번 만져본 건데요, 저는 감옥 가고요. 영장 나왔다면서요. 그럼 저는 감옥 가서 평생, 평생 전자발찌 차고, 저만…… 저 혼자만요…… 억울해요. 억울해 미치겠어요.

……그렇게 하면 진짜, 경훈이 형만 감옥에 가는 거예요? 우린 자수한 거니까, 반성한 거니까 혼만 나고 경훈이 형은 전과자니까 감옥에…… 정말이죠? 형사님 믿어도 되는 거죠? 그럼 괜찮아요. 그 형도 당해봐야죠.

7월 19일 저는 동네 공터에서 친구들이랑 축구를 했어요. 승호가 미주 누나랑 섹스할 사람 손들어, 라고 말했고 우린 다 같이 미주 누나네 집에 갔어요. 승호가 용돈으로 담배 두 갑을 샀고, 경훈이 형이 303동 옥상 자물쇠를 미리 따놓고 기다리고 있었어요. 담배 줄게, 라고 했더니 미주 누나가 따라왔어요. 우리는 시시티브이에 안 찍히려고 계단을 이용해 옥상으로 올라갔어요. 교창이가 훔쳐온 담요를 받아 바닥에 깔았어요. 우리는 미주 누나를, 성폭행했어요. 그건 다, 경훈이 형이 시킨 일이에요.

**2010-08-18-09:27:41**

이젠 냄새도 안 나요. 옷에서도 방에서도, 아무 냄새도 안 나요. 문 열리니까 환하네요. 사흘은 갇혀 있는 기분인데 열두 시간밖에 안 지났다니…… 악몽 같아요. 아저씨 얼굴도 괴물 같고. ……몰라요, 이제 집에 가서 잘래요. ……왜요? 다 외웠냐니…… 여태까지 얘기한 거요? 다 기억나요. 외웠어요. 그러니까 빨리 보내줘요.

뭘 또 말해요? ……방을 왜 옮겨요? 조사2실…… 카메라? 카메라를 왜 지금 켜요? 뭘 시작해요, 무슨 소리예요 지금. 진짜 미치겠네. 아저씨, 아니, 형사님 하라는 대로 다 했잖아요. 조서를 쓴다고요? 지금까지 그거 한 거 아니었어요? 밤새 다 했는데 왜 또 뭘…… 녹화? 녹화하면서 조서를 써야 한다니 뭐하러요? 외운 걸 잘 얘기하기만 하면 집에 보내준다고…… 왜 계속 구라만 쳐요. 아까부터, 어제부터 계속 보내준다고 했잖아요. 계속 계속 그랬잖아요. 됐어요, 집에 갈 거예요. 보내줘요. 문 잠그지 마요. 집에 갈 거라니까! 이름 이름 이름 씨발! 이름만 벌써 열 번도 더 말했잖아. 박성재라고! 열네 살 수원중학교 1학년 7반 26번 씨이발! 이거 풀어, 개새끼야, 집에 갈 거야, 갈 거라고!

2010-08-18-09:58:13

……박성재입니다. 수원중학교 1학년 7반 26번…….

# 진짜 거짓말

서진

서진

1975년 부산에서 태어났다. 2007년 장편소설《웰컴 투 더 언더그라운드》로 제
12회 한겨레문학상을 수상했다. 장편소설《하트브레이크 호텔》, 산문집《뉴욕, 비
밀스러운 책의 도시》,《파라다이스의 가격》이 있다. (개인 홈페이지 3nightsonly. com)

# 1.

"저기, 잠깐 멈춰."

남편은 서둘러 안전벨트를 푼다. 섬과 섬을 연결하는 바다 위의 도로를 한참이나 달리고 있었다. 핸들을 조금이라도 잘못 틀면 그대로 바다로 다이빙하겠지. 남의 나라에서 운전하는 거라 신경이 곤두섰는데 이곳저곳에서 내려달라는 옆 사람의 요구를 들어줘야 하는 건 더 피곤했다. 이 남자가 운전을 못 하는 것은 어릴 적 자동차 사고를 당한 트라우마가 아니라 나를 부려먹기 위한 핑계일지도 모른다는 생각이 문득 들었다.

"여기가 세븐 마일 브리지가 시작되는 곳이란 말이야."

차를 세웠다. 선글라스를 벗으면 눈이 멀지도 모를 것 같은 햇볕이 내리쬐고 있다. 차에서 내리니 왼쪽 다리가 뻣뻣하다. 고개를 돌리니 우두둑하고 소리가 난다. 긴장을 풀라고. 어차피 마지막 여행이잖아.

"어디 보자. 1980년까지 이용되었던 원래 다리래. 건너편의 사용하지 않는 다리는 영화 〈트루 라이즈〉에 나왔던 거야."

"〈트루 라이즈〉?"

"아널드 슈워제네거가 나온 영화 몰라? 아내와 딸에게 자기가 비밀공작 요원인 걸 평생 숨겨오다가 들통 나잖아."

남편은 여행 가이드를 펼쳐놓고 사진과 실제 모습을 비교하고 있다. 내가 보기엔 수명을 다해 시커멓게 변해버린 다리일 뿐이다. 마지막 용도가 영화의 폭발 신이었다니 잔인하다. 그런 영화를 본 적도 없다. 네 살밖에 차이가 나지 않는데도 남편이 완전히 다른 세대처럼 느껴질 때가 있다.

그는 신이 났다. 아무도 지나다니지 않는 다리 위에 누워 죽은 척을 한다. 사진을 찍어달라는 신호다. 어쩔 수 없다. 이런 식으로 나는, 계속 이 남자에게 당하는 것이다. 헤어지지 않는다면 평생. 자, 여기를 보고 찰칵. 다른 방향으로 누워서 찰칵. 지나가던 차에 치인 듯이 찰칵. 그는 카메라 속 자신의 모습을 확인한다.

"좋아, 세 번째 것은 지워주고."

자동차는 못 다뤄도 카메라 정도는 다룰 줄 알 텐데. 이왕 이렇게 된 거 지워준다. 우리가 찍은 모든 사진들을 죄다 지워버리고 싶다는 걸 이 남자는 아는지 모르겠다.

2.


"너는 뭐 읽고 있냐?"

그가 처음 내게 말을 걸었을 때가 기억난다. 방학 때도 습관처럼 동아리방에서 책을 읽곤 했다. 선풍기가 힘없이 돌아가면서 더운 바람을 뿜어내고 있었다.

"버, 버지니아 울프. 선배는요?"

"나는 《슬램덩크》."

만화책을 잔뜩 쌓아놓은 주인공이 이 선배구나.

"그거, 혹시 영어로 된 책이냐?"

나는 대답을 못 하고 미적거렸다. 다른 사람들처럼 비꼬는 말들이 이어질 것 같았기 때문이다. 영문과를 나오면 다 그러냐, 혹시 읽은 척만 하는 것 아니냐, 영화 자막은 필요 없겠네 등등.

"나도 영어로 된 책을 읽고 싶은데. 입문자용으로는 뭐가 좋을까?"

그는 만화책을 덮고 내게 다가왔다. 이상했다. 땀 냄새가 전혀 나지 않았다. 이마도 축축하지 않고 목덜미와 겨드랑이에 땀자국도 없었다. 나는 손수건을 꼭 쥐었다.

"헤, 헤밍웨이 정도로 시작하세요. 모르는 단어는 별로 없을 거예요."

"〈노인과 바다〉를 쓴 할아버지 말이지?"

"초기 단편들이 더 좋아요. 집에 있으니까 빌려드릴게요."

"고마워. 그럼 내가 밥을 사지."

그렇게 우리들의 첫 데이트가 시작되었다. 《In Our Time》을 빌려주었는데 그걸 다 읽었는지는 모르겠다. 한 번도 헤밍웨이의 소설에 대해 이야기를 하지 않았으니까. 그가 궁금해하는 건 나에 관한 것들이었다. 어린 시절은 어땠는지, 사춘기 시절엔 무슨 일이 있었는지, 하필이면 왜 영문과에 들어왔으며 문학 동아리에 들어오게 된 이유 등등. 아빠가 일찍 돌아가셨다고 하면 다들 그 이상은 묻지 않았다. 하지만 그는 언제, 왜, 어떻게 돌아가셨고 경제적으로는 힘들지 않았는지, 내 삶에 어떤 영향을 끼치게 되었는지도 물었다. 그런 질문을 받으니 기분이 나쁘기는커녕 내가 중요한 사람이 된 것 같은 기분이 들었다.

"선배는 공대 다니잖아. 그런데 왜 문학 동아리에 들어왔어?"

내가 제일 궁금하던 것을 물어봤다. 그는 잠시 머뭇거리더니 대답했다.

"사람에겐 도망갈 곳이 필요하니까."


## 3.


키웨스트까지 가려면 서둘러야 한다. 지도상으로는 1시간 40분이 남았다지만 또 어디에서 사진을 찍자고 할지 모른다.

"이런 멋진 곳을 드라이브하려면 배경음악이 필요하지?"

남편은 쿵쿵거리는 댄스음악을 튼다. 여자아이들이 깜찍한 옷을 입고 춤을 추는 노래다. 소파에 앉아서 입을 벌리고 멍하게 보는 것도 모자라서 세계 최고의 드라이빙 코스에서도 이런 노래를 듣다니. 참자. 2차선 도로에 푸른 바다밖에 보이지 않으니까 참자.

"저녁은 뭘 먹지?"

남편은 휴대전화를 만지작거린다. 작년만 해도 최신 모델이었는데 직장을 그만둔 이후로 남편의 휴대전화는 더 이상 바뀌지 않는다.

"찾았다. 굴 요리 전문점이 있네. 생굴이 껍질째로 나온대. 지난밤 멕시코 요리는 끔찍했잖아."

지피에스에는 일직선의 2차선 도로가 심심하게 그려져 있다. 마이애미를 떠날 때만 해도 교통 체증을 벗어난 것에 감사했다. 하지만 수평선과 쭉 뻗은 도로만 있는 풍경을 계속 보고 있자니 지루해졌다. 시속 120킬로미터로 지나가는 지루함. 사람들이 꽤나 살고 있을 법한 마을에는 식당 몇 개와 대형 슈퍼마켓이 있을 뿐이었다. 일상을 떠나왔는데 일상의 모습을 보게 되면 눈을 돌리고 싶다. 관광객이라고 놀려도 좋다, 판타스틱한 걸 보여다오.

세븐 마일 브리지를 지나자 풍경이 변했다. 신호등과 건물이 갑자기 나타났다. 야자수가 길게 이어진 길이 보인다. 빅토리아 양식의 집들과 그럴듯한 호텔도 보인다. 반바지를 입은 관광객들도 보인다. 가슴이 두근거리기 시작한다. 목적지까지는 15분 남았다. 마이애미에서 키웨스트까지 멋진 풍경을 배경으로 달릴 수 있을 거라고 그를 설득했지만 내가 가고 싶은 곳은 오직 하나, 헤밍웨이의 생가다.

4.

그는 졸업과 동시에 취직했다. 동아리나 학과 선배들이 취업을 하기 위해 전전긍긍하는 모습과는 대조적이었다. 학원 선생님도 아니고 계약직 교사도 아니었다. 이름만 대면 누구나 아는 전자업체의 휴대전화 개발부였다. 우리가 어정쩡한 선후배 관계에서 연인 관계로 발전한 결정적인 계기는 그의 빳빳한 명함이 아니었을까? 동아리에서 멋진 소설을 쓰던 선배도 졸업 후에 도서관에 처박혀 있으니 더 이상 멋져 보이지 않았다. 등단해서 작가가 된 선배들도 궁핍한 생활을 하기는 마찬가지였다.

졸업을 앞둔 나도 슬슬 걱정이 되었다. 작가가 되겠다는 꿈은 어릴 적부터 갖고 있었다. 동아리에서 나름 실력도 인정받았다. 대학교 신문에서 주최한 소설 문학상도 받았다. 하지만 머뭇거려졌다. 작가로 살아가기 위해서 다른 일로 돈을 벌어야 한다면 글쓰기에 대한 굳은 의지가 있어야 한다. 아니, 그런 걸 생각할 겨를도 없는 열정이 있어야 할 것이다. 나에게는 그런 것들보다는 미래에 대한 걱정이 더 앞섰다. 먹고사는 걸 걱정하지 않고 작가가 될 수 있는 방법은 없을까?

나는 졸업과 동시에 결혼했다. 안정된 직장과 자동차와 아담한 아파트 한 채를 갖고 있는 그와. 미래에 대한 걱정은 해결되었지만 나는 점점 불행해지기 시작했다. 나도 알아차릴 수 없을 정도로 완만하게. 먹고사는 데 아무런 문제가 없는데도 글을 쓸 수가 없었던 것이다.

5.

　남편은 입장료를 내면서까지 헤밍웨이의 생가를 구경하고 싶은 생각이 없다고 했다. 대신 동네를 산책하면서 사진을 찍고 싶단다.

　"당신도 봤지? 집들이 다 백 년은 넘은 것 같아. 영화 세트 같다고. 시원하게 맥주도 마시고 싶어. 어차피 당신은 술도 못 마시잖아."

　"당신, 헤밍웨이 좋아하지 않아? 그가 쓰던 타자기도 있다고."

　"뭐, 타자기는 타자기일 뿐인데. 헤밍웨이를 직접 만날 수 있다면 모를까."

　"좋은 기를 받을 수도 있어."

　혼자 들어가기 싫어서 궁리를 해보지만 남편의 마음을 돌릴 수 없다는 걸 나는 잘 알고 있다. 하기 싫은 일은, 하지 않는 성격이니까. 할 수 없이 혼자 표를 끊고 들어갔다.

　저택을 기대했는데 테라스가 달린 소박한 2층집이다. 1층에 들어가니 초상화가 몇 개 걸려 있다. 그중에 가장 눈길을 끄는 것은 콧수염을 기른 중년의 헤밍웨이다. 반바지를 입고 쪼그려 앉아 개를 쓰다듬고 있다. 클라크 게이블 같은 능글능글한 웃음을 지으면서. 흑백사진도 여기저기에 걸려 있다. 젊었을 때도, 늙었을 때도 작가라기보다는 영화배우 같다. 카메라를 보고 수줍은 미소를 지으며 찰칵. 작가 같은 여유로운 포즈로 찰칵.

　"헤밍웨이는 두 번째 부인인 폴린과 함께 이 집에서 살았지요. 그가 네 번 결혼한 건 다들 아시죠?"

얼굴의 주름이 흘러내릴 것만 같은 할머니가 설명한다. 팔과 다리가 부풀어서 터질 것만 같은 여자 서너 명과 얼굴이 벌겋게 달아오른 남자 한 명이 아이와 함께 할머니의 설명을 듣고 있다. 꼬마 남자애는 복도를 기웃거린다. 아빠는 가이드의 설명을 들으랴, 아이를 다그치랴 분주하다. 그들은 마치 할리우드 영화배우의 집을 방문한 것처럼 들떠 있다. 이들 중에 헤밍웨이의 책을 읽어본 사람이 있는지 궁금하다.

"헤밍웨이는 결혼을 할 때마다 더 부자인 여자와 만났답니다."

사람들은 웃는다. 대부분의 사람들은 결혼을 할 때마다 가난해진다. 욕실에는 자기로 된 하얀 욕조가 있다. 수도꼭지와 세면대도 요즘 것과는 달리 투박하고 작다. 80년 전에 이곳에서 헤밍웨이가 이를 닦고, 욕조에 누워 책을 읽고 있는 모습을 상상해본다.

침실에는 고양이가 누워 있었다. 모형이 아닌가 싶을 정도로 꼼짝하지 않고 몸을 둘둘 말은 채로. 수십 마리의 육손 고양이가 헤밍웨이의 집을 돌아다닌다고 한다. 가이드는 고양이의 이름을 모두 외워야 한단다. 할머니가 침대 위에 있는 고양이의 이름을 말해줬는데 알아듣지 못했다. 나는 관광객들을 따돌리고 나왔다. 뒤뜰로 돌아가니 커다란 수영장이 보였다. 다른 그룹의 관광객들이 건장한 남자 가이드의 설명을 듣고 있다.

"당시에는 이 주변에 개인 풀을 가진 사람이 없었지요. 그가 전쟁에서 돌아왔을 때 폴린이 지은 건데, 얼마나 돈이 많이 들었는지 그는 수중에 있던 마지막 1페니마저 폴린에게 쓰라고 줬답니다. 그래서 수영장 앞쪽에 1페니 동전이 박혀 있어요."

사람들은 웃는다. 관광객들은 가이드의 말에 억지로라도 웃을 준비가 되어 있다. 내가 가고 싶은 곳은 헤밍웨이의 침실도, 수영장도 아니다. 목표는 그가 소설을 쓰던 서재다. 서재는 별채에 있다. 두 번째 관광객 그룹도 따돌리고 혼자 살금살금 별채로 갔다.

2층의 서재에는 널따란 마룻바닥 위에 책상과 의자, 그리고 타자기가 놓여 있었다. 마치 단편소설 한 편을 막 끝내고 산책이라도 나간 듯한 모습이었다. 타자기에 꽂혀 있는 종이에 무엇이 적혀 있는지 읽고 싶지만 철조망 때문에 안으로 들어갈 수가 없다. 언제나 여행을 떠날 수 있도록 준비된 직사각형 모양의 여행 가방도 보인다. 가방 옆에는 그의 이름이 새겨져 있다. 이곳을 거점으로 틈만 나면 쿠바로 떠났겠지. 대작가의 책상치고는 소박하다. 의자가 너무 작다. 그가 저 의자에 쪼그리고 앉아 《무기여 잘 있거라》를 완성했다는 것이 믿어지지 않을 정도다. 거대한 마호가니 책상에 온몸이 파묻힐 만한 가죽 의자를 상상했는데.

나는 눈을 살짝 감았다. 서재에서 헤밍웨이의 기가 솟아 나와 내몸에 스며들 수 있도록. 하지만 관광객들의 발걸음 소리와 웃음소리만 들릴 뿐이었다.


6.


"헤밍웨이 씨는 잘 있던가?"
남편이 묻는다.

"낚시를 갔는지 보이지 않았어. 고양이만 지겹도록 봤다고."

그는 멍하게 나를 바라본다. 얼굴이 벌겋다. 맥주가 석 잔째다. 열두 개의 굴도 두 접시째다. 나는 두세 개밖에 먹지 않았다.

그는 다시 휴대전화로 시선을 돌린다. 저녁 식사 내내 저놈의 휴대전화만 바라보고 있다. 내가 무슨 이야기를 해도 건성으로 대답하면서. 미국에 도착해서 맨 처음 찾아간 곳도 휴대전화 대리점이었다. 심 카드를 바꿔 끼우면 데이터를 쓸 수 있다나. 그래야 지도도 볼 수 있고 맛집과 숙소 예약도 편리하단다.

나는 책으로 휴대전화를 덮었다.

"뭐야?"

남편의 목소리에 짜증이 배어 있다.

"《태양은 다시 떠오른다》."

"영어로 된 거잖아?"

"헤밍웨이 박물관에서 샀어. 이 정도는 중학생 영어 수준으로 읽을 수 있다고."

"그건 당신 말이고."

남편은 책을 휘리릭 넘겨본다. 웨이트리스가 테이블에 다가오자 빈 잔을 든다. 그리고 다시 휴대전화로.

나는 휴대전화를 빼앗아 던져버리는 상상을 한다. 땅바닥에 던져서 신발로 짓이겨버려야지. 배터리는 튀어나가고 액정이 거미줄처럼 부서진다. 그의 얼굴도 일그러지겠지. 남편을 식당에 홀로 남겨둔 채 자동차에 올라탄 뒤, 뒤돌아보지 않고 출발. 전속력으로 달려 그를 떠날 것이다. 미국의 최남단, 하이웨이 1번이 시작되는 곳. 새 출발을 하기에 좋은 곳이다.

그러나 현실은, 새 맥주가 도착했을 뿐이다.


7.

남편이 직장을 그만둔 지 한 해가 다 되어간다. 아무 상의도 없이, 그 어떤 전조도 없이 출근을 하지 않았다. 결혼하고 5년 동안 성실하게 회사에 다녔다. 연봉도 높고 사원 복지시설도 좋았다. 야근을 밥 먹듯이 하지만 수당도 꼬박꼬박 나왔다. 덕택에 자동차도 큰 것으로 바꿨고 아파트 평수도 넓혔다. 덤으로 최신형 휴대전화까지 생겼다.

나는 전업주부로 일하면서 가끔 선배의 부탁으로 번역 아르바이트를 했다. 문학 작품과는 거리가 먼 딱딱한 문서일 뿐이었지만 최선을 다했기에 일거리는 끊이지 않았다. 남편이 출근하면 스포츠센터에서 수영을 하고, 점심을 대충 때운 뒤에 번역을 하거나 책을 읽다 보면 하루가 다 지나갔다. 가끔씩 약속 때문에 시내로 나가기도 했지만 사람이 많은 것이 싫어서 주로 집과 스포츠센터, 그리고 도서관을 오갔다. 평온한 삶이었다. 남편이 직장을 그만둬서 화가 난 표면적인 이유는 나와 상의 없이 결정했다는 것이지만, 사실은 평온한 일상에 그가 갑자기 끼어들어서다. 그는 오전 11시쯤에 일어나 아침 겸 점심을 먹는다. 그리고 서재에 처박혀 저녁때까지 나오지 않는다.

직장을 그만둔 며칠 동안은 정성스레 끼니를 챙겨줬다. 잡채도 만들고, 고기도 굽고, 생전 처음으로 김치도 담갔다. 맛있는 것을 많이 먹고 푹 쉬면 다시 회사에 나가겠지. 어쩌면 다른 직장을 미리 구해놓고 편안하게 쉬고 있는 것일지도 몰라. 내 예상은 빗나갔다. 그는 조용히 서재에 처박혀 있지만 나는 서재 앞을 서성거릴 때가 많다. 회사를 그만둔 이유를 물어보면 언제나 똑같은 답이 돌아온다.

"쉬고 싶어서."

언제까지 쉴 거냐고 물어봐도 똑같은 대답이다.

"지루해질 때까지."

진짜인지 거짓말인지 알 수 없다. 다음엔 뭘 할 건지 물어보면, 아무 대답이 없다.


8.


숙소는 남편이 예약했다. 가격도 싸고 위치도 시내 한가운데라 이곳을 골랐다고 한다. 시내 한복판에 있는 자그마한 호텔이다. 호텔이라고 하지만 우리나라의 모텔보다 나은 게 없다. 방도 좁고 퀴퀴한 에어컨 냄새가 난다. 매트리스는 딱딱하고 창문은 좁다. 창밖은 옆 건물의 네온사인 때문에 울긋불긋하다. 호텔 이름도 청승맞다. 하트브레이크 호텔이라니. 누군가의 심장이 부숴지길 원했다면 나름 성공한 것 같다.

조금 전에 샤워를 했지만 몸이 끈적끈적하다. 땀도 아니고 습기도 아닌 기분 나쁜 무언가가 몸에 붙어 있는 것 같다. 남편은 침대에 누워 잠이 들었다. 간간이 코를 곤다. 등을 쿡, 찔러본다. 끄응 하는 낮은 신음이 들린다. 언제 마지막으로 남편과 몸을 섞었는지 기억조차 감감하다. 직장에 다닐 때는 바빠서 피곤하다는 이유였고, 그만둔 다음부터는 내가 꺼려졌다. 같은 침대에 누워 있어도 무슨 생각을 하고 있는지 알 수 없는 게 조금, 무서웠던 것이다.

통장 잔고는 차곡차곡 줄어들고 있다. 아파트 대출금도 갚아야 하고 자동차 할부도 꼬박꼬박 통장에서 빠져나간다. 월급이 들어올 때엔 느끼지 못했지만 더 이상 들어오는 돈이 없으니 눈에 띄게 표시가 났다. 지능적인 사기꾼들이 돈을 몰래 빼돌리고 있는 건 아닌지 의심이 들 정도였다. 적금 통장이 하나 있지만 그건 비상용이다. 혹시, 우리에게 아이가 생길 수도 있으니까. 아이를 바라지 않는 것은 내가 아니라 남편이다. 요즘 그 생각이 바뀌었는지는 잘 모르겠다.

나는 남편을 등 뒤에서 안아본다. 어색하다. 그의 등과 나의 가슴 사이에 주먹 하나가 들어갈 정도의 공간이 있다. 에어컨이 갑자기 멈춘다. 남편의 숨 쉬는 소리가 들린다. 목에 가래라도 걸려 있는 모양이다. 남편의 가슴을 만져본다. 약한 심장 박동이 느껴진다. 배를 만져본다. 부쩍 뱃살이 늘어났다. 손을 더 아래로 움직이려다 원위치로 돌렸다. 잠이 쏟아졌다.

9.

"까톡."

경박한 메신저 알람 소리에 눈을 떴다. 여기가 어딘지 한참 생각
해야 했다. 누군가에게 쫓기는 꿈을 꾼 것도 같다. 그렇다. 여기는
키웨스트다. 스탠드를 켰다. 흐트러진 침대 시트 밖으로 남편의 휴
대전화가 삐죽 삐져나와 있다. 남편은 어디 갔을까? 화장실이라도
간 걸까? 휴대전화를 집어 든다.

잘 봤어요. 내일 연락 주세요.

발신자는 김미정. 채팅 창을 열어본다. 지난 대화 내용이 없
는 걸 보니 더 수상하다. 무슨 내용이었기에 지웠을까? 김미정이
라……. 어디서 들어본 것 같기도 하지만 떠오르는 얼굴이 없다.
남편이 휴대전화에 집착하는 것은 늘 있던 일이지만 요즘 들어 그
증상이 심해졌다. 혼자 큭큭거릴 때도 있고, 내 눈치를 살피면서
휴대전화를 들고 다른 곳으로 사라질 때도 있다.

잘 봤어요. 내일 연락 주세요.

백 번을 봐도 이 두 마디뿐이지만 그 사이에 생략되어 있는 말
이 무엇인지 알아내려고 온갖 상상력을 동원했다. 김미정은 무얼
봤다는 걸까? 해외에 있는데도 내일 연락을 달라고 할 만큼 중요
한 일이 뭘까? 내가 답장을 한번 해볼까?

온갖 상상이 머리를 뒤집어놓는다. 심지어 남편이 직장을 그만
둔 이유, 아이를 갖지 않는 이유, 내가 남편을 멀리하게 된 이유도
모두 김미정 때문인 것만 같다.

아, 머리가 터질 것 같다. 생각을 그만두자. 남편이 돌아오면 담판을 지을 것이다. 아무것도 속이지 말고 나에게 모든 걸 털어놓으라고. 단 한 마디의 거짓말도 용납하지 않겠다고. 지금까지 나를 잘 속여왔다고 생각하겠지만 나는 모른 척 속아준 것이니까 발뺌하지 말라고. 하지만 그는 돌아올 기미를 보이지 않는다. 화장실엔 불이 꺼져 있다. 잠이 오지 않아 산책을 나갔을지도 모른다. 새벽 2시 20분에 휴대전화도 없이? 10분이 지나고 20분이 지나도 남편은 돌아오지 않는다. 30분이 되었을 때 나는 침대에서 일어났다.


10.


듀발 스트리트를 걷는다. 낮에 길을 어슬렁거리던 관광객들은 한 명도 보이지 않는다. 자동차도 없다. 가로등이 있긴 하지만 일부러 도롯가로 천천히 걸었다. 지갑과 휴대전화, 그리고 호텔 열쇠가 담겨 있는 백을 바짝 끌어안았다. 식당과 기념품 가게들은 문을 닫았다. 고양이 한 마리가 야아옹 하고 울면서 내게 다가온다. 분명 발가락이 여섯 개일 것이다. 등을 쓰다듬어주니 갸르르릉거린다. 털이 온통 검은색인데 눈만 노란색이다. 살아 있는 것을 만져서 그런지 마음이 조금 놓였다.

길모퉁이에 은은한 네온사인 불빛이 보인다. 나도 모르게 불빛에 이끌려 그곳으로 가본다. '슬로피 조의 바(Sloppy Joe's Bar)'. 이 근방에 아직까지 문을 열고 있는 술집이라면 남편이 있을지도 모른다.

문을 열자 술집 특유의 눅눅한 냄새가 풍겼다. 가사를 알아들을
수 없는 탱고 음악이 흘러나왔다. 가게는 전체적으로 어두워서 스
위치를 찾아 불을 켜고 싶은 심정이었다. 테이블에는 낮은 촛대가
하나씩 놓여 있지만 불은 다 꺼져 있었다. 바에는 기름 램프의 불
빛이 흔들거렸다. 빈티지 소품으로 예전 분위기를 내려나 보다. 바
텐더도 회색 조끼를 입고 빨간 넥타이를 맸다. 나를 보며 살짝 웃
는다.

손님은 단 한 명뿐이다. 등을 구부리고 턱을 괸 채로 바에 앉아
있다. 어깨도 넓고, 머리도 하얗기 때문에 남편이 아니라는 건 눈
치챘지만 그냥 나가기도 어색해서 바로 걸어갔다. 남편이 이곳에
왔었는지도 물어봐야겠다.

"뭐로 드시겠습니까?"

바텐더가 묻는다.

"물…… 물이요. 아니, 오렌지 주스를 주세요."

바텐더는 물기가 뚝뚝 떨어지는 차가운 얼음물과 오렌지 주스
를 각각 한 잔씩 내놓는다. 두 자리 건너 앉아 있던 남자는 나를 힐
긋 쳐다본다.

"그걸 마시면 잠이 올 거라고 생각하오?"

남자의 음성은 바리톤처럼 낮다. 머리도 하얗고 콧수염도 하얗
다. 볼은 약간 상기되어 있고 살짝 튀어나왔다. 파란색 체크무늬
셔츠의 버튼이 두 개나 풀려 있다. 그 사이로 복슬복슬한 가슴 털
이 보인다. 운동으로 단련된 어깨와 팔뚝, 햄버거를 먹으면 소스가

묻을 것 같이 튀어나온 배. 나는 다시 한번 그를 쳐다보았다. 누군가와 너무 닮았기 때문이다. 오늘 13달러의 입장료를 내고 들어간 집의 주인장과 똑같이 생겼다.


11.

키웨스트에서 매년 헤밍웨이 닮은 꼴 선발대회를 한다는 기사를 읽은 적이 있다. 수염을 곱게 기른 은발의 할아버지 수십 명이 사람 좋은 미소를 지은 채 모여 있는 사진을 봤다. 산타 선발대회도 아니고, 헤밍웨이 선발대회라니. 내 옆에 앉아 있는 남자는 그들 중 하나일지도 모른다. 올해 우승을 해서 아예 이곳에 눌러살기로 작정했을 수도 있다. 헤밍웨이와 꽤나 닮았지만 이 사람의 얼굴엔 사진 속의 헤밍웨이에게서 보던 미소가 없다. 그 미소가 없으니 보통 사람 같다. 사람들이 모두 잠든 새벽에 잠들지 못한 늙은 남자. 눈 아래 주름도 많고 피부도 푸석푸석하다.

"사람을 찾고 있어요."

오렌지 주스가 쓰다. 상한 건 아니겠지.

"이 시간에 도망간 남자라면 돌아오지 않을 거요. 여자에게 작별 인사 없이 떠나는 남자는 겁쟁이 중 겁쟁이지."

헤밍웨이를 닮은 남자가 말한다. 보물처럼 술잔을 두 손에 꼭 쥐고. 그가 말하니 어쩐지 남편이 돌아오지 않을 것 같은 기분이 든다.

"혹시 동양 남자 한 명을 보지 못했나요? 키는 저 바텐더만 하고 검은 뿔테를 낀 호리호리한 체격인데…….”

“내가 알기론 동양 사람은 이곳에 오지 않아. 어디서 오셨소? 일본?”

“한국이요.”

“한국?” 그는 눈을 크게 뜨고 나를 쳐다본다. “한국전쟁이 일어난 그 한국 말이지? 내가 전장에 가봤어야 하는 건데. 맥아더 사령관은 작전을 잘못 짠 게 틀림없어. 나라를 두 동강 내고 평화를 지켰다고 으스대는 이 나라에 구역질이 나오.”

그는 내 옆자리로 바짝 다가왔다.

“혹시, 여기까지 오는 데 수상한 사람 못 봤소?”

달콤한 술 냄새가 풍겼다. 도대체 이 술집에서 몇 시간 동안 앉아 있던 걸까?

“아, 아뇨. 고양이밖에 보지 못했어요.”

그는 출입구를 슬쩍 쳐다본다. 가슴에서 수첩을 꺼내 펜으로 깨알같이 뭔가를 적는다.

“놈들이 벌써 알아챘을지도 몰라. 케첨에서 여기까지 온 건 아내도 모른단 말이오.”

그의 이마에 땀이 송골송골 맺혔다. 눈동자가 불안하게 흔들린다.

“놈들이라뇨?”

손님이 아무도 없는데 그는 내 귀에 대고 속삭인다.

“누구긴? 에프비아이지. 내가 이 근처에서 쿠바 녀석들과 접선한다고 생각하는 모양이야.”

하마터면 웃음을 터뜨릴 뻔했다. 이 남자는 헤밍웨이의 생김새뿐만 아니라 성격까지 모방하려나 보다. 하지만 이곳에 누군가가 숨어 있다면 연방 정보원이 아니라 닮은 꼴 선발대회 심사위원일 것이다. 대회가 지났는데도 여전히 닮은 꼴을 유지하는 이 남자에게 보너스 점수를. 성격 묘사까지 완벽함.

"내가 누군지 모르는 사람은 아무도 없지."

"그래요, 당신은 파파니까. 영화배우보다 더 영화배우 같은 작가."

그는 살짝 웃는다. 헤밍웨이의 사진에 들어 있는 완벽한 미소를 지으면서.

"소설 속의 내가 한 짓을 사람들은 진짜 내가 한 거라고 믿소."

"대부분 사실이 아닌가요?"

"정말 그렇게 생각하오?"

남자의 표정이 어두워졌다.

"그렇게 생각하면서 소설을 읽는 게 더 재밌어요."

"나는 숨을 곳이 없소. 사람들은 내 침대에서 무슨 일이 벌어졌는지까지 알고 있지. 심지어는 소설 속에서도 숨을 수 없다오. 진짜 거짓말을 하고 싶은데, 할 수가 없소."

보너스 점수 추가.

"한잔하겠소?"

내 대답을 기다리지도 않고 손을 살짝 든다. 바텐더에게 고개를 끄덕거리고는 손가락 둘을 펼친다.

"밤에 오렌지 주스를 마시면 속이 더 쓰리거든."

술을 못 마신다고 말하려다 타이밍을 놓쳐버렸다. 투명한 호박색 액체가 담긴 유리잔이 벌써 내 앞에 놓였다. 그는 잔을 살짝 든다. 나도 얼떨결에 든다. 그가 꿀꺽, 하고 한 모금을 마신다. 나도 한 모금을 마셔본다. 입안을 살짝 적실 정도로만.

"감초 맛이 나요."

나도 모르게 이 말이 나왔다.

"모든 술은 감초 맛이 나지."[1]

헤밍웨이의 단편소설에서 들어본 듯한 대사였다.


## 12.

술을 마시면 가슴이 쿵쾅거린다. 물을 마셔도 멈추지 않고 얼굴이 벌게지기 때문에 자제해왔다. 그런데 이 남자와 감초 맛이 나는 술을 마시니 기분 좋게 심장이 두근거렸다. 다시 만나지 못할 사람이니까 더 편해서였을까? 어떻게 해서 남편을 만났고 결혼을 하게 되었는지, 굳이 하지 않아도 될 이야기가 술술 흘러나왔다.

"여기엔 어쩐 일로 오게 되었소?"

남편 친구의 회사가 워싱턴에 있는 업체와 공동 개발을 하는데 남편은 아르바이트 겸 일을 도와주러 왔다. 나는 필요할 때마다 통역을 도와주었다. 대부분이 기술 용어라서 뜻도 모른 채 통역을 해

---

1) 〈흰 코끼리 모양을 한 언덕(Hills Like White Elephants)〉, 어니스트 헤밍웨이.

줘도 상대방은 대충 알아들었다. 로봇이 된 것 같은 기분이 들었다. 생각하는 척하지만 생각할 능력이 없는 로봇. 능수능란하게 일을 처리해서 칭찬을 받지만 내가 하는 일의 진짜 의미는 파악할수 없다. 어쩌면 세상은 그렇게 돌아가고 있는지도 모른다. 진짜의미 따위는 몰라도 어른이니까 다들 아는 척을 할 뿐.

워싱턴에서 지내는 동안엔 눈이 지긋지긋하게 내렸다. 하루는50센티미터까지 쌓여서 밖으로 나갈 수도 없었다. 보름 일정이 나흘 더 늘어났다. 일을 마치고 남은 돈으로 여행을 하기로 했다. 여행지는 내가 골랐다. 지긋지긋한 눈 때문에 따뜻한 곳으로 가고 싶었다. 하와이는 어떨까, 라고 생각했는데 미국 직원이 지난 크리스마스를 마이애미에서 보냈다고 했다. 그때 키웨스트가 떠오른 것이다. 미국의 최남단에 있는, 헤밍웨이의 생가가 있는 곳.

"영광인걸? 그나저나 남편 이야기나 더 해보슈."

남편은 호텔 방에서 밤새도록 노트북을 켜놓고 일을 했다. 프로그램을 짠다고 했다. 촤라라락, 알 수 없는 언어와 기호들이 화면을 가득 채웠다. 등을 약간 구부린 채로, 가끔씩 물을 마시거나 화장실에 가는 것을 빼면 꼼짝없이 앉아 키보드를 두드렸다. 회사에서도 저런 식으로 일을 했겠지. 그도, 로봇이 된 것 같은 기분이었을까? 나도 잘 모르겠다. 우리에겐 대화가 필요하다.

나 몰래 누군가와 대화를 하고 있다는 것을 눈치챈 건 한 달 전쯤이다. 밥을 먹을 때, 텔레비전을 볼 때 항상 휴대전화를 들고 있는 건 전과 다를 바가 없었다. 하지만 느낌이 달랐다. 누군가에게메시지가 왔고, 그것을 확인할 때 그의 표정이 미묘하게 변했다.

나에게 한 번도 지어본 적이 없는 종류의 미소를 짓는 것이었다.

"전쟁이구먼."

남편에 대한 이야기를 한참 하고 있는데 그가 말했다.

"네?"

"1차 세계대전 때부터 나는 여러 전장을 돌아다녔지."

알고 있다. 부상을 당해 병원에 입원했을 때 연상의 간호사와 사랑에 빠지지 않았던가? 아니지, 짝사랑이었나?

"하지만 세상에서 가장 큰 전쟁은……."

그가 술잔을 비웠다.

"부부 사이에서 일어나는 법이지."


13.


내가 그를 부축했는지, 그가 나를 부축했는지 잘 모르겠다. 똑바로 걷고 싶은데 제대로 되지 않았다. 넘어질 뻔했는데도 까르르, 웃음이 나왔다. 남편이 어디로 사라졌는지 걱정이 되지 않았다. 카지노에서 잭팟을 터뜨렸을 것도 같고, 괴한에게 총격을 당해서 죽었을 것도 같았다. 무슨 일이 일어나든 아무런 상관이 없다. 나는 기분이 좋으니까. 아, 이래서 사람들은 술을 마시는구나.

"다 왔소."

고개를 들었다. 어둠 때문에 잘 보이지는 않아도 이곳이 어딘지는 안다. 키웨스트에서 가장 유명한 집이다.

"우리 집에는 손님용 침실도 있소."

그것도 안다. 약간 작아 보이는 싱글 침대가 있고 주름진 커튼이 팔랑거리고 있었지. 협탁에는 놋쇠로 된 물 주전자가 있을 것이다. 그는 나의 귀에 대고 속삭인다.

"원한다면 나와 함께 자도 좋소."

풋, 하고 웃음이 나왔다.

"당신은 모든 여자들이 당신과 자고 싶어 한다고 생각하는 거죠?"

그는 어깨를 들썩거렸다. 긍정도 부정도 하지 않고.

"여자를 얼마나 혐오하는지 알고 있어요."

나는 그를 떠밀었다. 다리가 휘청거렸지만 중심을 잡고 일어났다.

"당신의 소설을 읽어보면 다 알 수 있어."

그는 멍하니 나를 쳐다본다. 나도 그를 쳐다본다. 서로에게 변명을 해야 하는데 할 말을 찾기가 힘들다. 바보. 나는 그를 진짜 헤밍웨이라고 생각하고 있는 것이다.

그는 손을 흔든다. 파리를 쫓은 시늉 같다. 대문을 열자 끼익, 소리가 난다. 거실의 불이 켜지더니 곧이어 2층에 있는 침실의 불이 켜진다. 잠시 뒤, 침실이 어두워졌다.

문이 살짝 열려 있다. 일부러 잠그지 않은 걸까? 문고리를 잡아본다. 새벽이슬이 맺혀 있어서 축축하다. 나는 심호흡을 한 번 했다. 그리고 문을 열었다.

14.

눈을 떴을 때, 누군가 내 옆에서 코를 골고 있었다. 천장의 무늬를 한참 바라보다 고개를 천천히 돌렸다. 내 쪽으로 얼굴을 향하고 있는 사람은 남편이었다. 이곳은 우리가 묵었던 하트브레이크 호텔이고. 어떻게 된 걸까? 나는 문을 열고 헤밍웨이의 집으로 들어갔는데……. 이불 속을 살펴본다. 지난밤에 입고 잤던 팬티와 티셔츠 차림이다. 생수를 꿀꺽꿀꺽 삼켰다. 미지근했다.

아침 식사는 호텔 로비에서 유럽 스타일로 제공된다고 했지만 바싹 마른 크루아상과 텁텁한 커피뿐이었다. 제대로 된 아침을 먹기 위해 거리를 어슬렁거렸다. 머리가 어지러워서 몸을 비틀거렸다. 남편은 전혀 눈치채지 못하고 휴대전화로 사진 찍기에 여념이 없었다. 나도 모르게 '슬로피 조의 바'로 발길이 향했다. 위치는 똑같았는데 분위기는 달라 보였다. 늦은 밤까지 잠들지 못한 사람들을 위한 술집이 아니라 관광객을 위한 싸구려 술집 같다. 키웨스트에서 가장 유명한 술집이라고 요란을 떠는 문구가 군데군데 보인다. 벽에 걸린 흑백사진에는 헤밍웨이를 닮은 할아버지 다섯이 어깨동무를 하고 활짝 웃고 있다.

"당신은 헤밍웨이의 열혈 팬이구나."

남편이 웃는다. 거의 비웃음에 가깝다. 정오가 가까워지고 있었다. 나는 샌드위치를, 남편은 새우 칵테일과 맥주를 시켰다. 그는 내 눈치를 살피는 것 같다. 아침에 일어나서 이곳에 오기까지 내가 한 말이라고는 "응", "아니"라는 대답뿐이었으니까. 아침 먹으러 갈까? 응. 여기서 먹을까? 아니. 어디 생각해둔 곳 있어? 아니. 대답이 짧을수록 남편은 긴장을 한다. 남편은 긴장을 해야 한다. 이제 중요한 질문을 할 테니까.

음식이 나왔다. 남편이 포크를 들 때, 내가 말했다.

"김미정이 누구야?"

그는 포크를 내려놓는다.

"다 알고 있으니까 말해. 여기서 거짓말하면 나 혼자 차를 몰고 떠날 테니까."

사실은 아무것도 모른다. 남편은 맥주를 벌컥벌컥 들이켠다. 거짓말을 꾸며낼 시간이라도 필요한가 보다.

"나중에 당신한테 다 말하려고 했어. 좋은 결과가 나오면."

"무슨 결과?"

"김미정 몰라? 문학 동아리 1년 후배 있잖아. 국문과에 다니던 똘똘한 아이. 걔가 출판사에 다니거든. 벌써 편집장이야."

"그래서?"

"책이 나올 것 같아."

"무슨 말이야?"

"장편소설을 쓰고 있었어. 작년에 1억짜리 공모전에 투고했는데 떨어졌지만. 김미정이 보여달라고 해서 줬더니 자기네 출판사에서 책을 만들고 싶대. 잘만 수정하면 꽤나 팔리는 소설이 될 거라나. 어젯밤에 연락받은 거야."

칭찬이라도 받고 싶은지 으스대는 저 남자의 얼굴에 얼음이 가득한 물을 뿌릴 뻔했다. 그동안 내가 무슨 생각을 했는지 이 남자는 짐작할 수도 없을 것이다.

"그런데 새벽엔 어디 갔었어? 한잔하고 돌아왔더니 없던데."

나는 대답 대신 물을 꿀꺽꿀꺽 삼켰다. 사실대로 말해야 할지, 거짓말을 해야 할지 알 수가 없었다. 사실은, 진짜로 무슨 일이 일어났는지 나도 확신할 수가 없었다.


15.


지난 새벽, 나는 헤밍웨이의 집에 들어갔다. 불은 모두 꺼져 있었지만 문은 잠겨 있지 않았다. 낮에도 들렀던 거실 입구에는 사진 액자도, 유리로 된 전시물 케이스도 없었다. 입장권을 파는 곳이나 전시장을 알리는 표시도 없었다. 사람이 살고 있는 진짜 집처럼 느껴졌다. 나는 침실이 있는 2층으로 올라갔다. 은근히 바라고 있었다. 그가 진짜 헤밍웨이니까 자기 집으로 온 것뿐이라고.

침실로 들어가니, 야아아옹 하고 고양이 한 마리가 살금살금 기어왔다. 사람들이 들어가지 못하게 쳐놓았던 줄은 사라지고 없었다. 나는 걸음 소리가 나지 않게 침대로 다가갔다. 침대에는 그가 얼굴을 똑바로 천장으로 향하고 두 손은 가슴팍에 얹은 채로 누워 있었다. 마치 관 속에 누워 있는 사람처럼 보였다. 가슴이 조금 올라왔다가 다시 내려가는 것을 보니 살아 있는 건 확실했다. 관광객을 위한 전시용 헤밍웨이가 아니다.

나는 신발을 벗고 이불 속으로 들어갔다. 그는 몸을 꿈틀거리며

내가 누울 자리를 만들어주었다. 에어컨은 없었다. 창문을 열어놓
았는지 서늘한 바람이 불다가, 멈추기를 반복했다. 나는 그의 등에
손을 대보았다. 늙어서 가죽이 말라버린 코끼리의 등 같았다.

"요즘 잠이 들기 전, 무슨 생각을 하는지 아오?"

목소리가 갈라져서 쇳소리가 중간중간 섞여 있었다. 내게 말하
는 건지, 중얼거리는 건지 알 수 없었다.

"아침이 되면 눈이 떠지지 않기를 바란다오."

나는 그의 어깨를 살짝 붙잡았다.

"모든 이야기는 계속 이어지다 보면 죽음으로 끝나오. 그걸 숨
기는 자는 진짜 이야기를 들려주지 않는 것이지."[2]

그가 몇 살 때 엽총으로 자신의 입을 겨눴는지 생각해보았다. 예
순 살 아니면 예순한 살이었을 것이다. 우울증과 알코올중독으로
정신병원을 드나들었고, 전기치료로 인해 몸과 마음이 황폐해진
뒤였다.

어깨에 올라간 나의 손 위에 헤밍웨이의 손이 툭, 하고 얹혔다.
손의 감촉은 딱딱하지만 따뜻한 온기가 느껴졌다. 한동안 그렇게
그는 내 손을 잡고 있었다. 무언가를 요구하거나 전달하려고 애쓰
는 손이 아니었다. 마치 잠이 들기 위해서 부축이 필요한 손 같았
다. 그의 손은 예고도 없이 스르르 내려갔다. 바보 같은 생각이지
만, 혹시 그가 죽지 않았을까 걱정되었다. 가슴을 만져보았다. 털
이 수북했다. 미약하게나마 심장박동이 느껴졌다. 손을 조금 더 아

---

2) 《오후의 죽음(Death In The Afternoon)》, 어니스트 헤밍웨이.

래로 움직였다. 완만한 언덕처럼 솟아오른 배가 느껴졌다. 배탈이
난 아이를 치료하는 것처럼 원을 그리며 쓰다듬었다. 그는 기분이
좋아졌는지 몸을 꿈틀거렸다. 손을 움직여 더 아래로 뻗었지만 닿
는 게 없었다. 나의 몸이 아래로, 끝이 없는 바닷속으로 가라앉는
기분이 들 뿐이었다.


16.


운전대의 손을 바라본다. 햇볕 때문에 따끔거린다. 운전대에서
오른쪽 손을 뗀 다음 주먹을 쥐었다 폈다를 반복한다.

"손이 저려?"

남편이 묻는다. 나는 헤밍웨이의 손을 생각하고 있었다. 내 손을
쥐었던 그 손의 감촉을 떠올려보려고 애썼다. 그럴수록 느낌은 저
만치 사라졌다.

"아니, 그냥. 그나저나……."

남편의 얼굴이 밝아진다. 내가 화를 풀었다는 걸 알아챘나 보다.

"글을 쓰고 있다고 왜 나한테 말하지 않았던 거야?"

"나는 합평 시간이 제일 싫었거든."

그가 말한다.

"합평 시간에 소설을 발표한 적도 없잖아?"

"쓴 적이 없는 건 아냐. 다들 돌려가면서 한마디씩 내뱉는 말들
이 우스웠거든. 연습생들이 어떻게 연습생을 평가하지?"

"그 말은 내가…… 작가가 아니라서 보여줄 수 없었다는 거야?"

신호등이 빨갛게 변했다. 남편은 내가 왜 화가 났는지 그제야 알아차린 것 같았다.

"아냐, 그런 게 아니라고. 온전히 나다운 글을 써보고 싶었을 뿐이야. 다음 소설은 꼭 보여줄게. 첫 시작은 혼자 하고 싶었어."

더 이상 남편에게 묻지 않았다. 소설의 제목이 뭔지, 내용은 뭔지, 혹시 나를 모델로 한 사람이 나오는지, 궁금한 게 많지만 책으로 확인할 수밖에 없을 것이다. 그에 대해 몰랐던 몇 가지 것들을 더 발견할지도 모른다. 이상하다. 합평 시간에 선배와 동료들한테 가장 칭찬을 많이 들었던 사람은 바로 나인데 동아리방 구석에서 만화책을 읽던 남편이 장편소설을 쓰다니. 누구는 심호흡을 백 번 해도 다이빙을 할 용기가 나지 않는데 누구는 망망대해를 향해 그대로 점프해버린 것이다.

신호등이 파란불로 바뀌었다. 창밖을 보니 고속도로 1번이 시작되는 0마일 표지판이 보인다. 여기가 세상의 출발점이라는 듯이 초록색 바탕에 흰색으로 동그라미가 그려져 있다.

"출발 안 해?"

남편이 말한다. 뒤에 있는 트럭이 신경질적으로 계속 경적을 울려댄다. 그런데도 브레이크에서 발이 떨어지지가 않는다.

# 상자

이영훈

이영훈

＼

1978년 서울에서 태어났다. 2008년 〈문학동네〉 신인상에 단편소설 〈거대한 기계〉가 당선되었다. 2012년 장편소설 《체인지킹의 후예》로 제18회 문학동네소설상을 수상했다.

## 1.

아니요, 아닙니다. 눈은 날 때부터 보이지 않았습니다. 도중에 먼 것이 아닙니다. 저에 관한 풍문이라면 들은 바 있지요. 점치는 소경 놈의 영험함이 지나쳐 신명이 성을 내어 눈을 앗아갔다든가, 되레 영험함을 높이기 위해 스스로 눈을 팠다는 이야기 말입니다. 하지만 나리, 눈을 파 영험함을 얻을 수 있다면 저잣거리 점복 놈들의 눈알이 남아날 리 있겠습니까? 아둔한 놈들은 진짜로 눈을 팔 것이고, 그나마 약삭빠른 놈들은 일부러 보이지 않는 척을 할 것입니다. 그러고는 눈이 보이지 않으니 신통하다 우기겠지요. 애초에 소경의 점복이 더 용하다는 것도 다 헛소리입니다. 고사에서 영험한 점쟁이로는 곽박이나 원천강을 드는데, 이들이 능했던 것은 천문과 풍수였습니다. 눈이 보이지 않는데 어떻게 땅이나 별을 살피겠습니까? 앞을 못 보는 것은 그저 병신입니다. 점복의 용함과는 관계가 없지요.

신명의 화를 샀다는 소문도 마찬가지입니다. 천출에 유복자에 눈도 보이지 않는 놈의 목숨이 무슨 가치가 있겠습니까? 영문도 모른 채 끌려와 문초를 당하고 있는 제 꼴을 보십시오. 높으신 분들의 화를 사도, 아니 화를 사지 않아도 이런 꼴인데 하물며 신명이 성을 내면 오늘까지 목숨이나 부지할 수 있겠습니까? 풍문이란 늘 그런 식이지요. 도무지 사리에 맞지 않는 이야기가 모르는 곳에서 지어져 바람을 타고 와 목을 조릅니다.

아니요, 아닙니다. 끌려온 것이 억울하다 하는 것이 아닙니다. 그저 무슨 영문인지 모르겠다는 것이지요. 나리께서 밝히신 저의 죄목은 점쟁이 주제에 요사스러운 풍문을 지어내 어리석은 놈들을 홀렸다는 것인데, 말씀드렸다시피 입에서 입으로 바람처럼 전해지는 말이야 제가 지은 것이 아니고, 그 풍문을 믿은 놈들의 어리석음이야 제 탓이 아닙니다. 무엇보다 저는 지은 말을 입 밖에 낸 적이 없습니다. 장님 저 죽을 날 모른다는 말이 있듯이 평생 보지도 못하고 살아온 상놈이 무슨 재주로 말을 지어내겠습니까. 들어보신 적이 없습니까? 장님 저 죽을 날 모른다는 말을요. 묘한 일입니다. 저는 그 말을 귀에 인이 박이도록 듣고 살았는데 말입니다. 지금의 제 처지와 딱 맞는 말 아닙니까?

분명 점복을 업으로 삼긴 했습니다. 나라에서 점복을 금한다면 그것이 죄겠지요. 하지만 점복이 아니면 앞 못 보는 놈이 입에 풀칠할 방도가 얼마나 되겠습니까? 점을 보지 않았다면 어디의 비렁

뱅이로 쉬어 터진 밥이나 먹고 살았겠지만, 그렇다면 이렇게 잡혀올 일도 없었을 테니 그 또한 묘한 일입니다.

그런데 엄밀한 의미에서 점을 본다는 것은 말을 지어낸다는 의미가 아니잖습니까? 점을 보는 것은 점괘를 보는 것, 그리고 괘를 본다는 것은 나름의 방법에 따라 나온 결과를 보고 읽는 것입니다. 기실 괘는 어디에나 있고, 무엇이든 됩니다. 제가 아는 점복가 가운데 가장 특이한 자는 남쪽에 사는 노파인데, 독에 뜬 장에서 괘를 읽습니다. 점복이 죄라면 그 노파도 여기 잡혀와 있습니까? 보이지 않으니 모르겠습니다. 다른 이를 발고하려는 것은 아니고 제가 하고 싶은 말은 그러니까, 제가 앞을 보지 못한다는 것입니다. 앞을 볼 수 없는데 어찌 점이라고 볼 수 있겠습니까.

찾아오는 사람들 앞에서 점을 보는 시늉을 한 적은 있습니다. 저는 육효점으로 이름을 날렸지요. 육효란 것은 나리도 아시는 복희씨의 바로 그 육효입니다. 당장 닥칠 일의 구체적인 결과를 알아보는 것에 주효하지요. 점을 보는 시늉은 대충 이렇습니다. 산통에 산가지 여섯 개를 넣고 자못 진지한 표정으로 통을 흔들다 상 위에 펼치는 것입니다. 그런 후에 가지가 펼쳐진 모양을 계산하여 뜻하는 바를 읽어내는 것인데, 실은 이것이 좀 엉터리입니다. 앞이 보이질 않으니 손으로 산가지를 더듬어 괘를 읽어야 하는데, 가지가 펼쳐진 모양을 살피려 손을 뻗으면 어느새 모양이 흩어지고 맙니다. 그러니 잡히는 것은 늘 제 손에 밀리거나 돌아간 산가지의 형태이지요. 평생 한 번도 산통에서 뿌려진 그대로의 산가지를 만져본 적이 없습니다. 그렇다고 제 점 보는 시늉을 탓하는 이 역시 한 명도 없었지요.

　괘가 어디에나 있으니, 그러니까 땅이나 별에도 있고, 산가지 여섯 개나 새벽 나절의 어슴푸레한 빗줄기나 심지어 먹는 과자와 독에 뜬 장에도 있으니, 그걸 읽는 일은 별것이 아닌데, 정작 문제는 점복이 읽는 괘가 남의 것이라는 점입니다. 자신의 것이라면 읽은 대로 벌어질 테니 나머지는 지루한 기다림뿐이지만 남의 괘라면, 본 것을 읽어주어야 하지요. 때문에 중요한 것은 점괘를 보는 것이 아니라, 본 점괘를 말하는 방법입니다. 그런 면에서 저는 지어낸 말을 요사하게 흘린 것일지도 모르겠습니다. 하지만 말입니다, 말이란 것은 언제나 기이하게 뒤틀리는 것이지요. 풍문처럼 여러 사람의 입을 탄 말은 말할 것도 없고, 그 자리에서 전한 말이나 때로는 전하지 않은 말조차 오해를 부릅니다. 그렇게 보면, 아니 보지 않더라도 말입니다, 산통을 흔드는 저의 시늉도 썩 무용한 것만은 아닐지도 모릅니다. 어차피 뒤틀릴 말이라면, 가지가 놓인 모양 따위야 큰 문제도 아니지요.

　이런 일이 있었습니다. 점복으로 이름이 알려지기 전이었으니 서른서너 해쯤 되었을 것입니다. 아침부터 추적추적 비가 오기에 그날 일은 글렀구나 싶어 쪽마루에 팔을 괴고 누웠지요. 비가 오면 사위의 소음이 가라앉고, 소음이 들리지 않으면 자연스레 들리지 않던 소리를 구분할 수 있게 되지요. 투둑투둑, 생경한 소리가 들려 무슨 소리인지 가늠해보니 볏짚 지붕에서 물방울이 굴러 주춧돌에 떨어지고 있었습니다. 무료하여 돌에 떨어지는 물방울의 수를 헤아렸습니다. 한 삼천 개쯤 세었을 때, 초동 하나가 대문 처마

밑에 나뭇짐을 내려놓고 비를 피하는 겁니다. 묘한 놈 아닙니까? 비 오는 날 땔나무를 줍다니요. 젖은 나무를 어디에 쓴단 말입니까? 비는 그칠 기미가 없고, 초동에게 정신이 팔려 세던 물방울도 까먹은 참에 저놈 운이나 떼어보자 싶어 방에 두었던 산통을 들었지요. 통을 흔들고 가지를 펼친 후 괘를 더듬었는데, 그만 손을 잘못 놀려 산가지 하나가 쪽마루 아래로 떨어진 겁니다. 낭패였지요. 방에서 가지를 놓았다면 어디에 빠지더라도 찾을 수 있었을 테지만, 쪽마루에서 떨어진 걸 찾는 일은 눈을 뜬 사람에게도 힘든 일 아니겠습니까? 손을 짚어 찾았지만 진흙만 묻어 나왔지요. 일이 그렇게 된 것도 다 초동 때문이니 아이를 불렀습니다. 거기 비 피하는 애야, 이리 좀 와라. 쭈뼛거리며 앞에 선 초동이 그러더군요. 장님이시오? 보면 모르느냐. 앞도 못 보는 이가 나 있는 것은 어떻게 알았소? 다 아는 수가 있다. 아무튼 떨어뜨린 산가지 좀 주워다오. 아이가 몸을 움직였는지 풀 비린내 섞인 살 내음이 났습니다. 아이가 말했습니다. 보이지 않소. 잘 찾아보아라. 너 때문에 떨어뜨린 가지니. 나 때문에요? 너 때문이다. 어째서 나 때문이오? 네 운을 떼다가 떨어뜨렸으니 너 때문 아니냐.

아이가 묻더군요. 운은 어찌 나왔소?

대답할 수 없었습니다. 그야 점을 끝까지 보지도 못했으니까요. 그런데 이런 생각이 들었습니다. 산통에 든 산가지는 여섯이 한 묶음입니다. 이 가지들은 한 번에 만들어 한꺼번에 쓰는 것이지요. 따로 떼어 쓸 수 있는 것이 아닙니다. 가지 하나를 떨어뜨려 찾을 수 없다면 남은 산가지는 없는 것이나 마찬가지지요. 그런데 그 산통은 초동에 대해 굴린 것 아닙니까. 그렇다면 이렇게 말할 수도 있지요. 초동은 없는 것이나 마찬가지라고요.

사실 저는 언제나 틀리지 않는 점을 말하는 방법을 하나 알고 있습니다. 그것은 너무 쉽지요. 누가 찾아오든 이렇게 말하면 됩니다.

당신은 죽소.

그렇지 않습니까? 산몸이라면 모두 언젠가는 죽지요. 이 점괘만큼은 결코 틀리는 법이 없습니다. 우리는 모두 죽으니까요. 어차피 점괘를 다 보긴 틀렸고, 그래서 초동에게 그리 말했습니다.

너, 이제 죽는다.

그다음에는 뭐 뻔하지요. 죽는다는 소릴 듣고 제정신인 놈이 어딨겠습니까. 조금 담이 커봐야 침을 뱉고 성을 내거나, 그게 아니면 울고불고 난리지요. 초동도 그랬습니다. 개돼지처럼 꺽꺽대는 꼴이 아주 우스웠지요. 어떻게 죽는지 소상히 알려달라 울부짖더군요. 알 리가 없잖습니까? 괘를 다 더듬어보지도 못했는데 말입니다. 그래 말했지요. 점을 다 보지도 않았는데 그걸 어찌 아니. 그럼 남은 점을 봐달라고 하더군요. 이상한 말이지요. 저는 점을 볼 수 없으니 말입니다. 그렇지만 발악인지 애원인지 졸라대는 초동에게 못 이겨 점을 보고 싶으면 산가지를 찾아달라고 했습니다. 남은 점을 보고 싶어 아등바등 쪽마루를 뒤지는 초동의 꼴이 눈을 감고도 훤히 보이는 것 같았습니다. 하지만 죽는다는 소리까지 들은 마당에, 맨정신으로도 못 찾은 산가지가 눈에 보일 리 있습니까? 뒤져도 뒤져도 산가지가 나오질 않으니까 이놈이 아예 마당

한가운데서 자지러지더군요. 슬슬 귀찮기도 하고, 찬바람에 몸이 식어 방에 들어가봐야겠다 싶었습니다. 해서 초동에게 그랬지요. 남은 점 얘길 들려줄 테니 해온 나무 중에 길쭉하고 곧은 놈 있으면 하나 내놔라. 초동이 가져온 엄지손가락만 한 굵기의 싸리나무 가지를 받아 들고 그 결을 손으로 훑어보았습니다. 만져보니 새 산가지가 될 물건이더군요. 싸리나무 가지로 흩어놓은 산가지를 가리키며 초동에게 물었습니다. 가지가 몇 개 남아 있니? 다섯 개요. 바닥에 떨어진 산가지는 찾지 못했지? 아무리 뒤져도 없소. 원래 산가지는 여섯 개가 한 조다. 싸리나무 가지를 손에 탁탁 놀리며 말을 이었습니다. 덕분에 새 산가지 감이 생겼다. 초동은 입을 다물고 남은 점괘를 재촉했습니다. 그래 말해줬지요. 있어야 할 가지에 하나가 비었으니 객사 아니겠니. 객사요? 그래, 집 밖에서 죽는다는 말이다. 그러고는 싸리나무 가지를 챙겨 방으로 기어들었습니다.

없던 말을 해놓았으니 말을 지어낸 것이 아니냐고 하실지 모르겠습니다. 그러나 뒤에 벌어진 일을 따져보면 제가 아주 없는 말을 지은 것은 아니지요. 비가 그치고 보름쯤 지났을 때, 손님 하나가 찾아왔습니다. 용하다는 소문을 듣고 찾아왔다고 하더군요. 인근 마을에서 머슴을 살던 아이 하나가 죽을 점을 받아오더니 정말로 죽어버렸다고 말입니다. 듣자마자 초동의 이야기라는 것을 알 수 있었습니다. 딱한 얘기였지요. 손님에게 물었습니다. 그래, 어느 길에서 죽었소? 길이라뇨, 자기 방에서 죽었습니다. 방에서 죽어? 예, 점을 받은 날부터 집 밖으로 나가지도 않고 이불을 뒤집어

쓴 채 오들오들 떨더니만, 서까래 하나가 무너져 머리를 맞고 죽었지요.

어리석은 놈 아닙니까? 객사라는 얘길 듣고 길에서 죽을까 봐 집 밖으로 아예 나가질 않은 겁니다. 앉은뱅이도 아닌 놈이 평생 안 나갈 것도 아니면서 괜히 방에 틀어박혔다가 명을 재촉한 게지요. 초동이 머물던 방의 서까래는 필시 여섯 개였을 것입니다. 그런 것은 보지 않아도 알 수 있지요.

아무튼 하려는 말은, 제가 말을 지어낸 것이 아니라는 겁니다. 저는 그저 벌어진 일을 전한 것이지요. 아무 일도 벌어지지 않았다면 멍청한 아이를 골린 것이 되겠지만, 죽을 점을 주었더니 진짜로 죽어버리지 않았습니까? 객사는 아니지만 그게 죽은 놈에게 무슨 의미가 있습니까. 방에서 죽든 길에서 죽든, 죽는 것은 죽는 것이지요.

다만 이런 것은 궁금합니다. 초동의 점괘는 대체 어디에 있었을까요. 처음 산통을 뿌렸을 때 손으로 건드리기 전의 점괘, 손으로 건드린 후에 없어져버린 점괘, 제 입을 타고 그 아둔한 놈에게 전해진 점괘. 그 점괘들은 각기 다른 것이었는데, 우습게도 벌어진 일이 맞아떨어져 용한 점복가가 되어버렸지요. 남은 산가지 다섯 개가 놓인 모양을 본 것처럼 기억하고 있습니다. 죽을 점을 말하자 나자빠지던 아이의 울부짖음이나 새로 받아 든 싸리나무 가지의 감촉도 방금처럼 생생하지요. 때로는 제가 건드린 산가지가 떨어지는 모양과 아이의 머리를 찧은 서까래의 생김을 구분할 수 없습니다. 길쭉한 나뭇가지, 혹은 나무통이 소리 없이 바닥으로, 아이의 머리로, 쿵, 떨어져 내리는 것이 겹쳐 보이기도 하지요. 아니, 물론 보이지는 않지요. 본 것 같다는 것입니다. 본 적이 없으니 본 것과 보지 못한 것을 구분할 수도 없지요. 무엇이 아이의 점괘였을 까요. 처음부터 죽을 일이 정해져 있었을까요? 아니면 점괘를 전 한 제 말이 서툴러 죽은 것입니까? 그날 아이의 점을 보지 않았다 면 아이는 죽지 않았겠습니까? 비 오는 날 군이 땔나무를 하러 다 닌 초동은 죽으려고 젖은 나무를 주워 모은 것입니까? 아니면 제 게 새 산가지를 쥐여주러 온 것일까요? 어쨌거나 아이가 해온 싸 리나무 가지를 새 산가지 삼아 이날 이때까지 먹고살았으니 모두 아예 무용한 것은 아니지요.

아니요, 아닙니다. 제 점이 영험하다고 항변하는 것이 아닙니 다. 오히려 제가 아무것도 모르는 소경이란 것이지요. 점을 본 것 도, 말을 지어낸 것도 아니고, 그저 입을 놀렸다는 것입니다. 정해 진 점괘는 피할 수가 없고 이후에 벌어지는 일은 어리석은 놈들의 사정이지요. 제게는 그런 일이 평생 벌어진 것입니다. 그러니 지금 나리의 말씀도 도무지 모르겠습니다. 점복이 국법에 어긋나는 것 이라면 같은 일을 하는 놈들이 다 잡혀와야 할 것인데, 끌려와 묶 인 것은 저 하나뿐 아닙니까. 혹여 저에 대한 요상한 풍문이 지나 쳐 본을 보이시려는 것이라면 그나마 알 것 같기도 합니다만, 그렇 다면 저는 억울한 꼴을 당하고 있는 것입니다. 제 입으로 제가 용 하다, 영험하다 한 적은 단 한 번도 없지요. 다른 놈들이 뭐라 떠드 는지는 제 알 바 아닙니다.

사정이 이러하니 처음 말씀하신 상자가 무엇인지 도무지 모르겠습니다. 상자에 든 것을 맞히면 목숨은 살려준다 하셨지요? 그런데 점복은 국법으로 금한 것 아닙니까? 나리의 말씀은 그러니까, 국법을 어겨 끌려온 것인데, 살고 싶으면 다시 국법을 어겨보라는 것입니까? 영문을 모르겠습니다.

물론 상자라면 잘 알고 있지요. 아마 저만큼 상자에 대해 잘 아는 놈은 세상천지에 없을 것입니다. 다만 제가 아는 상자는 나리가 말씀하신 상자가 아닙니다. 나리가 말씀하신 상자는, 나리가 들고 계십니까? 아니면 제 앞에 놓여 있습니까? 보이질 않습니다. 크기는 얼마만한지, 무엇으로 만들었는지, 색을 입혔다면 무슨 빛깔인지, 도무지 모르겠습니다. 말씀드렸다시피 태어날 때부터 앞이 보이지 않았으니까요. 본 적도 없는 상자인데 그 안에 뭐가 들었는지 알 리가 없잖습니까.

제가 아는 상자는 이런 것입니다. 그것은 열리지 않는 상자이지요. 그 안에서 무슨 일이 일어났는지 지금 소상히 고하겠습니다. 제가 직접 겪은 일이니 나리께서도 쉬이 이해하시리라 믿습니다.

말씀드렸다시피 저는 날 때부터 앞이 보이지 않았습니다. 어머니는 걱정이 태산 같으셨지요. 소경 놈이 어디 밭일을 할 수 있는 것도 아니고, 집에 재산이 많은 것도 아니니 내버려뒀다간 거지나 해먹을 운이었습니다. 그런데, 열 살 되던 해에 집에 나환자 하나가 찾아왔습니다. 코는 문드러지고, 눈알은 한쪽만 남은 흉측한 생김의 문둥이였지요. 그런 놈이 자기 집처럼 대문을 열고 들어와서는 어머니께 아들놈을 내놓으라고 한 겁니다. 실성한 놈인가 싶어 내쫓으려고 하는데 문둥이 말이, 아들이 점복가가 될 팔자니 자기에게 맡기면 잘 가르쳐보겠다는 겁니다.

덜컥, 어머니는 그 말을 믿어버렸지요. 아무런 저항 없이 순순히 저를 문둥이 손에 들려 보냈습니다. 어쩌면 입이라도 하나 줄여보려 그리하신 걸지도 모르지요. 문둥이의 손에 끌려 걷고 또 걸었습니다. 어느 지방이었는지는 모릅니다. 볼 수가 없었으니까요. 이윽고 알 수 없는 곳에 이르자 문둥이가 손을 놓더군요. 무얼 해야 할지 몰라 우두커니 서 있을 때, 문둥이가 말했습니다. 앞으로 걸어라. 장님 아이가 어머니 품에서 떨어졌으니 문둥이의 말을 듣는 수밖에요. 시키는 대로 몇 걸음을 떼었는데 뭔가에 무릎이 걸려 그대로 고꾸라지고 말았습니다. 곧이어 등 뒤에서 뭔가 확 닫히는 소리가 났습니다. 몸을 바로 세우려 했지만 사방이 온통 막혀 있어 할 수가 없었지요. 나무 벽 하나를 사이에 두고 문둥이의 목소리가 들렸습니다. 네가 어디 있는지 알겠냐? 알 리가 없지요. 짧은 머리를 어루만지며 입을 다물고 있으니 문둥이가 말했습니다. 상자에 넣어두었다. 나오고 싶으냐? 말해 무엇합니까. 당장 꺼내달라고 울어댔지요. 문둥이는 콧방귀도 뀌지 않고 말을 이었습니다. 엿새를 주마. 여섯 날이 지나는 동안 어느 하루에는 상자를 열어줄 것이다. 하지만 어느 날 열어줄 것인지는 알 수 없다. 언제 거기에서 나올 수 있는지 맞춰보아라. 그러고는 아무 소리도 들리지 않았습니다.

안에서 얼마나 울었는지 모릅니다. 있는 대로 힘을 주어 벽을 밀고 걷어차보았지요. 하지만 어린애 기운으로 무얼 할 수 있었겠습니까. 앞을 보지 못하니 갇힌 곳의 어둠은 참을 만했지만 엿새 동안 꼼짝도 못하고 좁은 곳에 있어야 한다는 것은 두려웠지요. 게다가 문둥이가 엿새를 이야기했어도, 여섯 날 중 하루에 문을 열어 줄 것이라는 말을 믿을 수 있습니까? 그대로 굶어 죽을 때까지 내버려두어도 어쩔 도리가 없었지요. 상자의 벽을 두드리고, 바닥에 엎드려 자지러지고, 살려달라 소리를 지르다, 이내 힘을 잃고 잠이 들었습니다. 그러다 깨면 다시 벽을 두드리고, 바지에 오줌을 싸고, 먹은 것을 토하다 또 잠을 잤지요. 며칠이 흘렀는지, 아니면 단지 몇 시진이 간 것인지 알 수는 없었지만 아무튼 몹시 지쳐 뻗어버렸습니다.

사람이란 묘한 것이지요. 기운을 다 소진하고 나니 어쩐지 머리가 맑아지는 겁니다. 제가 싸고, 토한 것 위에 엎드려 있는 동안, 문득 어떤 생각이 들더군요.

문둥이는 제게 엿새를 주겠다고 했습니다. 여섯 날이 지나는 동안 어느 하루에는 상자를 열어주는데, 어느 날 열어줄 것인지는 알 수 없다고 말입니다. 참으로 이상한 말 아닙니까? 이를테면 다섯 날이 지났다고 생각해보십시오. 엿새가 되는 날에는 문둥이가 상자를 열어줄 것을 알 수 있을 것입니다. 그렇다면 엿새째 되는 날엔 문둥이가 상자를 열어줄 리 없지요. 그날이 되면 문이 열릴 것을 알 수 있을 테니까요.

그런데 같은 이치로 닷새가 되는 날에도 상자는 열리지 않습니다. 문을 열 수 없는 엿새가 되는 날을 제외하면 남은 것은 다섯 날 뿐인데, 그렇다면 넷째 날이 지난 뒤에 닷새가 되었을 때, 그날 문이 열릴 것을 알 수 있지 않습니까. 그러면 닷새가 되는 날에도 상자는 열리지 않지요. 마찬가지로 나흘째에도, 사흘째에도 상자는 열리지 않는 것입니다.

　그제야 저는 깨달았습니다. 문둥이가 상자를 열어줄 마음이 없다는 것을 말입니다. 항간에 나환자들에게 인육이 특효약이라는 풍문이 있지요. 요즘도 문둥이 놈들이 아이를 잡아다 고아 먹는다는 얘기가 심심찮게 들려오지 않습니까. 몹쓸 문둥이가 어머니를 속여 저를 잡아다가 굶겨 죽인 후 약으로 쓰려는 것이구나, 싶었습니다. 새삼 나갈 방도를 찾아보려 해도 한참 동안 악을 쓰느라 힘이 다한 탓에 꼼짝도 할 수 없었지요. 몸을 말고 누워 쌕쌕, 숨을 쉬는 수밖에 없었습니다.

　그때 작은 소리가 들렸습니다. 눈이 멀면 귀가 밝아진다는 소리가 있는데 그것은 거짓이 아니지요. 보질 못하니 자연스레 여러 소리를 구분할 수 있게 됩니다. 발끝 쪽에서 사부작사부작, 조심스레 걷는 소리가 났습니다. 비슷한 소리를 들은 적이 있지요. 언젠가 사당패가 동네를 찾은 적이 있었습니다. 볼 수도 없는 것을 어린 마음에 어머니를 졸라 판이 벌어진 곳을 기웃거렸지요. 어름사니가 줄 위에 오르던 소리를 아직도 기억합니다. 사부작사부작, 얼음 위를 걷듯 조심조심 발을 딛는 소리를. 상자 구석에서 무언가 줄을 타 오르고 있었습니다. 거미 한 마리가 구석 모서리에 집을 짓고 먹이를 기다리고 있던 겁니다. 어리석은 놈이었지요. 상자는 열리지 않을 테니 나나 제 놈이나 꼼짝없이 거기서 굶어 죽을 운명인데 말입니다.

　헌데 또 이런 생각도 들었습니다. 거미가 노리는 먹이가 다름 아닌 저일지도 모른다고 말입니다. 나비 같은 먹이가 자기 줄에 걸렸을 때 그러하듯, 미리 줄을 쳐 제 몸을 칭칭 감아놓고는, 나중에 제가 죽으면 살을 파먹을 속셈일지도 모른다고. 그리 생각하면 참으로 영악한 놈 아니겠습니까?

거미의 몸에서 나온 끈적끈적한 줄로 제 몸을 감는 데에 얼마큼의 시간이 필요할까요. 엿새는 부족할 것이고, 10년? 아니면 20년? 혹은 백 년일 수도 있고, 천 년일 수도 있고. 사람이란 제 명을 넘어서는 시절을 상상하지 않지요. 누구 하나 죽어나간 후에도 천지는 그대로인데 아무도 그 이후를 생각하지 않습니다. 거미가 줄로 제 몸을 감은 후를 생각해보았습니다. 백 년, 천 년, 만 년을 넘어 그 줄은 계속 이어집니다. 한쪽 끝에는 죽은 제 몸이 달리고, 줄의 중간에 백 년이 놓이고, 천 년이 놓이고, 만 년이 놓이고, 다른 끝에는 추량할 수 없는 시간이 이어지는 것입니다.

거미가 줄을 친 쪽으로 몸을 돌렸습니다. 제 몸이 묶일 줄을 만져라도 보고 싶었지요. 사부작사부작, 소리가 들리는 쪽으로 손을 더듬었습니다. 아무것도 만져지지 않았습니다. 조급한 마음에 손을 마구 허우적거렸지요. 상자의 벽이 손에 닿았을 때, 손바닥에 이물감이 들었습니다. 이물감이 든 곳을 살폈습니다. 끈끈한 것이 묻어 있기에 감촉을 더듬어보았더니 자그마한 벌레의 다리 몇 개를 확인할 수 있었습니다. 급히 손을 뺀 통에 거미를 눌러 죽이고 만 것이지요.

그 순간 알아야 할 것을 모두 깨달았습니다. 작은 머리로 헤아릴 수 없는 긴 시간이 있고, 그 시간과 제가 이어져 있고, 그 안에서 벌어지는 일들은 정해져 있다는 것을. 그러니까 상자에 갇힌 것처럼, 혹은 줄에 묶인 것처럼 벌어질 일들은 모두 정해져 있는데, 오직 손을 놀리기만 해도 많은 일이 틀어지는 것이지요. 퍼뜩 머리를 맞은 것처럼 열이 올랐고, 관자놀이에 땀이 흘렀습니다. 오줌을 싼 아랫도리는 축축했고, 바닥에 토해놓은 것에서는 시큼한 냄새가 났지요. 짓뭉개진 거미는 문둥이의 문드러진 코처럼 달콤한 진물을 뿜고 있었습니다. 산 것은 뜨겁고 축축하고 냄새가 납니다. 하지만 저는 제 앞의 것을 분간할 수 없지요. 보질 못해서가 아닙니다. 상자 안에서는 모두 새까맣게 물들어 누구도 무엇 하나 분간할 수 없지요. 천 년이든 만 년이든 무슨 상관이겠습니까. 알아도 모르는 것이니, 모르는 것은 애당초 없지요. 상자 안에서는 죽은 것도 산 것도 아닙니다. 삶과 죽음이 뒤섞여 도무지 분간할 수 없습니다. 살거나 죽으려면 상자가 열려야 하는데 문둥이의 말대로라면 상자는 열리지 않지요. 눈앞의 사연이 무슨 상관이겠습니까. 만사가 다 깜깜하니 우리는 모두 산 것도 죽은 것도 아니지요.

그때, 머리 위로 바람이 들었습니다. 잠시 멍한 기분으로 있다가 부스스 몸을 일으켰지요. 머리통에 부딪히는 것이 없었습니다. 상자가, 열린 것입니다.

몹시 어리둥절했습니다. 처음엔 문둥이가 열어준 것인가 생각했지만 곁에는 아무도 없었습니다. 그런데 얼핏, 제가 직접 손을 더듬어 상자를 연 것 같은 기억이 나는 것입니다. 하지만 그럴 리 있겠습니까? 저는 안에 갇혀 있었으니 동시에 밖에서 상자를 열 순 없지요. 하지만 그럼에도 제가 직접 상자를 열어 그 안을 본 듯한 기억은 확연했습니다. 열기 직전의 설렘도, 열 때의 두려움도, 열고 난 후의 쓸쓸함도 모두 제 것이었지요.

어떻게 열린 것이든 열렸으니 주저할 노릇이 아니었지요. 산 것이 결정된 고양이처럼 모서리를 넘어 훌쩍 밖으로 나왔습니다. 누구 하나 말리는 이 없었습니다. 볼 수는 없었지만 아마도 밤이었을 것입니다. 모두 잠들어 조용했으니까요. 어쩌면 저도 잠들었는지 모르겠습니다. 몇 걸음을 떼어도 아무 일이 없기에 내처 발길 가는 대로 걸었습니다. 길을 따라, 풀을 헤쳐, 걷고 또 걸었습니다. 정신을 차려보니 집이었습니다. 힘이 다해 쓰러진 후 며칠을 앓았지요. 몸을 움직일 수 있게 되자마자 어머니에게 청해 나뭇가지 하나를 얻었습니다. 가져오신 싸리나무의 결을 짚어보니 산가지가 될 물건이더군요. 그것을 깎아 산가지를 만들었습니다. 이후는 말씀드린 대로입니다. 비 오는 날, 잃을 때까지 그것을 점복의 밑천으로 삼았습니다.

나리, 이래도 제게 상자 안에 든 것을 맞춰보라 하시겠습니까?

아니요, 아닙니다. 답은 알고 있습니다. 정확히 말해, 제가 해야 할 말은 정해져 있고 저는 그 말을 알고 있지요. 나리가 말리셔도 저는 그 말을 고할 것입니다. 상자라면, 아주, 잘, 알고 있으니까요.

하지만, 육시랄, 그 안에 뭐가 들었는지 알 게 뭡니까. 아는 대로 고하면 저는 살 수 있습니까? 그렇지만 나리의 말씀대로라면 그 상자에 뭐가 들었는지는 누구도 몰라야 하지 않습니까? 국법이 점복을 금하고 있고, 용한 점복으로 이름이 나 여기 잡힌 것이라면, 그 점복으로 나리의 물음에 답하는 것 자체가 죽을죄 아니겠습니까. 그런데도 안에 든 것을 맞히면 정말로 저는 살 수 있습니까?

줄에 묶인 제 꼴은 상자 안의 그것과 다르지 않군요. 어쩌면 내내 거미줄에 묶여 있던 것일지도 모르겠습니다. 하기야, 상자 안에서 굶어 죽은 이도 있으니 제 운이 더 나은 편인지도 모르지요. 그래도 어찌 밖에 나와 숨을 부지하나 싶었더니 또다시 이 꼴입니다. 죽는 일이 그저 죽는 것이라면 어떻게 죽든 상관없는 것 아닙니까. 애초부터 저는 그런 운이었습니다. 만사 다 깜깜하여 삶과 죽음을 분간할 수 없지요.

저는 형편없는 거짓말쟁이입니다. 입에서 뱉는 것마다 전부 거짓이지요. 죽을 일을 아는 점복가가 정해진 그대로 죽는 일이 가능할까요? 헌데 버젓이 그런 일이 벌어지고 있습니다. 상자 안에 무엇이 들었든 제가 할 말은 정해져 있는데, 스스로 운을 여기까지 재촉해왔으니 저는 다른 누구보다도 아둔한 놈입니다. 이러니 장님이 저 죽을 날 모른다는 말이 그리도 유명해진 것이겠지요. 들어보신 적 없습니까? 묘한 일입니다.

아니요, 아닙니다. 더는 요상한 말로 답을 피하지 않으렵니다. 그 안에 무엇이 들었는지 답하겠습니다. 그러니 이제 그만 상자를 열어 이 천한 장님의 목숨을 결정해주시지요.

오늘 새벽 첫닭이 울기 전에 다섯이 죽을 것입니다.


2.


텅 빈 조정은 차고 어두웠다. 가운데에 자리를 잡고 곁에 상자를 놓은 후 엎드렸다. 왕이 모습을 드러내려면 시간이 좀 걸리겠지만 그래도 나는 머리를 조아렸다. 왕은 성정이 급했다. 새벽잠을 억지로 깨워 일으킨 것이니 자칫하면 화를 살 수도 있었다. 얼마 전, 새 후궁을 맞이했다는 소식을 들었다. 밤새 그 후궁과 질펀하게 놀았다면 일찍 잠을 깨지 않을지도 모른다. 상자를 슬쩍 돌아봤다. 사실을 숨겼다가는 더 크게 화를 살 수도 있다고, 스스로를 다독였다.

눈을 옮겨 마룻바닥의 결을 좇았다. 나란히 대어놓은 마룻바닥의 널빤지에는 나이테의 흔적이 그려져 있었다. 둥글게 시작되어 겹겹이 점점 더 길쭉하게 뻗어나가는 나이테의 모습을 보니 괘는 어디에나 있다던 소경의 말을 조금은 이해할 것 같았다. 읽는 방법을 모를 뿐, 하기에 따라서는 마룻바닥의 나이테가 꼬인 모양에서도 얼마든지 괘를 뽑아낼 수 있으리라. 이 자리에 소경이 있다면 내 점괘를 어떻게 말할까. 다 끝난 일을 두고 명을 재촉하는 운이라고 할까. 아니면 마땅히 해야 할 일을 하는 것이니 올바르다 할까.

헛된 의문이다. 소경은 죽으러 갔고, 나는 괘를 읽는 방법을 배운 적이 없다.


왕에게 고하진 않았지만 소경과는 초면이 아니었다. 벌써 십수 년 전의 일이다. 바깥이 소란스러워 내다보니 집안 일꾼 몇 사람과 소경이 몸싸움을 하고 있었다. 다가가 무슨 일인지 물으니 소경이 마당에 엎드렸다.

"도련님, 나중에 벼슬에 오르시면 이 눈먼 놈을 잊으시면 안 됩니다."

영문 모를 소리여서 대꾸를 찾지 못하자 소경은 아예 내 다리에 매달렸다.

"절대로, 절대로 잊으시면 안 됩니다."

일꾼들이 달라붙어 소경을 떼어내려 했지만 소경은 악착같았다. 욕설을 하고 두들겨 패도 소경은 그저 내 다리만 붙들고 있었다. 서너 명의 장정이 한데 뒤엉켜 마당을 구르고 있을 때 부친께서 나왔다.

"시끄럽게 굴지 말고 물러나라."

그 시절 부친은 아직 정정했다. 일꾼들을 물린 후 아버님이 소경에게 자초지종을 물었다. 거친 숨을 씩씩거리며 소경이 말했다.

"여기 아드님은 나중에 형조판서가 되십니다. 그때에 부디 저를 잊지 말아달라 부탁을 드리고자 왔습니다."

가만히 소경을 들여다보던 아버님이 고개를 저었다.

"안타깝지만 그리되진 않을 것이다. 이 녀석은 학문에 그리 밝지 못하고, 나도 이놈을 벼슬에 오르게 할 마음이 없다."

이번에는 소경이 고개를 저었다.

"바란다 해도 평생 되지 않는 이들이 있고, 바라지 않아도 그리되어버리는 분들이 있지요. 대감께서 바라지 않으신다 해도 그것은 뜻대로 되는 일이 아닙니다. 미천한 놈의 소원 하나 들어주시는 셈 치고, 나중에 저를 대면하였을 때 제 목숨을 생각해주시겠다는 각서 한 장만 써주십시오."

근본 없는 소경 주제에 다짜고짜 찾아온 것도 모자라 각서라니, 경우 없는 소리였다. 정정하던 시절의 부친은 엄했다. 불호령이 떨

어지고, 일꾼들에게 매를 맞는 소경의 모습을 떠올렸으나, 의외로 부친은 골똘히 생각을 하시더니,

"지필묵을 가져오너라."

소경에게 각서를 써주었다.

날이 저물고 부친이 나를 불렀다. 호롱의 가는 불빛이 어둡게 비치는 방에 무릎을 꿇고 앉았다.

"형판 대감."

부친이 피식 웃음을 흘리며 말했다. 당황하여 고개를 숙였다.

"좋으냐?"

당황한 모습이 우스웠는지 부친이 거듭 놀렸다.

"좋고 말 것이 어디 있습니까. 실성한 놈의 헛소리입니다."

"그럼 실성한 놈에게 각서를 써준 나는?"

그저 농을 던지는 것인지, 아니면 다른 뜻이 있는지 알 수 없었다. 조심스레 입을 뗐다.

"어리석은 놈의 마음을 위로하려 그러신 것 아닙니까."

부친이 고개를 저었다.

"종이 쪼가리 한 장으로 무슨 위로가 된단 말이냐. 부질없다."

"그럼, 각서는 왜 써주신 것입니까?"

부친은 입을 다물고 호롱불을 바라봤다. 호롱불에서 검은 그을음이 길게 올라가고 있었다. 부친이 손을 들었다. 손가락으로 그을음이 올라가는 불꽃의 끝을 희롱하며 부친이 말했다.

"형조라면 국법을 다루게 되겠구나."

손가락이 움직일 때마다 검은 그을음이 가볍게 흔들렸다.

"법이란 무엇이냐?"

부친이 물었다. 신중히 말을 고르고,

"인간의 도리 아니겠습니까?"

답했다. 부친이 코웃음을 쳤다.

"도리라면, 모두 그리할 터이니 필요 없지 않겠느냐?"

잠시 생각하고,

"그렇다면 이치겠지요. 도리를 모르는 어리석은 자들을 위해 이치에 맞는 본을 세우는 것입니다."

답했다. 부친의 손가락이 잠시 멈췄다가,

"지킬 수 없는 법도, 옳지 않은 법도 얼마든지 있다. 그런 것을 이치라 할 수 있느냐."

움직였다. 그을음이 흔들렸고, 나는 입을 다물었다.

"법이란 무엇이냐?"

부친이 나를 똑바로 바라봤다. 부친이 소경에게 써준 각서가 떠올랐다. 고개를 숙이고 답했다.

"약속이 아니겠습니까?"

부친이 크게 숨을 토했다. 한숨인지, 아니면 웃음인지. 그을음이 코로 확 끼쳐왔다. 매캐하게 타들어가는 냄새가 났다.

"보아하니, 형판은 틀렸다."

부친이 낄낄거렸다. 침묵이 흐르고,

"법은 말, 이다."

부친이 말했다.

"임금이 뱉기도 하고, 신하가 올리기도 하지만 어쨌거나 그 시작은 말이다. 그런데, 말이란 허망한 것이다. 뱉는다고 해서 그리되진 않는다. 말로야 무슨 말이든 할 수 있지.”

부친이 손을 거두었다.

“그래서, 법은 말이다.”

거둔 손의 손가락을 세워 서로 비비며 부친이 말했다.

“눈이 먼 것이다.”

부친이 가볍게 손을 털었다.

“도리라 믿을 수도 있고, 이치라 생각할 수도 있고, 약속이라 여길 수도 있지만, 그것들 다 관계없다. 그저.”

잠시 어두침침한 허공을 바라보던 부친이 내게 눈을 돌렸다.

“뱉은 말이 아무렇게나 흘러 다니다 산목숨을 덮치는 것이지.”

재미있는 구경거리를 떠올리듯 부친의 얼굴에 미소가 돌았다.

“각서를 써준 것은 그 때문이다. 묘한 일 아니냐? 눈먼 놈이, 눈먼 일에 대해, 눈먼 말을 청하는 꼴은.”

그을음 섞인 호롱불에 비친 부친의 눈이 기묘하게 빛났다.

“그래서 써주었다. 우스운 꼴이, 너무 딱해서.”

부친이 입을 닫았다. 밤이 깊어가고 있었다.

“벼슬에 오를 생각은 아예 접어라.”

웃음을 거두고, 딱딱하게 굳은 얼굴로 부친이 말했다.

“집안에 재산이 없는 것도 아니고, 너나 네 형제들이 굳이 관직에 나가지 않아도 입에 풀칠할 순 있을 것이다.”

다시 부친이 큰숨을 토했다. 이번에는 확실히 한숨이었다. 그을음이 흔들리고,

"선왕 시절부터 줄곧 관직에 있었으니, 네놈에게 자리 하나 봐주는 것은 일도 아니겠지. 하지만 나는 도무지 그럴 마음이 들지 않는다."

부친이 고개를 저었다.

"흔히들 지위가 높아지면 권력이 생긴다고 믿지. 날벌레 같은 것들이 불 주변을 얼씬거리는 이유가 그것이다. 힘을, 빛이나 온기로 여기는 거다."

손가락으로 호롱불을 가리키며 부친이 말을 이었다.

"하나만 알고 둘은 모르는 거다. 그것은 빛이나 온기가 아니야. 오히려 그것은."

부친이 얼굴을 호롱불로 가져가 입술을 모았다. 훅, 숨을 토하자 불이 꺼졌다. 타고 난 냄새가 나고, 어둠이 덮쳤다.

"바람이 불면 꺼지는 것이다."

먹처럼 캄캄한 방 안에서 부친이 말했다.

"밤이 늦었다. 쉬어라."


부친의 바람과는 관계없이 세월이 흐르고 정신을 차려보니 이 자리에 와 있었다. 생각해보면 묘한 운이다.

추국장에 끌려 들어온 소경을 보았을 때, 비로소 소경의 말이 맞았음을 깨달았다. 그를 까맣게 잊어버리진 않았으니, 잊지 말라던 부탁을 아예 저버린 것은 아니었다. 그렇다고 소경을 위해 해줄 수 있는 일은 없었다. 추국은 왕이 직접 주관하는 친국이었고, 내가 끼어들 틈은 없었다.

실은 소경이 품에서 부친이 써주었던 각서를 꺼내는 것은 아닐까 덜컥 겁이 나기도 했다. 왕은 그런 일을 용납하지 않았을 것이다. 다행히 그런 일은 일어나지 않았다. 소경은 멋대로 저 할 말을 하다 참수장으로 끌려가버렸다.

소경은 내가 그 자리에 있다는 것을 몰랐을까? 그렇다면 전에 나를 찾아온 이유는 무엇인가. 그렇게 험한 일을 겪어 받아간 각서는 또 무엇이고. 여러모로 알 수 없는 일이었다. 그저 장님 저 죽을 날 모른다는 말이 맞다 여길 수밖에.

아무렇게나 발을 쿵쿵 구르는 소리가 나고, 장지문이 열렸다. 고개를 한층 더 숙였다. 궐 안에서 저렇게 걸을 수 있는 사람은 왕뿐이다.

"일찍 깨우는구나."

착 가라앉은 목소리로 왕이 말했다.

"송구합니다."

"고개나 들고 말하여라."

잠이 덜 깬 왕의 목소리에서 짜증이 묻어났다. 그나마 나와준 것을 고맙게 여겨야 할지도 모른다. 조심스레 왕을 바라봤다. 막 자리에서 일어났는지 흰 야장 차림이었고 손질이 덜 된 머리는 잔뜩 헝클어져 있었다. 몽롱한 눈에 치켜 올라간 눈썹을 보니 골이 난 것 같았다. 입을 잘못 놀렸다간 화를 사게 될 것이다.

"옷이 그대로구나. 밤새 기다렸느냐?"

왕이 말했다. 몸을 낮췄다.

"시급을 요하는 일이라 외람된 일을 했습니다."

"일에 열심이구나. 보기가 좋다."

생기도, 진심도 담기지 않은 메마른 말이었다. 한 번 더 고개를 숙였다 눈을 들었다. 용상에 반쯤 누운 왕이 손가락으로 수염을 어루만졌다.

"어제의 추국에 관해 고할 것이 있습니다."

"눈먼 점쟁이 놈 얘기냐?"

"그렇습니다."

왕이 피식 웃었다.

"그놈, 끌려나갈 땐 볼만하더구나. 개돼지처럼 껄껄대는 꼴이 아주 우스웠다."

왕이 개나 돼지가 껄껄대는 모습을 본 적이 있을까? 그럴 리 없다. 하지만 어디까지나 공손하게 눈을 깔았다.

"착오가 있었습니다."

"착오?"

"정확히 말해."

곁에 두었던 상자를 앞으로 내밀며 나는 말을 이었다.

"착오가 벌어지고 말았습니다."

왕이 손을 멈췄다.

"무슨 착오냐?"

대답 대신 입을 다물었다. 상자를 향해 고갯짓을 하며 왕이 말했다.

"열어보아라."

각별히 조심해야 할 순간이었다. 몸을 바닥에 바짝 붙이고 말했다.

"흉한 모습이라 보여드리기가 조심스럽습니다."

"일없다. 열어보아라."

상자로 손을 옮겼다. 뚜껑을 열고 왕을 향해 상자를 내밀었다. 왕의 표정이 슬쩍 일그러졌다. 그럴 만했다. 상자 안에는 배를 가른 쥐와 그 배 속에서 나온 덜 자란 새끼들이 들어 있었다. 갈라진 배에서 나온 피는 밤사이 검붉게 말라붙어 있었다. 발견한 것 그대로를 고스란히 다시 담았으니 보기 좋은 모습은 아닐 것이다. 왕이 나를 노려봤다.

"새끼를 밴 놈이었더냐?"

"상자에 담을 때는 미처 알지 못했던 것 같습니다."

언짢은 얼굴로 왕이 물었다.

"따로 배를 갈라본 것이냐?"

"그렇습니다."

"다 끝난 추국 아니더냐. 굳이 배를 가른 이유가 무엇이냐."

말속에 가시가 돋쳐 있었다. 몸을 숙였다.

"친국이었기에, 더욱 결과를 명백히 할 필요가 있다고 여겼습니다."

왕이 코웃음을 쳤다.

"일을 어렵게도 하는구나."

고민보다는 잔뜩 귀찮은 표정으로 허공을 보던 왕이 문득 생각난 듯 몸을 앞으로 숙였다. 눈을 가늘게 뜨고 상자 안을 살피던 왕이 물었다.

"새끼가 몇이냐?"

"셋입니다."

"그렇다면, 죽은 어미를 합해도 넷이로군."

흡족한 듯 미소를 지으며 왕이 말했다.

"문제없지 않으냐. 소경 놈은 다섯이 죽는다 했다."

내심 기다리던 말이었다.

"하지만."

잠시 뜸을 들이다 말을 이었다.

"참수장으로 간 소경까지 치면, 합이 다섯입니다."

왕의 눈썹이 찌그러졌다.

"일을, 참으로 어렵게도 하는구나."

공기가 무겁게 가라앉았다. 나는 왕의 말을 기다렸다. 먼저 입을 열 순 없었다. 한참을 기다렸지만, 그 한참이 어느 정도였는지는 알 수 없다. 왕이 말했다.

"애초에 점복은 국법에 어긋나는 것이다. 법을 어긴 놈의 목을 치는 것이 무슨 문제란 말이냐."

"결과를 맞히면 살려주겠다 하셨습니다."

"상자에 든 것을 물었는데, 그놈은 엉뚱한 숫자를 읊었다."

"소경이 말한 것은 결과의 숫자입니다. 소경을 죽이면 그야말로 점복의 효력만 입증됩니다."

"목을 치지 않으면 숫자는 거짓이 아니냐. 요설을 늘어놓은 놈을 살려두란 말이냐."

"목을 치면 숫자는 맞아떨어집니다. 결과를 맞힌 것이니 목을 칠 수 없습니다."

"목을 치면 놈이 말한 숫자가 맞는다. 다섯이 죽는다 했으니 다섯이 죽어야 하지 않느냐."

"목을 치지 않으면 점복의 허위가 드러납니다. 하나를 살려 본을 세우는 것이 옳습니다."

왕의 입이 비틀어졌다. 웃는 듯, 화가 난 얼굴로 왕이 나를 바라봤다.

"말이 길구나."

왕이 숨을 골랐다.

"애초에."

가라앉은 목소리로 왕이 말했다.

"그 눈먼 놈이 추국장에 묶여 들어왔을 때부터 살려둘 마음이 없었다."

말하지 않아도 그런 것은 알고 있다. 왕의 친국에서 살아 나간 이가 몇이나 되던가. 잔뜩 얼굴을 일그러뜨리며 왕이 하품했다. 입을 쩝쩝 다시며 왕이 말했다.

"인간이란 것이 어차피 저 죽으면 다 끝이다. 천 년이나 만 년을 이야기하다니, 요망하지 않으냐. 손가락 하나로도 눌러 죽일 수 있는 목숨인데."

왕의 입꼬리가 기묘하게 뒤틀리고,

"그놈에게 알려주고 싶다."

얼굴에 비웃음이 스쳤다.

"말은 다 부질없고, 죽는 것은 현실이라고."

다 틀렸나.

도리도, 이치도 없이, 바람이 불면 꺼지는.

나는 눈을 감았다. 눈을 감았을 때, 왕이 말을 이었다.

"그렇다고 눈먼 놈 목 하나 때문에 더 다툴 일도 없지."

왕이 몸을 일으켰다.

"장님 저 죽을 날 모른다는 말이 옳구나. 그놈, 정말로 저 죽을 날도 모르는 모양이다."

쿵쿵, 몇 걸음을 떼던 왕이 걸음을 멈췄다.

"그런데 말이다."

돌아선 왕이 뱉듯, 말했다.

"형판도 저 죽을 날을 모르긴 마찬가지인 모양이다."

나는 목을 꺾었다. 맞는 말이다. 이미 한참 화를 샀으니, 언제 달아날지 모르는 목이다.


왕이 자리를 뜬 후, 상자를 챙겨 들고 뒷걸음질해 밖으로 나왔다. 문을 닫고 몸을 일으켰다. 한참을 엎드려 있었기에 사지가 온통 뻐근했다. 곁을 지키고 선 무관을 불렀다.

"참수장에 연락할 방도가 무엇이 있느냐?"

"보통은 목멱산에서 봉화를 띄웁니다만, 거리를 생각하면 봉화대보다 참수장이 가까워 시급한 사안에는 직접 사람을 보냅니다."

"사람은 어디에서 보내느냐?"

"궐내의 역참에 당직을 맡은 사관이 있습니다. 아직 이른 시간이라 잠이 깨었을지는 모르겠습니다. 전할 말씀이 있으십니까?"

무관에게 용건을 전할까도 싶었지만 아무래도 못 미더웠다. 지체할 시간이 없었다.

상자

"내 직접 전하마."

상자를 옆에 끼고 역참을 향해 걸었다.

사위는 침침했다. 해가 뜰 무렵이었지만 지붕이 높은 궐에는 도무지 볕이 들지 않았다. 몇 걸음을 떼었을 때 비로소 괜한 짓을 했다는 생각이 들기 시작했다. 임금과의 사이는 하루가 다르게 벌어지고 있었다. 별 관계도 없는 소경 때문에 괜히 미움을 살 필요는 없지 않나. 예전 일을 생각하면 소경과 아예 인연이 없는 것은 아니지만, 그나마도 하도 오래된 일이라 기억조차 아득하다. 그런데도,

대체 왜 소경을 살려달라고 청원한 걸까.

걸음을 옮길 때마다 옆구리에 끼고 있던 상자에서 덜그럭거리는 소리가 났다. 죽은 쥐들이 상자 안에서 몸을 부딪히고 있었다. 재촉하던 발걸음이 저절로 느려졌다. 이대로 아무것도 하지 않으면 다 끝날 일이다. 어쩌면 이미 끝난 일일지도.

다시 달려가 임금 앞에 엎드릴까? 괜한 일로 마음을 어지럽혀 죄송하다고 빌어?

왕의 냉담한 얼굴이 떠올랐다. 그리고 비웃음과 하품이. 인간이란 것이 어차피 저 죽으면 다 끝이다. 천 년이나 만 년을 이야기하다니, 요망하지 않으냐. 손가락 하나로도 눌러 죽일 수 있는 목숨인데.

왕이 인간을 이야기하는 것이야말로 요망하지 않은가. 왕은 왕이다. 그는 인간인 적이 없었다. 나는 고개를 저었다. 새삼 말을 물러봤자 받아들여질 리가 없다. 말은 부질없고, 죽는 것은 현실이다. 법은 말이고, 도리나 이치도 그렇다. 약속도 말이고, 괘도 그렇

다. 그것은 모두, 그러니까.

궐의 처마가 눈에 들어왔다. 우뚝, 걸음을 멈췄다. 가느다란 은색의 줄이 묘한 모양으로 겹쳐 걸려 집을 이루고 있었다. 새벽 거미가 먹이를 기다리고 있었다. 흠칫, 줄이 흔들렸다. 빛이 어두워 잘 보이지 않았다. 앞으로 다가갔다.

거미줄 한쪽에 나비가 걸려 있었다. 추국장에서의 일이 떠올랐다. 어쩌면 내내 거미줄에 묶여 있던 것일지도 모르겠습니다. 소경의 목소리에는 잔뜩 울음이 섞여 있었다. 애초부터 저는 그런 운이었습니다.

어리석은 놈, 애초부터 그런 운이 대체 어디 있단 말인가. 다 제 놈이 스스로 재촉한 운명 아니던가. 덕분에 덩달아 나까지 언제 죽을지 모르는 꼴이 됐다. 하기야, 내가 죽는 것도 그리 큰 문제는 아니지. 말마따나, 우리는 모두 죽으니까. 하지만,

줄에 묶인 나비의 움직임이 멈췄다. 줄 끝에서 새까만 거미가 조심스레 기어 내려와 나비에게 다가갔다. 홀린 듯, 손을 뻗어 줄에 가져갔다. 손가락 끝이 아슬아슬하게 거미집 끝에 걸렸다. 허공을 휘젓자 아무런 감촉 없이 거미줄이 손가락에 말려 나왔다. 나비와 거미가 바닥에 떨어졌다. 칭칭 줄에 묶인 나비는 움직이지 못했고, 거미는 열심히 나비를 찾아 부지런히 바닥을 헤맸다. 가만히 그 모습을 바라봤다.

대체 왜 제대로 답하지 않았는가? 모두 알고 있었다면서. 알면서 왜 아는 대로 말하지 않았는가? 차라리 달아나면 좋았을 것을. 모두 알고 있었다면, 미리 아무도 찾지 못할 곳에 가 있으면 되잖

았는가? 절대 너는 죽을 수 없었다. 알고 있었을 테니. 그런데도 왜 너는 다섯이 죽는다고 말했나. 알았다면, 그렇게 말하는 것은 불가능했는데도 너는 그리 말했다. 어차피 모두 죽는다면 왜 하필 죽는 일에 대해 말하나. 그 모든 게 다 정해져 있기 때문이라면, 그건, 너무 비참한 일 아닌가. 다가가는 순간 변하고, 말해도 소용없고, 손 한 번을 잘못 놀려 죽고. 이 형편없는 거짓말쟁이 같으니라고. 너는 다른 것을 말해야 했다. 이를테면, 차라리.

갑자기 머릿속이 비어, 나는 그저 손가락을 비볐다. 손에 걸려 있던 은색의 줄이 갈피를 잡을 수 없는 생각처럼 감촉 없이 한데 뭉쳤다.

멍하니 어두침침한 궐 안을 바라봤다. 평평한 사방의 벽이 점점 좁혀 들어와 어딘가에 갇힌 것 같은 기분이었다. 가슴이 답답해 숨을 깊이 들이쉬고,

아버님은 통나무처럼 죽었다. 병환은 아니었고, 기름이 다한 등불처럼 가물가물 기력이 쇠하며 몸과 마음이 잦아들었다. 정신이 희미할 때는 난데없이 어린애처럼 투정을 부렸고, 가족이나 집안 일꾼을 괜한 일로 괴롭혔다. 가장 곤란한 것은 아버님의 볼일을 처리하는 방식이었다. 당시의 아버님은 정해진 곳에 일을 보지 않았다. 방이나 마루에서 눕거나 앉아 일을 봤고, 그 처리는 가족의 몫이었다. 아버님이 문지방에 걸려 넘어져 거동을 못 하게 된 후로는 그나마 처리가 수월했다. 더러워진 이불 속을 치우기만 하면 됐으니까.

형조판서에 제수된 날, 집에 돌아와보니 해는 이미 한참 저물어 있었다. 왕과 그의 가족들에게 인사를 다니다 어느새 밤이 되어버린 것이었다. 늦은 시각이었지만 아버님에게 소식을 전해야 한다고 여겼다.

　가는 호롱불이 켜진 어두운 방에 무릎을 꿇고 앉았다. 깊이 절을 한 후, 몸을 들었다. 아버님이 누운 자리에는 들큼한 악취가 배어 있었다. 쌕쌕, 아버님의 숨소리를 들었다. 아무렇지 않은 듯 아버님은 잠들어 있었다. 목소리를 낮춰 말했다.

　"형판이 되었습니다."

　문득 기시감이 들었다. 비슷한 때가 있었다. 아버님의 부름을 받고 늦은 시각 찾아뵌 밤. 나는 십몇 년 만에 소경을 기억해냈다. 형조판서가 될 거라던, 그 눈먼 놈.

　"소경이 아주 엉터리는 아니었던 모양입니다."

　다시 절을 하고,

　"정말로 형판이 되었습니다."

　일어서 나가려 했을 때,

　"상감께서 베푸신 것이냐?"

　동그랗게 뜬 눈으로 나를 돌아보며 아버님이 물었다. 잠을 깬 모양이었다. 황급히 다시 무릎을 꿇었다.

　"정말로 형판이 되었단 말이냐?"

　재차 아버님이 물었다.

　"그렇습니다. 오늘 제수되었습니다."

　오호, 탄식처럼 아버님이 숨을 토했다. 고개를 들어 아버님을 바

상자　　　　　　　　　　　　　　　　　　　　　　　　　305

라봤다. 잔뜩 말라붙어 쪼글쪼글해진 아버님의 얼굴에 환하게 미소가 떠올랐다.

"그것참, 잘됐다."

순간, 멍한 기분이 들었다가 이내 마음이 가라앉았다.

"벼슬자리는 높으면 높을수록 좋은 것이다. 그것참, 잘됐다."

아버님은 어린애처럼 싱글벙글 웃고 있었다. 이리저리 굴러다니는 아버님의 눈동자엔 총기라곤 없었다.

"쓸 것을 가져오너라."

아버님이 이불 속에서 뒤척거렸다.

"내 상감께 감사드리는 서신을 올려야겠다."

어찌 일어나보려 애를 써도 아버님의 몸은 뜻처럼 움직이지 않았다. 아버님이 이불 속에서 꾸물거릴 때마다 오물의 냄새가 풍겨나왔다.

"밤이 많이 늦었습니다. 오늘은 쉬시고, 서신은 내일 아침에 쓰시지요."

아버님이 고개를 저었다.

"아니다. 그런 것은 도리가 아니야. 당장 서신을 써 올려야겠다."

이불 속의 움직임이 조급해졌다.

"아버님, 밤이 늦었습니다."

"밤이 무슨 상관이냐. 서신을 써야겠다."

"아버님, 하지만."

아버님을 진정시킬 만한 핑계를 생각했다. 하지만 변변한 이유는

306

떠오르지 않았다. 몹시 애원하며 아버님을 만류했지만 아버님은 막무가내였다. 아버님이 뒤척거리는 소리 이외에 밤은 조용했다.

"모두 잠들었습니다."

무심결에 중얼거렸다. 그 말을 들은 아버님이 거짓말처럼 움직임을 멈췄다.

"모두?"

멍한 얼굴로 아버님이 나를 돌아봤다. 말을 뱉은 나 역시 의외였지만 아버님의 마음이 다른 곳으로 움직인 것은 다행이었다. 아버님이 텅 빈 눈을 깜박거렸다.

"모두 자고 있단 말이냐?"

"그렇습니다. 모두 잠들었습니다."

똑바로 누워 천장을 바라보며 아버님이 중얼거렸다.

"그렇다면, 나도 잠들었느냐?"

이해할 수 없는 말이었다. 대답을 찾지 못하고 있을 때, 아버님이 다시 중얼거렸다. 그렇구나, 모두 잠들어 조용하구나.

아버님이 오랫동안 눈을 감았다. 덜컥 아버님께 변이 생긴 것인가 겁이 났다. 조심스레 아버님에게 다가갔다. 쌕쌕, 아버님의 숨소리를 들었다. 평온한 호흡이었고, 비로소 마음이 놓였다. 몸을 무르고, 입을 모아 호롱불을 껐다. 훅, 불이 꺼지자 어둠이 퍼졌다. 코끝에 매캐한 냄새가 돌았다. 몸을 일으키려 했을 때,

"이걸."

이불 속에서 마른 나뭇가지 같은 팔이 솟아 나와 쥔 것을 내밀었다. 고약한 것을 건네려는 것인가 싶어 머뭇거렸지만, 마음을 고

쳐먹고 건네는 것을 받았다. 사내의 엄지손가락만 한 물건이었다. 몹시 가벼워 무게감이 전혀 느껴지지 않았지만 손에 내려놓은 부분은 축축하고 물컹거렸다.

"내일은 좋은 것을 먹자."

아버님의 목소리가 잦아들었다. 절을 올리고 밖으로 나왔다.

뿌연 달빛에 물건을 비춰보았다. 그것은 거무튀튀한 벌레의 고치였다. 누에, 아니면 나방인가? 무슨 벌레인지 알 수 없었다. 둥글게 말린 고치는 갓 지어진 것인지 손으로 집은 곳에서 진물이 묻어 나왔다. 대체 아버님은 이것을 어디에서 얻으셨을까. 의문과 함께, 비로소 명확한 실감이 들었다. 내가 알던 부친은 이제 없었다. 눈먼 미친놈에게 마음을 쓰고, 법을 이야기하던 엄하고 튼튼한 사내는 사라지고, 방 안에는 그저 속절없이 사그라진 육신이 누워 있었다.

몹시 막막하여 달을 보며 잠시 서 있다 방에 돌아왔다. 자리에 누워 눈을 감자, 밤은 조용했고 모두 잠들었다.

보름 정도가 지나고, 아버님의 목숨이 다했다. 정확히 날을 헤아릴 순 없다. 낯선 일에 적응하느라 정신이 없었기 때문이다. 상은 형제들이 도맡았고, 나는 일을 했다.

꽤 오랫동안 아버님이 건넨 벌레의 고치를 간직했다. 작은 상자를 구해 고치를 놓아두었다가 아버님이 생각날 때면 꺼내어보았다. 안에서 벌레가 날개를 펴고 나오는 순간을 기대한 적도 있었지만, 고치는 날이 갈수록 바래었고, 아예 한쪽 귀퉁이가 까맣게 썩어 들어가기 시작했다. 고치가 썩어가는 모습을 볼 때마다 가슴이

휑했다. 가끔은 그 썩은 부위에 몸과 마음이 온통 물들어가는 것 같은 기분이 들었고,

어느 밤 참지 못한 끝에 뒷마당의 문을 열어 상자째 내던져버리고, 잊었다.


그리고 내쉬었을 때, 팔에 낀 상자가 소리 없이 바닥으로, 기어 다니던 거미 위로, 쿵, 떨어져 내렸다. 소경이 떨어뜨린 산가지가 어디 있는지 알 것 같았다. 남은 산가지 다섯도.

상자를 주우려 몸을 굽히다 다리에 힘이 풀렸다. 나는 네발짐승처럼 바닥에 엎드렸다. 손을 뻗어 상자를 챙겼다. 상자를 치운 자리에 거미의 잔해가 있었다. 멍하니 검게 문드러진 거미를 내려다봤다. 시커먼 진물에선 달짝지근한 냄새가 났다. 새까맣게 물드는 것 같은 기분이 들었으나, 나는,

몸을 일으켰다.

그리고 역참을 향해 걸음을 재촉했다.


당직을 맡은 사관을 깨우고, 용무를 전했다. 잠이 덜 깬 사관의 얼굴이 슬쩍 일그러졌다. 표정을 감추지 못하는 놈이었다. 혼을 낼 수도 있었지만 입을 다물었다. 남은 시간이 그리 많지 않았다.

말을 내오는 동안 사관은 눈을 가늘게 뜨고 참수장 방향의 봉화대를 살폈다. 내심 집행이 끝났다는 봉화가 오르기를 기대했을 것이다. 사관이 바라보는 방향을 좇았다. 어두컴컴한 하늘 아래, 산은 먹빛이었다.

파발마의 준비가 끝났다. 사관은 허연 입김을 뿜으며 세차게 고개를 젓는 말을 쓰다듬고는 그 위에 올라탔다. 말 위에서 사관이 끝내 못마땅한 투로 덧붙였다.

"망나니들은 목을 빨리 치지요. 이제 달려봤자 늦었을지 모릅니다."

"불길한 일을 그리 서두른단 말이냐?"

"불길한 일이기에 더욱 서두르지요."

당돌한 말이지만, 틀린 얘기도 아니다. 옆에 끼고 있던 상자가 더할 나위 없이 무거웠다.

그때, 머리 위로 바람이 들었다. 역참의 흙바닥에서 홀씨들이 피어올랐다. 하늘하늘 날아오른 홀씨는 침침한 허공 속으로 이내 모습을 감췄다. 홀씨가 사라진 곳으로 멍하니 눈을 두었을 때, 참수장 쪽 산 너머에서 옅은 빛이 새어 나왔다. 어디선가 매캐한 냄새가 났다. 상자가 열리고, 죽거나 혹은 살거나. 새벽 나절의 어슴푸레한 빛줄기를 바라보며.

꽃이 피겠는가? 답이 돌아올 리 없지만, 나는 중얼거렸다.

"뭐라고요?"

사관이 물었다. 피든, 혹은 지든.

사관에게 말했다.

"일없다. 서둘러라."

말이 달려나갔다.

# 고귀한 혈통

손보미

손보미

1980년 서울에서 태어났다. 2009년 〈21세기문학〉에 단편소설 〈침묵〉이, 2011년 〈동아일보〉 신춘문예에 단편소설 〈담요〉가 당선되었다. 소설집 《그들에게 린디합을》이 있다. 한국일보문학상, 젊은작가상을 수상했다.

패리스 싱어(Paris Singer)는 1864년에 파리에서 태어났다. 그의 어머니인 이사벨라 우제니 보이어는 몰락한 귀족 집안의 딸이었다. 그녀가 태어났을 때 이미 그녀의 집안은 몰락할 대로 몰락한 상태였다. 그녀의 아버지는 파리 뒷골목의 선술집을 운영해서 가족들을 겨우 먹여 살렸다. 그녀의 아버지는 자식들에게 혈통에 대해 자주 이야기했다. 특히 외동딸이었던 그녀는 몰락했을지언정 귀족의 딸인 만큼 정숙하게 행동해야 한다는 잔소리를 귀에 못이 박히도록 들었다. 그녀의 아버지는 가끔 어린 그녀를 자신의 술집에 데리고 갔다. 거기에는 가슴을 훤히 내놓고 웃고 떠들며 춤추는 여자들이 있었다. 여자들은 앞니가 하나씩 없었다. 그녀는 무서웠다. 가끔 그녀는 이가 모조리 다 빠진 여자들이 나오는 무서운 꿈을 꾸었다. 그녀는 열일곱 살부터 1년 동안, 그러니까 그녀의 아버지가 도저히 수녀원 비용을 감당할 수 없게 되어서 그녀를 불러들일 때까지 남부 지방의 수녀원에서 교육을 받았다. 패리스 싱어의 아버지인 아이작 싱어는 사업차 파리에 들른 미국의 억만장자였다. 그들이 처음 만났을 때 이사벨라는 스물한 살이었고 아이작 싱어는 이미 쉰한 살이었다. 아이작 싱어는 두 번째 이혼소송 중이었고 그 두 번의 결혼 생활에서 이미 여섯 명의 자식을 둔 상태였다. 그리고 각각 다른 상대와 하룻밤을 보낸 결과로 거의 스무 명에 가까운 자식이 더 있었다. 하지만 그때 이사벨라는 그런 사실을 알지 못했다. 그녀는 그저 사랑에 빠져들었다. 그녀는 집에서 도망쳤고 그가 머물던 호텔로 들어가 살림을 차렸다. 그녀의 아버지는 화가 나서 그녀에게 다시는 돌아올 생각도 하지 말라고 했다. 속수무책이었다고 그녀는 나중에 말했다. 그녀가 임신을 했을 때에야 아이작 싱어는 자신의 복잡한 여자관계에 대해 말해주었다. 그녀는 영어를 잘 알아듣지 못해서 몇 번이나 되물어야만 했다. 아이작은 어느 날 말도 없이 파리를 떠나버렸다. 혼자 남겨진 그녀는 도움을 청할 곳이 아무 데도 없었다. 어렸을 적에 보았던 그 이 빠진 여자들이 바로 자기 자신이라고, 그녀는 생각했다. 그녀는 임신한 채로 자살하려고 했지만, 결국 마음을 고쳐먹었다. 그녀는 아버지 집으로 가서 매달렸다. 이듬해 봄에 그녀는 아버지 집에서 아들을 낳았다. 내가 사생아를 낳았구나, 그녀는 그렇게 생각했다. 그녀의 아버지가 아이의 이름을 뭐라고 할 거냐고 물었다. 그녀는 아들의 이름을 지어줘야 한다는 생각조차 못했다. 이름이라니! 그녀는 대충 아이가 태어난 도시의 명칭을 따서 '패리스'라는 이름을 지어주었다.

패리스가 태어난 지 1년 정도가 지났을 때 아이작 싱어는 그녀를 다시 찾아왔다. 그리고 그녀에게 청혼을 했다. 그녀는 마지막으로 만났을 때보다 훨씬 더 늠름해진 그의 풍채와 어깨까지 내려오는 풍성한 그의 수염을 바라보았다. 아이작이 아들의 이름이 뭐냐고 물었고, 그녀는 패리스라고 대답했다. 로맨틱한 이름이군. 그가 대답했다. 이미 그녀는 그에 대한 마음이 싸늘하게 식었지만, 다른 방도가 없었다. 그들은 함께 미국으로 갔다. 하지만 거기에는 너무 많은 아이작의 여자들과 아이작의 자식들이 있었다. 그녀는 아이작에게 미국에서는 살고 싶지 않다고 말했다. 그래서 그들은 영국 데번으로 건너갔고, 아이작은 그녀와 아들을 위해 호화 저택을 구입했다. 아이작은 아주 가끔 데번에 들렀는데 그럴 때마다 영국 왕족이나 귀족을 초대했다. 패리스는 자신의 아버지가 다른 아이의 아버지보다 훨씬 더 늙었다는 사실을 알았다. 그에 비하면 어머니인 이사벨라는 젊고 아름다웠다. 그 어떤 귀족 여자들보다도 그랬다. 이사벨라는 몸에 딱 붙는 이브닝드레스를 입었다. 그녀는 웃으며 손님들을 대했지만, 그들이 돌아가고 나면 입을 다물어버렸다. 아이작이 화를 내면 그녀는 새된 목소리로 물었다. "술집에서 이 빠진 채로 춤추는 여자들과 당신이 다를 게 도대체 뭐죠?" 그녀는 그렇게 말하고는 패리스를 안고 방으로 들어가 문을 잠가버렸다. 그러면 아이작은 소리를 지르며 방문이 부서져라 두드려댔다. 그러는 동안 그녀는 슬픔에 빠진 목소리로 패리스에게 말했다. "얘야, 엄마 가문의 피에는 긍지와 고귀함이 깃들어 있단다. 가난했지만 그 고귀함을 지켜냈어." 이사벨라는 이렇게 덧붙였다. "네게도 그 피가 반이 섞여 있는 거야. 딱 절반이 말이야." 그녀는 그를 꼭

끌어안았다. 그는 숨이 막혔지만 어머니가 자신을 놓아버릴까 봐 그런 내색은 하지 않았다. 잠시 후 하인이 가져다준 열쇠로 문을 딴 아이작이 방문을 활짝 열어젖혔다. 아이작의 얼굴과 수염은 눈물인지 땀인지 모를 것으로 젖어 있었다.

그가 일곱 살이 되던 해에 아이작 싱어가 심장마비로 죽었다. 그가 죽기 며칠 전에 이사벨라는 아이작이 바깥에서 낳은 딸이 있다는 사실을 알게 되었다. 그건 괜찮았다. 그녀를 화나게 한 것은 그가 그 딸에게 '이사벨'이라는 이름을 지어주었다는 사실이었다. 이사벨라는 너무나 분노해서 아이작의 장례식에서 눈물 한 방울 흘리지 않았다. 패리스는 스물여섯 살 때 딱 한 번 자신의 이복 여동생인 이사벨을 만난 적이 있었다. 그 애는 스물두 살이었고 몹시 아름다웠다. 어머니인 이사벨라와 피 한 방울 안 섞였지만 이사벨라의 젊었을 적 모습을 그대로 보는 것 같다고 그는 생각했다. 그는 왜 아버지가 그녀에게 그런 이름을 지어주었는지 알 것 같았다. 이사벨은 패리스의 손을 꼭 잡고 그의 이름을 부르며 작은 종달새처럼 말했다. "당신이 내 오빠예요?" 패리스는 그 손을 슬쩍 뺐다. 그로부터 7년 후에 그는 자신의 이복 여동생이 자살했다는 소식을 들었다. 그 당시 그는 가족들과 나폴리의 별장에서 휴가를 즐기고 있었다. 그는 릴리 그레이엄이라는 여성과 결혼해서 그 사이에 딸을 두고 있었고, 릴리는 패리스의 또 다른 아이를 임신 중이었다.

아이작은 이사벨라와 패리스 모자에게 엄청나게 많은 유산을 남겨주었다. 이사벨라는 겨우 스물아홉 살에 과부가 되었다. 패리스는 어머니를 위해 프랑스어를 배웠지만, 그다지 많이 사용하지는 못했다. 이사벨라는 집 안을 왕족, 귀족, 시인, 화가, 조각가, 학자, 음악가 들로 채웠다. 현악사중주와 테너 가수를 불러 음악회를 열기도 했다. 그들 집에 자주 머물렀던 예술가 중에는 바르톨디라는 조각가가 있었다. 그 당시 그는 미국으로 보낼 자유의 여신상을 조각 중이었는데, 사람들 사이에서 그 모델이 이사벨라라는 소문이 돌았다. 하지만 바르톨디는 그것에 대해 일언반구도 하지 않았다. 그들 집에 바르톨디보다 더 많이 머물렀던 사람은 테너 가수이자 바이올리니스트로 명성을 날리고 있던 빅토르 레우브제트라는 이름의 남자였다. 빅토르는 자기를 독일 출신의 자작으로 소개했다. 빅토르가 바이올린을 켤 때 그는 어머니가 눈물을 닦아내는 것을 보았다. "저걸 좀 들어봐, 자작님이 켜는 바이올린이다. 고귀한 바이올린이다." 예술이라면 지긋지긋하다고 생각한 그는 몇 년 후 케임브리지에 진학해서 의학과 화학, 그리고 공학을 공부했다. 문학이나 음악, 미술 쪽으로는 눈길도 돌리지 않았다. 그는 키가 크고 날씬하며 금발의 머리칼이 구불거리는 멋진 청년으로 자라났고, 그의 주위에는 친구들과 여자들이 많았다. 하지만 그가 최초로 사랑을 느낀 여성은 흔히 이사벨라가 말하는 고귀한 출신의 여성이 아니었다. 그는 어머니의 하녀인 헨리에타 마라이스와 사랑에 빠졌다. 헨리에타는 헝가리 출신으로 이미 서른도 훌쩍 넘은 여자였다. 그 당시 이사벨라는 빅토르와 바르톨디에게 동시에 청혼을 받은 상태였다. 그녀는 둘 중 빅토르를 선택했고, 정식으로 결혼을 준비 중이었다. 사십 대 초반이었지만 이사벨라의 허리는 가늘었고 피부는 마치 도자기같이 매끄러웠다. 이사벨라는 두 손을 가지런히 모으고 조용한 목소리로 패리스에게 말했다. "그런 천박한 여성과 결혼이라도 하겠다는 거니? 네 자식의 피를 그런 식으로 더럽히고 싶은 거야?" 그는 헨리에타와 파리로 날아갔다. 그는 헨리에타를 '멍청한 예쁜이'라고 불렀다. 멍청한 건 사실이었고 예쁜 건 사실이 아니었다. 그들은 파리에서 엄청난 돈을 뿌리며 생활했다. 하지만 석 달도 지나지 않아 그는 그 생활에 싫증을 느꼈다. 이제 헨리에타는 그저 뚱뚱하고 늙은 여자에 지나지 않았다. 아니, 이제 뚱뚱하고 늙고 사치스러운 여자 하인이었다. 그는 헨리에타가 자신의 아이를 임신하지 않은 것을 신의 자비라고 생각했다. 오, 하느님. 그는 속으로 그렇게 중얼거렸다. 그는 헨리에타를 파리에 남겨두고 다시 데번으로, 어머니의 품으로 돌아갔다. 그는 자신이 이제 인생에 대해 조금 알게 되었다고 생각했다.

그가 데번으로 돌아오고 몇 달 후에 그의 새아버지인 빅토르가 귀족 집안 출신이 아니라 구두공의 자식이라는 사실이 밝혀졌다. 이사벨라는 몹시 상심해서 아무도 집 안으로 들이려고 하지 않았다. 그는 가끔 어머니가 우는 것을 보았다. 한 달 후 이사벨라는 우는 것을 그만두었다. 그녀는 이탈리아의 왕인 움베르토 1세에게 공작 직위를 사서 빅토르에게 주었다. 돈이 얼마나 들었는지 아무도 알지 못했다. 그녀는 공작 부인이 되었지만 여전히 집 안에는 아무도 들이지 않았다. 패리스는 어머니의 아름다움이 퇴색되어간다고 느꼈다. 그는 그것 때문에 두려워졌다. 2년 후에 빅토르 레우브제트 공작은 원인 모를 병으로 죽었다. 이사벨라는 손수건으로 눈물을 훔치는 시늉을 했지만, 그는 어머니가 이번에도 장례식 때 눈물 한 방울 흘리지 않았다는 사실을 알았다. 그는 데번의 저택을 베르사유 궁전풍으로 개조했다. 그리고 예술가, 음악가, 학자, 귀족들을 불러들였다. 그들은 이사벨라를 공작 부인이라고 불렀다.

패리스는 스물일곱 살 때 자신보다 세 살 어린 릴리 그레이엄과 결혼식을 올렸다. 그녀는 미국에서 태어났지만 아버지 쪽은 오스트리아 귀족 출신으로 뉴욕 사교계에서 평판이 좋은 집안이었다. 릴리는 굉장한 미인은 아니었지만, 둥근 이마가 아름다웠고 쾌활했으며 패션 센스가 있었다. 라틴어와 프랑스어와 영어를 할 줄 알았고, 간단한 악기도 다룰 줄 알았다. 이사벨라는 릴리를 좋아했다. 물론 패리스도 릴리를 사랑했다. 결혼한 이듬해에 릴리는 바로 임신을 했지만 출산 도중 아이가 죽었다. 패리스는 아내를 위로하기 위해 린딘에 거대한 저택을 마련해서 자신이 직접 인테리어를 했다. 특히 그는 방 하나를 온갖 보석과 옷으로 가득 채워주었다. 릴리는 무척 기뻐했고 그를 멋쟁이 건축가라고 불렀다. 그는 그게 마음에 들어서 저택 현관에 '건축가 싱어'라는 명패를 붙여놓았다. 나중에, 그러니까 십몇 년 후에 릴리는 그 명패를 떼어내서 저택 현관에 던져버렸다. 그건 한동안 거기에 그런 식으로 방치되었다. 아무도 그걸 주울 생각조차 하지 않았다. 사산을 하고 1년 후에 그녀는 두 번째 임신을 했다. 이번에 그는 여러 가지를 조심하고 싶었다. 그래서 그는 필요할 때 다른 여자들을 만나서 자신의 욕구를 풀었다. 욕구 이외에는 아무런 목적도 열망도 없었다. 그는 임신이 되지 않게 하려고 조심했다. 릴리는 무사히 출산을 했다. 예쁜 딸

아이였다. 패리스는 아이의 손가락을 처음 봤을 때를 잊지 못했다. 이사벨라는 손녀에게 고귀한 여성이라는 의미로 프란체스카라는 이름을 붙여주었다.

릴리가 두 번째 임신을 했을 때, 그는 릴리와 프란체스카를 데리고 나폴리로 휴가를 떠났다. 그들은 바닷가에 누워 일광욕을 했고, 맛있는 음식을 먹었으며, 샹송을 불렀다. 휴가를 끝내고 그는 릴리와 프란체스카만 런던으로 돌려보냈고, 자신은 밀라노로 갔다. 그는 몇 년 전부터 밀라노에 새로운 항구를 개발하는 사업을 진행 중이었다. 거의 반쯤은 진행된 일이었다. 나폴리에서 밀라노로 간 그는 돌연 그 사업을 그만 접기로 했다. 진절머리가 난다고 생각했다. 손해가 막심했지만 상관없었다. 그에게 돈은 너무나 많았으니까. 그는 가족이 있는 런던으로 돌아가기 전에 어머니가 사는 데번에 들렀다. 이사벨라는 하인 수십 명과 함께 살고 있었다. 이사벨라는 오십 대였지만 사람들은 이사벨라를 훨씬 더 어리게 보았다. 그녀의 진짜 나이를 들으면 사람들은 믿으려고 하지 않았다. 패리스가 도착했을 때 이사벨라는 바르톨디를 비롯한 조각가와 화가를 초대해서 저녁 식사를 하는 중이었다. 그는 어머니의 손님이 돌아가고 나면 어머니와 단둘이 이야기를 나누고 싶었지만, 이사벨라는 손님들을 계속 붙잡아두었다. 그는 식탁에 남아 그들의 웃음소리를 들어야 했다. 결국 그에게 허락된 시간은 어머니의 손님들이 후식을 먹고 떠드는 동안뿐이었다. 어머니의 방에 단둘이 남게 되었지만, 그는 자신이 무슨 이야기를 하려고 했는지 잊어버렸다. 이사벨라가 갑자기 바르톨디에 대한 이야기를 꺼냈다. "그이가 자유의 여신상의 모델이 나였다고 털어놓더구나." 그는 어머니가 바르톨디에 대해 가지고 있던 마음이 변했다는 걸 알 수 있었다. 그는 어머니의 볼에 다정하게 키스하고 데번을 떠났다. 그리고 몇 년 동안 어머니를 만나지 않았다.

그는 런던으로 가지 않고 나폴리로 돌아갔다. 그리고 술집에서 엔젤이라는 이름의 여성을 만나 하룻밤을 함께 보냈다. 그는 임신이 되지 않게 하려고 조심했다. 석 달 후에 릴리가 출산했다는 소식을 들을 때까지 그는 거기에 머물렀다. 릴리는 아들을 낳았다. 릴리는 그 이듬해부터 약 7년 동안 세 번의 임신을 더 했다. 더 이상 사산은 없었다. 릴리는 다섯 번째 출산을 했을 때, 그러니까 넷째 아이를 낳은 후 패리스에게 더 이상의 임신은 싫다고 말했다. 패리스는 왜냐고 물었다. "그냥…… 더 이상은 싫어요. 모르겠어요. 모든 게 다 지겨워요. 내가 임신해 있는 동안 당신은 여기저기를 떠돌죠. 그것도 싫어요." 릴리의 말은 사실이었다. 그는 릴리가 임신해 있는 동안 외국을 떠돌면서 여자들을 만났다. 프랑스 여자, 러시아 여자, 네덜란드 여자……. 그는 그 여자들이 이국의 언어로 떠드는 게 좋았다. 그는 그녀들이 무슨 말을 하든 그저 고개를 끄덕이기만 했다. 어떤 여자들은 유달리 슬퍼 보이는 눈동자를 가지고 있었다. 그런 걸 기억하고 싶었다. 어떤 순간에, 그는 죽을 때까지 잊지 못할 거 같은, 어쩌면 릴리와 예쁜 아이들을 포기하고 싶을 정도로 자신의 마음을 아프게 만드는 그런 여자도 만났다. 그는 그런 것들을 기억하고 싶었다. 하지만 슬프게도, 그는 그 모든 아름다운 여성들을, 그녀들과 보냈던 시간을, 마치 종달새처럼 재잘거리던 그녀들의 목소리를 잊어버리고 말았다. 그냥 모든 일이 자연스럽게 그렇게 되었다.

릴리는 더 이상의 임신은 원하지 않았지만, 결국 여섯 번째 임신을 했고 다섯째 아들을 낳았다. 패리스는 오 남매의 아버지가 되었다. 두 딸과 세 아들. 막내아들이 태어난 후에 그는 런던을 떠나 여기저기 돌아다니며 사업에 전념하기 시작했다. 케페라에 이탈리아풍의 성을 짓기도 하고, 전기 모터 자동차를 개발하기도 했으며, 에드워드 7세의 샌드링험 영지에 직접 전기 배선 시스템을 설치하기도 했다. 가끔 여자들을 만나기도 했지만 그건 말 그대로 아주 가끔이었다. 대규모 의학 연구 단지 프로젝트 때문에 뉴욕에 가 있을 때, 그는 릴리로부터 이사벨라가 결혼한다는 전보를 받았다. 이사벨라는 이미 예순세 살이었다. 그는 당장 데번으로 갔다. 거기에는 이미 릴리와 다섯 아이들이 와 있었다. 릴리는 패리스의 얼굴을 쳐다보려고 하지 않았다. 그는 어머니의 새 남편이 바르톨디라고 생각했지만 그 예상은 틀렸다. 이사벨라의 세 번째 남편은 폴 세이지라는, 이사벨라보다 스무 살 어린 케임브리지의 영문학 교수였다. 그러니까 패리스보다 겨우 한 살이 많았다. 에드워드 7세가 결혼식 증인으로 참석한 가운데 이사벨라는 성당에서 웅장한 결혼식을 올렸다. 그 어느 때보다도 화려한 결혼식이었다. 패리스는 허리에 나잇살이 붙은 어머니가 머리카락을 위로 말아 올리고 몸에 딱 달라붙는 드레스를 입은 채 상체에 흰 레이스 판초를 걸친 걸 지켜보았다. 어머니 머리에는 흰 수선화가 붙어 있었다. 그는 이제 두 살이 된 막내아들을 품에 안고 있었다. 나머지 아이들은 릴리 옆에 쪼르르 얌전하게 앉아 있었다. 패리스는 잠시 눈을 감았다가 떴다. 벽에 붙은 거대한 십자가가 보였다. 하느님의 아들이 십자가에 못 박힌 채로 그들을 내려다보고 있었다. 그는 고개를 돌려 죽은 예수를 안고 있는 성모 마리아상을 보았다. 그는 눈물이 날 것 같았다.

결혼식이 끝나고 그는 바로 뉴욕으로 돌아갔다. 그는 자유의 여신상을 보면서 바르톨디가 이사벨라를 모델로 자유의 여신상을 만들었다던 그 말을 떠올렸다. 바르톨디는 어떻게 되었을까? 아무 여자나 안고 싶다는 생각이 들었지만, 패리스는 그 모든 유혹을 참아냈다. 몇 달 후 일을 끝마치고 런던으로 돌아왔을 때, 그는 자신의 저택 현관에 붙어 있던 '건축가 싱어'라는 명패가 정원 잔디에 처박혀 있는 것을 보았다. 릴리는 패리스에게 이혼을 해달라고 말했다. 그는 이혼 같은 건 생각해본 적이 없었다. 한 번도 없었다. 그는 릴리의 둥글고 아름다운 이마를 바라보았다. 이사벨라는 이혼은 안 된다고 말했다. "그런 식으로 서약을 깨뜨리는 일이 있어서는 안 돼. 절대로, 세상에, 절대로 안 돼." 그는 막내아들만 남겨두고 나머지 아이들을 뉴욕에 있는 릴리의 친정으로 보냈다. 그리고 어디론가 떠나지 않고 런던에 머물면서 릴리와 다시 잘해보려고 애썼다. 보석을 사다 날랐고, 그녀가 좋아하는 디자이너를 불러 수십 벌의 옷을 만들게 했다. 어느 날 저녁, 식사를 하려고 식탁 앞에 앉아서 릴리를 기다리던 그는 하인으로부터 릴리가 식사를 하고 싶어 하지 않는다는 이야기를 전해 들었다. 그는 알았다고 대답했다. 그럴 수도 있다고 그는 생각했다. 유모가 막내아들을 제 엄

마에게 데리고 갔고, 그는 혼자 저녁을 먹었다. 다음 날에도 릴리
는 식당에 나오지 않았다. 그다음 날도, 그리고 그다음 날도 마찬
가지였다. 그는 화가 난 목소리로 유모를 불렀고 막내아들을 데려
오라고 말했다. 유모는 곤란해하면서 제대로 대답을 하지 못했다.
그는 갑자기 벌떡 일어났다. 그리고 릴리의 침실로 가서 문손잡이
를 돌렸다. 문은 잠겨 있었다. 그는 문을 쾅쾅 두드렸다. "꺼져버려
요!" 릴리의 목소리가 들렸다. 그는 하인들에게 열쇠를 찾아오라
고 고래고래 소리를 질렀다. 조금 있다가 그가 열쇠를 열쇠 구멍에
밀어 넣었다. 찰칵, 하는 소리가 났다. 릴리는 막내아들을 안고 어
두운 침실 바닥에 주저앉아 있었다. 패리스의 얼굴과 수염은 눈물
로 젖어 있었다. 패리스는 양손으로 릴리의 어깨를 거칠게 잡고 흔
들면서 물었다. "아이에게 무슨 말을 했어? 아이에게 무슨 말을 했
어?" 릴리가 울었다.

　그는 그다음 날부터 릴리와 별거를 시작했다. 릴리는 이혼을 원
했지만 그에게는 별거가, 릴리를 위해 자신이 해줄 수 있는 최상의
것이었다. 그는 파리로 건너갔다. 그는 센 강변에 있는 저택을 사
서 그냥 거기에 머물렀다. 그는 더 이상 어디론가 떠나가고 싶지
않았다. 그는 그곳으로 여자들을 불러들였다. 그 여자들은 거의 다
패리스가 누구인지 알고 있었다. 억만장자 패리스 싱어, 바람둥이
패리스 싱어, 난봉꾼 패리스 싱어. 그를 모르는 여자들도 있었다.
어떤 여자들은 그에게 몇 살이에요? 하고 물었다. 그는 마흔세 살,
이라고 대답하고 자신이 그토록 나이 먹었다는 사실에 새삼 놀라
워했다.

첫째 딸 프란체스카가 파리로 패리스를 만나러 온 것은 1909년 2월의 일이었다. 제 할머니인 이사벨라를 많이 닮은 그 아이는 이제 열다섯 살이었다. 그 애는 할머니가 자신에게 이름을 지어주었다는 걸 알고 있었고, 그것의 영향을 받았는지는 모르겠지만 어쨌든 이사벨라를 좋아했다. 언젠가 이사벨라는 패리스와 릴리 부부가 있는 자리에서 프란체스카에게 말했다. "네 이름은 정숙한 여자라는 뜻이야. 너는 고귀한 혈통의 아이니까 그 의미를 잘 새겨야 한다." 프란체스카는 웃으며 대답했다. "알고 있어요." 프란체스카는 어렸을 적부터 귀족들과 어울려 생활했다. 그 애에게는 범접할 수 없는 고귀함이 있었다. 그는 가끔 그 애가 제 엄마의 아름다운 이마를 물려받지 못한 것을 아쉬워했다. 프란체스카는 예술에도 관심이 많았다. 파리에 온 날부터 프란체스카는 게테 극장에서 하는 무용 공연을 보러 가자고 패리스를 졸랐다. 그는 예술이라면 딱 질색이었다. 언제나 그랬다. 하지만 프란체스카를 이길 수는 없었다. 그날 밤 그는 이사도라 덩컨이라는 미국 출신의 서른한 살짜리 무용수가 추는 춤을 보았다. 패리스는 무대 위로 한 여자가 걸어 나오는 것을 보았다. 맨발에, 옛 그리스 여자들이 입었던 스타일의 옷을 입고……. 그는 무언가를 떠올렸지만 곧 잊어버렸다. 프란체스카는 그 공연을 보고 큰 감동을 받았다. 무용수와 인사하고 싶어 했기 때문에 그는 프란체스카를 데리고 분장실로 갔다. 싱어 가문은 어디에든 갈 수 있었다. 이사도라가 말했다. "우리 예전에 만난 적 있지 않아요?" 패리스는 전혀 기억하지 못했다. "누군가의 장례식이었어요." 또다시, 프란체스카가 졸랐기 때문에 며칠 후에 패리스는 이사도라를 저녁 식사에 초대했다. "자주 배를 곯았어요. 그때의 경험이 나를 춤추게 만들었죠. 강인한 영혼은 배를 곯는 것 따위에 지지 않으니까요." 그날 밤에 프란체스카는 그에게 '배를 곯는다'는 게 어떤 의미인지 물었다. 그는 뭐라고 설명해야 할지 잘 모르겠다고 솔직하게 대답했다. "어쩌면 할머니가 알고 계실지도 모르겠다." 시간이 조금 흐른 후에 프란체스카는 '배를 곯는다'라는 표현을 잊어버렸다.

프란체스카가 파리를 떠난 후 그는 혼자 게테 극장에 가서 이사도라의 공연을 또 보았다. 공연이 끝나고 그는 이사도라와 함께 저녁을 먹었다. 이사도라는 파리가 너무 춥다고 말했다. 그는 곧바로 이사도라를 데리고 니스로 갔다. 그들은 그날 밤을 함께 보냈다. 패리스에게, 이사도라는 아무런 의미도 없는 그런 여자였다. 패리스는 이사도라의 무용이 얼마나 뛰어난 건지는 몰랐지만, 그녀가 어떤 부류의 여자인지는 알았다. 그녀가 뿌린 염문들을 알고 있었다. 그녀의 출생에 대해 알고 있었고, 그녀가 데어도르라는 이름의 사생아를 낳은 적이 있다는 것도 알고 있었다. 그는 이사도라가 파리에 머물 동안만 함께 지낼 생각이었다. 그리고 이사도라가 떠나가면, 항상 그랬던 것처럼 그녀에 대해 까맣게 잊어버리려고 했다. 이사도라의 게테 극장 공연이 연장되었기 때문에 그들은 예상보다 좀 더 오래 만났다. 어느 날 패리스가 점심 식사를 하고 있는데 이사도라가 방문했다. 그녀는 패리스의 품에 안기며 자신이 임신했다는 소식을 전했다. 그토록 많은 여자들과 밤을 보냈지만 그는 한 번도 누군가를 임신시킨 적이 없었다. 릴리를 제외하고는 그 누구도 그의 아이를 임신한 적이 없었다. 패리스는 릴리를 제외하고 이 세상 그 누구도 자신의 아이를 낳을 자격이 없다고 생각했다.

패리스가 이사도라를 임신시켰다는 소식은 굉장히 빨리 퍼져서 런던에 있는 릴리와 데번에 있는 이사벨라에게까지 전해졌다. 릴리는 그에게 전화를 걸었다. "그 여자가 당신 아이를 가졌다는 게 사실인가요?" 그가 사실이라고 이야기하자 릴리는 한동안 아무 말도 하지 않았다. 패리스는 미안하다고 말하려다가 그만두었다. 도대체 무엇이 미안하단 말인가? 전화를 끊은 후, 그는 오랜만에 들은 릴리의 목소리를 기억하려고 애썼다. 잠시 후에 프란체스카가 다시 전화를 걸어서 그에게 물었다. "그 애가 아빠의 아이인가요? 저의 배다른 동생인가요?" 그가 아무런 대답도 하지 않자 프란체스카가 말했다. "아빠, 괜찮아요, 괜찮아요." 이사벨라는 몹시 화가 나서 다시는 패리스를, 아들을 보고 싶지 않다고 말했다. 패리스와 그런 일이 있기 전부터 그녀는 이사도라를 끔찍하게 싫어했다. 그녀는 이사도라가 예술을 더럽히고 있다고 생각했다. 이사벨라 앞에서 이사도라 이야기를 꺼낸 남자들은 다시는 이사벨라를 만나지 못했다. 그녀는 이사도라가 얼마나 천박한 집안의 출신인지도 알고 있었고, 온갖 남자와 놀아난다는 사실도 알고 있었다. 춤을 출 때마다 허벅지를 다 드러내고, 때로는 가슴까지 보여준다는 사실을 알고 있었다. 이사벨라는 이사도라야말로 자신이 어렸을 적 아버지의 술집에서 보았던 이 빠진 여성 같은 부류라고 생각했다. "어떻게 그런 여자가 우리 가문의 아이를 낳는다는 말이냐?" 패리스는 전화기 너머, 어머니의 목소리를 들었다. 그날 밤, 이사벨라는 어렸을 적에 그랬던 것처럼 이가 하나도 없는 여자들이 나오는 악몽을 꾸었고, 패리스는 이사도라를 자신의 저택으로 불러들였다. 이사도라는 자신의 딸인 데어도르를 데리고 들어왔다.

몇 달 후 이사도라가 아이를 낳던 날 밤에, 그는 문득 자신과 함께 잠을 잔 여자들을 떠올려보았다. 기억나는 여자들보다 기억나지 않는 여자들이 더 많았다. 그는 그 기억들을 더듬다가 자신의 죽은 여동생인 이사벨을 떠올리게 되었다. "당신이 내 오빠인가요?" 자신의 손을 꼭 잡던 그 아이. 그는 그때 이사벨이 끼고 있던 하얀색 장갑을 떠올렸다. 이사도라는 아들을 낳았다. 패리스를 쏙 빼닮은 아이였다. 그는 그 아이의 얼굴을 오랫동안 바라보았다. 릴리는 이제 오 남매의 얼굴을 볼 생각 같은 건 하지도 말라고 말했다. 그는 구역질이 날 거 같았다. 그들은 아이의 이름을 패트릭이라고 지었다. 1911년까지 패리스는 파리를 떠나 이곳저곳을 돌아다니며 항만 사업과 건축 사업을 벌였다. 어느 날 파리의 저택에 돌아온 그는 댄스홀이 사람들로 득실거리는 걸 보았다. 〈트리스탄과 이졸데〉 마지막 장이 댄스홀에 퍼지고 있었고, 이사도라가 맨발로 춤을 추고 있었다. 파리의 거의 모든 남자 예술가들이 거기에 모여 있는 것 같았다. 그는 모자를 벗어 두 손에 들고 천천히 댄스홀로 걸어 들어갔다. 몇몇 남자들이 그를 알아보았지만 아는 척을 하지는 않았다. 그는 빈 소파에 조용히 기대앉아 이사도라가 추는 춤을 지켜보았다. 그 누구도 어떤 말도 하지 않았다. 그 순간, 거기에 있는 사람들에게 이 세상은 댄스홀을 가득 메운 음악과 이사도라의 춤으로만 이루어진 것이었다. 패리스에게 음악과 그녀의 춤은 아무것도 아니었다. 패리스는 자기가 아주 동떨어진 세계에 있다는 걸 알고 있었다. 그녀가 다리를 들어 올릴 때 허벅지가 드러났고, 그녀가 입고 있던 튜닉이 조금 흘러내려서 그녀의 가슴 윗부분이 노출되었다. 춤이 다 끝났을 때도 여전히 정적이 흘렀다. 그 정적을 깬 것은, 패리스였다. 그는 소파에서 벌떡 일어나 큰 소리로 웃으며 박수를 쳤다. 이사도라는 숨을 헐떡이며 그에게 다가가서 키스했다. 그는 이 여자가 저 남자들 중 도대체 몇 명과 잤을까 하는 생각을 했다. 패트릭, 그 아이는 내 아이가 맞는 걸까? 그토록 조심했는데 어떻게 저 여자가 내 아이를 임신할 수 있었던 걸까? 어째서 내가 실수를 했던 것일까? 왜 하필이면 저 여자였던 걸까?

그 이듬해는 여러모로 운이 좋지 않았다. 1월이 되자마자 이사벨라의 세 번째 남편 폴이 죽었다. 패리스는 드디어, 라고 생각했다. 장례식은 마치 이사벨라의 결혼식이 그랬던 것처럼 웅장하게 치러졌다. 그들의 결혼식에 증인을 섰던 에드워드 7세는 2년 전에 이미 죽고 없었다. 이사벨라는 패리스를 보자마자 그의 두 팔에 안겼다. 일흔이 다 된 이사벨라는 젊었을 때의 아름다움은 잃어버린 지 오래였고, 이제 살이 많이 붙어서 둔해 보이긴 했지만, 늙었다기보다는 원숙하다는 느낌을 주는 편이었다. 릴리와 다섯 아이들도 와 있었다. 릴리는 패리스에게서 멀리 떨어져 있었고, 프란체스카가 동생들을 데리고 패리스에게 왔다. 그 아이들은 차례로 제 아버지의 볼에 입을 맞추었다. 막내아들은 약간 쭈뼛거리다가 앙, 하고 울음을 터뜨렸다. "쉿! 네가 몇 살인데 이런 데서 우는 거야. 창피하지도 않아?" 프란체스카가 막내아들에게 따끔하게 말했다. 막내아들은 울음을 그치고 패리스의 볼에 입을 맞춘 후 제 엄마에게 달려갔다. 프란체스카는 패리스에게 물었다. "모든 게 괜찮은 거죠?" 그 애는 그의 대답을 기다리지도 않고 또다시 질문했다. "내 이복동생은 잘 있어요?" 패리스는 당혹스러움을 느꼈다. 그는 프란체스카의 어깨를 잡고 말했다. "얘야, 걔는 네 동생이 아니야. 네 동생이 아니란다." 릴리는 그 당시 유행하는 스타일의 드레스―허리선부터 발목까지 타이트하게 덮어서 허벅지 선이 드러나는―를 입고 있었고, 저 멀리서 그를 바라보고만 있었다. 그는 릴리가 어색해 보인다고 생각했다. 이사벨라는 이번에는 눈물을 흘렸지만, 그는 그 눈물이 죽은 폴에게 보내는 것인지, 아니면 다른 그 무엇에 보내는 것인지 가늠이 되지 않았다. 그날 패리스와 릴리, 그리고 다섯 아이들은 이사벨라를 위해 데번의 저택에서 하룻밤 머물기로 했다. 그들은 이사벨라를 위해 함께 저녁 식사를 했지만, 패리스와 릴리는 한마디도 나누지 않았다. 밤에, 모두가 잠든 후에 패리스는 몰래 릴리의 방에 들어갔다. 릴리는 깊은 잠에 빠져 있었다. 그는 릴리가 낮에 입었던 드레스―몸통에 딱 달라붙는―와 릴리가 가져온 다른 옷들―역시 유행을 따르고 있는―을 모두 챙겨서 나왔다. 그는 차를 몰아 근처에 있는 호수로 가서 그것들을 버렸다. 다음 날 아침 그는 릴리가 자기 몸보다 커서 헐렁헐렁한 이사벨라의 드레스―몸매를 절대 드러내지 못하는―를 입고 있는 걸 보았다.

그해 4월에는 교통사고로 데어도르와 패트릭이 죽었다. 이사도라는 큰 상실감을 느껴서, 거의 매일을 울면서 지냈다. 패리스 역시 몹시 큰 충격을 받아서 몇 달 동안 두문불출했다. 어느 날 밤에 이사도라가 울면서 그의 품에 안겼다. 그녀는 패리스에게 아이를 가지게 해달라고 말했다. 패리스는 이사도라를 달랬고, 그녀가 잠들 때까지 깨어 있었다. 날이 밝자마자 그는 릴리를 만나러 런던으로 갔다. 릴리는 패리스에게 문을 열어준 하인에게 몹시 화를 냈고, 패리스를 보고는 입을 다물어버렸다. 그들은 응접실에 마주 보고 앉았다. 릴리는 패리스에게 차 한잔 대접하지 않았고, 잔뜩 화가 난 표정으로 바닥만 바라보았다. 잠시 후 그녀가 입을 열었다. "당신에게 생긴 일은 정말 유감이에요." 패리스는 응접실 한쪽 벽에 온갖 그림과 사진이 걸려 있는 걸 보았다. 릴리가 그걸 바라보고 있는 패리스에게 말했다. "저건 요즘 유행하는 화가의 그림이에요. 저건, 고흐예요. 미치광이였지만, 훌륭한 화가였죠. 이건 피카소예요. 피카소 알아요?" 갑자기 패리스가 릴리에게 말했다. "우린 아들을 낳아야 해." 릴리는 불쾌감과 당혹스러움과 수치심을 느끼며 자리에서 벌떡 일어났다. "모르겠어. 난 패트릭을 좋아한 적이 없어. 왜냐하면 그 애의 엄마가 당신이 아니었으니까……." 그녀는 입을 쩍 벌리고 무슨 말인가 하려다 그만두고 그저 잠시 동안 패리스를 바라보았다. 그러다가 고개를 절레절레 흔들었다. "세상에, 패리스, 불쌍한 패리스, 나를 봐요. 내가 몇 살인지 알아요? 나는 이제 마흔다섯이에요. 당신, 머리가 어떻게 된 거죠?" 패리스는 릴리를 바라보았다. 그렇게 자세하게 릴리를 뜯어본 것이 얼마 만인지 알 수 없었다. 이사벨라가 지금의 릴리 나이였을 때는 훨씬 더 아름답고 육감적이었다. 그때 이사벨라는 그에게 왜 헨리에타 같은 여자와 사랑에 빠졌느냐고 물었다. 왜 그런 천박한 여성과 놀아나는 거냐고 물었다. 헨리에타와 헤어지고 데번으로, 다시 어머니의 품으로 돌아왔을 때, 그는 자신이 인생에 대해 뭔가 알았다고 생각했었다. 문득 그는 이사벨을 떠올렸다. 만약 이사벨이 살아 있어서 사십 대 중반이 되었다면 어떤 모습일까? 그때 릴리가 울먹이며 말했다. "오, 불쌍한 패리스, 당신 모습을 좀 봐요. 당신은 정말 아무것도 모르는군요. 당신은 정말 아무것도 알지 못해요." 패리스는 릴리의 눈물이 순수한 동정의 의미라는 걸 깨달았다.

파리로 돌아온 그는 이사도라가 그 집에서 남자 예술가들을 불러 파티를 열었다는 사실을 알았지만 아무 말도 하지 않았다. 그는 이사도라를 위해 많은 돈을 들여 파리에 무용 학교를 세워주었다. 어느 날 밤에 집으로 돌아왔을 때, 그는 침실에서 남자와 있는 이사도라를 발견했지만 아무런 말도 하지 않았다. 그리고 몇 달 후에 이사도라가 다른 남자의 아이를 임신했다는 사실을 알았을 때에야 비로소 그는 그녀를 떠났다. 그리고 5년 후에 패리스는 릴리와도 정식으로 이혼했다. 릴리가 여성으로서의 아름다움을 다 잃어버린 후의 일이었다.

이사도라를 떠난 후 그는 애디슨 미즈너라는 건축가와 함께 미국 남동쪽에 있는 거대한 늪지대를 개발할 계획을 세웠다. 그들은 그곳에 사교 클럽을 세웠고 몇 개의 건물도 세웠으며 광장도 두 개—그 광장에는 그들의 이름을 따 각각 미즈너 광장, 패리지 광장이라는 이름을 붙였다—만들었다. 그리고 이것들이 훗날 플로리다 팜비치의 시작이 되었다. 그들은 그렇게 착실하게 플로리다라는 도시를 만들어냈다. 물론 가끔 불법적인 일에도 손을 댔고, 그 것 때문에 감옥에 가기도 했다. 그가 감옥에 있는 동안 프란체스카가 결혼을 했다. 몇 년 후에는 둘째 아들이 결혼을 했다. 그는 그 당시 감옥에서 나와 플로리다 사업에 활발하게 참여하고 있었지만, 그 결혼식에 참석하지 않았다. 이사벨라가 그에게 전화를 해서 도대체 왜 그러는 거냐고 물었다. "도대체 아버지가 참석하지 않는 결혼식이 말이 되는 거니?" 그는 어머니의 목소리가 젊었을 때와 변함없다는 사실에 새삼 놀라워했다. 몇 년 후에 릴리가 결핵으로 죽었다는 소식을 들었다. 그는 릴리의 장례식에 참석했지만 이사벨라는 참석하지 않았다. 패리스는 딸과 사위, 아들과 며느리, 그리고 자신의 손자들에게 둘러싸여 어색하게 서 있었다. 임신 중인 프란체스카가 그를 꼭 껴안아주었다. 눈물이 나지 않았지만, 그것에 대해 아무도 이상하게 생각하지 않으리라. 그는 그날 밤에 오랜만에 런던의 저택에 머물렀다. 그는 온갖 사진과 그림으로 가득차 있던 응접실에 들어가보았다. 여전히 많은 수의 사진과 그림이 붙어 있었다. 그는 그중 어떤 그림 앞에서 발길을 멈추었다. 그림 속, 탁한 군청색 하늘에 떠 있는 노란 달은 마치 조각난 것처럼 보였다. 달 아래에는 빨간 지붕을 한 커다란 저택이 그려져 있었다. 검은 드레스를 입은 두 여자가 그 저택으로 들어가고 있었다. 그리고 앞쪽에는 머리를 틀어 올린 늙은 여자가 그 집을 나와서 걸어가고 있었다. 저택으로 들어가는 여자들은 너무 작게 그려져 있어서 그 나이를 짐작할 수 없었지만, 그는 그녀들이 젊은 여자일 거라고 생각했다.

그는 문득 예전에 나폴리에서 휴가를 보냈던 때를 떠올렸다. 행복한 시절이었다. 그날 오후에 그는 아내와 딸 프란체스카와 함께 나폴리 해안으로 나와 일광욕을 했다. 그런데 호텔 직원 한 명이 거기까지 그를 찾아와서 편지를 한 장 건네주었다. 딸아이는 끈이 달린 노란색 티와 앙증맞은 반바지를 입고 모래를 만지며 놀고 있었다. 릴리는 하얀색 원피스를 입고 있었다. 그녀는 임신 때문에 부푼 배를 위로 하고 모래사장에 누워서 미소를 지은 채 눈을 감고 있었다. 그는 엎드려서 한 손을 아내의 배에 올린 채 편지를 읽기 시작했다. 그건 이사벨의 유서였다. 이사벨은 자살하기 전날에 자신의 스물몇 명의 이복형제 중 두 명에게만 편지를 보냈다. 그는 이사벨의 편지를 다 읽고 나서 가족들과 몇 시간 더 해안가에 머물렀다. 그는 딸아이의 웃음소리가 바람에 실려 공중으로 흩어지는 것을 느꼈다. 그날 저녁 그는 소고기 카르파초와 앤초비가 들어간 피자, 그리고 생선튀김을 먹었다. 저녁 식사를 하는 동안 프란체스카가 알아들을 수 없는 노래를 불렀다. "뚜르네, 뚜르네, 뚜라너어스로 뚜아 몬트 허브, 뚜르네, 뚜르네……." 패리스와 릴리는 처음에 그게 무슨 노래인지 전혀 몰랐지만, 곧 릴리가 알아맞혔다. 전날 밤에 해변 근처에 있는 카바레에서 여가수가 부른 샹송을 엉터리 불어로 흉내 낸 것이었다. 그는 프란체스카의 영특함 때문에 무척 흡족했지만, 릴리는 프란체스카에게 말했다. "다시는 그 노래를 부르면 안 돼. 엄마한테 혼날 줄 알아." 그리고 패리스에게 말했다. "이럴까 봐 내가 이렇게 어린 애를 그런 쇼에 데리고 가면 안 된다고 한 거예요." 그는 프란체스카를 꼭 껴안고 사랑스러워 못

334

견디겠다는 듯 딸아이의 정수리에 입을 맞췄다. 그리고 샹송을 부르기 시작했다. 릴리가 얼굴을 찌푸렸지만 곧 그냥 웃었다. "투르네, 투르네, 투아 모나무르 투아 몽 에브, 쎄 라 발즈 데테 키 부자마리에."[1] 릴리가 그의 어깨에 기댔다. 그리고 집게손가락으로 프란체스카의 코를 톡톡 두드리며 말했다. "다시는 저런 노래, 불러서는 안 돼." 프란체스카는 죽을 때까지 그 노래를 다시는 부르지 않았다. 그날 밤, 패리스는 가족들이 다 잠들었을 때 혼자 서재에 남아 낮에 해변에서 건네받은 그 편지를 다시 한 번 더 읽었다.

"패리스 오빠, 몇 년 전에 만났을 때 제게 친절하게 대해주셔서 정말 감사했어요. 그때 오빠를 볼 수 있어서 얼마나 좋았는지 몰라요. 그 이후로 또 만나고 싶었지만 그럴 기회가 오지 않은 것이 무척 슬퍼요. 오빠, 패리스 오빠, 이제 아마 영원히 볼 수 없게 되겠죠."

편지를 다 읽고 나서 그는 방문을 잠갔다. 그리고 잠시 동안 울었다. 아주, 잠시 동안만. 그는 그 일이 자신에게 어떤 식으로 영향을 끼칠지 그런 건 전혀 알지 못했다. 인생은 그냥 그런 식으로 흘러가는 것이었다.

릴리의 장례식이 끝난 후 그는 일주일 정도 런던에 머물렀다. 그런 후 그는 어머니를 만나러 데번으로 갔다. 이사벨라는 이제 정말 할머니가 되었다. 머리는 하얗게 세었고 몸에는 살이 많이 붙었는

---

1) 돌아요, 돌아요, 그대 내 사랑, 그대 나의 꿈, 이것은 당신을 만나게 해준 여름날의 왈츠예요.

데, 특히 가슴이 엄청나게 거대해졌다. 그녀는 수다스러워졌고, 목소리도 몹시 커졌다. 그는 아무리 분노할 만한 일이 있어도 목소리를 낮추며 기품을 지키던 이사벨라가 이 세상에서 사라졌다는 사실 때문에 몹시 충격을 받았다. 그는 어머니의 주름진 볼에 입을 맞추고 서둘러 자신의 도시, 플로리다로 돌아갔다. 그는 가끔 릴리의 말—'당신은 정말 아무것도 알지 못해요'—을 떠올렸다. 그는 그 말을 뭉개는 방식으로 어린 여자들과 잠을 자는 걸 선택했다. 여전히 임신이 되지 않도록 조심하면서. 그는 더 이상 그 여자들의 눈에서 슬픔을 보지 못했다. 자신의 모든 것을 포기하게 만들 만한 그런 감정도 느끼지 못했다. 그는 그저 그 모든 것을 빠르게 잊어 가기만 했다.

이사벨라는 오래 살았다. 바르톨디를 비롯한 그 시대를 함께했던 예술가들이 하나둘씩 사라져서, 결국 그 집을 드나드는 사람이 아무도 남아 있지 않을 때까지 그녀는 살아 있었다. 몇 년 후에 자신의 마지막 손자를 낳았던 이사도라 덩컨이 불의의 사고로 죽을 때도 그녀는 살아 있었고, 자신의 첫째 손녀인 프란체스카가 셋째 아이를 낳다가 죽은 후에도 살아 있었으며, 그리고 자신의 하나뿐인 아들, 패리스 싱어가 죽은 후에도 몇 년을 더 살았다.

# 연애의 실질(窓質)

주원규

주원규

\

1975년 서울에서 태어났다. 2009년 장편소설 《열외인종 잔혹사》로 제14회 한겨레문학상을 수상했다. 장편소설 《무력소년생존기》, 《망루》, 《아지트》, 《광신자들》, 《너머의 세상》, 청소년 소설 《주유천하 탐정기》 등이 있다.

1.

　여사는 거울에 비친 자기 몸을 보며 잠에서 깨어났다. 진분홍빛 실크 란제리 차림의 여사는 중년의 나이치고는 마른 편이었다. 마르긴 했어도 그다지 썩 아름다운 몸매는 아니야, 라고 속으로 중얼거리며 여사는 천천히 고개를 가로저었다. 하지만 그것은 어디까지나 여사 자신의 겸손에서 비롯된 자기 비하였을 뿐이다. 거울에 비친 자신의 몸을 마주할 때마다 여사는 늘 그런 생각을 했다. 그렇다고 자기 몸이 아름답지 못하다는 생각이 여사에게 마냥 우울한 일은 아니었다. 그이는 이런 나의 몸을 항상 아끼고 사랑해주니까 걱정할 게 없다는 나름의 강한 소신이 여사를 위로해주었다. 그건 일종의 믿음이었다. 항상 변함없는 태도로 자신을 대하는 그이에 대한 믿음. 여사는 그 믿음을 한가득 마음에 품은 뒤에야 기지

개를 켜며 침대에서 일어날 수 있었다. 때맞춰 괘종시계에서 오전 7시를 알리는 종소리가 울렸다.


2.


그이는 식사 중에 말하기를 즐기지 않았다. 식탁 옆에 몇 종의 조간신문을 놓아두긴 해도 그것을 펼쳐보진 않았다. 그이는 출근을 앞둔 다른 남편들처럼 제멋대로 적어 넣은 신문 기사를 믿는 편이 못 되었다. 그래서일까. 그이에게 신문은 재떨이와 다를 바 없는 소품이었다.

그이가 30여 분에 걸쳐 조반을 먹고 양복으로 갈아입는 동안 여사는 수족처럼 그이를 따라붙었다. 물론 그이를 지키는 이들이 한둘이 아니었지만 아침 출근만큼은 여사의 몫이었다. 빳빳하게 다린 와이셔츠를 손수 입히고 어깨에 묻은 먼지를 털어주는 일, 현관으로 나서는 그이의 윤기나는 구두를 신기 편하도록 놓아주는 일 등은 누구도 침해할 수 없는 여사만의 기쁨이었다.

오늘 여사는 그이를 대문이 아닌 현관 앞에서 배웅하기로 했다. 그이는 여사의 기대보다 훨씬 더 가정적이며 매사 관대한 편이었다. 오늘은 여러 가지 준비로 머릿속이 피곤할 테니 배웅 따윈 현관에서 약식으로 끝내라는 게 그이의 생각이었다.

그이는 그렇게 여사와 네 자녀의 배웅을 받으며 현관을 나섰다. 하지만 여사는 그이의 배려를 마음으로만 받았다. 여사는 그이를 따라 운전기사가 대기 중인 대문 앞까지 나섰다. 여사는 그이가 운전기사가 열어놓은 관용차 뒷좌석에 탑승할 때까지 지켜보았다. 그이는 여사를 감사의 마음을 담은 눈길로 쳐다봤다. 여사는 그이가 사랑스럽다는 상투적인 말로는 자신의 진심을 충분히 표현할 수 없다고 생각할 만큼 자신을 사랑한다는 것을 느꼈다. 그런 그이의 눈빛엔 여사에 대한 감사와 존경이 잔뜩 묻어 있었다. 그이의 눈빛 세례를 받은 여사는 자신도 모르게 얼굴을 붉혔다.

그렇게 여사의 하루가 시작되었다.


## 3.

여사는 집 안 청소에 대한 확고한 철학을 갖고 있었다. 손수 해내는 것을 즐기는 것, 그것이 여사만의 철학이었다. 가끔 여사의 이런 바지런함이 두 명의 식모와 세 명의 주방 아줌마, 두 명의 정원 관리사, 그리고 열 명의 경호 사병들을 불안하게 했다. 자신들의 게으름, 나태, 근무태만을 에둘러 질타하기 위해 여사가 몸소 나서 가정 청결 엄수에 힘쓰는 게 아닌지 그들은 염려했다.

그들은 여사의 집 안 청소를 그런 식으로 해석했지만 여사는 그들에게 불안감을 심어줄 의도는 없었다. 단지 여사는 그이가 특별하게 생각하는 날에 자신이 직접 그 특별함에 일조하고 싶은 마음을 표현한 것임을 자신과 그이를 제 목숨처럼 수발드는 모든 이에게 알려주고 싶었다.

여사의 청소 과정은 대단히 섬세했고 학문적으로 표현해 극사실적이었다. 여사는 거실 테이블 유리 위에 내려앉은 한 올의 먼지도 견딜 수 없어 했으며, 카펫 위에 흐르듯 뒹구는 미세먼지 제거를 위해 온 힘을 쏟아부었다. 여사의 이런 전투적인 청소에 처음엔 안절부절못하고 우왕좌왕하던 두 명의 식모도 점차 여사의 청소 철학을 이해하곤 빠르게 청결 작업에 동참했다. 모두 여자로만 꾸려진 식모들은 이따금 헛기침만 할 뿐, 청소하는 반나절 내내 아무 말도 하지 않았다. 여사의 악다문 입술이 좀처럼 열릴 생각을 하지 않았기 때문이다.

아직은 늦봄인 5월 날씨에도 어찌나 바지런히 몸을 놀렸는지 여사의 이마에 굵은 땀방울이 알알이 맺혀 들었다. 여사는 이마에 맺힌 땀을 훔칠 생각조차 잊은 채 거실과 주방 청소에 매진했다. 오늘 그이를 만나러 올 특별한 손님의 동선이 고작해야 식사 장소와 거실, 그리고 현관이 전부일 거란 예상에 특별히 그 장소에 더욱 신경을 기울였다. 여사는 집 역시 그이의 얼굴로 생각해왔으며 그이는 여사의 모든 것이기에 최선을 다해야 한다는 소명감만으로 청소 작업에 임했다. 그러다 보니 정말 시간이 어떻게 흘러갔는지 모를 정도였다. 여사가 현관 바닥 타일 사이사이에 묻은 때를 지워냈을 때 시간은 이미 정오를 훌쩍 넘어서 있었다.

4.

　계핏가루와 찹쌀 등의 재료가 주방 테이블 위에 가지런히 놓였다. 여사는 요리 사병에게 준비해놓으라고 지시했던 재료들을 꼼꼼히 확인했다. 재료 중 하나라도 부족하거나 여사가 원하는 것과 다른 종류를 준비할 경우 받게 될 문책의 엄중함을 익히 알고 있어서일까. 요리 사병이 공수해온 식재료들은 그 양이 지시했던 것보다 훨씬 넘친다는 점만 제외하곤 여사를 썩 만족스럽게 했다.

　여사는 아무래도 오늘 하루가 다른 어떤 날들보다 더 유쾌하고 잘 풀릴 것 같은 예감이 들었다.

　지금까지 여사의 예감은 한 번도 틀린 적이 없었다. 그이의 바깥일에 있어서도 여사의 예감은 거의 적중하곤 했다. 그런데 현관 밖에서 클랙슨 소리가 들리고 이어지는 벨 소리, 곧이어 대문과 현관문이 차례대로 열리고 집 안으로 들어온 한 인간의 상판대기를 마주한 여사는 혹 자신의 예감이 빗나간 것일지도 모른다는 불길한 기분이 들었다. 하지만 여사는 머릿속에 떠오른 흉흉한 생각을 떨쳐내기로 작심했다.

　'나쁜 생각은 무엇이든 빨리 잊는 게 좋아.'

　그게 여사가 지금까지 삶을 꾸려오면서 가장 중요하게 생각해온 인생철학 중 하나였다.

　손님 맞을 준비에 여념이 없던 여사에게 예고 없이 찾아온 불청객은 그이와 여사 둘 모두의 눈에 넣어도 아프지 않을 셋째 아들이었다. 국민학교에 재학 중인 셋째 아들은 오늘처럼 종종 학교를 무단 조퇴하고 집으로 들어오곤 했다. 그래서일까. 셋째 아들의 느닷없는 무단 조퇴에도 여사는 크게 당황하지 않았다. 여사는 평소에도 크게 당황하거나 호들갑 떠는 모습을 좀처럼 보여주지 않았다. 간혹 군인 정신을 강조해 세 명의 아들과 한 명의 딸에게 엄한 체벌을 가하는 그이와는 다르게 여사는 자녀들에게 큰소리 한번 내지 않는 초인적인 침착함을 보여주었다.

2층 자기 방으로 들어가기에 앞서 거실 소파에 주저앉은 셋째 아들은 자신의 옆에 앉은 여사에게 앞뒤 맞지 않는 조퇴 사유를 주문 외듯 중얼거렸다. 여사는 무표정과 침묵으로 셋째 아들의 말을 경청했다. 그러던 중 거실 테이블에 놓여 있던 다이얼 전화기에서 요란한 전화벨 소리가 들렸다. 벨 소리가 들리자 여사는 자신의 오른손 검지로 입을 가려 셋째 아들의 입을 얼어붙게 했다. 그러곤 두 번째 벨 소리가 시작되기 직전에 수화기를 들어 전화를 받았다. 그것은 전화벨이 두 번 이상 울리는 걸 죽도록 싫어하는, 조급증을 넘어 남자다운 과단성으로 평가받는 그이의 불같은 성향을 너무나 잘 아는 여사다운 행동이었다.


5.


정오를 갓 넘긴 시간에 집으로 전화를 한 이는 여사의 예상대로 그이였다. 그이는 산더미처럼 쌓였을 공무의 무게에도 불구하고 이렇듯 하루에 한 번 집으로 전화하는 걸 잊지 않았다. 그이는 어쩌면 큰일을 도모하는 이에겐 지극히 사소한 것일지도 모를 가족사나 가사 일에 대한 염려, 당부의 말들을 흡사 웅변하듯 늘어놓은 다음 집안 간수와 네 자녀 근황을 묻는 것으로 마무리하곤 했다.

여사는 수화기를 든 채 손짓으로 셋째 아들에게 2층 자기 방으로 올라갈 것을 지시했다. 더 이상 변명하지 않아도 된다고 판단한 셋째 아들이 홀가분한 표정이 되어 계단을 힘차게 밟고 올라섰다. 여사는 그이에게 아무 일도 없으며 아이들 역시 공부에 매진하고 있다고 답했다. 평소 같았으면 가족의 안부를 묻는 부부간 사담으로 마무리되었음 직한 통화지만 오늘의 통화에서 그이는 한 가지 추가 사항을 덧붙였다.

그이는 말했다. 오늘의 초대 손님 중 '서'가 먼저 집에 찾아갈 거라고. 여사가 '서'의 지아비가 될 '군'은 언제 오느냐고 그이에게 물었더니 그이는 '서'의 지아비가 될 '군'은 퇴근 시간에 맞춰 자신과 함께 들어갈 거라고 답하며 다음과 같은 당부의 말을 추가했다.

그이는 '서'가 먼저 집에 찾아오면 예비신부인 '서'에게 당신과 같은 현숙한 여편네로서의 기품을, 내친김에 아녀자의 미덕이 무엇인지 단단히 일러주라고 여사에게 말했다.

그이의 말을 잠자코 듣던 여사의 입가에 엷은 미소가 번졌다. 자신을 향한 그이의 믿음이 여사의 온몸을 부르르 전율케 할 정도로 격했기 때문이다. 자신을 현숙한 여편네로 인정해준 그이의 배려에 화답하기 위해서라도 여사는 '서'에게 굳이 뭔가 가르쳐야 한다면 그건 바로 요리가 아닐까 하는 생각을 하게 되었고, 그 생각이 섬광처럼 뇌리를 스치고 지나자 찹쌀떡을 빚기 위해 앞치마를 두른 주방 아줌마들에게 하던 일 당장 멈추라고 엄히 지시했다.

약간 의아해하는 주방 아줌마들의 표정이 읽혔지만 여사는 일하는 사람들에게까지 자신의 속내를 설명해주는 건 시간 낭비라고 판단했는지 침묵했다.

잠시 후, 현관 벨이 울렸다. 그이가 말한 '서'가 현관문을 열고 등장했다. 때맞춰 곱게 한복으로 갈아입은 여사에게 90도 각도로 허리 숙여 인사한 '서'는 "안녕하세요. 사모님"이란 말을 약간 높은 톤의 음성으로 말했다. 여사는 미소를 머금은 채 그런 '서'를 맞아주었다.


6.


여사는 '서'가 비교적 아름답다고 생각했다. 그 평가는 대부분의 군인 아내들이 갖는 공통점일 거라고 생각했다. 국가에 충성하는 군인의 아내들은 자신을 포함해 대체로 미인이니까.

사실 '서'는 누가 보아도 특별한 미인이었다. 여사 역시 '서'가 계란형 얼굴에 몸매도 자기보다 더 호리호리하고, 그러면서도 이성을 자극할 만한 부위는 한껏 돌출된 전형적인 미인이란 생각까지 지울 순 없었다.

이쯤 되면 여사는 내색하진 않아도 은근한 사심, 좀 더 저속하게 표현해 질투심에 사로잡힐 만도 하지만 지독할 정도로 자신에게 공손한 '서'의 이목구비를 찬찬히 뜯어보자니 여사는 한 가지 점에서 안심했다고 해야 하나, 우월감 같은 것에 사로잡혔는데 그건 바로 '서'의 하관(下觀) 때문이었다.

여사가 이해하는 현숙한 여편네로서의 얼굴 생김새란 자고로 하관이 두툼하고 넉넉하여 보는 이로 하여금 포근함을 전달하는 생김새여야 했다. 여사는 자신의 생김새가 감히 현숙한 여편네, 그중에서도 군인 아내로서 필요한 최고 덕목을 구현해내고 있음을 자신의 삶을 통해 인정받았다고 믿었다. 반면 '서'는 매사 조용하고 상대, 특히 손윗사람이 하는 말에 지나칠 정도로 반듯한 추임새를 넣어주는 예의 바름으로 무장했지만, 여사가 보기엔 지나치게 갸름한 턱 선이 썩 마음에 들지 않았다. 그래서였을까. 여사는 앞으로 그이의 오른팔이 되어 수족 노릇을 하게 될 직속부하의 아내로서 지아비를 모셔야 할 덕목, 다시 말해 군인 아내가 지켜야 할 엄수 사항을 일목요연하게 설명해주는 과정에서 한 가지 항목에 대한 언질에 있어선 다소 기운을 빼고 말할 수밖에 없었다. 사실 그 항목은 여사가 가장 공을 들여 말해오던 항목이었는데 말이다.

군인 월급이 박봉인 건 알고 있느냐. 하지만 자고로 군인이란 아랫사람에게 절대 신임을 얻고 상명하복 관계를 공고히 하기 위한 품위 유지에도 각별히 신경 써야 한다. 그렇기 때문에 아내의 경제적 내조는 필수에 가깝다는 것이 여사가 들려준 이른바 재정관리 항목이었다.

여사는 돈 관리에 있어서만큼은 강한 자신감을 갖고 있었다. 다른 군인 아내들과 비교했을 때 재산 증식만큼은 자신을 따라올 이가 없을 거란 강한 자부심을 갖고 있었기 때문이다.

　바로 이 대목에서 여사는 '서'를 측은하게 바라보기까지 했다. 돈 관리, 재산 증식의 영민함은 노력만으로 되는 게 아니며, 타고난 재운을 품고 있어야 가능한 법인데, 그러한 재운은 여사와 같이 복스럽고 두툼한 하관, 쉽게 말해 주걱턱 관상에서 발휘되는 경우가 대부분이며, 그런 측면에서 본 '서'의 가냘픈 턱 선은 재운을 부르는 관상과는 거리가 멀어도 한참 멀어 보였다.

　그렇다고 '서'가 아예 맘에 안 드는 건 아니었다. '서'의 평소 다소곳한 태도가 그이의 직속부하인 '군'에 대한 일부종사로 발전할 것이 기대되었기에 여사는 '서'가 대단히는 아니어도 제법 맘에 들었다.


　7.


　늦은 오후가 되도록 여사는 줄곧 '서'와 찹쌀떡을 빚으며 시간을 보냈다. 여사와 '서', 둘은 찹쌀을 물에 불리고 반죽에 찹쌀가루를 입힌 다음 오븐에 넣어 적당한 완성 타이밍을 기다리는 일련의 과정을 함께했다. 찹쌀떡이란 메뉴가 다른 요리와 비교해도 그 세심함이나 과정의 미학에 있어서 결코 뒤지지 않았기에 여사는 이렇게 자신이 가르쳐야 할 이들이 찾아올 때면 찹쌀떡 빚는 법을 가르치곤 했다.

　'서'는 결코 여사에게 먼저 묻는 법이 없었다. '서'가 극존칭을 앞세워 앞으로 자신이 직속으로 모셔야 할 남편 상사의 아내, 여사의 눈 밖에 나지 않으려는 필사의 노력을 기울이는 게 여사의 눈에 훤히 보였다. 여사는 그런 '서'의 노력이 싫지 않았다.

'서'는 찹쌀떡을 만들 때 결코 혼자 판단하거나 자신의 지식을 앞세우지 않고 오직 여사가 이끌어가는 과정에만 오롯이 주목했다. 여사는 자신의 조리법이 속된 말로 엽기 찹쌀떡을 잉태한다 하더라도 그 또한 순순히 호응할 '서'의 태도가 싫지 않았다.

그렇지만 또 한편으로 여사는 이런 의구심도 품었더랬다. 아직 결혼을 앞둔 예비신부에 불과한데도 이렇게 능수능란하게 손윗사람을 관리한다면 조금만 더 세월이 흐르면 그땐 어떻게 변할지, 나중엔 도통 속내를 알 수 없는 여우 중의 여우, 불여우로 둔갑하는 건 아닐지 염려되기도 했다. 하지만 여사는 그런 생각을 하는 자신을 스스로 질책했다.

모든 건 자기 하기 나름이다. 이 집안을 이렇게까지 일으킬 수 있었던 것, 그이가 오직 바깥일, 국가를 위한 중대사 처리에만 전념할 수 있도록 물심양면 지원할 수 있었던 것도 모두 여사 자신의 냉철한 판단력과 현숙한 여편네로서 지켜내야 할 덕목에 대해선 언제나 초심을 유지하는 결혼 초기의 다짐을 잊지 않았기에 가능한 일이었다. 그런 믿음이 지금의 자신을 만들었다는 생각이 새삼 떠오르자 여사는 거실 소파에 앉아 '서'와 함께 모과차를 마시며 담소를 나눌 때엔 '서'를 한결 더 부드럽게 대할 수 있었다. 그런 여사의 달라진 모습을 자신에게 품었던 마뜩잖음을 해소한 결과로 이해한 '서' 역시 여사의 가르침에 한층 더 격정적으로 귀 기

울이고, 여사의 어처구니없는 유머에도 까르륵까르륵 박장대소하
며 맞장구쳐주었다.


8.

그이는 저녁 7시에 집으로 돌아왔다. 정오경에 전화로 말했던
것처럼 그이는 혼자 퇴근하지 않고 손님을 데리고 왔다. 여사도 알
고 있는 그 손님은 그이가 특별히 총애하는 직속부하 '군'이었다.

꽤 오래전부터 봐왔지만 여사는 '군'의 강직한 태도, 적당히 딱
딱하게 구는 말투와 늘 변함없는 태도에서 나타나는 믿음직함이
싫지 않았다. 늘 그랬듯 이러한 '군'의 모습은 여사에게 그이에 대
한 신뢰로까지 발전되었다. 그이가 평소 보여주는 모습이 그랬기
때문이다. 국가를 위해서라면 이해하기 힘든 선택이더라도 패기
넘치게 밀어붙이는 강한 인상을 여사에게 심어주었기에 그이가
선택한 직속부하 '군' 역시 믿을 수밖에 없다는 게 여사의 지론이
었다.

'군'이 여사에게 90도 각도로 허리 숙여 인사한 뒤 자신의 피앙
세 '서'에게 다가가 그녀의 어깨에 손을 올리고 한담을 나누는 동
안 그이는 양복도 벗지 않은 채 성큼 발걸음을 옮겨 단숨에 2층으
로 올라갔다. 그러더니 이내 2층 마지막 방에 틀어박혀 숨죽이고
있던 셋째 아들의 목덜미를 붙잡고 다시 1층으로 내려왔다.

셋째 아들을 호랑이가 그려진 카펫 위에 패대기치듯 내던진 뒤

녀석을 무릎 꿇린 그이에게 여사가 한 박자 먼저 다가가 사정하듯 말했다. 여사는 모든 게 자식 잘못 키운 자신의 잘못이니 선처를 부탁한다고 말하며, 오늘 같은 날 역정은 적당히 내셨으면 좋겠다는 진심 어린 말도 함께 건넸다. 동시에 여사는 그이가 갖고 있는 정보력의 위대함에 새삼 감복하지 않을 수 없었다. 국가 대의를 위해 필요한 정보를 수단, 방법 안 가리고 수집하는 기관의 수장으로만 알았는데, 그이는 거기서 한 걸음 더 나아가 자신의 셋째 아들이 오늘 학교를 조퇴했는지 안 했는지까지 귀신같이 알아내는, 그야말로 시시콜콜한 정보 수집에도 타의 추종을 불허했기 때문이다.

셋째 아들 역시 아버지가 발휘하는 정보력의 심대함을 오래전부터 뼛속 시리게 깨우치고 있었기에 자신이 왜 이런 취급을 받아야 하는지 따위의 질문은 애초에 꺼내지도 않았다. 다만 태생이 심약한 녀석은 아버지가 이번엔 어떤 체벌로 자신을 혼내줄지 심히 두려워했다.

어쩐 일인지 그이가 셋째 아들에 대한 체벌을 잠시 고민했다. 그래도 오늘은 손님, 그것도 자신의 직속부하와 그 피앙세와의 저녁 약속이 예정돼 있어서였는지, 또한 이번 한 번만 너그럽게 보아 넘기면 어떻겠냐는 여사의 청을 뿌리칠 수 없어서였는지, 무엇보다 자신 앞에서 못생겼다고 손사래를 치며 결혼한다고 말하던 '군'의 말과 다르게 피앙세 '서'가 빼어난 미인이란 점에 불편한 심기가 다소 누그러졌는지 그이는 셋째 아들에게 어른들 저녁 식사 마칠 때까지 현관 앞에 무릎 꿇고 두 손 들고 있으란 지극히 가벼운 체벌만을 지시했다. 하지만 셋째 아들은 완화된 체벌에도 불만이 남았는지 입이 툭 튀어나와, 보는 이들 앞에서 시위하듯 현관문을 가로막은 채로 무릎 꿇고 손들었다. 현관문 양옆엔 경호 사병들이 항시 근무 중이었고, 거실과 마당에도 적지 않은 경호 사병들이 어슬렁거렸다.

'서'를 향해 평소 보여주지 않던 환한 미소를 지어 보인 그이가 시장하니 어서 빨리 식사하자는 말로 저녁 식사의 서막을 고했다. 그이가 앞장서자 여사가 그 뒤를 따랐고, '군'과 '서'도 서둘러 식사 장소로 이동했다.


9.


그이는 평소 식사 시간보다 훨씬 더 말수가 많았다. 여사는 그이의 수다를, 뜨겁게 데운 정종을 평소보다 빠른 속도로 마셨던 탓으로 돌리고 싶었다. 물론 다른 이유도 충분히 있을 수 있지만 말이다. 그 다른 이유 중 가장 적당한 이유로, 그이는 식사 자리에서 내뱉는 당신의 말(씀)을 마치 교주의 복음처럼 경청하는 이들을 만났을 때도 종종 말이 많아지곤 했다는 것을 들 수 있다. 또 하나의 가능성도 상존했지만 여사는 애써 그 가능성을 무시했다. 자기보다 젊은 여자를 만나거나 그 젊은 여자가 누가 보아도 빼어난 미모를 가진 미인이며, 빼어난 미색으로 무장한 젊은 여자가 자신의 말(씀) 마저 복음으로 받아 마시는 태도를 보이면 그이는 자신이 갖고 있는 경륜 중 뭐 하나라도 더 알려주고 싶어 몸이 달아오르곤 했다.

그이의 말하는 속도나 모습으로만 보면 필경 세 번째 가능성, 미인 앞에서 열변을 토하는 기질이 가장 확실했지만 여사는 결코 그 가능성을 믿고 싶지 않았다. 그 가능성을 인정한다는 건 자신과 그이 사이에 형성된 믿음을 파기하는 것과 다름없었기 때문이다. 그러므로 당연히 여사는 저녁 식사 내내 도리 없이 그 눈길이 마냥 늠름한, 천생 군인 같은 '군'에게 집중되는 자신의 관심 또한 한사코 진실이 아니라고 스스로에게 다짐받아야 했다. '군'이 젊디젊으며 게다가 정력적이기까지 한 몸을 가졌고 법적으론 아직까지 엄연한 총각이며, 무엇보다 머리숱이라곤 눈을 씻고 봐도 찾을 수 없는 그이에 비해 지나칠 정도로 풍성하고 검은 머리칼을 자랑하는 사내라는 점에 관심을 갖는다는 건 여사 스스로 세워놓은 그이와의 초기 감정, 군인 아내로 일부종사하겠다는 확고하고 지엄한 연애 감정을 정면으로 위반하는 것이었기 때문이다.

'군'은 그이를 말끝마다 "장군님", "장군님"으로 부르며 그이의 말(씀)을 강렬한 눈빛으로 빨아들였다. 그 눈빛을 보아하니 아예 그이의 말(씀)을 씹어 삼킬 기세로 이글거렸다.

그런데 한 가지 묘한 건 그이가 자신만을 향해 열렬한 눈빛 분사를 지속하는 '군'을 쳐다보기는 했지만, 오히려 '군'보단 고개를 다소곳이 숙인 채 구첩반상 다 놔두고 오직 자신과 여사가 정성껏 빚은 찹쌀떡만 주구장창 주워 먹는 '서'에게 더 많은 눈길을 할애했다는 점이다. 그런 그이가 앉아 있는 자리 뒤로 그이의 또 다른 직속부하들이 군복 차림으로 부동자세를 유지했는데, 여사가 가만히 보니 그이가 일상복으로 갈아입은 게 아니라 어깨에 훈장을 주렁주렁 매단 군복 차림으로 저녁 식사에 임한 게 눈에 뜨였다.


10.


군인의 삶은 오직 국가에만 충성 봉사해야 한다고, 군인이 국가 외에 다른 것을 생각하는 것은 절대 금물이며, 때론 국가가 말도 안 되는 명을 내려도 그것이 국가의 지엄한 부름이라면 어떤 가치보다 우선해 명령 수행에 최선을 다해야 한다는 그야말로 주옥같은 그이의 말(씀)을 방해하는 오직 단 하나의 장애물은 바로 셋째 아들이었다.

셋째 아들은 뭐가 그렇게 서러웠는지 무릎 꿇고 두 손 높이 들어 올리기 시작할 때부터 훌쩍훌쩍 울기 시작하더니 공교롭게도 그이의 군인관이 절정에 이르는 시점에 맞춰 부모 잃은 아이처럼 대성통곡하고 말았다.

식탁의 분위기가 셋째 아들의 통곡으로 자연 어수선해지고 엉망이 되어버렸는데, 그럼에도 그는 초인적 인내심을 발휘해 셋째 아들을 향한 본격적인 체벌을 억누르고 또 억눌렀다. 그이가 그렇게 참아내는 이유는 단순하지만 분명했다. 자신의 말(씀)을 한마디도 놓치지 않고 마음속에 새겨 넣으려는 두 남녀, '군'과 '서'에게 자식 우는 거 하나 참지 못해 버럭 달려들어 두들겨 패는 소인배로 보이고 싶지 않아서였다.

대개 이런 경우 제일 먼저 민첩하게 움직이는 건 다른 누구도 아닌 여사였다. 셋째 아들의 울음이 점점 더 커지자 여사가 한걸음에 셋째 아들에게 다가가 당장 울음을 그치라고 낮은 목소리로 경고했다. 그렇게 말한 여사는 녀석을 일으켜 2층 방으로 데려가고자 했다. 하지만 녀석은 그 자리에서 꼼짝하지 않았다. 여사가 움직이지 않는 이유를 물으니 녀석은 아버지가 그만하라고 할 때까지 자신은 이 천형의 체벌을 포기해선 안 된다는 걸 어울리지 않는 비장미를 가득 담아 말했다. 여사가 난처한 얼굴이 되어 그이가 앉은 쪽으로 고개를 돌렸다. 하지만 취기가 잔뜩 올라 얼굴 전체가 벌겋게 달아오른 그이는 자신의 군 복무 시절 무용담을 '서'에게 들려주느라 정신이 없었다. '서' 역시 그이의 소위 복음 경청에 애쓰면서도 또 한편으론 난처해하는 여사의 눈치를 보느라 정신이 없었다.

그 어색함을 잠시라도 잊기 위해서였을까. '서'는 빠른 속도로 찹쌀떡을 입안에 밀어 넣었다. 오후 내내 빚은 찹쌀떡은 재료를 과다하게 준비한 요리 병사의 실수로 생각했던 것보다 그 양이 훨씬 더 많았다.

결국 여사가 셋째 아들을 억지로 일으켜 세우는 데 성공한 그때였다. 그토록 시끄럽던 셋째 아들의 울음소리가 순식간에 가라앉았다. 또한 한 번도 쉬지 않고 지껄이던 그이의 말(씀)도 중단되었다. "아. 그렇습니까. 장군님?", "아. 듣고 보니 그렇군요. 장군님"을 연호하던 '군'의 추임새도 멈춰버렸다.

모든 소리가 소거되고 오직 단 하나의 망측한 소리만이 여사와 그이의 집 전체를 압도했다. 소리의 주인공이 모두를 당황스럽게 했다. 망측스러운 소리의 주인공은 바로 '서'였다.


11.

'서'의 입안에서 흘러나오는 소리가 처음부터 망측스러운 건 아니었다. 그저 조용히, 최대한 내색하지 않으려고 헛기침 비슷하게 쿨럭이던 게 고작이었다. 여사는 그런 '서'의 소극적인 태도가 일을 크게 만들었다고 생각했다. 찹쌀떡을 닥치는 대로 주워 먹고 제대로 씹기도 전에 그냥 막 삼켜 넣고서 그것도 모자라 새 찹쌀떡을 입안에 밀어 넣길 반복했으니 탈이 나는 건 당연한 일일지도 몰랐다. 게다가 그이의 말(씀)에 빠짐없이 추임새를 넣어주다 보니 입안에 욱여넣은 찹쌀떡이 목에 걸리지 않는 게 이상한 거라고 여사는 확신했다. 어느 순간부터 '서'의 기침 소리가 비명으로 변해갔다. 그이의 말(씀)도 멈추게 할 만큼 끔찍했다. 처음엔 "컥컥", "웩웩" 하는 정도의 목이 메거나 사레가 들렸을 때 내는 소리로 시작했다가 종래에 가선 두 손으로 제 목을 움켜쥐고 남성인지 여성인지 성의 구분조차 불분명한 신음을, 그것도 신성하고 지엄한 그이와의 식사 자리에서 거침없이 쏟아냈다.

여사는 서둘러 '서'의 안색부터 챙겼다. 얼굴이 새하얗게 질린 게 위급 상황이란 짐작이 섰다. 열변을 토하다 중도에 막힌 그이는 심기가 불편한 듯 식사를 끝내기 전엔 여간해선 마시지 않는 수정과를 벌컥벌컥 들이켰다.

'군'은 '서'의 발작에 어떻게든 반응해야 했지만 최대한 품위를 잃지 않는 선에서 해결하려 애썼다. 여전히 그이가 앉은 식탁 중앙에서 시선을 떼지 않은 '군'은 '서'의 등을 가볍게 '툭툭' 두드리는 게 전부였다. 하지만 '서'의 상태는 갈수록 악화되었고 급기야 '서'는 억지로 구토라도 해보려고 손가락을 목구멍 깊이 밀어 넣어 식탁 위 구첩반상 위에 지금까지 먹었던 음식물을 죄다 게워냈다. 그 순간 그이의 표정이 끔찍하게 일그러졌다. 못 볼 것을 본 표정이 분명했다. 그런 그이를 본 '군'은 이러지도 저러지도 못하고 뭣 마려운 강아지마냥 쩔쩔맸다.

　실컷 구토를 하고도 여전히 목에 걸린 찹쌀떡이 해결이 안 된 모양인지 급기야 '서'는 자리에서 일어섰고 제 목을 두 손으로 감싸 쥐고 짐승 울음소리를 내기 시작했다. 그러자 '군' 역시 일어섰는데, '군'은 어디서 어설프게 보고 배웠는지 '서'의 가슴팍을 손바닥으로 세차게 두들겼지만 오히려 그녀의 몸에 덧없는 고통만 가중시킬 뿐이었다.

　사태가 이쯤 되자 여사는 자신이 나서야겠다는 생각이 들었다. 여사는 그이의 부하 중 한 명을 불러 119에 신고할 것을 지시했다. 여사의 지시를 받은 부하가 119 신고를 위해 수화기를 집었을 때다. 바로 그때, 그이가 나섰다. 그이의 묵직한 한마디가 부하를 멈춰 세운 것이다.

12.

"뭐 이런 걸 갖고 호들갑이야. 본인이 해결하겠어."

거반 죽어가는 '서'를 앞에 두고 그이가 말했다. 그이의 한마디
가 나오자 수화기를 집어 든 부하의 동작이 일순 멈췄고 이제는 바
닥에 대자로 드러누워 고통을 호소하는 '서'를 향해 여전히 되지도
않는 응급조치를 시도하던 '군' 역시 하던 일을 중단해버렸다.

여사는 그이의 무용담 중 위급 사항 발생 시의 응급조치에 관한
지혜 발휘를 귀에 못이 박이도록 들어왔다. 그이는 여전히 대수롭
지 않다는 표정으로 자신이 먹던 젓가락 한 짝을 손에 쥐고 수치
심을 잃고 바닥에 드러누운 '서'에게 다가갔다. 그러고는 '군'에게
'서'를 일으켜 자리에 앉히라고 명령했다. 자신의 피앙세인 '서'를
일으켜 세울 때 '군'의 얼굴에선 비로소 희망의 빛을 발견한 듯 화
색이 돌았다. '군'은 자신의 직속상관이며 최근 국가의 부름을 아
방가르드하게 실천해낸 눈부신 활약상의 주인공인 그이라면 지금
의 난국쯤 능히 타개할 것으로 믿어 의심치 않았다.

그 믿음은 물론 지엄한 그이를 바라보는 여사에게도 동일하게
적용되었다. 여사는 직속부하인 '군'보다 훨씬 더 강력하고 절실
하게 그이를 믿었다. 오히려 여사의 얼굴에 안도감이 비친 건 간
신히 의자에 앉고서도 여전히 정신 못 차리는 '서'를 바라보는 그
이의 시선 때문이었다. 그이가 '서'를 바라보는 눈빛에선 이제 더
이상 흠모의 연정을 찾아보기 어려웠다. 그이의 얼굴은 젊고 아리
따운 직속부하의 피앙세일지라도 이런 위급 상황 앞에선 결코 존

엄을 유지할 수 없다는 사실을 '서'를 통해 새삼 확인했다는 기별로 가득했다.

그이는 이렇듯 모여든 모든 이들의 믿음을 한 몸에 힘입고 '서'에게 다가갔다. 그이는 부질없이 '서'의 등과 가슴을 계속 문질러대는 '군'을 성가시다며 멀찌감치 물러서게 한 다음 장군답게, 군인답게 과감하게 '서'의 코앞까지 성큼 다가가더니 이내 그녀의 입을 최대한 크게 벌렸다.

'서'는 잠자코 그이가 시키는 대로 할 수밖에 없었다. 장군님 앞에서 흉한 꼴 보인 것에 대해선 나중에 죽을 때까지 사죄하기로 하고 당장은 목에 걸린 이 빌어먹을 찹쌀떡 건더기를 제거할 수만 있다면 무슨 짓이라도 하겠다는 작심으로 고인 침이 턱 밑으로 흘러내리건 말건 있는 힘껏 입을 벌려 자신의 목구멍 속을 그이에게 열어 보이고자 애썼다.

아주 잠깐 '서'의 목구멍을 살핀 그이가 한 치의 망설임도 없이 오른손에 쥐고 있던 젓가락을 '서'의 목구멍 깊숙이 찔러 넣었다. 그러곤 '서'의 기도를 틀어막은 질기디질긴 찹쌀떡 잔존물 제거를 위해 조금은 서툴고 난폭하게 젓가락을 쑤시거나 휘저어댔다.

'군'은 이 광경을 오직 치유의 과정으로만 이해하려 애썼다. 여사 역시 조금은 과하다 싶다는 생각을 아주 잠깐 해보기도 했지만 그이의 월남전 참전 당시의 무용담을 전적으로 믿고자 했다. 뭐, 월남전 당시에 그이가 총 한 번 쏴본 적 없었다는 사실이 뒤늦게 알려지긴 했어도 어쨌든 여사는 그이가 이 정도 사소한 일도 해결 못할 인물이 아니란 확신에 찬 눈길로 그이의 소위 치유 과정을 지켜보았다.

여사, '군', 셋째 아들, 경호 사병, 직속부하, 식모, 주방 아줌마. 모인 이들 모두 그이의 전능한 젓가락질을 철석같이 믿고 있어선지 그이가 젓가락을 '서'의 목구멍에서 빼낸 뒤 자기 자리로 돌아가 또 한 차례 수정과 한 잔을 시원하게 비울 때까지도 '서'의 상태가 어떤 지경인지를 실감하는 데 더없이 인색했다.

그들 중 가장 먼저 '서'의 결과를 진단한 건 다른 누구도 아닌 그이였다. 숨이 약간 거칠어진 그이는 수정과를 들이켠 뒤 '군'에게 '병원으로 데려가는 게 맞겠어'란 짧은 말을 꺼냈다. 그제야 정신이 돌아온 '군'은 '서'의 입에서 침이 아닌 검붉은 피가 흐르고 있음을 실감했다. '서'의 눈동자는 이미 움직임을 멈췄으며 의자에 앉아 있는 자세 그대로였지만 더 이상 숨을 쉬지 않았다.

'군'은 여전히 이 상황을 이해하지 못했다. '서'가 죽었다는 사실 말이다. '군'은 '서'가 죽었다는 사실을 이해할 만한 그 어떤 방어장치도 갖지 못했다. 누구라도 그럴 것이다.

황망한 상황 속에서 그이가 다급히 여사를 찾았다. 그이는 방금전 '서'의 목구멍을 제법 끝이 날카로운 젓가락으로 쑤셔댈 때의 그 과단성 넘치던 오른손으로 이제는 울지 않는 셋째 아들의 머리를 쓰다듬며 여사에게 자신은 다시 본부로 가야 할 것 같다고, 사실 오늘 대단히 중요한 날이라고, 그러니 이곳 뒤처리를 부탁한다는 당부의 말을 남겼다. 그런 그이가 생전 꺼내지 않던 다음과 같은 말도 곁들였다.

"국가가 원하는 삶을 산다는 건 뭐든 힘들어. 그렇지?"

13.

그이가 떠날 때 그이의 수족처럼 굴어대는 이들도 덩달아 도망치듯 빠져나갔다. 그들 모두 오늘은 거국적으로 매우 중대한 날이란 말만 거듭했다. 그러니까 그 말의 숨은 뜻은 원래 장군님이 오늘 이렇게 한가하게 결혼 앞둔 예비부부에게 덕담이나 해주는 날이 아니었다는 의미로 읽히기에 충분했다.

그이가 바람처럼 떠나간 뒤 셋째 아들은 여사가 시키지도 않았는데 스스로 알아서 2층 자기 방으로 올라가 문을 잠갔다. 세 명의 주방 도우미들은 식탁 위에 놓인 음식물을 빠른 속도로 치우기 시작했으며, 두 명의 식모 역시 물기 뺀 행주로 '서'가 뒹굴었던 자리에 흥건히 고인, 지금도 멈추지 않고 흐르는 피를 닦아내기에 바빴다.

'군'은 그 자리에 가만히 서 있었다. 그대로 선 채 더 이상 소리 지르지도 않고 숨 쉬지도 않는 '서'의 등만 계속 두드렸다. '군'의 곁으로 여사가 조용히 다가갔다. 여사는 '서'의 등을 두드리던 '군'의 손을 꼭 붙잡아주었다. 그제야 동작을 멈춘 '군'이 멍한 표정으로 여사를 바라봤다. 여사의 따뜻한 손길이 몸 전체에 전달되자 뭉클했던지 '군'의 눈시울이 뜨거워졌다. 여사는 더없이 다정한 목소리로 말했다.

"그이가 오늘 한 행동, 잘한 일이라고 말해줘요."

여사의 말을 들은 '군'이 잠시 멈칫했다. '군'은 한동안 여사를 바라보다 끝내 머리를 식탁에 처박고 만 '서'를 내려다봤다. 그렇게 한두 번 여사와 '서'를 번갈아 바라보던 '군'이 끝내 입을 열었다. 떨리는 '군'의 음성이 여사의 귀에 생생하게 전달되었다. '군'은 답이 아닌 질문을 꺼냈다.

"그게 지금 왜 중요하죠?"

'군'의 질문에 대한 여사의 답은 확고했다.

"잘했다고 믿는 게 중요하니까요."

여전히 여사는 '군'을 자애로운 눈길로 바라보았지만 그녀의 눈빛 속엔 믿음을 강요하는 종용의 열의가 가득했다.

여사는 그이를 믿었고, '군' 역시 그이를 믿었다. 그 믿음이 비록 자신에겐 현숙한 여편네로서의 믿음이며, '군'에겐 목숨까지 바칠 만큼 엄청난 상명하복 관계에서 싹튼 믿음이라 하더라도 여사는 본질은 같을 거라고 믿었다. 여사는 바로 그 믿음이 중요하다는 걸 앞으로 자신보다 인생을 좀 더 오래 살게 될 '군'에게 일러두고 싶었다. 쉬지 않고 검은 피를 쏟아내는 '서'를 앞에 두고 말이다.

# 키스와 바나나

황현진

황현진

　＼

1979년 경북 선산에서 태어났다. 2011년 장편소설《죽을 만큼 아프진 않아》로 제
16회 문학동네작가상을 수상했다.

우리에게는 여자와 바나나가 많아.

라디오를 켜면 그 노래뿐이었다. 우리에게 내려진 명령은 안전 구역으로 분류된 퐁니 마을을 평정하라는 거였다. 트럭은 해안도로를 따라 계속 북상 중이었다. 마을은 북쪽 끝에 있었고 비씨들의 땅과 가까웠다. 마을을 평정하는 일은 어렵지 않았다. 그들은 이른 바 우리 쪽 사람들이었으니까. 그들의 농사를 도우면서 고기를 나눠 먹는 것만으로 충분했다. 운이 좋으면 그들 중 어리고 예쁜 여자를 골라 연애를 할 수도 있었다. 우리는 모처럼 음담패설을 나누며 긴 이동 시간을 견디고 있었다.

영상 50도. 온도계의 수은점은 그 이하로, 그 이상으로도 움직이질 않았다. 북쪽으로 갈수록 라디오의 잡음은 점점 더 커졌다. 노랫소리는 자주 끊어졌다가 뜻을 알 수 없는 고음을 내지르며 이어졌다. 우리에겐…… 바나나가…….

퍽킹 바나나.

키스가 벌떡 일어나 소리쳤다. 좁은 짐칸 안에서 느닷없이 벌떡 일어나는 사람은 언제나 키스였다. 다른 병사들은 엄두도 내지 못하는 일이었다. 더위에 지친 탓이기도 했지만 적군의 저격 대상이 될 위험도 컸다. 하지만 우리는 대개 키스의 장난에 환호했다.

아무리 더워도 한낮에는 짐칸의 덮개를 걷어낼 수 없었다. 우리는 시뻘겋게 달아오른 얼굴을 푹 숙인 채 허벅지 위로 떨어지는 물방울들이 만들어내는 무늬를 보며 하루를 점치곤 했다. 오늘의 운세는 하트였다. 하필 키스의 바지에 커다란 하트 모양이 생겨났다. 우리는 키스의 허벅지를 툭툭 건드리며 야유를 보냈다. 키스는 킬킬거리면서도 젖은 바지에서 눈을 떼지 못했다. 키스는 유난히 땀을 많이 흘렸다. 고국의 추운 땅에서 건너온 키스에게 사시사철 덥기만 한 타국의 기후는 끊이지 않는 포성보다 끔찍한 거였다. 나와 키스는 동갑이었다. 우리는 부대원 중에서 어린 편에 속했다. 내가 키스보다 생일이 서너 달 빨랐다. 나는 가끔 키스를 위해 물고기를 잡아다 주곤 했다. 강물에 수류탄을 던져 잡은 물고기는 성한 데가 없었다. 꼬리가 떨어져나갔거나 아가미가 찢어져 있거나 아예 두 동강이 되어 수면 위로 떠올랐다. 그중의 절반은 건져 낼 것도 없을 만큼 산산조각이었다. 다행히 키스는 물고기를 좋아 했다. 김치를 보급받은 뒤부터 키스의 식성은 나날이 좋아졌다. 키스의 얼굴은 더욱 번들거렸다. 두어 달쯤 지났을 때는 매끄럽던 턱에 거뭇거뭇한 수염이 돋아나는가 싶더니 보름 만에 빳빳한 검은

366

털이 키스의 턱을 뒤덮었다. 아무리 봐도 나와 스무 살 동갑내기 같지 않은 얼굴이었다. 키스의 턱수염 아래에는 항상 잿빛 땀방울이 맺혀 있었다. 키스가 갑작스레 몸을 움직일 때마다 땀방울이 이리저리 튀었다.

바나나는 우리도 많아.

나도 키스를 따라 어둠에 대고 농담을 던졌다. 연이은 말장난에 폭소가 터졌다.

웃으면 더워.

키스는 미처 웃음기가 가시지 않은 얼굴로 손부채질을 하며 수통을 열었다. 그 순간 모두가 갈증을 느꼈다. 우리는 동시에 목을 뒤로 젖혀 수통의 물을 비웠다. 수통에서 비린내가 났다. 우리는 탄통에 넣어둔 사탕과 초콜릿을 꺼내 나눠 먹었다. 그러곤 오랫동안 서로 말이 없었다. 가끔 여전히 땀을 줄줄 흘리며 허벅지를 하트 모양으로 적시고 있는 키스를 힐긋거릴 뿐이었다.


밤이 왔다. 밤의 주인은 비씨들이다. 다행히 오늘은 달이 컸다. 밝은 밤이었다. 내일은 보름달이 뜰 것이다. 우리의 밤눈도 더욱 밝아질 터였다. 트럭 뒤 칸에 빽빽이 모여 앉은 우리의 머리통 위로 하얀 김이 무럭무럭 피어올랐다. 한낮 동안 뜨겁게 달궈진 우리의 정수리는 새벽녘이 되어도 식을 줄 몰랐다. 벌써 열 시간째, 트럭은 세로로 길게 뻗은 도로를 달리고 있었다. 길은 고르지 않았다. 트럭은 연신 덜컹거렸다. 도로 곳곳에 깊게 파인 데가 많았다. 가끔 차바퀴 아래에서 무언가 짓이겨지는 소리가 들렸다. 작은 짐

승의 사체이거나 죽은 자의 몸에서 떨어져 나온 팔이나 발목일 수
도 있었다. 그때마다 키스는 습관처럼 낮게 중얼거리곤 했다.

천국으로.

운전병은 종종 핸들을 놓쳤다. 우리는 서로의 어깨를 밀며 한쪽
으로 기울어지거나 금방이라도 밖으로 튕겨나갈 것처럼 높이 솟
구쳐 오르기도 했다. 하지만 트럭은 단 한 번도 길 밖으로 이탈하
지 않았다. 전조등을 켜지 않고도 트럭은 같은 속도로 빠르게 달렸
다. 자칫 속도를 늦췄다간 매복 중인 적군이 언제 튀어나올지 몰랐
다. 우리는 구토를 참는 데 이미 이력이 났다. 총을 쏘는 일에는 진
력이 났다.

탁 트인 바다가 펼쳐졌다. 달빛에 사방이 훤했다. 중대장의 지
프가 섰다. 뒤따라오던 다른 소대의 트럭들도 일제히 속도를 줄였
다. 소대장이 조수석에서 내렸다. 짐칸을 돌아보며 빨리 화장실에
나 다녀오라고 재촉했다. 그 말이 떨어지자마자 우리는 바지 지퍼
를 내렸다. 우리에게 바다는 화장실이었다. 운전병은 곧바로 튀어
나가 바다 쪽으로 달려갔다. 엉덩이를 한껏 뒤로 빼고 뒤뚱거리며
뛰는 꼴이 우스웠다. 운전병은 곧장 바지 지퍼를 내리고 오줌을 갈
겼다. 우리는 줄줄이 트럭에서 뛰어내렸다.

해피 뉴 이어.

열의 맨 뒤에서 내릴 차례를 기다리던 키스가 벌떡 일어나 외
쳤다.

퍽!

모두가 동시에 소리쳤다. 우리는 미군의 말을 빨리 배웠다. 컴

온, 지저스, 헤이, 퍽, 키스 그리고 해피 뉴 이어. 새해가 한참 지난 후에도 키스는 툭하면 해피 뉴 이어라고 외쳤다. 도대체 언제까지 새해 인사를 하고 다닐 참이냐고 소령이 물었을 때, 키스는 귀국선에 올라타는 그날까지라고 단숨에 답했다. 소령이 키스에게 웃으며 말했다.

네가 1969년까지 살아 있길 바란다.

우리는 나란히 서서 담배를 꺼내 물었다. 지포 라이터를 꺼내 불을 붙였다. 알싸한 등유 냄새가 퍼졌다. 불꽃이 줄지어 나타났다가 찰칵 소리와 함께 사라졌다. 키스의 지포 라이터에는 고향의 주소가 새겨져 있었다. 우리는 키스의 라이터를 볼 때마다 불길한 예감에 사로잡히곤 했다. 도무지 목줄이 끊어진 군번을 상상하지 않을 수가 없었다. 우리의 시선을 눈치챈 키스가 늘 하던 말을 또 꺼냈다.

나는 고아야. 전쟁고아. 고향에 돌아가려고 새긴 게 아니야. 돌아갈 수 없어서 새긴 거지. 나 대신 고향 주소를 기억해줄 사람이 없거든.

키스는 일부러 모래밭에 호를 그리며 오줌을 눴다. 몸을 좌우로 크게 흔들면서, 킬킬거리면서 바닷바람을 맞았다. 키스의 젖은 턱수염이 밤바람에 쉬이 말랐다. 나는 키스가 하는 짓을 모두 따라했다. 허리를 뱅뱅 돌리며 오줌을 길게 눴다. 키스의 행동을 따라하다 보면 괜스레 신이 났다. 키스는 도리어 그런 나를 즐거워하는 눈치였다.

엎드려!

갑자기 키스가 낮은 목소리로 외치며 무릎을 꿇고 주저앉았다. 그러곤 재빨리 어깨에 걸려 있던 총을 풀었다. 우리는 바지를 제대로 추슬러 입지도 못하고 키스를 따라 거총 자세를 취했다. 나는 뜻대로 멈추지 않는 오줌발을 어쩌지 못하고 그대로 모래사장에 엎드려 누웠다. 지린내가 콧속을 파고들었다. 우리는 모깃소리를 내며 서로에게 물었다.

뭐야? 비씨야?

다들 키스의 눈이 향한 곳을 노려보았다. 둥글게 휘어진 만의 끝에 사람의 형체가 서 있었다. 여자였다. 하얀 아오자이의 끝자락이 바람에 휘날리고 있었다.

귀신은 아니겠지?

비씨보단 귀신이 낫지.

갈기자.

너무 멀어.

우리를 봤을까?

보고도 남지.

왜 가만히 있지?

비씨들은 원래 그래.

계속 가만히 있을 거야?

예쁠까?

데리고 가는 건 어때?

가는 길에 버리자.

키스가 먼저 엎드려 기기 시작했다. 우리도 뒤따라 기어갔다. 나는 성기에 묻은 모래를 손으로 대충 털어내고 열의 뒤에 붙었다. 그때였다. 키스가 가던 길을 멈추고 뒤돌아보더니 자못 비장한 목소리로 말했다.

기다려. 혼자 다녀올게.

보기에도 꽤 먼 거리였다. 엄호가 필요했다. 흰 아오자이를 입은 여자는 단순한 유인책일 수도 있었다. 우리는 옆으로 비켜서서 뒤따라오던 소대장을 향해 고개를 돌렸다. 소대장은 여자가 있는 쪽을 유심히 살펴보는 체했다. 엄폐물로 삼을 만한 게 하나도 없었다. 모래밭은 휑했다. 그게 오히려 소대장을 안심시킨 눈치였다. 그는 열대우림의 빽빽한 풍경에 질릴 대로 질린 상태였다. 게다가 모래밭 아래 땅굴이 있을 리도 만무했다. 소대장이 고개를 끄덕였다. 키스가 짓궂은 표정으로 한쪽 눈을 찡긋했다.

우리는 소대장의 손짓을 따라 지프 쪽으로 조심스럽게 움직였다. 그사이 키스는 어둠에 묻혀 찾을 수 없었다. 아오자이의 치맛자락도 멀어졌다. 우리는 트럭의 바퀴를 발판 삼아 짐칸에 차례대로 올랐다. 몇몇은 남아 트럭을 밀었다. 시동 거는 소리가 사격의 신호탄이 될 수도 있기 때문이었다. 우리는 되도록 아무 소리도 내지 않고 아오자이를 입은 여자에게로 다가가야만 했다.

트럭이 서서히 움직였다. 짐칸에 오르자마자 모두 바지의 지퍼를 서둘러 올렸다. 고추를 꺼내놓고 죽을 수야 없지. 소대장이 웃자고 한 말인데 아무도 웃지 않았다. 소대장은 금방 정색했다. 키스가 말했더라면 다들 웃었을 것이다. 소대장은 우리가 악명 높은 단명의 길 위에 놓여 있음을 다시 한번 주지시켰다. 1번 국도의 가장 위험한 길 안쪽으로 들어선 것이다. 이미 오래전부터.

키스는 우리 중대의 뛰어난 첨병이었다. 그는 바람의 방향을 알아내는 데 남다른 재주가 있었다. 지뢰나 부비트랩을 발견할 때면 그는 쪽쪽 소리 내어 엄지를 빨았다. 혼자 능글맞게 웃으면서, 우리가 킬킬거리는 모습을 지켜보면서, 키스는 축축해진 엄지를 허공에 치켜들고 바람의 결을 느꼈다. 키스 덕분에 우리는 항상 바람의 뒤쪽을 정확하게 알 수 있었다. 매캐한 연기와 미세한 파편을 항상 비켜설 수 있었다. 우리는 키스의 능력을 높이 샀다. 그의 철없는 돌출 행동을 눈감아주는 것은 키스가 어려서라기보다 부대 내에서 가장 훌륭한 첨병이기 때문이었다.

게다가 그는 몇 안 되는 첨병조 중에서 맨 앞에 서는 병사였다. 하지만 키스가 부러 과장된 몸짓을 해가며 엄지를 빠는 모습은 늘 우스꽝스러웠다. 그 바람에 그는 자연스럽게 키스라고 불렸다. 자신의 엄지에 키스하는 첨병에 대한 이야기는 아군들의 우스갯소리로 널리 퍼졌다. 장교들은 일부러 그를 불러다가 철 지난 〈플레이보이〉를 건네주곤 했다. 키스, 이걸 가져다가 더 열심히 키스 연습에 매진하게. 장교의 어쭙잖은 농담에도 그는 언제나 손으로 키스를 날려주었다.

우리는 어서 총성이 울리기를 은연중에 기대하면서 주변의 기척에 귀를 기울였다. 거의 목표 지점에 다다랐을 즈음, 트럭을 향해 뛰어오는 군화 소리가 들렸다. 착검! 소대장이 다급한 목소리로 외쳤다. 우리는 군화 뒤에 덧대었던 검을 허리춤에 끼웠다. 거총! 소대장의 명령이 곧바로 이어졌다. 우리는 빠른 손놀림으로 총을 장전했다. 우리의 군장엔 각각 삼백 개의 실탄이 들어 있었다. 총알은 늘 넉넉했다. 우리는 뜨거워진 손으로 총의 잠금쇠를 풀었다. 여차하면 난사할 작정이었다. 발소리는 아주 빠른 속도로 가까워졌다.

지프가 길 한가운데 멈춰 섰다. 고요했다. 우리는 느닷없는 열기를 느꼈다. 누구라도 이곳에 오래 있다 보면 감각이 이상해지기 마련이었다. 갑작스러운 정적이 찾아올 때면 밤낮 상관없이 몸이 뜨거워졌다. 총소리가 나면 은단 향을 맡을 수 있었다. 그 반대일 때도 있었다. 느닷없이 은단 향이 난다 싶으면 총소리가 났다. 한밤에 포격 소리를 들으면 노래를 부르고 싶어졌다. 물론 놀라울 정도로 무뎌지는 감각도 분명 있었다.

우리는 정글의 커다란 도마뱀을 보고도 놀라지 않았다. 커다란 나무 뒤에 비죽이 튀어나온 삿갓을 보면 반사적으로 총을 쏘았다. 정글도의 날카로운 칼날에 지레 겁먹지도 않았다. 무엇보다 우리는 이 전쟁이 영원히 끝나지 않을 거라는 말에도 절망하지 않았다. 우리의 달력에는 고국으로 돌아갈 날짜가 분명하게 적혀 있기 때문이었다. 복무 기간이 1년을 넘기지 않는 데는 다 그만한 이유가 있는 거라고, 우리는 가끔 스스로를 조롱했다. 그러지 않으면 금세 돈 욕심이 났다. 복무 연장이 쉽사리 받아들여지지 않는다는 걸 알면서도 차곡차곡 돈이 모이는 월급 통장을 생각하면 돌아갈 일보다 남아 있는 일이 더 우선이지 않을까, 싶기도 했다.


　트럭을 향해 뛰어오는 사람은 다름 아닌 키스였다. 우리는 안도
하면서도 당황했다. 키스가 무사해서 다행이다 싶으면서도 총성
없이 마무리된 상황이 아쉬웠다. 키스는 숨 고를 새도 없이 소대장
에게 상황을 보고했다.
　양민이었습니다.
　죽였나?
　살려 보냈습니다.
　비씨의 마누라일 확률은?
　없습니다.
　왜지?
　늙은이였습니다.
　너 지금 실수했어.
　키스는 대답하지 않았다. 소대장은 운전병을 재촉해 속도를 높
였다. 빨리 여기를 뜨는 게 상책이라고 했다. 우리는 쥐 죽은 듯 고
개를 무릎에 박았다. 소대장은 운전병에게 연신 고함을 질러댔다.
더 빨리, 더, 더. 운전병은 가속페달을 연거푸 밟았다. 비씨에게 우
리의 위치가 발각되기 전에 한시라도 빨리 마을에 당도해야만 했
다. 금방이라도 머리 위로 총알이 날아올 것 같은 긴박감이 모두를
옥죄었다. 트럭의 속력이 빨라지자 귓속이 얼얼했다. 바람 소리와
흙 튀는 소리가 요란했다. 그 틈을 놓치지 않고 키스에게 물었다.
　왜 안 죽였어?

전략촌 밖을 돌아다니는 민간인은 사살해도 무방하다는 지침을 우리는 서로에게 다시 상기시켰다.

한 번쯤 안 죽이고 싶었거든.

키스가 장총을 끌어안고 천진하게 대답했다. 얼굴에 화색이 나돌았다. 순간 키스를 뺀 나머지 모두에게 알 수 없는 시기심이 끓어올랐다.

뭣하러 싸구려 총알을 훈장이랑 바꾸는 거야?

키스 옆에 앉아 있던 누군가가 물었다.

천국으로.

키스는 짧게 대답했다. 그러곤 더 이상 아무 말도 하지 않았다.

     ·

날이 밝아왔다. 비씨들이 잠을 잘 시간이었다. 우리는 라디오 소리를 키웠다. 돌연 잡음이 커졌다. 도저히 맞는 주파수를 찾을 수 없었다. 노래를 들으려면 누구에게 노래를 시키는 수밖에 없었다. 하지만 아무도 노래를 부르려 하지 않았다. 소대장 눈치를 안 볼 수 없었다. 또다시 땀이 흘러내렸다. 검게 탄 얼굴이 금세 번질거렸다. 입을 열면 군내가 풍겼다. 온도계는 어느새 깨졌다. 이제 영상 40도인지 50도인지조차 알 수 없게 되었다. 우리는 군화에 침을 뱉었다. 키스가 갑자기 캐럴을 불렀다. 어떤 노래를 불러도 후렴은 항상 똑같았다. 라디오가 우리에게 제대로 가르쳐준 팝송은 하나뿐이었다. 우리에게는 여자와 바나나가 많아.

키스의 노랫소리가 조금씩 커졌다. 우리는 조수석에 앉은 소대장의 뒤통수를 흘깃거렸다. 별로 신경 쓰지 않는 눈치였다. 어쩌면 잠든 것일지도 몰랐다. 우리는 키스가 노래를 부르도록 내버려두었다. 슬그머니 손뼉까지 치기 시작했다. 몇몇이 노래를 따라 부르는가 싶더니 한입이 되어 목청껏 소리를 질러댔다.

불에 탄 바나나 숲이 나타났다. 인가가 가깝다는 증거이기도 했다. 눈에 보이는 풍경이라곤 움푹 파인 폭탄 구덩이와 말라 죽은 야자나무, 부서진 바위와 흙먼지, 낮은 모래언덕뿐이었다. 소대장이 차창을 내려 하차 준비를 하라고 소리쳤다. 우리는 일제히 입을 다물었다. 군화 끈을 다시 매고 철모를 고쳐 썼다. 상의 주머니에 지포 라이터가 잘 들어 있는지도 확인했다. 가슴에 총알을 맞고도 지포 라이터 덕분에 살아남았다는 어느 병사의 이야기가 전해지고 난 뒤부터 지포라이터는 두고 온 애인의 사진보다 소중한 부적이 되었다.

1번 국도는 마을 입구를 관통했다. 길가에 커다란 보리수나무가 혼자 서 있었다. 나무 그늘 아래 지프가 섰다. 우리는 각 소대순으로 일렬종대를 지어 섰다. 첨병조가 앞장섰다. 늘 그래 왔듯이 키스가 선두에 섰다. 우리는 평소보다 긴장이 풀린 상태였다. 안전 지역 안으로 들어온 탓이기도 했고, 오는 내내 노래를 불러댄 탓도 있었다.

우리는 보리수나무 그늘 아래 서서 키스의 신호를 기다렸다. 소대장은 담배를 꺼내 물었다. 항상 모자라는 담배가 소대장 주머니에선 남아돌았다. 우리는 뜨악한 시선으로 소대장이 담배에 불을 붙이는 모습을 지켜보았다. 소대장이 담뱃갑을 돌렸다. 고마운 마음은 들지 않았다.

갑자기 열의 맨 끝에서 웅성거리는 소리가 들려왔다. 다들 손가락으로 한곳을 가리켰다. 거기 커다란 뱀이 누워 있었다. 싯누런 흙바닥에 검은 뱀이 기다란 몸을 곧게 편 상태로 비늘을 번득이고 있었다.

산 거야, 죽은 거야?

소대장이 총을 겨눴다.

이미 죽은 거다.

중대장이 그를 말렸다. 그 순간 마을 쪽에서 지뢰 터지는 소리가 들렸다. 1소대의 몇몇이 소리 나는 쪽으로 뛰어갔다. 중대장이 외쳤다. 공격, 공격! 그는 얼른 지프에 올라탔다. 우리는 거총 자세로 전력을 다해 달렸다. 우리 옆으로 중대장의 지프가 빠른 속도로 지나갔다. 지프는 마을을 향해 돌진했다.


키스는 땅바닥에 얼굴을 처박고 길게 뻗어 있었다. 우리는 죽은 뱀을 보느라 제 엄지를 요란하게 빨아젖히는 키스를 지켜보지 못했다. 우우, 야유하며 놀리지도 못했다. 우리는 키스의 주변에서 붉게 젖은 흙을 보다가 불현듯 그의 엄지를 눈으로 찾았다. 키스의 엄지에 흙이 잔뜩 달라붙어 있었다. 소대장이 물었다.

죽었어, 살았어?

위생병이 키스를 뒤집어 눕혔다. 키스의 눈꺼풀이 파르르 떨리고 있었다. 폭발의 진동이 아직도 키스의 몸 안을 헤집고 다니는 듯했다. 우리는 키스의 이름을 불렀다. 키스, 키스.

숨은 아직 붙어 있습니다.

키스와 바나나                                                377

위생병의 대답에 소대장이 길게 한숨을 쉬었다.

살겠어?

위생병은 고개를 저었다.

힘들 것 같습니다.

그 대답을 키스 역시 들었는지 그의 눈이 스르르 감겼다. 벌게진 눈에 가득 차올랐던 눈물이 키스의 귀 뒤로 흘러내렸다. 우리는 어금니를 깨물었다. 고개를 외로 돌리고 주먹을 꽉 쥐었다. 2소대와 4소대 대원들이 우리를 스쳐 마을 안쪽으로 먼저 진입했다. 우리는 키스를 에워쌌다. 곧이어 들것이 왔다. 잘못 보았을까. 키스는 웃고 있었다.

키스는 들것에 실려 안전 지역을 떠났다. 소대장이 넋 빠진 얼굴로 서 있는 우리를 향해 정신 차리라고 소리를 질러댔다. 우리는 정수리에서 뜨거운 기운이 뻗치는 것을 알았다. 콧속이 매울 정도로 은단 냄새가 강렬하게 퍼져나가고 있다는 것도 알았다. 우리는 탄창을 손등으로 툭툭 치며 마을 안쪽으로 빠르게 걸어 들어갔다.

이미 마을은 텅 비어 있었다. 폭발 소리에 놀란 주민들은 몸을 숨긴 채 밖의 상황을 살펴보고 있을 게 분명했다. 몇몇 개들이 꼬리를 다리 사이에 끼우고 슬금슬금 우리를 피했다. 우리는 개들을 먼저 쏘아 죽였다. 적군의 영토에서 움직이는 모든 것들을 쏘아 죽이는 게 평정이었다. 게다가 이 마을은 더 이상 안전 구역이 아니었다. 자유 살상 구역이었다. 우리는 가까운 집 안으로 들어갔다. 젊은 남자가 방 안에 혼자 앉아 우리를 노려보고 있었다. 그는 미군 군복을 입고 있었다.

나는 미군 소속이오.

그 말이 자랑처럼 들렸다. 우리는 그의 말이 끝나기도 전에 총을 갈겼다. 그는 숨통이 아주 끊어질 때까지 우리를 노려보던 시선을 거두지 않았다. 우리는 그의 눈알에 두어 번 총을 더 갈겼다. 옷장 안에서 예닐곱 살쯤 되어 보이는 여자아이가 웅크린 채 울고 있었다. 우리는 아이에게 사탕을 건넸다. 아이가 울면서 사탕을 받았다.

먹어.

아이는 우리가 하라는 대로 순순히 사탕을 입에 넣었다.

달콤하지?

아이는 고개를 끄덕였다. 그 순간 아이의 미간을 향해 총을 쏘았다. 아이는 옷장 밖으로 떨어졌다. 사탕이 방바닥을 데구루루 굴렀다. 우리는 군홧발로 사탕을 부서뜨렸다. 곧장 옆방으로 옮겨갔다. 이불을 뒤집어쓰고 있는 젊은 여자가 바들바들 떨면서 우리를 맞았다. 여자는 우리를 보자마자 무릎을 꿇고 두 손을 비볐다. 우리는 여자에게서 이불을 뺏었다. 여자를 잡아끌어 엎드리게 했다. 치마를 들쳐 총부리로 엉덩이를 쿡쿡 찔렀다. 여자는 가만히 있었다. 우리는 여자의 뒤에 총을 쏘았다. 여자는 방바닥에 얼굴을 박고 절을 하는 자세로 죽었다.

우리는 부엌으로 갔다. 짚단을 헤쳤다. 보통 그 아래 땅굴이 있었다. 우리는 미소를 지었다. 짚단 아래 얇은 판자가 나타났다. 판자를 발로 밀어내자 굴의 입구가 보였다. 총부리를 먼저 밀어 넣고 당장 나오지 않으면 죽여버리겠다고 소리를 질렀다. 머리카락이 허연 노인네가 비칠거리며 굴 밖으로 기어 나왔다. 그의 등에 갓난 아이가 업혀 있었다. 우리는 노인에게 다시 굴 안으로 들어가라고 시켰다. 노인네는 우리말을 잘 알아듣지 못했다. 우리는 총부리로 계속 굴 쪽을 가리켰다. 노인네가 흘러내리는 갓난아이를 앞으로 다시 안더니 좀 전보다 더 비칠거리는 걸음으로 굴 안으로 기어들 었다. 그는 굴 안에서 우리를 올려다보았다. 눈물이 그렁그렁 차오 른 눈이었다. 우리는 그를 향해 여러 발의 총을 쏘았다. 노인네는 두 팔을 버둥거렸다. 그러면 총알을 막을 수 있을 거라고 생각한 모양이었다. 그의 손바닥에 구멍이 뚫렸다. 그의 몸 구석구석을 총 알이 꿰뚫고 지나갔다. 우리는 다시 판자로 굴을 덮고 짚단에 불을 붙였다. 불은 순식간에 붙었다. 우리는 뛰다시피 빠져나와 옆집으 로 달려갔다.

옆집에서도 비슷한 일이 벌어졌다. 우리는 한 집 한 집 꼼꼼하 게 평정했다. 불이 옮겨붙은 집은 평정이 끝났다는 표시였다. 몇 집 안 남았을 때, 우리는 그들의 귀를 자르지 않았다는 걸 깨달았 다. 귀를 잘라야 훈장을 받을 수 있었다. 우리는 뒤늦게 그들의 귀 를 자르기 시작했다. 죽이기 전에 자르기도 하고, 먼저 죽이고 난 뒤에 귀를 자르기도 했다. 어차피 반응은 비슷했다. 이미 죽었다고 생각한 사람의 귀를 칼로 잘라낼 때에도 죽은 이의 몸은 퍼덕거렸 다. 가끔 비명을 지르는 시체도 있었다. 우리는 커다란 주머니에 잘라낸 귀 한쪽을 한데 모았다. 부대 전체에 하사품이 전해질지도 몰랐다. 담배와 라디오. 쌀과 바나나. 시레이션과 위스키. 파인애플 과 카메라.

우리는 한 집도 빠뜨리지 않았다. 일부러 군화로 바닥을 탕탕 치며 걸었다. 누군가 키스의 이름을 불렀다.

키스.

우리는 마지막 남은 집을 향해가면서 키스의 이름을 구령 삼아 외치며 걸었다.

키스. 키스. 키스.

마을의 맨 끝에 위치한 집엔 외양간이 딸려 있었다. 우리는 외양간으로 먼저 들어갔다. 물소 세 마리가 꼬리를 흔들며 우리를 반겼다. 물소 고기는 맛이 없었다. 이 맛없는 고기들아. 우리는 이죽거리며 천천히 총을 쏘았다. 이 집이 마지막이라고 생각하니 빨리 끝내버리고 싶지 않았다. 물소들이 길게 울었다. 쓰러진 물소들을 밟으며 우리는 외양간 바닥을 대검으로 쑤셨다. 땅굴은 없었다. 쓸데없이 칼만 버린 셈이었다. 물소 똥이 칼날에 덕지덕지 묻어났다. 우리는 본격적으로 집 안을 뒤지기 시작했다. 그때였다. 집 뒤에서 나뭇가지 부러지는 소리가 들렸다. 우리는 소리 나는 쪽을 향해 달려갔다. 하얀 치맛자락이 보였다. 흰색 아오자이를 입은 여자가 숲 속으로 전력을 다해 뛰어가고 있었다.

여자는 금방 잡혔다. 우리는 여자를 바로 죽일 수 있었지만 그러지 않았다. 대신 여자의 얼굴을 연거푸 주먹으로 때렸다. 여자는 비명조차 지르지 않았다. 우리는 여자를 마당 한가운데 세웠다. 하얀 아오자이의 소매는 풀물이 들어 파랬다. 치마 끝단은 흙물이 들어 누렜다. 가슴팍에는 핏물이 배었다. 터진 입술에선 계속 핏방울이 떨어져 내렸다.

우리는 여자를 둘러쌌다. 총 대신 대검을 들고 서서 여자를 위협했다. 여자들은 총보다 칼을 더 무서워했다. 우리는 여자에게 옷을 벗으라고 명령했다. 여자는 하늘을 잠시 쳐다보고는 피식 웃었다. 우리가 칼을 높이 치켜들자 여자는 옷을 벗었다. 아오자이는 단숨에 바닥으로 흘러내렸다. 여자는 실크 속옷을 입고 있었다. 그녀는 머리를 세차게 흔들어 기다란 머리카락이 앞쪽으로 흘러내리게 했다. 우리는 그녀의 행동을 보며 웃었다.

우리는 순서대로 여자 위에 올라탔다. 일이 끝날 때까지 여자는 침묵했다. 거세게 반항하지도 않았다. 여자의 실크 속옷은 칼날에 찢어져 마당 구석에 처박혔다. 우리가 여자를 다시 일으켜 세웠을 때, 여자는 더 이상 자신의 몸을 가리려고 하지 않았다. 이제 여자를 죽일 일만 남아 있었다. 우리는 여자를 세워놓고 그녀의 귀를 먼저 자르고 죽일지, 죽인 다음에 귀를 자를지 잠시 의논했다. 그것은 우리의 악랄한 장난이었다. 우리는 여자의 태도가 마음에 안들었고 어떤 식으로든 여자를 괴롭히고 싶었다.

나는 여자에게 바투 다가갔다. 그리고 키스가 그랬던 것처럼 엄지를 소리 내어 빨았다. 여자가 나를 빤히 바라보았다.

이게 뭔 줄 알아?

여자는 자신의 손을 뒤로 숨겼다.

네가 지뢰인지 아닌지 확인하는 거야.

나는 칼을 높이 들었다. 여자가 질끈 눈을 감았다. 칼로 여자의 한쪽 가슴을 내리쳤다. 여자의 오른쪽 가슴이 땅바닥에 떨어졌다.

382

여자 역시 무너지듯 바닥 위로 쓰러졌다. 여자는 숨을 헐떡이며 가슴이 떨어져나간 자리를 두 손으로 붙잡았다. 여자의 손가락 틈새로 검붉은 피가 콸콸 흘러넘쳤다. 나는 여자의 머리 너머로 칼을 내던지고 총을 뽑았다. 키스가 바닷가에서 살려줬던 여자가 이 여자일지도 모른다고 생각하니 잠시라도 살려두고 싶지 않았다. 그때, 누군가 내 손을 힘주어 잡았다.

살려두자.

왜?

키스를 천국에 가게 해야지.

나는 그 말이 우스웠다. 하지만 그 말이 어떤 점에서 맞는다는 것도 알았다. 그녀는 키스가 싸구려 총알과 맞바꾼 천국행 티켓이었다. 설령 그녀가 바닷가에서 만난 여자가 아닐지라도 말이다. 하는 수 없이 나는 총을 내렸다. 여자의 숨소리는 더욱 거칠어졌다. 그녀의 시선은 나를 향해 붙박여 있었다. 나는 젖은 엄지를 허공에 세워 잠시 바람의 결을 느껴보았다. 바람은 불지 않았다. 하늘로 높이 치솟아 오르는 검은 연기만이 내 눈에 들어올 따름이었다. 우리는 여자를 내버려둔 채 마을 밖으로 빠져나갔다.

곧이어 미군 부대가 도착했다. 그들은 여자를 들것에 실었다. 우리는 그들에게 귀가 담긴 주머니를 건넸다. 그들은 주머니를 내버렸다. 그러곤 한마디 했다.

너희는 평정에 실패했어.

우리는 그들을 향해 가운뎃손가락을 치켜 보였다. 그들은 실실 웃기만 했다. 아주 재밌는 일을 구경하는 사람들처럼 그들은 우리 모두를 향해 크게 웃었다. 갑자기 우리의 머릿속으로 속았다는 생각이 빠르게 지나갔다. 귀를 버리다니. 우리는 보리수나무 그늘 아래 모여 고장 난 라디오를 부수며 좀처럼 사라지지 않는 화를 식혔다. 누가 우리의 뒤통수를 후려쳤는지 알 수 없어서 그랬다.

키스의 시신은 우리에게 다시 돌아왔다. 우리는 약식으로나마 키스의 장례를 치르기로 합의했다. 젖은 땅은 쉽게 파헤쳐졌고, 우리는 적들을 묻을 때보다 훨씬 깊게 구덩이를 팠다. 봉분 없이, 키스는 적의 땅에 묻혔다. 남은 것은 키스의 고향 주소가 새겨진 지포 라이터뿐이었다. 키스의 고향은 고국의 가장 북쪽 땅에 있었다. 우리 중 누구도 갈 수 없는 주소였다.

괜히 여기까지 왔나 봐.

키스의 지포 라이터를 켜면서 내가 말했다.

키스가 들으면 기분 나쁠 말일까?

나는 지포 라이터의 뚜껑을 닫으며 말했다.

천국으로.

더 이상 우리에게는 할 말이 남아 있지 않았다. 그날 이후 우리는 종종 키스가 생각날 때마다 말했다. 천국에는 여자와 바나나가 많아. 우리의 농담 섞인 위로가 키스에게 전해졌을지는 알 수 없었다. 중대장은 본국으로 소환되었다. 우리는 중대장 없이 계속 북쪽으로 걸었다. 걷는 도중에 사람을 만나면 모조리 쏘아 죽였다. 이봐, 천국에는 여자와 바나나가 많아. 잘 지내라고. 우리는 시체들을 밟고 지나가며 죽은 자들에게도 농담을 건넸다. 우리는 그게 일종의 기도라고 생각했다. 물론 기도는 짧았다. 우리의 신에게 바치는 기도가 아니었으니까. 그들의 천국에도 바나나는 많을 것이었다. 그들의 신이 바나나를 만들었을 테니까. 그것만으로도 충분한 위로가 될 거라고 우리는 믿었다.

우리에게 내려진 단 하나의 명령은 평정이었다. 이 축축한 나라에 발붙이고 있는 모든 종들을 썩은 바나나처럼 만드는 것. 애초부터 존재하지 않았던 것처럼, 모든 살아 있는 것들을 몰살시켜라. 우리는 명령을 충실하게 이행하려 노력했다. 적어도 그때의 우리에겐 여자도 바나나도 충분하지 않았으니까. 넘치는 것은 오로지 총알뿐이었고, 우리가 원하는 것은 더 많은 바나나였다.


어느 날, 중대장이 우리를 일렬로 세워두고 필요한 거 없느냐고 물었다. 나는 제일 먼저 손을 들고 대답했다.

다른 걸 하고 싶습니다.

중대장은 웃었다. 그러곤 커다란 통을 가져오게끔 했다. 우리는 모처럼 뜨거운 물에 목욕을 했다. 커다란 통 안에서 발가벗고 묵은 때를 씻었다. 몸에서 쉼 없이 모래가 쏟아져 나왔다. 목욕을 마친 우리는 발가벗고 돌아다녔다. 키스가 살아 있었더라면 빨개진 바나나를 덜렁거리며 춤을 추었을 텐데. 다들 아쉬워했다. 그렇다고 내가 나서서 춤을 출 수는 없는 노릇이라고, 나는 마른 수건으로 땀을 닦으며 중얼거렸다. 저녁에 바나나가 주어졌다. 바나나는 너무 달아서 금방 질렸다.

얼마 후 우기가 다가왔다. 우기가 끝날 때 즈음, 우리는 다 함께 귀국선을 타고 고국으로 돌아갈 예정이었다. 전쟁이 끝나거나 말거나 상관없이 총을 버려야 할 때가 다가오고 있었다. 이제 평정은 우리의 몫이 아니었다. 무료해진 우리는 고국에서 온 편지들을 다시 꺼내어 읽었다. 연초에 북쪽에서 무장한 공비들이 내려와 총격을 벌였다는 이야기가 뒤늦게 입에 올랐다. 그러다 제대하면 뭘 하고 살지, 서로를 걱정하며 밤을 새웠다. 며칠 새 이야깃거리는 다 떨어졌고 우리는 밤마다 라디오를 찾았다. 라디오는 모두 고장 나서 단 한 번도 제대로 된 노래를 들을 수 없었다. 아무도 온종일 쏟아지는 폭우 때문이라고는 생각하지 못했다. 우리는 그저 화를 내며 빨리 새 라디오를 달라고 아무 장교에게나 졸랐다. 1969년이 되기를 기다리는 동안 우리가 한 일이라곤 오로지 그것뿐이었다.

# 역사, 진실, 글쓰기

**박진**(문학평론가)

## 1. 역사, 사실과 허구 사이

역사, 또는 역사 속 인물이라는 키워드 앞에서 우리 시대의 작가들이 펼쳐놓은 상상력의 스펙트럼은 무척 폭넓고 다채롭다. 제일 먼저 눈에 띄는 것은 작가와 예술가 들의 등장이다.《키스와 바나나》에서 우리는 박태원(윤고은의 〈다옥정 7번지〉)과 헤밍웨이(서진의 〈진짜 거짓말〉) 같이 문학사의 중심에 있는 소설가는 물론이고, 정신병원에서 화재로 숨진 비극적 운명의 작가이자 스콧 피츠제럴드의 아내로 더 유명한 젤다 세이어(하성란의 〈젤다와 나〉), 현대무용의 시대를 연 이사도라 덩컨과 자유의 여신상을 제작한 조각가 바르톨디(손보미의 〈고귀한 혈통〉) 등을 만날 수 있다. 어디 그뿐일까? 전두환과 이명박 등 전(前) 대통령들부터(주원규의 〈연애의 실질(窸質)〉, 강병융의 〈여러분, 이거 다 거짓말인 거 아시죠?〉) 1988년 온도

계 공장에서 두 달 남짓 일하고 수은중독으로 사망한 소년 노동자 문송면까지(강영숙의 〈폴록〉), 조선 세조 때 이름을 날린 소경 점복가 홍계관부터(이영훈의 〈상자〉) 위압적 조사로 불기소 결정이 났던 2010년 수원 집단 성폭행 사건의 피의자까지(안보윤의 〈소년 7의 고백〉), 이 책의 소설들은 시대와 신분과 나이를 가로지르는 온갖 인물들을 지금 여기로 소환한다. 작가들의 상상력은 서인과 남인의 대립이 격화되던 조선시대 붕당정치의 한복판에서(박정애의 〈미인〉) 태평양전쟁 말기 조선의 한 일본인 중학교로(조두진의 〈첫사랑〉), 베트남전의 격전지에서(황현진의 〈키스와 바나나〉) 대구 지하철 참사 현장으로(조영아의 〈만년필〉) 시공간을 거침없이 넘나든다.

역사와 허구를 결합하고 뒤섞는 정도나 방식 등도 소설마다 제각각이다. 실존 인물에게 우화나 판타지의 색채를 띠는 허구적 환상의 그림자를 드리우는가 하면(강병융, 서진, 윤고은 등), 역사적 사건의 리얼리티와 역사 속 인물의 내적인 심리를 충실히 복원하는 듯하지만 실은 그 인물과 사건의 실제성 자체가 야담적 설화성에 모호하게 감싸인 경우도 있다(이영훈). 기록에서 누락되거나 배제된 채 망각 속으로 사라진 이야기들을 진실의 다른 판본으로 제시하는 소설도 있고(박정애, 안보윤 등), 기록된 사실의 층위와는 무관하게 허구적 상상의 놀이를 마음껏 즐기는 소설도 있다(손보미).

이들 소설에서 어디까지가 역사적 사실이나 실화이고 어디부터가 문학적 허구인지를 가르는 일은 그리 중요하지 않을 것이다. 역사는 역사 이야기, 혹은 역사 서술로서의 서사적이고 수사학적인 특성 속에서 본질적으로 문학과 끊을 수 없는 관련을 맺고 있다.

폴 리쾨르가 《시간과 이야기》 3권에서 지적한 대로 과거와의 시간적 거리, 즉 있었던 것(l'avoir été)이 갖는 '관찰할 수 없음'의 특성으로 인해 역사에는 처음부터 상상적인 것이 음각으로 존재한다. 실제 일어났던 일로서의 역사적 과거는 시간적으로 이미 지나가서 소멸해버렸기에 역사가를 포함하여 후대의 사람들이 직접 접하고 다룰 수 있는 것은 현재 남아 있는 기록들(사료들)뿐인데, 빈틈과 공백이 가득한 그 불완전한 조각들을 가지고 역사적 사실을 재구성하기 위해서는 상상적 추론이 반드시 필요해진다. 역사 서술의 과정에는 또한 사건들을 취사선택하고 배열하여 이야기를 만드는 역사가의 관점이 개입할 수밖에 없다. 결국 우리에게 역사는 오직 텍스트로서만 존재하며, 과거 사실과 기록된 역사 사이에는 근원적인 불일치가 가로놓여 있다고 말해야 할지 모른다.

우리 시대 작가들이 역사적 사실의 권위에 짓눌리는 대신에 상상력의 무한한 자유를 누리는 데는 이처럼 역사와 문학, 사실과 허구 사이의 근본적 차이를 의심하는 인식론적 상황이 배경으로 깔려 있다. 그러니 이들이 전혀 다른 '가능성의 역사'를 상상하거나 역사를 단지 '글쓰기'의 층위로 받아들인다고 해서 그리 놀랄 필요는 없다. 이제 우리는 이들의 소설이 얼마나 과감하게 역사를 허구화하는가 하는 정도의 차이에 집중하기보다, 왜 그렇게 하는지를 물어야 할 것이다. 또한 이들이 어느 시대의 어떤 인물과 무슨 사건을 다루었는가 하는 소재의 측면 이상으로 그 장면을 지금 불러낸 이유는 무엇인지, 그것을 통해 이 사회와 우리 자신에 관해 말하고자 하는 이야기는 무엇인지에 관심을 기울일 필요가 있다.

《키스와 바나나》에 담긴 소재와 상상력만큼이나, 이를 통해 우리 작가들이 들려주고 싶어 하는 이야기들도 풍성하고 흥미진진하다.


## 2. 진실 다시 쓰기, 또는 상상적으로 재구성한 다른 진실들

정치적 현실에 대한 알레고리와 풍자를 위해 상상적 허구를 동원하는 소설들부터 읽어보자. 강병융의 〈여러분, 이거 다 거짓말인 거 아시죠?〉에서 '쥐'를 의인화한 우화적 환상은 MB 정권에 대한 신랄한 풍자를 노린 알레고리다. 날벼락 같은 불행이 덮칠 때마다 찍찍거리며 눈앞을 맴도는 쥐를 붙잡아 '슬라이스 미트'를 만드는 '인간'의 모습은 MB 정권 시대에 벌어진 말도 안 되는 상황들과 그로 인한 분노를 적나라하게 보여준다. 촛불집회에서 물대포를 맞아 실명한 남편, 용산 남일당 건물에서 추락하여 온몸이 부서진 아버지, 광우병으로 제대로 걷지도 못하는 딸 등 이 모든 비극을 차례로 맞이하는 한 가족의 상황은 너무 참혹해서 작위적으로 보일 지경이다. 하지만 '인간/나'의 가족에게 닥친 일들이 MB 정권 당시에 우리가 실제로 감당해야 했던 위험과 고통을 집약적으로 담고 있음을 누가 부정할 수 있을까.

우화적 환상을 동원하고 있음에도, 강병융의 소설에는 '진실'에 대한 열정이 유독 도드라진다. 소설 제목인 〈여러분, 이거 다 거짓말인 거 아시죠?〉는 2007년 한나라당 경선 후보 연설회에서 '온갖 음해에 시달렸다'며 이명박 후보가 했던 말로, 알려진 진실을 모함

392

이라 우기는 뻔뻔한 거짓말의 단적인 예다. '인간'의 분노는 집권 당시와 그 이후까지 이어진 이 같은 거짓말들을 향한 것이기도 한데, 강병융은 그 목소리를 흉내 내 스스로 이 소설을 '거짓말'이라 부름으로써 허구적 환상 속에 담긴 통렬한 진실을 반어적으로 드러내고 있다. 엉뚱한 대목에 각주를 달아 실제의 신문 기사 제목들을 밝혀놓은 방식 역시, '사실'과 '허구'의 경계를 교란하며 본래 기사의 맥락을 비틀어 쓴웃음을 자아내는 한편, 정권과 공모한 언론의 거짓말들을 우회적으로 폭로하는 풍자의 효과를 높이고 있다.

5·18 당시 전두환 보안사령관의 사택을 무대로 한 주원규의 〈연애의 실질(實質)〉 또한 진실을 은폐하고 조작하는 정치권력의 거짓말에 거짓말로 맞서는 소설이라 할 수 있다. 2011년 노태우 전(前) 대통령이 자신의 회고록에서 5·18은 유언비어 때문에 일어났다는 망언을 해 문제를 일으킨 적이 있는데, 아직도 멈추지 않는 이런 식의 거짓말에 주원규는 자신이 지어낸 진짜 유언비어로 대응하고 있다고 해도 좋을 것이다. 〈연애의 실질〉에서 자기 집에 손님으로 온 미모의 여성('군'의 약혼녀인 '서')을 저녁 식사 도중 피를 쏟으며 죽게 만든 '장군'의 터무니없는 '응급조치'(찹쌀떡이 걸린 '서'의 목구멍에 젓가락을 쑤셔 넣고 난폭하게 쑤시며 휘저어댄)와 "오늘은 거국적으로 매우 중대한 날"(361쪽)이고 "국가가 원하는 삶을 산다는 건 뭐든 힘들"다며 "뒤처리를 부탁"(360쪽)하고 떠나는 그의 모습은 1980년 5월 18일의 공적인 기억을 보충하는 외설적 진실을 담고 있다. 두말할 것 없이 이 이야기는 그가 실제로 저지른 더 큰 살인과 이에 대한 파렴치하고도 무책임한 태도를 신랄하게 비꼬

는 알레고리의 성격을 띤다.

강병융 소설의 풍자를 이끄는 것이 분노의 에너지라면, 주원규 소설의 풍자는 조소의 힘으로 움직인다. 말끝마다 '국가'를 들먹이고 '군인의 삶'을 운운하는 장군은 물론이고, 그의 말을 '복음'처럼 경청하는 '군'과 '서', 그런 '그이'를 무한히 신뢰하고 헌신적으로 보필하는 '여사'까지, 이 소설은 모든 인물과 상황 등을 철저히 조롱하고 희화화한다. 특히 미모의 '서'를 대하는 장군의 각별한 태도를 눈치채고도 그에 대한 절대적 신뢰를 유지하려 애쓰고, 방금 약혼녀를 잃은 '군'에게 "그이가 오늘 한 행동, 잘한 일이라고 말해 줘요."(361쪽), "잘했다고 믿는 게 중요하니까요."(362쪽)라고 말하는 여사의 모습은 그 믿음이 얼마나 헛되고 기만적인지를 여실히 드러낸다. 주원규의 소설은 정치권력의 치졸한 거짓말이 현재형으로 계속되고 있는 지금, 거짓말에 대한 거짓 믿음으로 간신히 지탱되는 오늘의 허구적 현실에 대한 비판적 풍자로도 읽힐 수 있다.

기록을 멋대로 날조하고 사실과 거짓을 뒤바꾸는 권력의 부당함에 대한 비판은 안보윤의 〈소년 7의 고백〉에서도 찾아볼 수 있다. 안보윤은 에스비에스 〈그것이 알고 싶다〉에서도 보도된 바 있는 수원 집단 성폭행 사건의 '수상한 조서'에서 진실을 조작하는 공권력의 폭력성을 포착해낸다. 〈소년 7의 고백〉은 경찰의 말이나 행위 등을 소거한 채 열네 살 피의자(박성재)의 갈팡질팡하는 진술만을 들려주는데, 당혹감과 두려움, 억울함 등으로 떨리는 소년의 목소리에는 20여 시간에 걸쳐 끈질기게 되풀이된 취조의 전(全) 과정과 그 강압성이 촘촘히 새겨져 있다. 사실대로 말하라면서 자신들이 원하는 대답이 아니면 모두 거짓으로 간주하고 추측과 가정을 기정사실로 단정하는 집요하고 교묘한 취조의 과정은 피의자 성재조차 정말 자기가 성폭행을 저지른 건 아닌지 알 수 없게 만들어버린다. 안보윤은 최종적으로 완성된 매끄러운 조서가 아니라 그것에 이르기까지 수없이 번복된 모순투성이 말들, 조서에서 누락되고 폐기된 진술들을 고스란히 되살려냄으로써, 공권력에 의해 '만들어진 진실'에 대항하는 '또 다른 진실'을 건져 올리려 한다.

권력에 의해 채택되지 않은 '진실의 다른 판본'을 상상적으로 재구성하는 또 한 편의 소설로 박정애의 〈미인〉을 꼽을 수 있다. 〈미인〉에는 현종 때 남인의 영수였던 우의정 허적의 서자 허견이 등장하는데, 그는 숙종 때 서인에 의해 역모죄로 고변당해 처형된 것으로 알려져 있다. 소설의 서두는 서얼 차별에 맞서 세상을 바꾸려 한 영웅이자 정쟁에 희생된 비운의 주인공 허견을 중심으로 이야기가 전개되리라는 기대를 갖게 한다. 그런데 허견의 후처인 홍예형이 등장하면서 이야기는 전혀 다른 방향으로 급선회한다. "얼자도 못 되는 얼녀"(88쪽)인 그녀에겐 비극적 사연으로라도 역사에 흔적을 남길 여지조차 없었지만, 허견의 사촌 유철과의 친속 상간으로 사형을 당한 기록이 《숙종실록》에 남아 있다. 이마저도 남인을 몰아내기 위해 허견에 대한 뒷조사를 벌이던 중 뜻하지 않게 발각된 일이라고 하니, 이 사건은 누구의 관심도 받지 못하고 그 어떤 역사적 의미도 낳지 못한 사소한 스캔들에 지나지 않는다.

박정애는 바로 이 '하찮은' 사건과 역사 속의 '엑스트라'인 홍예형에게 눈을 돌린다. 기존 이야기의 엑스트라인 홍예형이 중심인물로 부각된 이야기에서 허견은 "하늘이 사람을 낼 때 계집의 도는 사내를 섬기는 것이라 지어놓았"(76쪽)다고 믿는 사람으로, '서방이 하늘'이라는 말을 입에 달고 사는 보수적 가부장이자 난봉꾼일 따름이다. 홍예형을 두고 "천한 몸으로 교서관 정자(正字)의 재취 자리를 꿰차고도 쥐 죽은 듯 엎드리기는커녕"(73쪽) "기가 살아 설쳐댄다."(74쪽)고 말하는 허견의 모습은 신분 차별에 대한 그의 저항이 얼마나 지독한 모순과 한계로 얼룩져 있는지를 역력히 보여준다. (유철과의 간통 사건 또한 도무지 다루기 힘든 홍예형을 처리하기 위한 허견의 계략으로 그려져 있다.) 반면에 홍예형은 그녀 자신의 이야기에서, 붕당정치의 세력 판도와 이권 다툼의 이면을 헤아릴 만큼 총명하지만 아버지, 숙부, 남편 등에게 '개 취급'도 못 받은 여인이었고, 그러나 단 한 사람, 소요산 문수사 처경 스님에게는 마음에 품은 소중한 '미인(美人)'이었다. 이렇듯 이 소설은 남성 중심의 정치적 이념이 배어 있는 '미인'이나 '역천(逆天)'의 의미를 뒤집으면서, 기존 역사에서 배제되고 누락된 다른 이야기를 상상하여 펼쳐 보인다. 이런 시도는 지배 권력에 의해 채택된 판본만이 역사가 되며, 그 일방적 관점 바깥에는 무수한 다른 진실들이 숨어 있다는 깊은 통찰을 바탕으로 한다.

시공간도 분위기도 완전히 다르지만, 기존의 이야기에서 소외된 여성의 관점으로 재구성한 이야기라는 점에서, 하성란의 〈젤다와 나〉는 박정애의 〈미인〉과 통하는 면을 지니고 있다. 하성란은 피츠제럴드에게 영감을 준 여인 젤다 세이어, 죽은 뒤에도 '스콧 피츠제럴드의 미망인'으로 남은 그녀에게 자기 목소리를 되찾아준다.

피츠제럴드는 아무런 언질도 없이 젤다의 사랑을《위대한 개츠비》에 가져다 썼으며, 소설 곳곳에 젤다의 일기와 편지와 그녀의 말들을 그대로 집어넣었다. 그럼에도 젤다 세이어의 이름은 대문호 피츠제럴드의 이름 뒤에 어쩌다 따라붙을 뿐, 역사에서 지워져갔다. 그녀는 또한 피츠제럴드의 소설 속에서 그가 바라보고 판단한 모습대로, 이를테면 자기 '미모를 이용하는 여자'와 같은 이미지로 고정돼 있다. 그런 젤다가 이 소설에서는 타인의 시선과 소문 등을 벗어버리고 그녀 자신으로 되살아난다.

〈젤다와 나〉라는 제목이 말해주듯, 이 소설에서 더욱 중요한 것은 젤다의 이야기에 대한 화자 '나'의 태도다. '나'는 피츠제럴드와 젤다 세이어의 관계에서 소설가 커플이었던 '김'과 '나'의 모습을 본다. 함께 살던 시절, 내가 쓴 단편과 조금도 다를 바 없는 이야기를 일인칭 시점으로 훨씬 더 풍부하게 그려낸 '김'은 너무도 자신만만하게 내가 자신의 이야기를 훔쳐갔다고 비난한다. 그런 식의 갈등 끝에 '김'과 헤어진 '나'에게 젤다의 이야기는 곧 '나'의 이야기이기도 하다. '나'는 젤다의 이야기를 다시 쓰면서 스스로 젤다가 되어, 마음속 깊은 곳에 숨겨둔 이야기들을 그녀의 목소리로 털어놓는다. 소설의 결말에서 '나'는 하일랜드 정신병원에 화재가 있던 밤, 침대에 누워 잠든 한 여자를 남겨둔 채 벽에 비친 그림자 속 창살 틈 사이로 병실을 가뿐히 빠져나가는 또 다른 젤다를 만들어 낸다. '나'의 상상 속 그녀의 모습에는, 고통스러운 마음의 감옥에서 비로소 자유로워진 또 다른 '나'의 모습이 투영돼 있다.

실제와 리얼리티에 대한 관심과는 애초에 거리가 멀어 보이는 손보미의 소설에서도, 익숙한 이야기가 다른 관점에 의해 완전히 뒤집어지는 현상을 발견하게 되는 것은 무척 흥미롭다. 손보미의 〈고귀한 혈통〉은 이사도라 덩컨을 주인공으로 하는 기존의 이야기에서 부수적 위치만을 차지하는 대부호 패리스 싱어를 중심인물로 내세운다. 천재 예술가의 불꽃같은 사랑과 비극적 생애라는 이사도라 덩컨의 낭만적 이야기는 이 소설에서 '고귀한 혈통'에 관한 전혀 다른 이야기로 변환되고, 그 또 다른 이야기 속에서 이사도라 덩컨은 패리스에게 "아무런 의미도 없는 그런 여자"(326쪽), 그저 엑스트라에 불과한 인물이 된다. 일례로 이사도라 덩컨이 패리스와의 사이에서 태어난 아들 패트릭을 교통사고로 잃고(아버지가 다른 딸 데오도르와 함께) 커다란 상실감에 빠졌던 사연을 알고 있는 사람이라면, 패리스가 "릴리를 제외하고 이 세상 그 누구도 자신의 아이를 낳을 자격이 없"(327쪽)으며 릴리가 그 애의 엄마가 아니므로 "난 패트릭을 좋아한 적이 없"(331쪽)다고 말하는 장면에서, 원래 이야기가 형편없이 일그러지는 광경에 거의 충격을 받게 될 것이다.

물론 이 소설은 패리스의 어머니인 이사벨라(몰락한 귀족 집안의 딸)와 그녀의 아버지(뒷골목에서 선술집을 운영하면서 외동딸에게 귀족의 여인이니 정숙한 숙녀로 행동하라고 귀에 못이 박히도록 잔소리를 한)로부터 이어져온 '고귀한 혈통'에 관한 고정관념이 얼마나 끈질기게 살아남는지를 보여주는 텍스트다. '고귀한 혈통'에 대한 집착 안에서 이사도라는 "천박한 집안의 출신"(327쪽)일 따름이고 그녀의 예술은 "가슴을 훤히 내놓고 웃고 떠들며 춤추는"(313쪽) 선술집 여자들을 떠올리게 할 뿐이다. 손보미의 소설은 기존의 이야기에서 소외된 진실에 목소리를 찾아주려 한다기보다는 '고귀한 혈통'이라는 해묵은 이야기의 집요함과 기만성을 드러낸다는 점에서, 박정애나 하성란의 소설과는 정반대의 방향으로 움직인다고도 말할 수 있다. 그럼에도 이 소설이, 특정한 관점에 의해 기록된 이야기가 어떻게 다른 이야기를 억압하고 왜곡하는지를 깨닫게 만드는 유사한 작업을 수행하고 있는 것은 인상적이다.


## 3. 글쓰기의 실존적 의미와 수행적 가능성

위의 소설들이 진실을 왜곡하는 힘이나 진실이 만들어지는 과정, 그리고 '다른 진실'의 잠재된 가능성 등에 관심을 기울인다면, 기억 속 트라우마의 현장으로 우리를 데리고 가는 소설들도 있다. 경쾌하고 장난스러운 분위기로 베트남전의 상황을 묘사한 황현진의 〈키스와 바나나〉가 여기에 해당된다. 긴박한 전쟁터에서도 수시로 환호성과 웃음을 자아내던 '키스'라는 별명의 부대원을 잃고 무어라 말할 수 없는 광기에 휩싸여 잔인하게 마을을 '평정'하는 '우리'의 모습은 억울함과 죄의식이 뒤엉킨, 베트남전에 대한 혼란스러운 감정을 그대로 대변해준다. 이데올로기나 대의명분 따위와 상관없이 그저 돈을 벌기 위해 '남의 전쟁'에 뛰어든 '우리'에게 이 "악명 높은 단명의 길"(371~372쪽)은 의미를 알 수 없는 무모한 게임과 다르지 않다. "한 번쯤 안 죽이고 싶"(375쪽)어서 '아오자이 입은 여자'를 살려준 게 화근이 되어 시체로 변한 키스(북쪽이 고향인 전쟁고아)에게 그녀는 정말 "천국행 티켓"(383쪽)이었을까? '아오자이 입은 여자'에게 행한 '우리'의 "악랄한 장난"(382쪽)은 대체 누구를 위한 것이었을까? '우리'가 누구에게 속은 것인지, "누가 우리의 뒤통수를 후려쳤는지"(384쪽), 우리는 끝내 알 수 있을까? 기존의 소설들과는 전혀 다른 감각으로 베트남전이라는 외상적 상처를 꿰뚫어보는 젊은 작가 황현진의 시선이 의외로 깊다.

한편 조두진의 〈첫사랑〉은 '식민자 2세'에 해당하는 재조(在朝) 일본인의 죄의식과 모순적 감정에 주목한다. 식민통치의 역사가 피식민자였던 우리에게 잊힐 수 없는 고통과 상처가 된 것은 물론이지만, '식민자 2세'로 조선에 거주했던 일본인들에게도 그 경험은 아이덴티티의 혼란을 낳은 복잡한 기억으로 남아 있다. 이 같은 자신의 경험을 소설화한 대표적인 일본 작가가 고바야시 마사루인데, 그의 단편 중 하나인 〈일본인 중학교〉를 다시 쓴 소설이 바로 조두진의 〈첫사랑〉이다. 군국주의의 분위기가 짙게 드리운 대구의 일본인 중학교에 젊은 영어 선생님이 새로 부임하여 학생들의 인기를 독차지하고 주인공에게도 강한 동경을 불러일으켰으나, 그가 조선인이라는 사실이 밝혀지면서 모든 학생들이 분노와 배신감에 사로잡힌다는 기본 줄거리는 원작과 크게 다르지 않다. (고바야시 마사루의 에세이 〈'그립다'고 해서는 안 된다〉에 따르면 〈일본인 중학교〉는 그의 체험을 충실히 반영한 소설로, 그때의 영어 선생님은 알고 보니 훗날의 최규하 대통령이었다고 한다.) 그런데 조두진은 원작의 소년 주인공 '고로'를 여학생 '리에'로 바꾸고, 조선인 영어 선생님(우메하라 게이이치)에 대한 리에의 감정을 '첫사랑'으로 묘사한다. 그는 또 조선인 선생님이 결국 교단을 떠나게 되는 원작의 결말 대신에, 화가가 된 리에가 평생 독신으로 살면서 강바닥을 드러낸 메마른 강 풍경을 되풀이해 그렸다는 후일담을 삽입한다. 나아가 조두진의 소설에는, 우메하라 선생님을 버린 이후 그녀가 다시는 '사랑'을 찾을 수 없었으며 "그날 죽은 사람은 우메하라 선생님이 아니라 나였다."(124쪽)고 말하는 리에의 고백이 들어 있다.

　고바야시 마사루의 실제 경험이 소설화되고, 그 소설이 다른 작가에 의해 다시 소설화되는 일련의 과정은 경험의 이중적 굴절과 허구화의 다층적 맥락 때문에 그 자체로도 흥미롭다. 그런데 식민자로서 일본인이 품고 있던 조선인에 대한 편견을 반성적으로 돌아보는 고바야시 마사루의 소설을 한국 작가 조두진이 이렇게 새로 쓴 이유는 무엇일까? 그가 다시 쓴 이야기에서 특히 죄의식을 평생 떨치지 못하는 주인공의 모습이 부각돼 있는 것은 또 어떤 의미로 해석해야 할까? '식민자 2세'로서의 경험을 곱씹으며 양심의 가책을 느끼는 고바야시 마사루 식의 태도에 조두진은 인간적인 이해와 공감을 표하고 있는 것일까, 아니면 감상적 향수나 후회의 포즈를 넘어서는 더 철저한 반성과 책임감을 요구하고 있는 것일까? 조두진의 〈첫사랑〉이 묘한 여운을 남긴다면, 그 이유는 식민자의 죄의식을 바라보는 피식민자의 이 같은 양가감정과 거기에서 발생하는 아이러니한 긴장이 이 소설을 감싸고 있기 때문일지 모른다.

　강영숙의 〈폴록〉(잭슨 폴록이라는 화가의 이름을 제목으로 삼고 있지만,

여기서 폴록은 강렬한 '충동'과 들끓는 '에너지'의 메타포로만 등장한다)에서도 지나간 한 시대와 그 시절의 기억에 대한 혼란스러운 감정을 읽을 수 있다. 〈폴록〉이 주제화하는 것은 환경/여성운동이 민주화운동으로서의 정체성을 유지하며 사회변혁의 열정으로 끓어올랐던 1980년대를 향한 지금의 시선이다. 당시에 여성 환경운동가였던 'K 이사'가 현재 겪고 있는 일종의 '호딩(Hording) 장애'는 1980년대의 기억을 '처분'할 수 없는 그녀의 심리 상태를 엿보게 한다. 스스로 '와해되어버렸다'고 표현한 그녀의 몸과 마음은 1990년대 이후 시민운동으로 확산되면서 급속한 제도화의 길을 걸으며 쇠퇴해간 환경운동(반공해운동)의 현재 상황을 암시해준다. 이 소설에서 더욱 도드라져 보이는 것은 K 이사에 대해 J(환경운동 단체의 젊은 인턴)가 품고 있는 애증과도 같은 양가감정이다. "식어가는 용암처럼 늙어가고 있"(40쪽)는 K 이사를 바라보는 J의 시선에는 실망과 답답함, 분노와 연민 따위가 뒤엉켜 있다. K 이사를 만나며 겪게 되는 "말로 하기 어려운 층위의 일들"(40쪽)을 아무런 소용도 없는 글('Grey Literature, 회색 문헌')로 써나가는 J의 모습에는 스러져간 '80년대'와 그 세대의 변화를 간단히 규정하거나 정리할 수 없는 우리 시대의 복잡한 감정이 투영돼 있다.

조영아의 〈만년필〉은 조두진의 〈첫사랑〉이나 강영숙의 〈폴록〉과 문제의식을 부분적으로 공유하는 소설이다. 화자와 주인공으로 '작가'가 등장하면서 '글쓰기'라는 테마가 전면에 부각되는 이 소설은 죄의식과 글쓰기의 관계라는 측면에서 조두진의 소설과 겹치는 한편, 처리되지 않은 기억에 대한 미완의 글쓰기라는 측면에서 강영숙의 소설과도 맞닿아 있다. 〈만년필〉에는 대구 지하철 참사의 생지옥에서 정신없이 빠져나가던 중 발목을 붙들고 늘어지는 여고생을 떼어버리고 저 혼자 살아남은 소설가 윤기가 등장한다. 10년간 누구에게도 말하지 않은 그 장면을 서로 다른 버전으로 소설화하는 그의 글쓰기는 죄의식의 근원이 된 외상적 기억과의 길고도 절박한 싸움이라 말할 수 있다. 자신이 암에 걸린 사실을 가족에게까지 숨기고 치료를 거부하여 스스로를 죽음으로 몰고 가는 그의 모습은, 이 같은 글쓰기에 실존적 진실이 담겨 있다고 해도 그것이 죄의식을 해소하는 길일 수는 없음을 분명히 한다. 여고생의 손아귀에서 벗어나기 위해 윤기가 휘두른 무기가 하필이면 '만년필'(그에게 필기구 이상의 상징성을 지녔던)이었다는 점도, 자신을 지키기 위한 글쓰기가 타인에게는 비윤리적인 폭력이 될 수 있음을 암시하는 것처럼 보인다.

서진의 〈진짜 거짓말〉과 윤고은의 〈다옥정 7번지〉 역시 작가를 주요 인물로 삼은 소설이지만, 이야기의 초점이나 분위기는 조영아의 소설과는 사뭇 다르다. 〈진짜 거짓말〉에서 작가가 되기를 꿈꾸었지만 결혼 후 글을 쓰지 못하는 '나'가 헤밍웨이의 생가에서 살아 있는 헤밍웨이를 만나 교감을 나누게 되는 사연은, 직장을 때려치운 지 1년 만에 '나' 몰래 장편소설을 써낸 남편의 이야기와 교차하면서 작가가 된다는 것, 또는 작가로 산다는 것의 의미를 돌아보게 한다. 〈다옥정 7번지〉는 '산책'에서 돌아오던 박태원이 돌연 2010년대로 바뀌어버린 종로 거리를 헤매다 '구보의 집'의 안내원으로 고용되어 '박태원 흉내'를 내게 되는 웃지 못 할 상황을 그려 보인다. 이를 통해 이 소설은 후대의 독자에게 있어 작품을 통해 상상되고 재구성된 소설가의 이미지야말로 '진짜 작가'이며 피와 살로 이루어진 실제 작가는 도리어 허상 또는 시뮬라크르일 수 있음을 문득 일깨워준다. 작가로부터 분리되어 작가의 사후에도 그 자체로 생명력을 유지하는 자신의 소설과, 완전히 변해버려 자기 소설 속에만 남은 1930년대의 경성 거리 등에 대한 박태원의 단상은 소설 쓰기의 의미에 관한 윤고은의 사색적 성찰을 담고 있다. 흥미로운 환상과 재치 있는 감각으로 문학사 속 인물들을 현재로 불러들인 이 두 편의 소설은 자기 자신과 거리를 유지하며 작가로서의 정체성을 재탐색하는 작업으로서도 의의를 지니고 있다.

세조 때의 형조판서 황수신(황희의 아들)과 소경 점복가 홍계관의 유명한 일화를 소설화한 이영훈의 〈상자〉는 뜻밖에도 작가의 정체성과 윤리적 책임에 대한 문학적 성찰의 성격을 띤다는 점에서 위의 세 소설들과 함께 읽힐 수 있다. "요사스러운 풍문을 지어내 어리석은 놈들을 홀렸다"(274쪽)는 죄목으로 추국장에 끌려온 소경 점복은 자신의 무고함을 알리고자 절절한 말들을 쏟아내는데, 아이러니하게도 그 이야기들은 점괘를 읽어준 그의 행동이 결국 '말을 지어내는 일'과 다르지 않았음을 확인시켜주는 역할을 한다. "중요한 것은 점괘를 보는 것이 아니라, 본 점괘를 말하는 방법"(276쪽)이라면, 그가 한 말이 영향을 미쳐 당사자의 운명을 뒤바꿨을 수도 있기 때문이다. 이를테면, 나중에 형판이 되거든 자기 목숨을 구해달라던 점복의 간청과 그런 그가 딱해서 써준 부친의 '각서'가 훗날의 수신을 형판으로 만들었을지도 모르는 일이 아닌

404

가? 그렇다면 진실은 이미 거기에 있었던 것이 아니라 말하는 행위를 통해 비로소 생겨난 것이나 다름없다.

가장 전통적인 관점에서 역사적 인물과 사건 등을 재현하는 듯이 보이는 이영훈의 〈상자〉가 이렇듯 문학과 글쓰기에 대한 자기반영적 성찰로 나아가는 양상은 각별히 눈길을 끈다. 말로는 못할 말이 없으나 "뱉은 말이 아무렇게나 흘러 다니다 산목숨을 덮치는"(294쪽) 법이라는 부친의 말처럼, 말이란 허망하면서도 강력한 힘을 지닌다. 미래를 볼 수도 없고 자기 말의 영향력을 가늠하지도 못하면서 세상을 읽어 '말을 지어내는' 소설가들은 어쩌면 모두 '소경 점복'일는지 모른다. 그럼에도 진실을 생산하고 삶을 변화시킬 수 있는 언어의 수행적 힘을 인정하고 그것에 대해 예민한 자의식을 지니는 일은 곧 문학의 윤리, 글쓰기의 윤리와도 통하게 된다.


## 4. 허구의 진실성과 이야기의 힘

역사적 사건과 인물을 소재로 하여 저마다 자유롭게 상상력을 펼쳐나가는 이들의 소설은 진실을 변형하고 이야기를 구성하는 관점의 문제, 기억과 글쓰기의 실존적 의미, 작가의 정체성과 사회적 책임 등을 진지하게 되묻고 있다. 역사라는 통로를 거쳐 이들이 도달한 지점은 결국 이야기하기와 글쓰기 행위에 대한 지적이고 윤리적인 탐색인 셈이다. 소설가가 다루는 대상은 역사적 사실이나 현실 자체가 아닌 언어임이 분명하지만, 말과 이야기에는 진실

을 생산하고 현실에 영향을 미치는 힘이 잠재돼 있다. 이들이 지어
낸 이야기가 단순한 사실보다 진실하고 강력할 수 있다면, 그 이유
는 바로 거기에 있을 것이다.

# 키스와 바나나

ⓒ 하성란 강영숙 박정애 조두진 강병융 윤고은 조영아 안보윤 서진 이영훈 손보미 주원규 황현진 2014

**초판 1쇄 인쇄** 2014년 4월 23일
**초판 1쇄 발행** 2014년 4월 28일

**지은이** 하성란 외
**펴낸이** 이기섭
**편집인** 김수영
**책임편집** 김준섭
**기획편집** 김윤정 임선영 정회엽 이지은 최선혜 이조운
**마케팅** 조재성 성기준 정윤성 한성진 정영은 박신영
**관리** 김미란 장혜정

**펴낸곳** 한겨레출판(주) www.hanibook.co.kr
**주소** 서울시 마포구 공덕동 116-25 한겨레신문사 4층
**전화** 02-6383-1602~3
**팩스** 02-6383-1610
**대표메일** book@hanibook.co.kr

ISBN 978-89-8431-800-7 03810